検察特捜

Lady Lion

レディライオン

中嶋博行

講談社

検察特捜　レディライオン

プロローグ　ハロウィンの夜

とんがり帽子をかぶった黒ずくめの魔女が警官の前でクラッカーを鳴らし、おどけてみせた。中年の警官は面白《おもしろ》くもなさそうに魔女を歩道へ押し返す。

横浜駅西口の繁華街は夜になって、ハロウィンの仮装《かそう》を楽しむ若者でごったがえしていた。交通整理の警官たちは車道へあふれた無秩序《むちつじょ》な集団を規制しようと右往左往《うおうさおう》している。

中心街の混雑から離れた狭《せま》い十字路を、大型バンが低速で本牧埠頭《ほんもくふとう》の方向へハンドルを切った。

厚生局《こうせいきょく》麻薬取締部《まやくとりしまりぶ》の横浜班を率《ひき》いる手塚越夫《てづかえつお》は助手席から背後へ身を乗り出した。バンの後部キャビンに窓はなく、座席は向かい合った二列のベンチシートに改造されている。ウインドブレーカーを着た六人の麻薬Gメンが班長を見つめた。

三十代半ばで班長に抜擢《ばってき》された手塚は腕時計へ視線を走らせる。

「われわれのつかんだ情報が確《たし》かなら間《ま》もなく取引だ。二十キロの覚せい剤だぞ。末端《まったん》価格で十二億円を超える」

「結局、神奈川県警へ応援要請はなしですか?」ベテランGメンの篠原正一《しのはらしょういち》が訊《たず》ねる。

「問題外ですよ」手塚は年配の部下に向かって顔をしかめた。

麻薬取締部と警察の組織犯罪対策課は歪《いびつ》なライバル関係にある。両者は競《きそ》ってスポーツ選手やタレントなど有名人の薬物使用者を摘発《てきはつ》し、世間の注目を集めることで自分たちの存在をアピールしていた。そんな中、警視庁の現職警官が覚せい剤使用で麻薬取締部に逮捕され、麻薬Gメンたちが捜索《そうさく》令状をひけらかして桜田門の警視庁ビルへ踏《ふ》み込《こ》む騒ぎとなった。この不祥事《ふしょうじ》で、警視庁はマスコミの袋だたきにあう。それ以来、警察は麻薬取締部に対する怒りをグツグツと煮《に》えたぎらせていた。

「いいじゃないですか」大柄《おおがら》な松田悟志《まつださとし》が巨体を揺《ゆ》すった。

「警察の組織犯罪対策課《ボウタイ》を出し抜《ぬ》いてやりましょう。あいつら、おれたちを目の敵《かたき》にしてやがる」

「嫌《きら》っているのはお互い様だ」班長は苦笑《くしょう》する。

チームで最年少の佐々木由佳《ささきゆか》が長い髪を払《はら》い、腰に装着《そうちゃく》したサキのスライドホルスターから小型拳銃を抜《ぬ》きとった。

「お、ベレッタじゃないか。いつの間《ま》に調達したんだ?」松田は隣《となり》に座った同僚の銃を興味深《ぶか》げに見やる。

女性Gメンは手元《てもと》に視線を落とした。

「M85Fよ。銃把《グリップ》が小さくて握りやすいけど装弾数は38ACP弾がたったの八発だけ。あたしが支給してほしかったのは84Fのタイプ。弾倉《マガジン》は複列式《ダブルカラム》で九ミリパラが十三発押し込《こ》める」

「なに贅沢《ぜいたく》いってるんだ」班長の手塚があきれた顔で口をはさむ。

「官給品だから仕方ないだろ。多弾《ただん》マグは規制されている」

佐々木は不満そうに肩をすくめた。

「ようするに、捜査官の命より弾丸の方が貴重なのですね」

「心配するな」松田は女性Gメンの膝《ひざ》を軽くたたいた。

「密売人と銃撃戦なんて海の向こうの話だ。おれたちはモデルガンで十分さ」

車内に失笑《しっしょう》がもれる。

佐々木は無言でスライドを引き、初弾を薬室《チャンバー》へ送り込《こ》んだ。

「そう先走《さきばし》るな。暴発でもされたらかなわん」班長が咎《とが》めるように言った。

「ロックしておきます」女性Gメンは安全装置《セーフティ》をかけると撃鉄《ハンマー》を起こしたまま小型拳銃をプラスチック製のホルスターに戻した。


横浜港の一角はぎらつく光の海となっている。

ベイブリッジに向かってせり出した本牧埠頭《ほんもくふとう》A突堤《とってい》では、連日連夜、拡張工事がおこなわれていた。本来であれば昨年末に完成しているはずなのに、基礎工事のデータ偽造《ぎぞう》が発覚して工期はとんでもなく遅れている。大手ゼネコンの幹部は県議会や市議会に呼び出されて、合同調査会の席上、なぜ杭打《くいう》ち深度《しんど》が足りなかったのか執拗《しつよう》になじられた。議会で集中砲火《しゅうちゅうほうか》を浴《あ》びたゼネコン責任者はしぶしぶ基礎土木の全面やり直しを約束する。こうして突貫《とっかん》工事が始まった。先月からは夜を徹《てっ》しての作業が行われている。

Ａ突堤《とってい》の先端《せんたん》には、高出力の工事用ライトが林立し、ガントリークレーンがうなりをたて、巨大な掘削機《くっさくき》は周囲に振動と騒音をまきちらした。大騒音は、突堤に入り込んだホームレスの一団を追い払い、あたり一帯《いったい》をきれいに無人化している。作業は誰にも邪魔《じゃま》されることなく、本牧埠頭では二十四時間、工事の音が響《ひび》きわたった。

工事現場からずっと離れたＨ突堤《とってい》は、騒音を背後に、暗闇《くらやみ》が支配している。Ａ突堤を照《て》らす人工太陽のような大型ライトもさすがにここまでは届《とど》いていない。

Ｈ突堤のほぼ中央、五号バースには小型貨物船が停泊《ていはく》していた。船橋《ブリッジ》の常備灯《じょうびとう》にだけ仄《ほの》かな明かりが点《つ》き、あとは周囲の闇へ溶《と》け込《こ》んでいる。

ライトを消した大型バンが五号バース近くのプレハブ建物から二百メートル手前で止まった。厚生局麻薬取締部のＧメンたちは素早《すばや》く車外に降《お》りた。全員がつばの深い帽子をかぶる。佐々木由佳は長い髪を束《たば》ねると帽子の中にたくし込んだ。

班長の手塚が佐々木を指さす。

「おまえは残って後方支援《バックアップ》しろ」

彼は先頭を切って駆《か》け出した。六人の部下が急いであとを追う。男たちは背中に麻薬取締部を表すＮＣＤのロゴが描《えが》かれたウインドブレーカーをひるがえしてプレハブへ走った。

昼間、船荷《ふなに》作業員の休憩所《きゅうけいじょ》に使われているプレハブ建物はどの窓もカーテンが閉《し》められ、内部は見えない。麻薬Ｇメンたちはドアの前に集まった。デジタル機器担当の川津弘道《かわづひろみち》が片膝《かたひざ》をつき、ショルダーバッグから傍受装置《ぼうじゅそうち》を取り出す。彼はヘッドホンをつけてスイッチを入れ、漏斗《ろうと》状《じょう》の集音マイクを壁へ押しあてた。この装置は音振《おんしん》を増幅《ぞうふく》させることで厚さ数センチのコンクリートを通して屋内の会話盗聴《とうちょう》が可能だった。

しばらくして、川津は顔を上げた。

「四人いる。一人は韓国語を話しています」

「よし、突入」班長の手塚が短く命じた。

巨漢《きょかん》がドアの正面に立つ。

松田は背負《せお》っていた円柱状《えんちゅうじょう》のハンマーを地面に下《お》ろした。直径二十センチ、長さ一メートルの鋼鉄製《こうてつせい》ハンマーは三十キロの重さがある。松田は前後の把手《とって》をつかんでハンマーを持ち上げ、大きく水平方向に振って、ドアノブへたたきつけた。鋼鉄製ハンマーの一撃でノブはバラバラに吹き飛び、ドアが大きく傾《かし》いだ。

松田は半壊《はんかい》したドアを蹴《け》り開け、麻薬Gメンたちはプレハブ建物へなだれ込《こ》む。

テーブルを囲《かこ》み、四人の男が立っていた。彼らは、麻薬Gメンが手にしたマグライトの強烈な光を浴《あ》びて凍《こお》りつく。

テーブルには電池式ランタンが置かれ、ビニール包《づつ》みと札束《さつたば》が乱雑に積《つ》んである。

「麻薬取締部だ！　壁際《かべぎわ》へ下《さ》がれ！」手塚は令状を頭上《ずじょう》にかかげて怒鳴《どな》った。

男たちはノロノロと後方へ移動する。ベテランの篠原がテーブルに近づき、覚せい剤検査の簡《かん》易《い》キットを開いた。彼は白い粉末《ふんまつ》がびっしり詰《つ》まったビニール袋をピンセットで突き刺し、先端《せんたん》に付着《ふちゃく》した白い粉《こな》を簡易キットのトレイへ載《の》せる。目薬タイプの容器から透明な液体を二、三滴《てき》たらすと白粉《はくふん》は淡《あわ》いピンク色に染《そ》まった。

「反応がありました。覚せい剤です」

　班長の手塚はぎょろりと目を剝《む》く。

「覚せい剤取引の現行犯だ。全員逮捕する」

「おまえら、ついてるぞ」松田は、密売人たちに手錠《てじょう》を見せつけながらニヤッと笑った。

「おれたち麻取《マトリ》は警察とちがって余罪《よざい》をほじくらない」

「無駄口《むだぐち》はたたくな。さっさと身柄《みがら》を確保しろ」手塚が苛立《いらだ》った声を上げる。

　そのとき、彼は背後に異様《いよう》な気配《けはい》を感じて、思わず振り返った。

　ドアを入ってすぐのところに、モンスターやゾンビのゴム仮面《マスク》をかぶった三人組が闖入《ちんにゅう》している。手塚はどこか滑稽《こっけい》な化《ば》け物《もの》の仮面《マスク》を見て、今夜はハロウィンだとぼんやり思い出した。が、次の瞬間、手塚の背中を冷《つめ》たい恐怖が走り抜《ぬ》ける。目に飛び込んできたのは、自分へ向けられた黒い銃口だった。部下に警告を発《はっ》する間《ま》もなかった。

　仮面《マスク》姿の三人は両手で構《かま》えたUZI《ウージー》短機関銃《サブマシンガン》を一斉《いっせい》に撃《う》ち始める。秒速四百メートルで連射《れんしゃ》された九ミリ弾が麻薬Gメンを次々となぎ倒し、後方にいた密売人たちの身体《からだ》をズタズタに引き裂《さ》く。夥《おびただ》しい血と肉片《にくへん》が飛び散《ち》って、白い硝煙《しょうえん》の漂《ただよ》う中、鮮血《せんけつ》にまみれた床《ゆか》には眼球《がんきゅう》が破裂《はれつ》したり、顔半分を失《な》くした十人の死体が転がった。

　五号バースに轟《とどろ》いた銃声は埠頭《ふとう》工事の騒音でかき消され、H突堤《とってい》は依然《いぜん》として深い闇《やみ》に包《つつ》まれている。

1

地下鉄の霞ケ関駅から地上へ出ると千代田区の一等地に司法エリアがある。日比谷公園に面した道路沿《ぞ》いには裁判所、検察庁、弁護士会の高層ビルがお互いをけん制するようにそびえていた。

地上二十一階、地下四階の中央合同庁舎六号館には検察庁と法務省が同居している。最上階の角部屋《かどべや》で、上條貞蔵《かみじょうていぞう》は朝陽《あさひ》が差し込む広い窓から司法エリアを見下《みお》ろした。最高検察庁の次長検事オフィスは厚《あつ》みのある絨毯《じゅうたん》が敷《し》きつめられ、そこに巨大な執務《しつむ》デスクと革張りの応接セットが据《す》えられている。

次長検事は小さな体軀《たいく》を伸《の》ばすように深呼吸した。濃《こ》い緑で造設《ぞうせつ》された日比谷公園が陽光《ようこう》に輝《かがや》いている全景を一望《いちぼう》しても気分は冴《さ》えない。定年まであと二年、上條は、彼の人生を捧《ささ》げてきた検察庁がぶざまな姿で没落《ぼつらく》していく屈辱《くつじょく》を味わっていた。次長検事はいまいましげに眉間《みけん》を狭《せば》めると、ツルツルの丸い頭を拳《こぶし》でたたく。過去、刑事法廷を牛耳《ぎゅうじ》ってきたのは裁判官ではなく検察官だった。上條が公判検事のころ、自白調書を中心とした一件記録を法廷へ提出すれば被告人の有罪がほぼ自動的に決まり、法壇《ほうだん》で鎮座《ちんざ》する裁判官は見掛《みか》け倒《だお》しの飾《かざ》り物にすぎなかった。ときたま、検察の意に逆《さか》らう裁判官が赴任《ふにん》して来ると、上條たちは容赦《ようしゃ》なく集中控訴《こうそ》をお見舞《みま》いした。分《ぶ》をわきまえない愚《おろ》かな裁判官の担当する全事件について、検察側が求めた刑期より一日でも短い判決を出したら問答無用で控訴するのだ。集中控訴で狙《ねら》われた裁判官は致命的《ちめいてき》な打撃をうける。判決に対して控訴の割合が多い裁判官は、人事を司《つかさど》る最高裁事務総局から無能の烙印《らくいん》を押され、勤務評定は大きくマイナスとなった。春の異動《いどう》時期にはまちがいなく辺鄙《へんぴ》な田舎《いなか》裁判所へ飛ばされるだろう。そうなれば、本庁を遠く離れた支部裁判所を転々と巡《めぐ》る流浪《るろう》の人生が待っている。東京や大阪には二度と戻れまい。都会の恵《めぐ》まれた教育環境で子どもを育てたい家庭持ちの中堅《ちゅうけん》裁判官にはとりわけ冷酷《れいこく》な仕打《しう》ちだ。左遷《させん》を恐《おそ》れる裁判官は検察の軍門《ぐんもん》に降《くだ》り、こうして、検察官が主君の座を占《し》め、裁判官が侍従《じじゅう》として仕《つか》え、下僕《げぼく》の弁護士はひれ伏《ふ》すといった刑事法廷の予定調和《ヒエラルキー》が保《たも》たれた。日本の検察は、世界にも類《るい》を見ない有罪率九十九・九八パーセントを実現させ、この驚異的《きょういてき》な成功は精密刑事司法と崇《あが》められた。裁判だけではない。検察官は、法務省と結びついて司法行政に影響を及《およ》ぼしたから法曹《ほうそう》エリートの中でも別格の存在だった。

「九十九・九八パーセントか……」次長検事はつぶやいた。

　ところが、上條たちが築《きず》き上げた神聖な検察王国は、いまや司法の大衆化というおぞましい疫《えき》病《びょう》に蝕《むしば》まれている。国民の司法参加を御旗《みはた》として素人《しろうと》集団が法廷へズカズカ乗り込んで来たのだ。一般市民から抽選で選ばれた裁判員は高い法壇《ほうだん》に座って検察官を見下《みお》ろし、刑事訴訟などこれっぽっちも理解していない連中が裁判官と同等の立場で被告人や証人にあれこれ質問する。それをマスコミが派手に取り上げた。テレビや新聞はこぞって裁判員の一挙手一投足《いっきょしゅいっとうそく》を紹介し、弁護人も裁判員の関心を引こうと大見得《おおみえ》を切ったから、法廷は安っぽい場末《ばすえ》の劇場になってしまった。刑事裁判の様相《ようそう》は一変する。法廷の主役は、テレビや新聞の後押《あとお》しをうけた無知な裁判員に奪われ、検察官は玉座《ぎょくざ》から転げ落ちた。

次長検事はげんなりと頭を振《ふ》った。検察の威信《いしん》が低下しているのは公判だけにとどまらない。捜査の分野も同様だ。いや、もっと酷《ひど》い。これまで、検察と一心同体だった法務省の役人どもが同盟関係を裏切り、あろうことか、検事室での取り調べを骨抜《ほねぬ》きにしようと企《たくら》む人権派弁護士と結託《けったく》してパンドラの箱を開けてしまったのだ。捜査検事と被疑者《ひぎしゃ》のやりとりの一部始終を記録する取り調べの可視化《かしか》である。まさに、青天《せいてん》の霹靂《へきれき》だった。全国の検察官が仰天《ぎょうてん》する中、黒いボックス型の録音録画装置が検事室へ運び込まれ、いまでは裁判員事件の全取り調べが録音録画の対象となっていた。人権派はビデオカメラと集音マイクが密室での取り調べに風穴《かざあな》を開け、この可視化は憲法三一条の適正手続《デュープロセス》を実効的《じっこうてき》に保障する画期的《かっきてき》な制度だと自画自賛《じがじさん》している。

次長検事の目が侮蔑《ぶべつ》で曇《くも》った。人権派のおめでたい連中は犯罪者を純朴《じゅんぼく》な正直者とでも思っているのか？　彼らの本性《ほんしょう》をまるでわかっていない。三十年を超える検察官人生で得た経験則《けいけんそく》上《じょう》、上條は犯罪者の心理を熟知《じゅくち》している。狡猾《こうかつ》な人間ほど無口《むくち》になるのだ。都合《つごう》の悪い質問にはふてぶてしく黙秘《もくひ》して事実を隠蔽《いんぺい》する。本気で、悪党どもの口をこじ開《あ》け、真相を引き出そうと思ったら、精神的にギリギリまで追いつめ、耳元《みみもと》で怒鳴《どな》りつけて、二、三発ぶん殴《なぐ》るくらいの覚悟《かくご》が必要だろう。上條たちは、そうやって物的証拠が乏《とぼ》しい事件でも完璧な自白調書を作ってきた。しかし、ビデオカメラに監視《かんし》されては荒《あら》っぽい裏技《うらわざ》など使えない。横柄《おうへい》な被疑者《ひぎしゃ》をほんのわずかでも小突《こづ》けば、弁護人は鬼の首を取ったがごとく勇《いさ》み立《た》ち、裁判員法廷でビデオの再生を求めるはずだ。ビデオを見せつけた後、弁護人が深刻な表情とは裏腹《うらはら》に喜々《きき》として、証言台へ引《ひ》っ張《ば》り出した暴力検事をネチネチいたぶるのも目に見えている。そして、素人《しろうと》の加わった裁判所がどれほど突飛《とっぴ》な決定を下《くだ》すかは予測不能だから、下手《へた》をすれば、精密刑事司法の中核をなす検《けん》面《めん》調書の証拠能力が否定される事態をも招《まね》きかねない。

次長検事は憮然《ぶぜん》とした顔で桜田門の方角《ほうがく》へ目をやった。

苦戦つづきの検察庁は、もうひとつ、巨大な敵を相手にしていた。

「図々《ずうずう》しい警察庁《サッチョウ》のやつらめ」新たな怒りが込《こ》み上げてくる。

捜査という土俵《どひょう》の上で、それぞれ横綱《よこづな》を自負《じふ》する検察と警察はがっぷり四《よ》つに組み合ってきた。近年、司法試験の凋落《ちょうらく》を横目《よこめ》に上級国家公務員のプライドをますます増長《ぞうちょう》させた警察官僚は検察を土俵の外へ押し出そうと勢《いきお》いづいている。一方、高慢《こうまん》なプライドでは資格試験史上、最《さい》難関《なんかん》だった旧司法試験合格の勲章《くんしょう》をつけた検察幹部も負けていない。上條たちは警察庁の猛攻《もうこう》をうけつつ、土俵際《どひょうぎわ》で必死に踏《ふ》ん張《ば》っていた。

小柄《こがら》な老検察官は自嘲《じちょう》っぽく唇の端《はし》をゆがめた。わが国の正義を担《にな》う検察庁と警察庁が捜査の覇権《はけん》をめぐって、ヤクザの縄張《なわば》り争いなみに醜《みにく》い抗争《こうそう》を繰《く》り広げているのだ。ほぼ四半世紀《しはんせいき》にわたった暗闘《あんとう》は現在、最終局面を迎《むか》えている。両者の対決点は刑訴法一九三条へと集約された。

刑訴法一九三条は、検察官が司法警察職員に対して一般的な指揮権をもつことを定め、いわば捜査における検察優位の拠《よ》り所《どころ》となっていた。検察官は担当事件について指揮権を発動し、管内《かんない》の警官を将棋《しょうぎ》の手駒《てごま》よろしく自由に動かせるのだ。人を見下《みくだ》す態度が骨の髄《ずい》まで染《し》みついた警察庁の高級官僚にはそれが我慢《がまん》できなかった。法律の勉強に明《あ》け暮《く》れて犯罪現場を知らない検事に捜査指揮権を委《ゆだ》ねるのは、道路工事の交通誘導係を現場監督に据《す》えるようなもので、ほとんど常軌《じょうき》を逸《いっ》している。そもそも、警察の鉄壁《てっぺき》の指揮命令系統《しきめいれいけいとう》に検察ごときが横槍《よこやり》を入れるなど言語道断《ごんごどうだん》だった。警察庁は保守強硬派の議員へ働きかけて刑事訴訟の法典《ほうてん》から一九三条を丸ごと削除《さくじょ》する議員立法の準備を着々とすすめている。刑訴法一九三条が消えれば、目障《めざわ》りな検察官の姿も捜査の第一線からすみやかに駆逐《くちく》されるだろう。検事は法廷だけで仕事をすればいいという「公判専従論」である。警察の圧力が増大する中、上條たちは一九三条の既得権《きとくけん》を死守するため全力で抗《あらが》っていた……。

執務デスクのインターカムが鳴る。

次長検事は日比谷公園に面した広い窓を離れるとインカムの通話ボタンを押した。

「来たか？」

「はい。おいでになりました」秘書の穏《おだ》やかな声が答える。

「よし、通してくれ」

上條は革張《かわば》りのソファーへ身を預《あず》けた。

ノックの音がしてドアが開く。秘書につづいて、髪をオールバックに整《ととの》えた四十代前半の男が大股《おおまた》で入って来る。

上條は手を振ってソファーへ招《まね》いた。

入室した新堂幸治《しんどうこうじ》は小男《こおとこ》の向かい側にかしこまって座った。

「次長、おはようございます」

「楽にしてくれ。こんな時間にすまんな」次長検事はねぎらいの言葉をかける。

壁の丸時計はまだ八時前だ。検察幹部の朝は早い。

秘書が一礼して、二人分のコーヒーをガラス製のローテーブルに置いた。

上條は秘書が退室するのを待ってコーヒーを一口すすり、表情を曇《くも》らせた。

「それにしても物騒《ぶっそう》な世の中になった」

「横浜の事件ですか？　テレビはどこも特別番組をながしています。大騒ぎですよ」新堂が相槌《あいづち》を打つ。

「たかが麻薬取締部《マトリ》とはいえ、法執行官《ほうしっこうかん》が銃弾でハチの巣《す》にされるなど由々《ゆゆ》しき事態だ」

「犯行の手口はまるっきりテロリストですね」

次長検事はゆっくりうなずくと思わせぶりな口調でいった。

「そこで、ＮＳＳだよ」

「国家安全保障局が、なにか？」新堂が怪訝《けげん》な顔をする。

国家安全保障局（ＮＳＳ）は内閣官房に設置され、対テロ警備や防諜《ぼうちょう》活動を政策立案して方針を決定する実務官僚の頭脳集団だ。現在、外務省、警察庁、防衛省から出向したメンバーが中心になって運営されている。

「ＮＳＳは、いわば治安部署の司令塔だ。うちを除《の》け者にしていいはずがない」上條は腹立たしげな素振《そぶ》りで禿《は》げた頭をたたくと、一転、笑《え》みを浮かべた。

「今度、うちからも人材を派遣《はけん》することにした」

「うちが国家安全保障局のポストを……。これは驚きました」

「当然、警察庁《サッチョウ》の連中は大反対したが、国家公安委員会には検察出身者もいるからな。なんとかねじ込《こ》んだよ」

最高検の次長は部下をじっと見る。

「きみに行ってもらう」

「私に？」新堂の頬《ほお》がピクリと動いた。

「東京地検特捜部の副部長なら肩書として遜色《そんしょく》はあるまい。きみには大いに期待している。ぼんくら官僚が思いついた安全保障対策は法的に穴だらけだろう。そこをガツンとたたいて、やつらの鼻《はな》っ柱《ぱしら》をへし折《お》ってやれ。遠慮は無用だぞ。不勉強な司法修習生に法律の講釈《こうしゃく》を垂《た》れるくらいの態度で構《かま》わん。とにかく、検察の底力《そこぢから》をアピールしたまえ。むろん、警察庁《サッチョウ》の動向には十分、目を光らせておくように。報告は直接、私に上げてくれ」

「わかりました」新堂は姿勢を正《ただ》した。

「だれかひとり連れていけ」

「特捜部からですか？」

「ああ、どうせ君のカバン持ちだ。優秀な人材《じんざい》である必要はない」上條は時間をかけてコーヒーを飲み干《ほ》す。

「……というより、捜査を外《はず》しても影響のない人間がいいだろう」

「それなら、ぴったりの候補がいます」特捜部の副部長がしたり顔で即答《そくとう》する。

新堂はオールバックの髪をなでつけた。彼の脳裏《のうり》に三十六歳でやっと特捜部へ配属された女性検事の姿が浮かぶ。ショートヘアと強いまなざし、化粧《けしょう》っ気《け》のない顔は肌に艶《つや》があり、年齢よりずっと若く見える。スタイルも申し分なかった。連れて歩くには見栄《みば》えのいい女だ。何年か前に離婚して、いまは独《ひと》り身《み》らしい。新堂は、早朝から呼び出された会談で、自分が出世の大きなチャンスとささやかな楽しみの両方を手に入れた幸運を悟《さと》った。彼はコーヒーカップに口をつけ、うっすらとほくそ笑《え》んだ。

小《こ》ぎれいな一戸建《いっこだ》てと低層マンションが混在《こんざい》する世田谷区の静かな住宅街、岩崎紀美子《いわさききみこ》は娘の美沙《みさ》と手をつないで幼稚園の送迎《そうげい》バスを待っていた。岩崎はグレーのタイトなパンツスーツ姿、襟元《えりもと》で光っているのは秋霜烈日《しゅうそうれつじつ》をデザインした白い検察官バッジだ。美沙は紺色《こんいろ》の制服を着て、制帽は目立つオレンジ色、肩からお弁当の入った幼稚園バッグをななめにかけている。

「おかあさん、空が高いね」四歳の美沙は雲ひとつない秋晴《あきば》れを見上げた。

「朝は空気がきれいだから。ひんやりしない？」

「気持ちいいよ」娘は大きくジャンプすると両足を交互《こうご》に動かして、アイドルユニットの複雑なダンスを器用《きよう》に真似《まね》た。

「上手《じょうず》、上手《じょうず》」母親は拍手《はくしゅ》を送った。

「幼稚園じゃ、ななちゃんとさなちゃんの三人で踊《おど》るんだ」美沙は得意満面《とくいまんめん》になってステップを踏《ふ》む。

「へえ、仲良し三人組だね」岩崎は、娘からダンス仲間の名前を聞いて安堵《あんど》した。新しい友だちも見つかり、今度の幼稚園は早々《はやばや》と馴染《なじ》んだらしい。母親にとって、それがいちばんの気がかりだった。

「おかあさん、きょう遅いの？」美沙がいつもの質問をする。

「たまには早く帰らないとね。夕飯、外で食べようか。なにがいい？」母親は娘の顔をのぞき込《こ》む。

「新井屋さん！」美沙の目がパッと輝《かがや》いた。

「いいわねえ。広島風お好み焼き、おかあさんも大好き。ビール頼んじゃう」

「あたしはウーロン茶で乾杯《かんぱい》」ニコニコ顔の娘は大人《おとな》びた仕草《しぐさ》でエアジョッキをかかげた。

「幼稚園が終わるころ、いつものキッズルームにお迎《むか》えを頼んだから、キッズルームで待っていてね」

「あ、来た！」美沙が手を振った。

坂下の十字路を曲がって、カラフルなマイクロバスがゆっくりと近づいて来る。バスは岩崎母《おや》娘《こ》の前で停《と》まった。すでに数人の園児が乗っている。ドアが開き、身を乗り出した宮下圭子《みやしたけいこ》は丸い顔をほころばせた。

「みっちゃん、おまたせ」

「よろしくお願いします」岩崎は一礼した。

「宮下先生、おはようございます」美沙がバスのステップに足をかけ、乗り込みながら、だれにいうともなく自慢《じまん》する。

「うちのおかあさんはやさしいんだ」

岩崎はほのぼのとした気持ちでバスを見送ると前髪をかき上げ、私鉄駅へ急いだ。

彼女は２ＤＫの賃貸マンションに娘と二人で暮らしている。毎朝、出勤前に美沙を幼稚園へ送り出す。幼稚園は午後二時に終わるので、そのあとは託児所《たくじしょ》が頼りだ。岩崎が利用している自由が丘キッズルームは幼稚園へのお迎えだけでなく、追加料金さえ払えば時間無制限で子どもを預《あず》かってくれる。この二十四時間サービスのおかげで、いきなり事件が飛び込んでも、母親の女性検事は心おきなく仕事に集中できた。託児所の利用は前任地《ぜんにんち》の横浜地検のときと同じだ。もっともキッズルームへ払う料金は横浜のひまわりハウスと比《くら》べて三割増《ま》しになっている。

駅に着くと改札《かいさつ》を駆《か》け抜《ぬ》け、混雑した電車へ身を委《ゆだ》ねた。中目黒で地下鉄の日比谷線に乗り換《か》える。女性検事が乗った最後尾《さいこうび》の車両《しゃりょう》は有名大学の付属小学校へ通うにぎやかな一団が占拠《せんきょ》していた。岩崎は腰をランドセルで押されながら、娘に思いを馳《は》せる。幼稚園では自由時間が終わって、そろそろ朝のご挨拶《あいさつ》だ。岩崎は、娘の一日がきょうも楽しく過ぎることを願った。

美沙は父親の顔を知らない。

娘が生まれる直前、岩崎は身重《みおも》の身体《からだ》で離婚した。損保会社に勤《つと》める夫は野心に溢《あふ》れた営業部のトップ社員で昇進街道《しょうしんかいどう》を驀進中《ばくしんちゅう》だった。入籍前《にゅうせきまえ》、岩崎の肉体《カラダ》を貪《むさぼ》っているころは愛想《あいそ》よいフェミニストを気どっていたが、結婚したとたん、たちまち男根主義者《エゴイスト》の本性《ほんしょう》をむき出しにする。妻の仕事には理解のかけらさえ見せず、岩崎が自分より遅く帰宅した夜は一言《ひとこと》も口をきかないほど不機嫌《ふきげん》になった。岩崎の妊娠が分《わ》かると、夫は「検事なんかやめて子育てに専念《せんねん》しろ」と露骨《ろこつ》な態度で迫《せま》った。夫の要求は岩崎の自己同一性《アイデンティティー》を否定するものだから、彼女はにべもなく拒絶した。夫は逆上《ぎゃくじょう》し、夫婦の間をかろうじて繋《つな》いでいた最後の細い糸を断《た》ち切る。妻の左頰《ほお》を力まかせに平手打《ひらてう》ちしたのだ。いったん自制心《じせいしん》の堤防《ていぼう》が決壊《けっかい》すると、夫はささいなことでもすぐ手を上げた。岩崎は夫の横暴《おうぼう》な内面を知って、破綻《はたん》した結婚生活に終止符《しゅうしふ》を打とうと決心する。男を見る目がなかったとメソメソ泣いて不毛《ふもう》な暮《く》らしをつづけても人生の浪費《ろうひ》にすぎない。

彼女は、一年前、結婚届を提出した区役所から今度は離婚届の用紙をもらって来ると、夕食後、別れ話を切り出した。不意を突かれた夫は言葉をにごす。夫は嫉妬深《しっとぶか》く、それが離婚成立にブレーキをかけた。股間《こかん》をうずかせる香《かぐわ》しい妻の女体《フェロモン》には、実のところ、未練《みれん》タラタラだった。このまま手放《てばな》して他の男に抱かせるのはいかにも惜《お》しい。一方、岩崎の心をいくら探《さぐ》っても夫の居《い》場所《ばしょ》はなかった。彼女は離婚を渋《しぶ》る夫に、あなたが離婚届にサインしない場合、検事のあらゆる手管《てくだ》を使ってDV犯罪で訴えてやると畳《たた》みかけた。妻が本気だと理解すると損保マンらしい打算《ださん》が働き、夫はなんとか自分の下腹部と折《お》り合《あ》いをつけて離婚届に署名捺印《なついん》した。最後の日、目を血走《ちばし》らせた夫は憎々《にくにく》しげに臨月《りんげつ》の妻をにらみつけ、「おまえはライオン女にでもなれ」と捨《す》てゼリフを残して去っていった。

岩崎は妙《みょう》に納得《なっとく》した。

岩崎紀美子と美沙はライオンの母娘《おやこ》だ。ライオンは母親が狩《か》りと子育ての両方を掛《か》け持ちする。ぐうたらなオスの力は借《か》りない。母ライオンは子どもの空腹を満《み》たすために、毎日、広大な草原《サバンナ》を駆《か》けめぐり、獲物《えもの》をしとめて運んでくる。時期が来れば、狩りの方法などサバンナで生きる術《すべ》を徹底的に教えた。子ライオンが一人前《いちにんまえ》に育ち、親離れする、その日まで母ライオンは子どもを慈《いつく》しみ、命がけで守った。

岩崎は犯罪地帯というサバンナに潜《ひそ》む悪を追い立て、訴追《そつい》し、いくばくかの給金《きゅうきん》を稼《かせ》いでいる。家では家計をやりくりしながら、マンションの部屋を隅々《すみずみ》まできれいにして、二日に一度は洗濯機を回し、野菜多めの食事をつくり、お風呂は美沙といっしょに入る。どんなに疲れていても、家では美沙が最優先だ。人なみの教育をうけさせ、たまにはふたりで仲良くお出かけもする。別れた夫には幼稚園や託児所の費用を一切請求していない。養育費の分担を求めない代わり、子どもとの面会権は協議さえ行わなかった。いつの日か、美沙は父親に会いたいといいだすかもしれない。そのときは娘の気持ちを尊重しようと思っている。いずれにしても、美沙が独り立《だ》ちするまでは、ライオン女の岩崎が娘とふたりだけの生活を守っていくのだ。

霞ケ関駅に着くと、女性検事は地上へ出て、広い敷地《しきち》を贅沢《ぜいたく》に囲《かこ》ったビルが建《た》ちならぶ官庁街を走った。検察法務合同庁舎の正面玄関では、直立不動《ちょくりつふどう》で敬礼《けいれい》する守衛に軽く会釈《えしゃく》してエレベーターホールへ向かう。

十一階の検事室は無人だった。いつも元気な声で迎《むか》えてくれる吉永泰平《よしながたいへい》の姿はない。検察事務官の吉永は関東の事務官研修で朝から横浜へ出張していた。戻りは午後遅くらしい。あれほど血《ち》なまぐさい事件があった直後ではせっかくの研修も身が入らないだろう。吉永が戻ったら最新情報のお披露目《ひろめ》があるかもしれない。岩崎は自分でお茶を淹《い》れて、執務机の回転椅子《かいてんいす》に座った。室内は、岩崎の大きなデスクが窓際《まどぎわ》を占《し》め、左右に事務官の作業机とファイルロッカー、給湯セットが配置され、反対側のスペースには合成樹脂のローテーブル、長椅子《ながいす》、数脚の単座イスが置いてある。典型的《スタンダード》な検事オフィスだ。

岩崎は熱いお茶を飲んで一息《ひといき》つくと特捜検事の顔つきになった。

東京地検特捜部は大物政治家の汚職《おしょく》事件や上場企業の巨額脱税、談合など大型経済事件を扱《あつか》う、わが国最強の捜査機関である。特捜部は約五十人の検事と百人近い検察事務官で組織されていた。実際、特捜部の屋台骨《やたいぼね》を支《ささ》えているのは企業会計や税法、政治資金規正法のエキスパートをずらりと揃《そろ》えた優秀な事務官集団だといっても過言《かごん》ではない。いくつもの架空組織《ダミー》を間に挟《はさ》む政治資金団体や連結《れんけつ》された企業経理の複雑怪奇《かいき》な金の流れを正確に分析《ぶんせき》する裏方《うらかた》部門があってこそ、表舞台《おもてぶたい》に立つ特捜検事たちは巨悪を追いつめることができた。

特捜部では十人から三十人の検事が一組になってチーム捜査を行う。いまも特捜A班は閣僚経験者の受託収賄罪《じゅたくしゅうわいざい》を、B班が旧財閥系企業の粉飾《ふんしょく》決算を捜査している。各チームの根城《ねじろ》となった二つの大部屋は夜通《よどお》し明かりが消えない。

岩崎は特捜部に配属されてまだ日が浅く、チーム捜査からは外《はず》され、単独の予備捜査を宛《あ》てがわれていた。彼女はデスクから外為法《がいためほう》違反事件のファイルを手に取った。

そのとたん、ノックなしでドアが開き、オールバックの男が顔をのぞかせる。

「邪魔《じゃま》するよ」新堂幸治《しんどうこうじ》はぶらりと部屋へ入って来た。

「あ、副部長、おはようございます」岩崎はあわてて立ちあがる。

「そのままでいい。座ってくれ。お茶もいらない」副部長は鷹揚《おうよう》に言うと手近なイスを引っ張り、女性検事の正面に腰を下《お》ろした。

「どうだ、少しは部の雰囲気《ふんいき》に慣《な》れたかね？」

「さあ、どうでしょう……」岩崎は副部長の唐突《とうとつ》な来室に戸惑《とまど》った。

「そのうち、嫌《いや》でも慣《な》れるさ。特捜部は朱《しゅ》に交《まじ》わると赤くなるんだ」新堂は苦笑し、そのあと、思い切り渋面《じゅうめん》をつくった。

「それにしても、あんな事件があっては仕事にならんな。朝から部の全体が浮足立《うきあしだ》っている」

「いまごろ横浜地検は大変でしょうね」岩崎も眉《まゆ》をひそめた。

「たぶん薬《ヤク》がらみらしいが、まるで中南米の麻薬戦争だ。そう思わんか?」新堂は相手の返事を待たずにつづける。

「ここまで来ると一種のテロだな。われわれは否応《いやおう》なくテロの脅威《きょうい》に直面《ちょくめん》している」副部長は言葉に危機感を滲《にじ》ませて、部下の顔を注視《ちゅうし》しながら本題を切り出した。

「きみもNSSは聞いたことがあるだろう?」

「国家安全保障局ですか? たしか、内閣官房に設《もう》けられた……」

「ああ、対テロ政策立案の指令センターだ。今度、わが社も参加することになってね」

検事は自分たちの役所を、わが社と呼ぶ。検察庁に対する愛着を込《こ》めた呼称《スラング》だが、岩崎はその自慢《じまん》げな響《ひび》きと排他的《はいたてき》な意味合いが苦手《にがて》だった。

「うちがNSSに? どうして、いまごろ?」彼女は腑《ふ》に落ちない顔で訊《たず》ねる。

「下《した》っ端《ぱ》のわれわれには与《あずか》り知らない高度の政治力学《りきがく》が働いたんだろうな。警察庁《サッチョウ》をメンバーにして、わが社が蚊帳《かや》の外《そと》ではいかにもバランスが悪い」新堂はイスの中で身じろぎすると、さりげなくつけ加えた。

「NSSには私が出席する」

「副部長が?」岩崎は話の展開が読めてきた。心が波立《なみだ》つ。

新堂はオールバックの髪をなでつけ、再び部下を見つめた。

「きみが私の補佐役だ。同行を頼む」

岩崎の予感は的中《てきちゅう》した。さざ波が広がる。

副部長の声は熱を帯《お》びた。

「NSSは政府の中枢《ちゅうすう》だぞ。そこに出入りすることは、きみのキャリアに箔《はく》がつく。けして損《そん》な話ではない」

「わたしが手がけている事件はどうなります?」女性検事は真っ先《まさき》に浮かんだ疑念《ぎねん》を口にした。

「いまは予備捜査だったな?」

「はい、外為法《がいためほう》違反の案件《あんけん》です」

「それなら、心配無用だよ」新堂は大げさに手を振《ふ》った。

「いまのところ、NSSは月に何回か会議があるだけだ。担当事件に支障《ししょう》が出るとは思えない。これまでどおりつづけたまえ。なんなら予備捜査にとどまらず、本格的な捜査へすすんでもいいぞ。きみの手腕《しゅわん》に任《まか》せる」

「わかりました」女性検事はやっと表情を緩《ゆる》めた。

「よし、会議の日程がきまったら連絡する。話は以上だ」副部長は立ち上がった。

彼はドアに歩きかけて足を止め、部下を振《ふ》り返る。

「今度、食事にでも行こう。これからは、ふたりでチームを組むんだ。個人的な歓迎会をさせてくれ」

「ありがとうございます」岩崎は笑《え》みを返した。


女性検事は副部長が出て行ったドアを見やり、複雑な表情になった。まさか、NSSへ同席しろとは……。とてつもない怪物が頭上《ずじょう》に舞《ま》い降《お》りてきた感じだ。国家安全保障局は政権内部の奥深《おくふか》くに隠《かく》され、部外者厳禁《げんきん》の非公開セクションである。そんなところへ岩崎がノコノコ顔を出すのはいかにも場違《ばちが》いな感じがする。副部長は出世の糸口になると太鼓判《たいこばん》を押していたが、岩崎はキャリアの階段をあくせく昇《のぼ》りつめることに興味はない。自分には現場が似合《にあ》っている。岩崎のような一介《いっかい》の検事は犯罪捜査の最前線で頭と身体を使って仕事をするのが相応《ふさわ》しいのだ。しかし、かつて留学したＦＢＩでの研修は、帰国後ずいぶん役に立った。今回のＮＳＳでもひょっとしたら貴重な収穫《しゅうかく》を得られるかもしれない。なにごとも体験だろう。

　女性検事は気を取り直すと、あらためて外為法《がいためほう》の事件ファイルを開いた。


　外為法、外国為替《かわせ》及び外国貿易法は国の安全と経済の健全な発展のために外国への送金や物資の輸出入を規制する法律だった。近年は、資金洗浄《マネーロンダリング》やテロリスト対策が主眼《しゅがん》になっている。犯罪組織《シンジケート》は賭博《とばく》、麻薬などで稼《かせ》いだ巨額の不正資金を一般の金融市場に持ち込み、転々と送金することで金の出どころを消《け》し去《さ》ってしまう。汚《きたな》い金を複雑な金融システムを利用してきれいな金に洗浄《せんじょう》するのだ。こうしたマネーロンダリングの一手段として外国口座への送金が利用されていた。

　また、現代のテロリストは市販《しはん》のノートパソコンで誘導《ゆうどう》ミサイルの軌道《きどう》を計算し、目覚《めざ》まし時計から時限爆弾の起爆装置《タイマー》を創《つく》りだすので、外為法は政令を設《もう》けて兵器だけでなく、軍事技術へ転用可能な機器や化学物資を広く規制対象に加えている。

　岩崎は冷《さ》めたお茶に手を伸《の》ばした。一口飲んで、すぐファイルに戻る。

　株式会社イースト・シップラインは三年前に設立された小規模《しょうきぼ》な貿易会社だ。三千トン級のバラ積《づ》み貨物船をリース契約で就航《しゅうこう》させ、中国や朝鮮半島と交易《こうえき》している。北朝鮮には厳《きび》しい経済制裁が発動中だから、イースト・シップライン社は非常食や紙オムツなど人道支援物資を細々《ほそぼそ》と輸出していた。資本金は百万円、為替変動で差損《さそん》が出ればたちまち倒産に追い込《こ》まれるような零細《れいさい》企業のひとつにすぎない。それが、たまたま、先月おこなわれた税関の抜《ぬ》き打《う》ち検査で輸出申請書の不実《ふじつ》記載が発覚《はっかく》する。北朝鮮へ向けた乾《かん》パン缶詰《かんづめ》二千個の輸出申請に対して、実際、船積《ふなづ》みされていたのは五百個だけだった。イースト社は単純な記載ミスと釈明《しゃくめい》し、この一件は申請書類の訂正で何事《なにごと》もなく片《かた》づいたらしい。とはいえ、輸出先が北朝鮮であったため、税関は検察へ事後報告を上げる。その結果、特捜部で居場所《いばしょ》を見つけられずにいた岩崎のところへお鉢《はち》が回ってきた。

女性検事は税関から船の入出港《にゅうしゅっこう》記録と輸出入申請書の提供をうけ、税務署に照会《しょうかい》して、電子申告された法人税の確定申告書と付属書類のコピーを取り寄せた。ついで、イースト・シップライン社の取引先銀行へ出向き、迷惑顔《めいわくがお》の支店長に直談判《じかだんぱん》して、イースト社の口座内容を、事実上、開示《かいじ》させる。相手に気づかれず、こっそりと出来る任意《にんい》捜査はこれが限度だろう。その後は数字とにらめっこだった。設立以来、三年分の税務資料コピーは百枚近くある。岩崎は決算書や内訳書《うちわけしょ》を埋《う》め尽《つ》くす細《こま》かい数字の背後《はいご》に隠《かく》れた不正行為を探《さが》そうと悪戦苦闘《あくせんくとう》していた。彼女はファイルから視線を外《はず》し、正面の壁をぼんやり見つめる。現時点で、手元《てもと》のファイルに外為法《がいためほう》違反らしき痕跡《こんせき》は確認できないし、この先、どう転《ころ》んでも、イースト・シップライン社が第二のココム事件に発展するとは思えなかった。

東西冷戦時代、ソ連や中国など共産圏への輸出は西側同盟諸国の対共産圏輸出統制委員会《ココム》によって厳《きび》しく規制されていた。外為法も当然、ココムの政治的縛《しば》りがあった。冷戦末期、日本の大手メーカーがソ連に最先端のＮＣ工作機械を輸出する。ソ連は輸入した工作機械を軍事利用して攻撃型原子力潜水艦の性能を飛躍的《ひやくてき》にアップさせた。これを知ったアメリカ政府が激怒《げきど》し、ココム問題は日米外交の軋轢《あつれき》となる。日本政府は常《つね》にアメリカの顔色《かおいろ》を窺《うかが》っているから、あわてて関係者の処罰を開始した。大手メーカーの幹部社員二名が外為法違反で逮捕起訴され、有罪となった。当時、報道番組ではココム違反という耳慣《みみな》れない言葉が連日トップニュースでながされた。

岩崎は再びファイルへ目を移す。イースト・シップラインは資本金百万円のちっぽけな会社で、中国や北朝鮮との取引量はたかが知れており、船荷《ふなに》もハイテク機器と違って紙オムツや缶詰《かんづめ》など利益の薄《うす》い商品ばかりだ。オムツや缶詰から巨額の不正利益が生みだされるとは考えにくい。イースト社に外為法を潜脱《せんだつ》するなんらかの違法行為があっても略式《りゃくしき》起訴で済《す》まされ、本裁判は開かれず、百万円以下の罰金を払って放免《ほうめん》だろう。それどころか、訴追《そつい》へ辿《たど》りつけず、起訴猶予《ゆうよ》で終わる可能性さえあった。特捜検事の苦労が報《むく》われる事件とはいいがたい。岩崎は急に疲《ひ》労感《ろうかん》を覚《おぼ》えた。

西の空がオレンジ色に染《そ》まった午後四時をすぎて、事務官の吉永泰平《よしながたいへい》は横浜からあたふたと戻って来た。

「はい、お土産《みやげ》です」吉永は上司のデスクに天津甘栗《てんしんあまぐり》の袋を置く。

「中華街で焼《や》きたてを買ってきました。美沙《みさ》ちゃんのおやつにどうぞ」

「ありがとう」岩崎は自分より一回《ひとまわ》り若い事務官を見上げた。あごの下にふっくら肉がついて柔和《にゅうわ》な顔をした青年だ。

「研修はどうだった？」

「代わり映《ば》えしない中身《なかみ》でしたね。現行犯逮捕と緊急逮捕のケースメソッドが中心で……」事務官はイスに座るとネクタイを緩《ゆる》めた。一呼吸《ひとこきゅう》おいてぐっと身を乗り出す。

「実は、研修そっちのけでハロウィンの虐殺《ぎゃくさつ》ですよ。会場はその話題でもちきりでした」

「もう、そんな名前がついたの？」岩崎は苦《にが》い口調で訊《たず》ねた。

「ハロウィンの虐殺ですか。ええ、ワイドショーが命名《めいめい》してます」

「たしかに虐殺だけど、ネーミングがちょっと……」

「不謹慎《ふきんしん》といわれれば、そうかもしれません。というか、これ、大虐殺でしょう。なにしろ十人も殺されている」吉永はやわらかな表情を精一杯《せいいっぱい》きびしくした。

女性検事は沈痛《ちんつう》な顔でうなずく。

「横浜の麻薬取締部《マトリ》には大打撃ね。法執行《ほうしっこう》の実働部隊は全滅じゃない？」

「いや、ひとり生き残っています」

「生き残った？」岩崎が眉《まゆ》を上げる。

「横浜地検の事務官が教えてくれました」吉永は研修会で仕入《しい》れた内部情報をおもむろに披露《ひろう》する。

「マスコミでは報道されていませんが、麻薬捜査官がひとりだけ助かったみたいです」

「じゃ、犯人の似顔絵《モンタージュ》ができるかな。麻薬捜査官以外の犠牲者《ぎせいしゃ》は？」

「四人死んでいます」

「それは知ってる。身元《みもと》はどう？」

「さあ……」吉永は身を引いた。

岩崎の目が期待外《はず》れの色味《いろみ》に染《そ》まる。現地の情報はもうネタ切れらしい。

「死体は船員かもしれません。近くに船が泊《と》まっていたから」吉永がとってつけたようにいった。

「船？」岩崎は事務官を見た。

「小型貨物船です。たつみ丸とか、そんな名前でした」

それを聞いて女性検事の表情がさっと変わった。

岩崎の指がもどかしげにファイルのページをめくる。目指《めざ》す箇所《かしょ》はすぐさま見つかった。イースト・シップライン社の運航《うんこう》する船舶《せんぱく》が記載《きさい》された事業概要書《がいようしょ》だ。三千二百トンのバラ積《づ》み貨物船で、船名は「たつみ丸」とあった。

岩崎の視線がファイルに釘《くぎ》づけとなる。虐殺事件の現場近くに停泊《ていはく》していた船はイースト社の貨物船だったのか。

「たつみ丸……」彼女は船名を口にした。頭の中でなにかがつながった。

2

神奈川県警本部が分譲《ぶんじょう》の高層マンションであったなら、販売に向けた宣伝文句《キャッチコピー》はまちがいなく抜群《ばつぐん》の見晴《みは》らしだろう。横浜港の碧《あお》い海を見渡す海岸通りに面《めん》した県警ビルは、巨大なベイブリッジとみなとみらい地区のランドマークタワーを同じ位置から眺望《ちょうぼう》できる絶景《ぜっけい》ポイントに建っていた。地上八十三メートルの展望ロビーは意味なく円弧状《えんこじょう》に空中へ突き出しているわけではない。夏の海上花火大会の夜、ここは県警幹部と彼らお気に入りの女性警官たちが夜空に咲《さ》く色鮮《いろあざ》やかな大輪《たいりん》を見物する専用の特等席となった。

いま、穏《おだ》やかな秋の朝と対照的《たいしょうてき》に、神奈川県警は張《は》りつめた空気でピリピリしていた。ハロウィンの虐殺《ぎゃくさつ》が発生して二日目《ふつかめ》、事件を担当する捜査一課はほとんどの人員が目撃者探《さが》しと不審《ふしん》車両等の聞き込み、防犯カメラのチェックで本牧近辺《ほんもくきんぺん》を駆《か》け回っている。陽光《ようこう》の降《ふ》りそそぐ会議室では、たたきあげの刑事から捜査課長までのし上がった郡司耕造《ぐんじこうぞう》が苛立《いらだ》ちもあらわに小刻《こきざ》みな貧乏《びんぼう》ゆすりを始めた。郡司は、よりによって、このクソ忙《いそが》しいときにアポも取らず押しかけて来た図々《ずうずう》しい女検事をにらみつける。

「郡司課長、お元気そうですね」岩崎紀美子は完璧《かんぺき》な笑顔《えがお》を見せた。

岩崎が横浜地検に赴任《ふにん》していたとき、神奈川県警の郡司とはお互いぶつかり合いながらも捜査協力をした経験がある。彼女は無骨《ぶこつ》な刑事課長に親しみを感じていたが、どうも相手はちがうようだ。

「よしてくれ。あんたが来るとろくなことがない」郡司は拒絶の態度で腕組《うでぐ》みをした。

「まだ、なにもいってませんけど」岩崎が笑《え》みを絶《た》やさずに郡司の先走《さきばし》りを指摘《してき》する。

「聞かなくてもわかるさ。あんたはいつも厄介《やっかい》ごとを運んで来るからな」捜査一課の課長は仏頂面《ぶっちょうづら》でいった。

「ニュースを見てないのか？　こっちはハロウィンの虐殺で目も当《あ》てられないありさまだ。あんたの御大層《ごたいそう》な用事とやらにつき合ってるヒマはない」

「わたしが来たのもそのことなの。ハロウィンの虐殺よ」女性検事の声が真剣味《しんけんみ》を帯《お》びる。

「これまでの捜査状況を教えてくれない？」

「バカいえ。初動《しょどう》捜査を始めたばかりだぞ」郡司は荒々《あらあら》しく言葉を吐《は》き捨《す》てたあと、怪訝《けげん》な表情で太い眉《まゆ》を寄《よ》せた。

「いや、待てよ。そもそもなんで、あんたがここにいるんだ？　ウスノロ検事が出張《でば》って来るにしても横浜地検だろ。東京のあんたは管轄《かんかつ》がちがう」

「いいえ、管轄は関係ない」岩崎は首を振る。

「これは特捜事件なの」

「特捜……」郡司の貧乏ゆすりが止まった。

「なんの事件だ？」

「外為法《がいためほう》違反よ」

「外為法だって？　ずいぶん、お上品《じょうひん》な犯罪だな」郡司は皮肉《ひにく》っぽく肩をすぼめた。

「こっちが相手にしてるのは大量殺人者だ。特捜検事の出る幕《まく》はないぜ」彼は早くも席を立とうとする。

「ちょっと、話はこれからよ」岩崎は捜査課長を押しとどめた。

「手短《てみじか》に頼む」郡司はイスの中で尻を動かして座《すわ》り直《なお》した。

女性検事は急ぐ様子《ようす》もなく脚《あし》を組《く》んだ。

「あの現場に小型貨物船が泊《と》まっていたでしょう？　船名はたつみ丸」

郡司は、短いタイトスカートからすらりと伸《の》びた脚にチラッと視線を落《お》とし、気乗《きの》りのしない顔で相手を見た。

「いまでも、そのまま停泊中《ていはくちゅう》だが……」

「船の所有者は西和船舶《せいわせんぱく》、本社は神戸にある」岩崎がつづける。

「それくらい海事局《かいじきょく》に照会済《しょうかいず》みだ」

「でも、実際に貨物船を運航《うんこう》させているのはイースト・シップライン」

「イースト・シップライン？　初耳《はつみみ》だな」郡司がわずかに興味を示《しめ》した。

「川崎の貿易会社よ。わたしが外為法違反で調べてるのは、この会社」岩崎は組んでいる脚を外《はず》すと前髪をかきあげた。

「で、イースト・シップライン社はたつみ丸を使って韓国の港を中継点《ちゅうけいてん》に北朝鮮と交易《こうえき》をしている。これって気にならない？」

しばし、沈黙があった。捜査課長はいまの話を吟味《ぎんみ》するように無精髭《ぶしょうひげ》でザラザラしたあごをなでる。

「たしかに気になるな。船のガサ入れが必要かもしれん」彼の目が光った。

「殺しのあとにはシャブと万札《まんさつ》の破片《はへん》が散乱《さんらん》していた」

「やはり覚せい剤の取引？」岩崎は念《ねん》を押す。

「だろうな。これがシャブの密輸に絡《から》んだ事件なのはまちがいない。そして、北朝鮮は外貨《がいか》を稼《かせ》ぐのに必死だ。シャブの輸出くらい平気でやる」郡司は顔をしかめた。

「現場からシャブが見つかって四課も色めき立っている。だが、あいつらの好き勝手《かって》にさせるつもりはない。このヤマはおれたちが仕切《しき》る」

「組織犯罪対策課《ボウタイ》との先陣争《せんじんあらそ》いはともかく、イースト・シップライン社の情報はひとつ貸《か》しよ」岩崎が意味ありげに目配《めくば》せをする。

「あんたもそのへんの女と変わりないな」郡司は辛辣《しんらつ》な口ぶりでいった。

「すぐ男に見返りを求める」

「それが捜査協力でしょ」女性検事はすました顔で答えた。

「検事に借りはつくりたくない。さっさと返しておくか」捜査課長はテーブルに置かれた内線電話をつかむ。

「会議室にいる。写真をもってきてくれ。そう、現場のやつだ」

ほどなく、ドアが開いて、筋肉質《きんにくしつ》の若い刑事が会議室へ入ってきた。手にA4判のタブレットを持っている。

「うちの藤島《ふじしま》だ」郡司は部下を紹介《しょうかい》すると彼に命じた。

「ここにいる検事さんに写真を見せてやれ」

「一課の藤島淳一《ふじしまじゅんいち》です」若い刑事はていねいにお辞儀《じぎ》をして、課長の隣《となり》に座った。

「岩崎です。よろしく」女性検事も頭を下げる。

「いま、うちに出来るサービスは写真ぐらいだよ」郡司は部下のタブレットにあごをしゃくった。

「いっとくが、血の海だぜ」

藤島はタブレットを操作《そうさ》して、女性検事へ差《さ》し出《だ》す。

最初の一枚は平屋《ひらや》のプレハブだった。岩崎は指で写真を先に送る。二枚目からはプレハブ屋内《おくない》だ。投光器《とうこうき》が持ち込まれたのか隅々《すみずみ》までくっきり写《うつ》っている。赤黒《あかぐろ》い血で汚《よご》れた床《ゆか》には何人もの死体が折《お》り重《かさ》なるように倒《たお》れていた。岩崎が指を動かす度《たび》に次々と凄惨《せいさん》な写真が現《あらわ》れた。どの死体も全身に銃弾が撃ち込《こ》まれ、家族が遺体《いたい》の身元《みもと》確認に立ち会ったら、一目《ひとめ》で卒倒《そっとう》しそうな写真もある。額《ひたい》に直撃弾《ちょくげきだん》を浴《あ》び、眼球《がんきゅう》が透明なゼラチン組織を引いて飛び出し、割《わ》れた頭蓋骨《ずがいこつ》の内部は丸見《まるみ》えになっていた。

女性検事はタブレットのパネルから目を離し、やりきれない顔でため息をつく。

「六人の麻薬Gメンが殺《や》られた」郡司は怒りを抑《おさ》えて唸《うな》った。

「おれたちは、密売人グループの抗争に麻薬取締部《マトリ》が巻き込《こ》まれたとみている。とばっちりにしてはひどいもんだ」

「密売人は？」岩崎が訊《たず》ねる。

「転がっていた死体は四人だ」

「身元《みもと》はどう？」

「いまのところ不明だよ」捜査課長のいかつい顔に影《かげ》が差《さ》した。

「最近は連中も用心深《ようじんぶか》いからな。取引の場に免許証やカードは持参《じさん》しない。携帯もなかった。携帯は襲撃《しゅうげき》したやつらが持ち去った可能性もある。その襲撃者だが……」郡司は言葉を切り、タブレットを手に取った。

「あんた、写真を見てなにか気づかなかったか？」彼は試《ため》すような視線を向けた。

岩崎はタブレットを凝視《ぎょうし》する。血まみれのプレハブと無残《むざん》な死体が蘇《よみがえ》った。

「弾痕《だんこん》が部屋中に散《ち》らばっていたわね」彼女の脳裏《のうり》に壁を貫《つらぬ》いた無数の穴が浮かぶ。

「そうだ」郡司は大きくうなずいた。

「発砲されたのは全部九ミリ弾だった。しかし、拳銃じゃない。百発ほど撃ちまくっているからな。おそらく短機関銃《サブマシンガン》だろう。それも反動のデカイやつだ」

「反動が大きい……、だったらMAC10《マックテン》かUZI《ウージー》ね」

若い刑事が驚いて顔を上げる。

「検事さん、よく、ご存《ぞん》じですね」

「FBIに短期留学したとき、銃器についても一通《ひととお》り講習を受けたの」岩崎は簡単に説明した。

「FBI仕込《じこ》みですか？」藤島は相手をまじまじと見つめる。目の前に座った年上の女はただの美人検事というだけではなさそうだ。

「両方ともテロリストの御用達《ごようたし》といわれてる」捜査課長が苦《にが》い顔で話を引き取った。

「国内じゃ滅多《めった》に入手《にゅうしゅ》できない代物《しろもの》だ。闇《やみ》の武器ブローカーを締《し》め上《あ》げれば襲撃グループの手がかりがつかめるかもしれん」

「なにか分かったら知らせてね」岩崎は名刺にボールペンで直通電話と携帯の番号をメモ書きして県警の二人へ渡した。

あとひとつ聞き残したことがある。彼女は気がかりだった疑問を口にした。

「そういえば、麻薬取締官がひとり生き残ったという噂《うわさ》は本当？」

「ああ、女の麻薬Gメンが助かっている」

「やはり生存者が……。マスコミ発表をしないのはどうして？」

「マスコミのハイエナどもにわざわざ餌《エサ》をやる必要はないだろ。ひとりだけ生き残ったとなればいらん詮索《せんさく》をされるからな。仲間を見殺《みごろ》しにして逃げたとか」

「実際はどうなの？」

「気絶《きぜつ》していたんだ」郡司は頭の後《うし》ろに手を当《あ》てた。

「後頭部をこん棒のような鈍器《どんき》で殴《なぐ》られて気を失っていた」彼はゴツゴツした指で眉間《みけん》をもみながら言葉を継《つ》いだ。

「実のところ、第一発見者もその女Gメンだよ。意識を取り戻して修羅場《しゅらば》を発見、すぐさま通報してきた。県警指令センターへの入電《にゅうでん》は当日の午後十一時六分だ。彼女の話から犯行時間は午後八時半ごろだとわかっている」

「直接、詳《くわ》しい話を聴《き》きたいわね」岩崎がいった。検事としての嗅覚《きゅうかく》が活性化《かっせいか》する。

「そりゃ無駄《むだ》だな」郡司はあっさり否定した。

「肝心《かんじん》の時には昏倒《ブラックアウト》していた。いまも入院中だ」

「でも、一度、会ってみたい。名前と入院先を教えてもらえる？」

捜査課長は部下に目で合図《あいず》を送った。

「佐々木由佳《ささきゆか》、二十五歳です。みなとみらいのけいゆう病院に入院しています」

「助かるわ。これから病院へ行ってみるつもり」女性検事は感謝の表情を浮かべる。

「好きにすればいいさ」郡司はぶっきらぼうに会話を打ち切るとイスを押して立ち上がった。

横浜けいゆう病院は地下鉄みなとみらい駅から歩いて五分もかからない便利な場所にある。一般社団法人警友会《けいゆうかい》が経営する地上十三階地下三階の総合病院で、百名を超える勤務医《きんむい》を抱《かか》えていた。

岩崎紀美子は明るい正面ロビーの受付に近づいた。カウンターでは白衣を着た中年の女性が微笑《ほほえ》みで迎《むか》える。

「東京地検の岩崎ですが、佐々木由佳さんの病室はどこですか?」

受付の女性は、訪問者が襟元《えりもと》に光らせた検察官バッジを見て、キーボードをたたき、モニター画面を目で追った。

「佐々木様は退院しています」

「えっ、退院した?」岩崎は思わず聞き返す。

「はい。つい、一時間前に」

女性検事は礼を言うとカウンターを離れ、うつむきながら病院の出口へ向かった。正面の自動ドアを出たところで立ち止まる。

完全な空振《からぶ》りだった。まさか、退院しているとは……。佐々木由佳の自宅住所は分《わ》からない。こんなに早く病院を抜《ぬ》け出してなにをするつもりか。岩崎は自問《じもん》した。自分ならどうするだろう?

一瞬《いっしゅん》の閃《ひら》めきで、彼女は顔を上げた。答えは決まっている。職務への復帰だ。

女性検事はみなとみらい線で官庁街の関内《かんない》へ戻って来た。馬車道《ばしゃみち》駅のすぐそば、老舗《しにせ》の店と新しいショップが競《きそ》いながら共存《きょうぞん》する街中《まちなか》、厚生局麻薬取締部の横浜分室は外壁《がいへき》をレンガで飾《かざ》った第二合同庁舎二階に入っている。岩崎が来庁目的を告げると応接室へ通された。検察官バッジはどこでも有無《うむ》をいわせない威力《いりょく》を発揮《はっき》してくれる。お茶が出てしばらく待ったあと長い髪の痩《や》せた女性が姿を見せた。後頭部の傷痕《きずあと》は背中までかかるストレートの黒髪《くろかみ》で隠《かく》されていた。岩崎はソファーから立ち上がった。

「佐々木です」厚生局麻薬取締部の女性Gメンは無表情に名乗《なの》る。

「東京地検の岩崎です。突然お伺《うかが》いしてすみません」

法執行官の女ふたりはテーブルを間《あいだ》に挟《はさ》んで座った。

「ケガの具合《ぐあい》はどう？」岩崎が心配顔で訊《たず》ねる。

「もう大丈夫《だいじょうぶ》です」佐々木由佳は表情を消したまま答えた。

「無理しちゃダメよ。頭を強く打《う》っているんでしょ。もっと入院してればいいのに」

「いえ、CTとMRIでは異常がありませんでした。それに……」佐々木の声がわずかに沈んだ。

「仲間が殺されています。病院でゆっくり寝てなんかいられません。あたしの責任ですから」

「そうやって自分を責《せ》めないで。あとのことは警察に任《まか》せるしかない。もう事件は麻薬取締部《マトリ》の手を離れている。二、三日、休んだらどう？」岩崎は相手を気遣《きづか》うつもりでアドバイスの言葉をかけた。

「あなたになにがわかるの！」女性Gメンは血相《けっそう》を変えて、いきなりタメ口《ぐち》になる。

「顔を吹き飛ばされた班長には小さな娘がいたのよ。あんな死にざまじゃ最後のお別れもできない。他の班員だっておなじよ。とても家族に見せられる姿じゃない。全部あたしがドジを踏《ふ》んだせいなの」

岩崎は女性Gメンの話を自分と美沙《みさ》に置《お》き換《か》えて他人事《ひとごと》とは思えない心境《しんきょう》になった。

「あなたの辛《つら》い気持ちを考えないで、ごめんなさい」彼女は神妙《しんみょう》な顔で詫《わ》びた。

「こちらこそ、つい興奮しました。でも、安全なオフィスでデスクワークをしている検事さんにはわからないでしょうね」佐々木は感情を一気に爆発させたせいか声が落ち着く。

「あのときは後方支援《バックアップ》に就《つ》いていました。車の陰《かげ》から班長たちが突入したプレハブを見張《みは》っていた。だけど、急襲《きゅうしゅう》部隊が不意《ふい》打ちを食《く》らわないように、もっと周囲へ気を配《くば》っているべきでした。バックアップに就《つ》くとはそういうことなのです。あたしの警戒がおろそかだったせいで背後から殴《なぐ》られて……」長い髪の女性Gメンは唇を噛《か》んだ。

「あなたが襲《おそ》われたのは何時ごろ？」岩崎は頭の中の質問リストに沿《そ》って訊《たず》ねる。

「現場に到着してほどなく、午後八時半前後《ぜんご》だと思います」

「犯人の人数は？」

「わかりません」佐々木は目を伏《ふ》せた。

「顔も見ていない？」

「ええ」

「服装とか足元《あしもと》の靴《くつ》、なにか犯人の手がかりにつながるものを見なかった？」

「警察にも聞かれましたが、目撃者としてはまったく役に立てません」女性Gメンは自分のヘマを許せないといった表情で再び唇を噛む。顔色《かおいろ》も蒼《あお》い。

「瞬間的に失神《しっしん》したから仕方《しかた》ないわね」岩崎は犯人像《はんにんぞう》を棚上《たなあ》げして、次の質問へ移った。

「現場に小型貨物船が泊《と》まっていたでしょう？」

「それは覚えています」佐々木の頬《ほお》に少しだけ生気《せいき》が戻る。

「船の様子《ようす》はどうだった？」

「少なくとも、あたしが殴り倒されるまで動きはありませんでした」

「そう」女性検事はなにも収穫《しゅうかく》を得られないまま質問を変えた。

「事件の第一通報者はあなたなの？」

「はい」佐々木がうなずく。

「意識が戻ったあと、直《ただ》ちにプレハブ建物へ向かいました。室内を見て生存者がいないか確認してから横浜分室と県警に通報してます。時間は午後十一時過《す》ぎでした」そのとき見つけた仲間の惨《むご》い死体を思い出したせいか女性Ｇメンの顔には深い苦悩《くのう》が刻《きざ》まれる。

岩崎のまなざしは微妙《びみょう》に変化した。あれだけの惨状《さんじょう》を目にしながら佐々木由佳は取り乱《みだ》すことなく人命救助を最優先に生存者を探《さが》している。同僚の死で打ちひしがれた若い女性は、その華奢《きゃしゃ》な見かけとちがって男勝《おとこまさ》りのタフな犯罪捜査官かもしれない。

女性検事の質問項目は最後に近づいた。

「あの日、本牧埠頭《ほんもくふとう》で覚せい剤取引が行《おこな》われるのをどうやって摑《つか》んだの？　タレ込みでもあった？」

「うちの内偵《ないてい》の成果です」麻薬Ｇメンが顔を上げる。

「内偵はどこを？」

「あたしは知りません」佐々木は硬《かた》い声でいった。

「情報源《ソース》は内部でも秘密扱《あつか》いですから。詳細《しょうさい》を把握《はあく》してるのは班長だけでした」

「ところで、イースト・シップラインという会社に心当《こころあ》たりは？」

「いいえ」女性Gメンは首を振《ふ》った。彼女は長い髪を手で払《はら》う。

「そろそろいいですか。東京の本局から新しい班長が来るので忙《いそが》しいのです」

「協力ありがとう」岩崎はソファーから腰を浮かせた。

「くれぐれもお大事に」

女性検察官は応接室をあとにして一階へ降《お》りる。合同庁舎を出たところで携帯が鳴《な》った。肩に下げたトートバッグから携帯を取り出す。発信者は美沙《みさ》の幼稚園だ。岩崎は胸騒《むなさわ》ぎを覚《おぼ》えた。

「はい、もしもし」

「等々力《とどろき》幼稚園の宮下《みやした》です」年中組主任《ねんちゅうぐみしゅにん》の宮下圭子《みやしたけいこ》は声が緊張《きんちょう》している。

「美沙ちゃんが男の子とケンカしてケガを……」

「えっ、ケガ？」岩崎は一瞬、息を呑《の》む。

「ご心配なく。たいしたケガではありません」宮下があわてて付《つ》け加えた。

「口の端《はじ》をちょっと切っただけです。あとは手足に擦《す》り傷《きず》」

「相手の男の子は？」岩崎はそちらの方も気がかりだった。

「新堀友成《にいぼりともなり》くんです。美沙ちゃんの頭がぶつかって目のまわりにアザができています」

女性検事は今日のスケジュールを思い浮かべた。緊急の案件《あんけん》は入っていない。

「これから、うかがいます」彼女は携帯を切ると馬車道駅へ急いだ。

都内の私立大学が母体《ぼたい》となっている等々力幼稚園は世田谷区の住宅街にある。それほど広くない園庭《えんてい》にはこぢんまりとした運動場が整備され、その片側にすべり台や男の子に人気のジャングルジムなど定番の遊具《ゆうぐ》がならんでいる。まだ昼前だが、お弁当の時間か遊んでいる園児《えんじ》はいない。

岩崎が事務室に顔を出すと廊下《ろうか》の奥の部屋へ案内された。年代物《ねんだいもの》らしい調度品《ちょうどひん》を揃《そろ》えた応接室で、美沙は口の右端《みぎはし》に小さなバンドエイドを貼《は》って不安そうに座っている。反対側のソファーには、左日のまわりをうっすらと内出血した男の子と金縁《きんぶち》メガネをかけた三十代の女性が腰かけていた。幼稚園からは初老《しょろう》の園長と宮下圭子が同席している。母親を見て美沙の表情がみるみる緩《ゆる》んだ。

「遅くなりました」岩崎は一礼《いちれい》する。

「美沙ちゃんのお母《かあ》さまですか?」メガネの女性があわてて立ち上がった。

「新堀友成《にいぼりともなり》の母でございます。この度《たび》は大切なお嬢様にケガをさせてしまって大変申《もう》し訳《わけ》ありません」母親は深々《ふかぶか》と頭を下げ、となりの息子をにらむ。

「トモくん、女の子に手を上げちゃダメでしょ」

「いいえ、とんでもありません」岩崎も腰を丁寧《ていねい》に折《お》り曲《ま》げた。どう見ても相手の方が重傷だ。

彼女は新堀友成へ声をかけた。

「お顔、痛くない?」

「痛い」男の子はむすっと答える。

園長が咳《せき》ばらいをした。

「休み時間にふざけていたら、たまたま、友成くんの手が美沙ちゃんにあたってケンカになったみたいです。子ども同士ですから勢《いきお》い余《あま》って起きたことでしょう。美沙ちゃんも頭突《ずつ》きをしたわけではない。偶然、頭がぶつかってしまった。お互《たが》いに悪気《わるぎ》はありません。幸《さいわ》いかすり傷とアザですみましたし、よく言って聞かせたので、ふたりともこんな真似《まね》は二度とくり返さないと思いますよ」園長は戒《いまし》める目を美沙と友成へ交互に向けた。

「いいかな、お母さんに心配をかけちゃいかんぞ。わかったね」彼は二人の園児の小さな手をつかむと無理やり握手《あくしゅ》をさせた。

「よし、これで仲直《なかなお》りだ」園長は満足げに全員を見渡《みわた》す。

その場にながれた気まずい空気を吹《ふ》き飛ばすように宮下圭子が明るい声でいった。

「さあ、お弁当、お弁当。先生といっしょに食べようか」年中組主任《ねんちゅうぐみしゅにん》は美沙と友成を連れてそそくさと退室する。

岩崎は園長と新堀友成の母親に挨拶《あいさつ》して幼稚園の外へ出た。腕時計を見ると、あと一時間少しで幼稚園はお帰りの時間だ。岩崎は近くのカフェレストランで美沙を待つことにした。ログハウスそっくりな店に入って窓辺《まどべ》のテーブル席を選び、パスタランチを注文する。自由が丘キッズルームに電話をかけ、この日のお預《あず》かりをキャンセルしたあと検事室へ連絡を入れた。

「岩崎です。きょうは戻りません。なにかあったら携帯へお願いね」

「了解《りょうかい》。ちょっと待って下さい」事務官はメモを読み上げる。

「副部長の伝言があります。あす、NSSの会議。午前十時に出発。以上です」

「わかりました」

「ＮＳＳってなんですか？」吉永が興味をそそられた声で訊《き》く。

「政府の国家安全保障局よ。副部長のお供《とも》でついていくの」

「へえ、うちがそんなところに参加して検察の中立性に反しないのでしょうか？」

女性検事は一瞬、返答に窮《きゅう》した。若い事務官の指摘《してき》は当《とう》を得《え》ている。

「吉永君、あなた鋭いわね。わたしは考えてもみなかった」

「ただの思いつきですよ。気にしないでください」吉永は検察上層部への批判をとり繕《つくろ》う口ぶりでいった。

「それじゃ、私は定時で帰ります。おつかれさまでした」

岩崎は電話を切ってからも事務官の言葉を引きずっていた。たしかに検察庁が政府の中枢《ちゅうすう》まで関与《かんよ》するのは政治的中立を損《そこ》なうおそれがある。吉永の発言は物事《ものごと》の本質を射抜《いぬ》いていた。それに比《くら》べて自分は……この十年間、悪党相手の検事生活にどっぷりと浸《つ》かり、肝心《かんじん》な原理原則の意識が鈍感《どんかん》になってしまった。とはいっても、最高検察庁を頂点とするピラミッド組織の底辺で働く平《ヒラ》検事はまったく無力だ。

ランチサラダのついたカルボナーラがテーブルに置かれる。岩崎は漠然《ばくぜん》とした暗雲《あんうん》を振《ふ》り払《はら》った。

終園《しゅうえん》チャイムが鳴《な》って、建物から園児たちがぞろぞろ出て来る。正門には送迎用《そうげいよう》マイクロバスが横づけされ、お迎《むか》えの母親たちは園庭《えんてい》の砂場《すなば》ちかくで待っていた。美沙はお迎えの一団に岩崎の姿を見つけると全力でダッシュしてきた。

「おかあさん、どうしたの？」

「いっしょに帰ろう」岩崎は歩幅《ほはば》を狭《せば》めて娘とならんで歩く。

「ねえ、みっちゃん、なぜケンカになったの？　お母《かあ》さんには本当のこと話してくれる？」岩崎はやんわりと訊《き》いた。娘が隠《かく》し事《ごと》をしているのは母親の直感で分《わ》かった。

美沙は重大な秘密を打《う》ち明《あ》ける顔でいった。

「ななちゃんはヒデくんが好きなんだよ」

「ななちゃんってダンス仲間の？　ななちゃん、さなちゃん、みっちゃん」

「うん。きょうはヒデくんの誕生日だから、ななちゃん、手作りクッキーもってきたの。プレゼントに」

「ななちゃん、やるわねえ」

「それをトモのやつが……」

「新堀友成くん？」

「トモが、そんなの食べたら食中毒になるとか、ママに作らせたんだろうとか悪口いって、ななちゃん泣きそうになったから」

「友成くん、ひどいね」母親は眉《まゆ》をひそめる。

「自分がもらえなくてヤキモチを焼いたかな」

「あたし、ななちゃんにあやまらないとやっつけてやるって怒《おこ》ったの」美沙が興奮気味《ぎみ》にまくし立てる。

「そしたら、女のくせに生意気《なまいき》だと顔をぶたれた」

「それでケンカになったの？」

「そうだよ」

「美沙、あなたにお口はないの？」母親の声が厳《きび》しくなった。

「え？」娘はキョトンとする。

「お口よ。あるの、ないの？」岩崎はくり返し聞いた。

「あるよ」美沙は母親の強い口調《くちょう》にびっくりして答えた。

「たたかれたら、やり返さないで、そのお口で先生にいいなさい」

「先生に？」

「そういうときのために先生はいるのよ」

「でも、先生がいなかったら？」

「逃《に》げなさい」岩崎は即座《そくざ》に命じ、納得《なっとく》しがたい表情を浮かべている娘の瞳《ひとみ》を見つめた。

「ケンカは大変なケガをすることがあるの。今度だって頭が友成くんの目にあたって危《あぶ》なかったでしょう。目が見えなくなったら、ごめんなさいじゃすまないのよ。相手が悪くても絶対にやり返しちゃいけません。お母さんのいってること分《わ》かるわね？」

「はい」美沙は素直《すなお》にうなずく。

「約束よ。でも、ななちゃんを助けてあげたのはえらいと思うわ」岩崎は友だちのために体を張《は》った娘の肩を優《やさ》しく抱いた。さすがチビライオンだ。

「幼稚園ではなんでいわなかったの？」

「だって、ななちゃん、せっかく手作りクッキーもってきたのに、あたしといっしょにおこられちゃかわいそうだから」

岩崎は娘をぎゅっと引き寄せた。

「いまから二子玉川《ニコタマ》へ出かけようか」

「お出かけ、ほんと？」美沙は意外なご褒美《ほうび》に戸惑《とまど》いを見せる。

「女同士でお買い物よ」

「本屋さんに行ってもいい？　絵本コーナー」四歳の娘は期待を込《こ》めて母親を見上げた。

「ＯＫ。好きな本どれでも買ってあげる」

「やった！」美沙は両手を打《う》ってリズムを取り、お得意のダンス・ステップを踏《ふ》んだ。


昼間から窓のブラインドは閉《し》められている。コンクリートむき出しの殺風景《さっぷうけい》な部屋にふたりの男が座っていた。一人は革《かわ》ジャンパーを羽織《はお》って、右頰《みぎほお》が古い傷でミミズ腫《ば》れ状に盛り上がっている。もう一人は高級スーツを身に着《つ》け、目つきが鋭い。頰傷《ほおきず》の男は茶色いボストンバッグをテーブルに置いた。

「そちらの取り分です。八千万円あります」

相手は中身も確認せずにバッグを手繰《たぐ》り寄せる。

「おまえらはどれだけ手に入れた？」

「ざっと現金《ゲンナマ》四億円、ブツが二十キロですか」頰傷の男は淡々《たんたん》と答えた。

「けっこうなことだ。濡《ぬ》れ手に粟《あわ》だな」

「こっちは麻薬取締官《マトリ》まで始末《しまつ》したんですよ。それくらいの見返《みかえ》りはないと」

「尻尾《しっぽ》はつかまれないだろうな」スーツの男はじろりとにらむ。

「心配ありません」頽傷の男は万事《ばんじ》ぬかりないと保証するように片手を上げた。

「ゴム仮面《マスク》をかぶって、手袋をつけています。盗んだ車のナンバーは偽造《ぎぞう》プレートに替《か》えました。神奈川県警は手がかりがなくて無駄骨《むだぼね》を折《お》るだけです」

「それなら文句はない。次の仕事でもしこたま儲《もう》けてくれ」

「ひとつ、お願いがあります」頽傷の男が身じろぎする。

スーツの男は目で先をうながした。

「新しい道具を用意してください」

「それは少々、贅沢《ぜいたく》じゃないか」相手はスーツの襟《えり》からついてもいない埃《ホコリ》を払《はら》い落《お》とすとテーブルの上で両手を組んだ。

「銃弾の補充《ほじゅう》で足《た》りるだろう」

「ご承知のとおり、一度使ったやつは弾丸《マメ》に旋条《ライフリング》の痕《あと》が残ります」頽傷の男は不満そうに食《く》い下《さ》がった。

「捕《つか》まれば百パーセント死刑台送りですからね。人生で見る最後の光景が処刑室《しょけいしつ》というのはあまり愉快《ゆかい》じゃない。ほんのわずかでも危険は冒《おか》したくありません」

「新品のＳＭＧか」スーツを着た男はコンクリートの天井《てんじょう》を仰《あお》ぎ、また頽傷の男へ視線を戻した。

「わかった。次回までに三丁ほど調達《ちょうたつ》しよう」

「では、お待ちしています」頬傷の男が溜《た》めていた息を吐《は》く。

「これで失敬《しっけい》するよ。会議があるのでね。ゆっくりしてはいられない」スーツの男はボストンバッグを手にすると重さを確かめるように持ち上げた。

3

NSS国家安全保障局は政府の要人《ようじん》が連《つら》なるNSC国家安全保障会議をサポートする実務家《じつむか》集団だ。NSCが立案《りつあん》を行《おこな》う安保政策と指針《ししん》はすべてNSSから提出された資料や分析《ぶんせき》に基《もと》づいている。実際上、NSCの役割はNSSに集《つど》った官僚グループが作成する様々な下書き《ドキュメント》をそのまま清書《せいしょ》して、ハンコを押すだけにすぎない。NSSには外務省、経済産業省、防衛省、国土交通省、警察庁、公安調査庁、内閣情報調査室から合計約七十人の人員が派遣され、局内は戦略企画班や総括・調整班など六つの班に枝分《えだわ》かれしている。中央省庁《しょうちょう》の役人は国家への忠誠《ちゅうせい》より役所の権益《けんえき》を優先させる身内贔屓《みうちびいき》が強い。彼らの勢力範囲《テリトリー》に対する貪欲《どんよく》さは飢《う》えた肉食動物なみだから、NSSの場でも役人たちは高級官僚らしい体面《たいめん》を保《たも》ちつつ慇懃無礼《いんぎんぶれい》な主導権争いに明《あ》け暮《く》れていた。

検察庁とNSSが活動拠点《きょてん》を置く永田町の内閣府庁舎までは歩いてもいける距離だが、特捜部の新堂幸治《しんどうこうじ》は女性検事を同伴《どうはん》して、運転手つきの検察公用車で仰々《ぎょうぎょう》しく乗りつけた。特捜部の副部長と女性検事は身元《みもと》のチェックをうけ、金属探知機のゲートをくぐって控《ひか》えラウンジへ入った。丸テーブルが星形《ほしがた》に配置された明るいラウンジには四十代と思《おぼ》しき二人の先客《せんきゃく》がいる。ひとりは仕立《した》ての良いダークスーツを着こなし、もう片方はかっちりした軍隊式の制服姿だった。

彼らは検察官たちに近づいて来た。

「防衛省の川原《かわはら》です。装備部門を担当しています」スーツの男が目礼《もくれい》する。

「陸上自衛隊の武部《たけべ》と申します」自衛官は靴の踵《かかと》を合わせて名乗《なの》った。

「武部さんは陸自《りくじ》の一佐《いっさ》でしてね。昔の軍隊でいえば大佐ですよ。連隊長だ」川原が脇《わき》から説明した。

「東京地検の新堂です。お世話になります」副部長は儀礼《ぎれい》の挨拶《あいさつ》をする。

「岩崎です」女性検事は控《ひか》えめにいった。

「書斎派《しょさいは》の検察庁から人が来るとはNSSもいまや水ぶくれ現象《げんしょう》ですかな」川原は冗談めかして本音《ほんね》らしき言葉を口にした。

「うちはお目付《めつ》け役《やく》ですから」新堂はむっとして言い返す。

「安全保障の政策で官僚のみなさんが暴走しないように法的な側面からアドバイスをします。いわばブレーキの役割と思って下さい」

「銃でいえば安全装置《セーフティ》の役目《やくめ》ですか。どうぞ、お手柔《てやわ》らかに」川原は副部長を横目《よこめ》に女性検事の全身を一瞥《いちべつ》すると佐官《さかん》をうながしてその場を離れた。

「嫌味《いやみ》な役人だな」新堂は敵意《てきい》を込《こ》めた視線を送り、オールバックの髪をなでつける。

ラウンジはしだいに人が増えて来た。

「きみ、岩崎君じゃないか？」背後で大きな声が上がった。

女性検事が振り向くと懐《なつ》かしい顔が笑っている。

「稲垣《いながき》さん！　お久しぶりです」岩崎の口許《くちもと》にも驚きの笑《え》みが広がった。

髪に白いものが混《ま》じっていたが、彫《ほ》りの深い顔は昔と変わらない。稲垣史郎《いながきしろう》は、十年前、岩崎が検察官を拝命《はいめい》したとき新人検事の指導係だった。岩崎は彼から「被害者に寄《よ》り添《そ》い、被害者と共《とも》に泣く」という検察官の理念を教え込《こ》まれた。犯罪被害者の訴訟参加制度が成立する以前、被害者は刑事裁判の場で人間として扱《あつか》われず、凶器《きょうき》のナイフや事故を起こした車と同様の証拠品《しょうこひん》にすぎなかった。刺殺《しさつ》された犠牲者は殺人罪の証拠であり、レイプされた女性は強姦罪の証拠という具合《ぐあい》だ。刑事裁判は犯罪者のくどくどした弁解を中心に審理《しんり》が進行し、被害者は法廷に立つことさえ疎《うと》まれた。そんな時代、稲垣史郎は犯罪被害のリアルな声を法廷に届けるため、被害者や遺族を積極的に検察側証人として出廷《しゅってい》させた。彼は被害者を励《はげ》まし、「裁判官の前で思いのたけをぶちまけろ」と奮《ふる》い立たせて証言台《しょうげんだい》へ送り出した。稲垣史郎の献身的《けんしんてき》な姿勢《しせい》は岩崎たち若手検事の敬意《けいい》を集めていた。その後、稲垣は公安調査庁へ出向《しゅっこう》となって検察庁を去《さ》る。

「稲垣さんはいまでも公安調査庁に……？」岩崎が訊《たず》ねた。

「このまま骨を埋《うず》めそうだよ」稲垣はかつての教え子を感慨深《かんがいぶか》げに見つめた。

「特捜部から人が来ることは聞いていた。まさか、ここできみに会えるとは思わなかったな」

「副部長といっしょです。紹介しますよ」

新堂はぎこちなく突《つ》っ立《た》っている。岩崎は新旧《しんきゅう》の上司を引き合わせた。彼らが名刺《めいし》交換しているとき、会議の始まりが告《つ》げられた。

会議室は淡《あわ》い色彩《しきさい》で統一してある。クリーム色の壁を背景に中央にはパステルブルーの楕円形《だえんけい》テーブルが置いてあった。会議の参加者は名札《なふだ》で指定された座席に腰を落ち着けた。名札の横には缶入りウーロン茶が用意してある。何人かが手を伸《の》ばした。

額《ひたい》の広い太った男がメタルフレームのメガネを指で押し上げ、一同をぐるりと見回《みまわ》す。

「それでは、定刻《ていこく》になりました。NSS情勢分析班《じょうせいぶんせきはん》の会議を行《おこな》います。私は議事進行を務《つと》める外務省の芦田《あしだ》です。よろしくお願いします」彼は検察官の席を見やった。

「きょうは新メンバーもいますので、簡単な自己紹介から始めましょうか」

ひとしきり、それぞれの役所のアピールがつづく。出席者は外務省、防衛省、警察庁が二名、国土交通省と公安調査庁が一名、それに岩崎たちの合計十人だ。

全員の挨拶《あいさつ》が終わると外務官僚はせり出した腹をテーブルに押しあて、ウーロン茶のタブを開けた。役人はすするようにちびちび飲んで喉《のど》をうるおし、手に持ったアルミ缶を元の場所へそっと戻す。

「さて、本日の議題は変更させていただきます。急なことで事前連絡できずに申《もう》し訳《わけ》ありません。先日、テロを想起《そうき》させる惨劇《さんげき》が起きました。ハロウィンの虐殺です。今回はこの事件を取り上げて現代社会における安全対策と危機管理の議論を深めたいと思います」芦田は警察庁の席へ視線を転じ、髪を短く刈《か》り込《こ》んだ三十代前半の男に声をかけた。

「林《はやし》さん、事件の最新情報を報告してください」

「はっ？　最新情報ですか。それは、あの……」林と呼ばれた短髪の警察官僚は上役《うわやく》らしき相方《あいかた》に助けを求める顔を向け、あえなく無視された。どこかよそよそしい沈黙の後、林は弁解がましくいった。

「神奈川県警は総動員体制をとっています。詳《くわ》しい報告はこれから入るはずですが、いまの時点ではなんとも……」

警察情報の当《あ》てが外《はず》れた外務官僚はテーブルを見渡《みわた》し、新参者《しんざんもの》のオールバック男に目を留《と》める。

「新堂さんでしたね。事件情報、検察庁はどうですか？」

いきなり指名されて新堂は目を白黒《しろくろ》させた。言葉が出てこない。

「副部長に代《か》わって、わたしが報告します」岩崎がすっくと立ち上がる。

新堂は一瞬、不審《ふしん》な表情を浮かべたが、すぐ平静《へいせい》を装《よそお》って、何もいわなかった。

官僚たちは会議室で異彩《いさい》を放《はな》っている女性検事にあからさまな視線を貼《は》りつけた。彼らが息を殺して見つめるなか、室内には岩崎紀美子の落ち着いた声が響《ひび》く。

「現場の状況から、これまでにいくつかの事実が判明しています。第一に犯罪の原因。銃撃があったプレハブ建物には死体と共《とも》に紙幣《しへい》の切《き》れ端《はし》と覚せい剤の粉末《ふんまつ》が散《ち》らばっていました。今回の虐殺は覚せい剤取引を舞台にした大規模《だいきぼ》な抗争事件なのです」彼女は一区切《ひとくぎ》りつけると体重をわずかに左足へ移動した。

「次に使用された銃器ですが、プレハブの床には百個ほどの空薬莢《からやっきょう》が落ちていました。犯行に使われたのは三、四丁の短機関銃と思われます。それも弾幕《だんまく》の広がりからみて銃身のごく短いやつ、イングラムのマック10《テン》かイスラエル製のウージーあたりでしょう。現在、神奈川県警が銃器ブローカーを洗《あら》い出しています」

二人の警察官僚はあんぐりと口を開けて女性検事を見上げている。

「SMGなんて別に目新《めあたら》しくもない」防衛省の川原が聞こえよがしにいった。

「SMG？　なにかの暗号ですか？」テーブルの反対側から芦田が割《わ》り込《こ》んできた。

「これは失礼」防衛役人は含《ふく》み笑いをする。

「短機関銃、サブマシンガンの略ですよ。ピストル弾を撃てるのが特徴でね。各国の軍隊やテロリストはふつうに装備している。自衛隊でも九ミリ機関けん銃を採用しています」

「国内でSMGを手に入れるのは難《むずか》しいですよね。自衛隊なら別でしょうけど」岩崎の口調《くちょう》は変わらない。

川原は気分を害した目つきでにらんだが、女性検事は相手の険《けわ》しい視線をさらりと受け流して報告へ戻った。

「最後は覚せい剤ルートについて。事件が起きた本牧埠頭《ほんもくふとう》五号バースにはたつみ丸という三千トン級の貨物船が停泊中《ていはくちゅう》です。たつみ丸の運航《うんこう》会社は川崎市のイースト・シップライン社。三年前に設立された小さな貿易会社ですが、特捜部では外為法《がいためほう》違反の疑いをもっています。この会社は北朝鮮と繋《つな》がりがあって、人道支援を名目《めいもく》に非常食や生理用品、紙オムツなどを北朝鮮へ輸出しています。政府の規制で北朝鮮に寄港した船は入港禁止ですから、たつみ丸は韓国の港に入って韓国経由で物資を北朝鮮へ送っている。帰りは北朝鮮の民芸品、香辛料《こうしんりょう》などを運んでいます」岩崎は軽く前髪をかき上げた。

「本題はここからです。言うまでもなく、覚せい剤密輸には北朝鮮ルートがあります。今回、覚せい剤取引の現場にたつみ丸が泊《と》まっていたのは偶然と思えません。神奈川県警は数日中にも船内を捜索《そうさく》する予定です。うちは外為法違反で引き続き調べを進めます。わたしの報告は以上です」彼女は着席した。

女性検事が座ると警察官僚たちはバツが悪そうに下を向く。

「北朝鮮か……」芦田は太った身体《からだ》から呻《うめ》き声を絞《しぼ》りだした。

「やっかいな国が飛び出てきた」

その後、楕円形のテーブルを囲《かこ》んで覚せい剤汚染と銃器犯罪対策が話し合われた。議論の間も、二人の警察官僚は意気《いき》消沈《しょうちん》したままだった。彼らは会議が終わるのを待って逃げるように姿を消した。

「警察庁《サッチョウ》の連中、ぶざまだったな」新堂は箸《はし》でぶりの照り焼きをつつく。

昼どき、岩崎は副部長と官庁街近くの料亭で豪華《ごうか》な松花堂《しょうかどう》弁当を食べていた。

「わが社にお株《かぶ》を奪《うば》われて警察庁《サッチョウ》も形無《かたな》しだ」新堂は上機嫌《じょうきげん》で柔《やわ》らかいぶりを味わった。

「しかし、さっきは驚いたよ。よく犯人グループの武器まで調べ上げたな。情報はどこから?」

彼は松花堂弁当の上で箸を迷《まよ》わせた。

「神奈川県警で直接、仕入《しい》れてきました」岩崎は小さな木のスプーンで茶碗蒸《ちゃわんむ》しを掬《すく》う。

「なるほど」箸の動きが松茸《まつたけ》で止まる。

「きみの前任地《ぜんにんち》は横浜だったな。それで県警とパイプがあるのか」新堂は松茸の薄切《うすぎ》りをまとめて口に放《ほう》り込《こ》むとしばらく無言《むごん》で噛《か》みつづける。その間、彼は値踏《ねぶ》みするように部下を見つめた。

「県警とのパイプだが……」副部長は松茸を呑《の》み下《くだ》しておもむろに訊《たず》ねる。

「今後の捜査でも使えるだろうか?」

「はい。ある程度は協力してもらえると思います」岩崎は郡司《ぐんじ》への貸しがないことに目をつぶって答えた。

「では、決まりだ」新堂は箸の先端《せんたん》を女性検事へ向ける。

「きみにはこの事件を正式に担当してもらう。イースト・シップライン社の件は予備調査から本捜査へ切《き》り換《か》えだ」

「本捜査ですか?」岩崎の瞳《ひとみ》にかすかな緊張が走った。彼女は箸を置く。

「当然だよ」副部長は部下の反応に満足してニヤリとする。

「覚せい剤は外為法《がいためほう》の禁止リストに含《ふく》まれる。そして、外為法違反となれば紛《まぎ》れもなく特捜事件だ」そこまでいうと彼は表情を変えた。

「本来ならだれか応援をつけたいが、いまはA班が大物政治家の受託収賄罪《じゅたくしゅうわいざい》、B班が上場企業の粉飾決算《ふんしょくけっさん》を抱《かか》えて両班とも大規模《だいきぼ》事件で手一杯《ていっぱい》なのは分かるだろう。余力《よりょく》はない」新堂がまた箸を向ける。

「当面はきみだけが頼りだな。神奈川県警とうまくやってくれ」

「最善《さいぜん》を尽《つ》くします」女性検事はこの場で期待されている唯一《ゆいいつ》の返答を口にした。

「北朝鮮の密輸ルートを根こそぎにできれば本件がココム事件以来のトップニュースを飾《かざ》ること

はまちがいない。そうなったら……」新堂は女性検事の細い手首に視線をまとわりつかせる。

「きみはスゴ腕《うで》検事の殿堂《でんどう》入りだよ。特捜部の歴史に名前が刻《きざ》まれる。最高検のお偉方《えらがた》も大いに気を良くするだろう」彼はせっせと部下の功名心《こうみょうしん》を焚《た》きつけた。

が、岩崎に気負《きお》いはなかった。首尾《しゅび》よく北朝鮮の覚せい剤ルートを壊滅《かいめつ》させても彼女の名前が表《おもて》にでることはない。女性検事は明るい照明でオールバックの髪をテカらせている副部長を見た。上昇志向《しこう》に凝《こ》り固《かた》まった新堂が特捜部長の座《ざ》を狙って手柄《てがら》を独《ひと》り占《じ》めにする魂胆《こんたん》なのは容易《ようい》に察《さっ》しがつく。岩崎には無関心な世界だった。現場の検事は事件が解決した満足感を糧《かて》として新たな犯罪に立ち向かうだけだ。

「おいおい、ほとんど手つかずじゃないか」副部長は部下の松花堂弁当へ箸を一振《ひとふ》りする。

「仕事の話は終わりにして、これを平《たい》らげよう」彼は厚焼き玉子をつまむ。

岩崎は甘く煮《に》た里芋《さといも》を口に運んだ。


「ただいま」岩崎が検事室のドアを開ける。

「おつかれさまです」若い事務官はノートパソコンから顔を上げた。

「そろそろコートが必要かな」女性検事はリクライニングチェアに座ると背もたれの傾《かたむ》きを調節して身体《からだ》を預《あず》けた。

吉永《よしなが》が熱いお茶を運んでくる。

「NSSはどうでした?」彼はお茶を検事デスクに置きながら訊《たず》ねた。好奇心が顔に貼《は》りついている。

「今回は顔見せも兼《か》ねた集まりだけど」岩崎が上体《じょうたい》を起こす。

「一言《ひとこと》でいえば、役人たちの茶話会《サロン》ってところね。それも自己紹介にかこつけた役所の売込《うりこ》みばかり。お互いに張り合って、お国自慢《くにじまん》と一緒《いっしょ》よ。あれで安全保障の分析《ぶんせき》会議になるのかしら」彼女は小さくため息をつき、熱い湯飲《ゆの》みを両手で包《つつ》んだ。

「そんなものですか」ふっくらした顔から興味の色が消える。吉永は自分のデスクに戻った。

岩崎はお茶を半分ほど飲んで胃を温《あたた》め、イースト・シップライン社のファイルを開く。見慣《みな》れた資料だが、これまでとは全然ちがっていた。ハロウィンの虐殺事件に明々《あかあか》と照《て》らされて、岩崎が持ったファイルは深い崖《がけ》に刻《きざ》まれた地層《ちそう》のごとく異様《いよう》な断面《だんめん》を見せている。いま、あらためてイースト・シップライン社の資料を読み解《と》くと決算書類に羅列《られつ》された数字は別の意味合いをもって女性検事の目へ飛び込《こ》んで来た。売り上げや費用の各欄《かくらん》を埋めた金額に潜《ひそ》む危険な企《くわだ》てがぽんやりと浮かび上がる。三年前、ひっそり設立された小粒《こつぶ》の貿易会社は……。

事務官のデスクで電話が鳴《な》った。

「特捜部、岩崎検事係です」事務的な口調《くちょう》で応対した吉永はたちどころに愛想《あいそ》よくなる。

「……どうもご苦労様です。少々お待ちください」彼は保留ボタンを押した。

「検事、神奈川県警の捜査一課から」

女性検察官は受話器を取って保留メロディを解除する。

「はい、岩崎です」

名前も告《つ》げず野太《のぶと》い声が言った。

「殺された密売人だが、一人だけ身元《みもと》が判明《はんめい》した」

「えっ、割《わ》れたの？」受話器を握《にぎ》った手に力が入る。

「ああ、死体の指紋《しもん》を照合《しょうごう》センターで調べたらヒットしてな」郡司《ぐんじ》は何かを確認するようにわずかな間《ま》をおいた。

「名前は橋本忠雄《はしもとただお》、三十四歳。こいつは防衛省の小役人《こやくにん》だった。いまはクビになっている」

「防衛省？」岩崎がつぶやく。彼女の眼前《がんぜん》にNSSで会った嫌味《いやみ》な川原の顔が現《あらわ》れた。

「一応、知らせておくよ。話はそれだけだ」

「そっちへ行くわ。わたしも伝えたいことがあるの」

電話は無言で切れた。

岩崎は受話器を見つめる。少なくとも「来るな」とはいわれなかった。彼女は実務法律家ならだれもが身につけている物事《ものごと》の善解《ぜんかい》を郡司との電話に都合《つごう》よく当《あ》てはめて、イスから立ち上がった。

「神奈川県警へ出かけます。夕方には戻る予定よ」女性検事はトートバッグに予備のファイルを入れた。

「いってらっしゃい」事務官はドアを出ていく上司の背中を見送った。

神奈川県警の広々とした正面ロビーのカウンターでは大手広告代理店の受付嬢と見まがうほどとびきり美人の女性警察官が、緊張した一般来庁者を安心させる笑《え》みで迎《むか》えてくれる。

女性検事は行先を告げてエレベーターホールへ向かった。

県警は広域捜査を敷《し》いて本牧埠頭《ほんもくふとう》に通じる道路沿《ぞ》いの防犯カメラを一台ずつ映像再生するという気が遠くなる作業を行《おこな》っていた。しかし、いまだに不審車両は特定できなかった。初動捜査《しょどうそうさ》でつまずくと有力情報が入らないかぎり事件の解決はどんどん遠のいてしまう。県警本部には早くも重苦《おもくる》しい暗雲《あんうん》がたれ込《こ》めた。

捜査一課の会議室では郡司耕造《ぐんじこうぞう》と昨日も同席した部下の藤島淳一《ふじしまじゅんいち》が女性検事を待っていた。郡司は睡眠不足のせいか色黒の顔に脂汗《あぶらあせ》を浮かべ、ネクタイはだらしなく緩《ゆる》めている。若い藤島は上着を脱ぎ、まくり上げたシャツの袖《そで》から逞《たくま》しい腕を覗《のぞ》かせ、課長とは対照的《たいしょうてき》な人懐《ひとなつ》っこい表情で女性検事に会釈《えしゃく》した。岩崎は挨拶《あいさつ》を返して刑事たちの真向《まむ》かいに座る。

「あまり時間がない」郡司は開口《かいこう》一番、釘《くぎ》を刺《さ》した。彼は恨《うら》めしく天井《てんじょう》を見上げる。

「警察庁《サッチョウ》からクソ生意気《なまいき》な若造《わかぞう》がやって来た。報告が遅いとえらい剣幕《けんまく》でな。いま、副本部長と管理官が相手をしているが、あとで顔を出さなくてはいかん」

「警察庁《サッチョウ》が……」女性検事は心のどこかで気がとがめた。NSSで恥をかかされた林《はやし》という若い警察官僚がさっそく飛んで来たのかもしれない。

「鉛《なまり》の弾《たま》を撃《う》ち込《こ》まれた売人《バイニン》について話してやれ」郡司がぶっきらぼうに命じた。

「はい」藤島は手元《てもと》のタブレットにざっと目を通す。

「橋本忠雄《はしもとただお》、三十四歳です。五年前に交通事故を起こして指紋が残っていました。当時は防衛省に勤務しています」

「本省勤《づと》めといっても上級公務員じゃない。おれと同じだよ。ノンキャリ組だ」郡司の目には同情の欠片《かけら》もない。

「以下、防衛省の人事課に問い合わせた結果です」藤島が説明を再開する。

「橋本は補給物資の管理セクションにいましたが、三年前、自衛隊の野戦食《レーション》をディスカウントショップへ横流《よこなが》しして停職三ヵ月の懲戒《ちょうかい》処分を受けています。本人はそのまま依願《いがん》退職しました」

「不祥事《ふしょうじ》で辞《や》めたのが三年前？」岩崎は聞き返す。

「ええ。それ以降、防衛省は橋本について一切関知《いっさいかんち》していないそうです。捜査本部としては防衛省の協力を得て当時の同僚から話を訊《き》こうと思っています」藤島はタブレットのページを指で先送りした。

「もうひとつ厄介《やっかい》なのは橋本の現在状況です。住民票には港北区菊名《きくな》八丁目の民間アパートが記載されています。ただし、そこには住んでいません。アパートは一昨年《いっさくねん》、取り壊《こわ》されて別のマンションが建っている。つまり、橋本の現住所は不明です。本籍地は茨城県鉾田《ほこた》市。あすにも捜査員を派遣《はけん》して実家と周辺の聞き込みにあたります。茨城県警には応援を要請《ようせい》しました」

「橋本のやつ、防衛省を退職した三年前からきれいに足取《あしど》りを消している。これは意図的《いとてき》だな。くそったれ売人《バイニン》が」捜査課長が苦虫《にがむし》を嚙《か》みつぶしたように口を歪《ゆが》めた。

「三年前というのが気になるわね。イースト・シップライン社が設立された時期とおなじよ」女性検事は郡司のいかつい顔を見た。

「橋本とイースト・シップライン社の関係はなにか分かった？」

「いや、さっぱりだ」郡司が渋面《じゅうめん》のまま首を振《ふ》る。

「たつみ丸の船員名簿にも名前はなかった」

「船はどうなっているの？」

「相変《あいか》わらず無人で放置《ほうち》さ。港湾《こうわん》当局がイースト・シップライン社に警告したらしい」

「そのイースト社だけど……」岩崎の瞳《ひとみ》に強い疑念《ぎねん》が宿《やど》った。

「会社の常識に反している。どうみても不自然なのよ」

「不自然？」藤島がタブレットから視線を上げた。

「ねえ、会社の目的はなに？」女性検事はだれにともなく訊《たず》ねる。

「目的？　利益の追求ですか」若い刑事は生真面目《きまじめ》に答えた。

「そうよね」岩崎がうなずく。

「売り上げを伸《の》ばし、経費を切りつめて最大限の利益を目指《めざ》す。株式会社なら当然でしょう。でも、イースト・シップライン社の場合は真逆《まぎゃく》なの。そこに事件の根《ね》っこがあると思う」彼女は刑事たちの目つきが変わったのを意識しながら話を進める。

「イースト社の貿易相手は北朝鮮がメインで、三年前の設立当初《とうしょ》から年に四、五回、たつみ丸は横浜港と朝鮮半島の間《あいだ》を往復している。奇妙《きみょう》なのは船荷《ふなに》の中身《なかみ》よ」

藤島は一言《ひとこと》も聞き漏《も》らすまいと前かがみになって身《み》を乗りだす。

「船荷？　何を積《つ》んでいる？」郡司がせかすように質問した。

「非常食の乾《かん》パン、あとは紙オムツや生理用品くらい……」岩崎はいったん相手の反応を待つ。

「まるで雑貨屋《ざっかや》の品物《しなもの》だな」郡司がぼそりといった。

「やはり、そう思う？　どれも単価《たんか》は安いし、税関への申請では数量も多くない。帰りにときたま北朝鮮の民芸品や香辛料《こうしんりょう》を積《つ》んでるけど二束三文《にそくさんもん》の粗悪品《そあくひん》だから在庫を増やすだけ。一回の輸出で予想される売り上げはせいぜい百万円程度でしょう」女性検事は問いかける口調《くちょう》になった。

「考えてもみて。貨物船を北朝鮮と往復させるには関門海峡《かんもんかいきょう》を抜《ぬ》ける最短航路でも燃料の一般的なC重油代だけで百八十万円かかるの。それに人件費や港《みなと》の使用料、たつみ丸のリース代を加算したらまちがいなく大赤字《おおあかじ》よ。船を出す度《たび》に損失《そんしつ》は膨《ふく》らむ。しかも、政府の北朝鮮制裁で直接、入港《にゅうこう》できなくなってからは、わざわざ韓国の港に陸揚《りくあ》げして北へ運んでいる。そんな手間《てま》暇《ひま》かけて乾パンを北朝鮮に輸出する意味がある?」彼女は目の上にかかった前髪を透《す》かして刑事課長を見つめた。

「つまり、安物《やすもの》の乾パンや紙オムツは偽装《カモフラージュ》ってわけか」郡司が眉間《みけん》に縦皺《たてじわ》をつくる。

「でしょうね。名目《めいもく》は人道援助物資になっている。でも、イースト・シップライン社は北朝鮮以外の国と取引実績がほとんどない。北朝鮮との関係で稼《かせ》いでいなければ絶対、おかしい」岩崎は語気《ごき》を強める。

「巧妙《こうみょう》な手口《てぐち》だな」郡司が相槌《あいづち》を打った。

「人道支援を隠《かく》れ蓑《みの》にして、裏の取引で荒稼《あらかせ》ぎするつもりだろう」

「覚せい剤の密輸入ですか?」藤島は課長を振り向く。

答えたのは女性検事だった。

「それも大がかりな密輸。たつみ丸の運航状況をみれば、当然、そう考えざるを得《え》ない。北朝鮮だけでなく韓国にも協力者がいるはずよ。朝鮮半島から取引の相手方がたつみ丸に乗り込んで密《みっ》航《こう》して来た可能性も高い。なにしろ、一回で三十キロ運べば末端価格《まったんかかく》は二十億円近くなる」

「年五回で百億円はいくな。北朝鮮側に四割を払っても六十億円残る。税金の不用な金だ。丸々《まるまる》六十億だぜ」郡司は窓の外に広がる横浜港へ目をやり、本牧埠頭《ほんもくふとう》の方角《ほうがく》をにらみつけた。

「あの貨物船は覚せい剤の専用運搬船《うんぱんせん》だったのか！」藤島が上半身をのけぞらせる。

「これはもともと三年前に始まったの」女性検事はトートバッグを開き、持参《じさん》した決算書類の予備ファイルを取り出し、テーブルに置く。

「イースト社はずっと赤字なの。それなのに、たつみ丸は三年間、休みなく運航している。経営状態の悪化などお構《かま》いなしにね。それがなぜかは明白でしょう？」彼女の表情は確信に充《み》ちていた。

「会社は最初から北朝鮮と覚せい剤を取引するためにつくられた。これがイースト・シップライン社の正体よ」

「シャブが設立目的とは、おったまげた貿易会社だ」郡司は手で額《ひたい》の脂汗《あぶらあせ》をぬぐった。

「イースト社の決算書類を持ってきました。三年分」岩崎がファイルを刑事たちの方へすべらせた。

「ふつうだったら、とっくに倒産している。令状《れいじょう》裁判官の背中を後押《あとお》しすることは請《う》け合《あ》うわ」

郡司はファイルを無言で吟味《ぎんみ》し、部下に手渡した。

「よし、たつみ丸をガサ入れだ！」彼は声高《こわだか》に宣言する。

「夕方までに横浜地裁へ申請《しんせい》すれば夜には捜索《そうさく》令状が手に入る。いざとなれば裁判官の尻を蹴《け》っ飛《と》ばしてやるさ。明日は忙《いそが》しくなるぞ。朝から貨物船でシャブ探《さが》しだ」

「わたしも立ち会います」女性検事が既定方針《きていほうしん》のようにいった。

「おとなしく見物《けんぶつ》しているだけなら、それもいいだろう」郡司は消極的に賛同する。

「シャブを発見したら、ただちにイースト・シップライン社の強制捜査に踏《ふ》み切《き》る。襲撃犯の手がかりをつかむ突破口《とっぱこう》になるかもしれん」捜査課長の目に強い決意がみなぎった。

4

潮風《しおかぜ》で波立《なみだ》つ海面に雲の切れ間から差《さ》し込《こ》んだ眩《まぶ》しい朝陽《あさひ》がキラキラ反射している。湾内《わんない》の海を切断するようにせり出した広大なコンクリートの突堤《とってい》では神奈川県警による大規模な作戦が始まろうとしていた。本牧埠頭《ほんもくふとう》H突堤は立ち入りを禁止する黄色の封鎖《ふうさ》テープが張《は》られ、大型バス一台と鑑識《かんしき》バン二台を含《ふく》む十四両の警察車が五号バース中央を占拠《せんきょ》している。事件の現場となったプレハブ建物はいまも青いビニールシートで覆《おお》われたままだ。制服警官たちが周囲の警備にあたるなか、捜査一課と組織犯罪対策課、それに鑑識チームを加えた合計五十人ほどの捜査員は古い小型貨物船の前で命令を待っていた。刑事たちの最前列ではリードに繋《つな》いだ麻薬探知犬《たんちけん》もじっと待機《スタンバイ》している。船の捜索班《そうさくはん》は丸腰《まるごし》だが、この事件では武器を携行《けいこう》した麻薬取締官七人がそれらしき抵抗もできず凶弾《きょうだん》の犠牲となった。万一《まんいち》に備《そな》えて銃器対策課の特殊部隊が船を少し離れた場所で物々《ものもの》しく控《ひか》えている。全員、黒い戦闘服《アサルトスーツ》に身を包み、バイザー付きのヘルメットを被《かぶ》って、肩にはドイツ製の消音サブマシンガンＭＰ５ＳＤ６を伸縮式《タクティカル》スリングで吊《つ》るしていた。彼らは同心円《どうしんえん》の隊形《フォーメーション》を組み、互いの視野《しや》を重《かさ》ねて全方位をカバーした。

岩崎紀美子は郡司耕造とならんで捜査陣の後方からたつみ丸へ厳《きび》しい視線を送った。赤錆《あかさび》が浮いた船体には乗船用の階段《タラップ》が架《か》けられ、いつでも乗り込める。

「立会人はだれになったの?」女性検事が訊《たず》ねた。

「先ほど川崎のイースト・シップライン社に電話した。人を寄《よ》こすそうだ。じき来るだろう」郡司は強《こわ》ばった横顔を向けて答える。

ほどなく、メタリック・シルバーの大型ベンツが現《あらわ》れ、五号バースの入口で停《と》まった。

「あれか?　ずいぶん早いな」捜査課長は胡乱《うろん》な目で見た。

助手席からサングラスをかけた白いスーツの若者が飛び出て、後部ドアを開ける。ミンクのコートを着た女性が大儀《たいぎ》そうに降《お》りた。小太《こぶと》りの女は警官に声をかけて封鎖テープをくぐる。彼女は腰に手をあてバースを見渡し、岩崎たちに目をつけるとまっすぐ突《つ》き進んで来た。頭髪《とうはつ》は金色のヘビがとぐろを巻《ま》いたような毛染《けぞ》めパーマをかけ、顔には化粧《けしょう》を塗《ぬ》りたくって年齢不詳《ふしょう》だ。五十歳にも七十歳にも見える。

「弁護士の江波《えなみ》だけど、イースト・シップライン社の代理で来たわ」女弁護士は目ざとく検察官バッジに気づいた。

「なによ、県警だけかと思ったら横浜地検もお出《で》ましなわけ?」

「東京地検です」岩崎が訂正する。

「東京?」江波は鼻を鳴《な》らした。

「ふん、どっちでもいいわ。それより、この茶番《ちゃばん》を早いとこ終わりにしてちょうだい。あんたら公僕《こうぼく》とちがって私はヒマじゃないの」彼女は捜査陣を蔑《さげす》んだ口ぶりでいった。

「立会人の署名をもらったら、すぐにでも始めてやるさ」郡司は煩《うるさ》そうに手を振《ふ》り、厚化粧《あつげしょう》の女弁護士に背を向けて部下を呼び寄せた。

藤島淳一がきびきびした動きで捜索差押《そうさくさしおさえ》許可状を女性弁護士へ示《しめ》し、クリップボードに挟《はさ》んだ立会確認書を差《さ》し出す。江波は渡されたボールペンで必要事項を殴《なぐ》り書きするとエナメルのハンドバッグをかき回《まわ》して職印《しょくいん》をつかみ、確認書に押しつけた。

郡司と藤島は捜査員の輪《わ》へ走る。バースの空気がピンと張《は》りつめた。

「待たせたな。行け」郡司は貨物船にあごをしゃくった。

五十人の隊列が一斉《いっせい》に動く。息を弾《はず》ませた麻薬犬を先頭に刑事たちは船のタラップを駆《か》け上がった。岩崎は彼らが次々とたつみ丸に乗船していく後ろ姿を見守《みまも》る。銃器対策課の特殊部隊は陣《じん》形《けい》を解《と》いて警察車両へ移動した。

「ちょっと、そこのあんた！」江波が立ち番の警官に大声を上げる。

若い警官はびっくりして振り向いた。

「いつまで立ちんぼうをさせておくつもり？　イスくらい用意しなさいよ。本当、気が利《き》かないわね。それでも公僕の端《はし》くれなの？」女弁護士は金色のヘビ頭を揺《ゆ》すりながら一気《いっき》にまくしたてた。

童顔《どうがん》の警官は大急ぎで折《お》り畳《たた》み式イスを二脚《きゃく》運んでくる。江波はイスをひったくってさっさと腰かけた。岩崎は警官に礼を言い、成り行き上、女性弁護士の隣《となり》に座った。

「先生、名刺をいただけますか」岩崎が言葉をかける。

「そっちのもね」江波はハンドバッグを開けた。

二人はその場で名刺交換をする。

江波房子《えなみふさこ》、事務所は関内《かんない》の弁天通《べんてんどおり》にあった。横浜地裁近くを走る長さ六百メートルの狭《せま》い道路には飲食店や小規模オフィスの入った雑居《ざっきょ》ビルが建《た》ち並《なら》び、夜になると酔客《すいきゃく》で賑《にぎ》わう飲み屋街だ。

「特捜部……」江波は不思議《ふしぎ》そうな顔で訊《き》く。

「東京地検特捜部がいったい何の用なの？」

「わたしは外為法《がいためほう》違反の捜査で臨場《りんじょう》しています」

「ふん」女弁護士はまた鼻を鳴《な》らした。

「こんなオンボロ貨物船を相手に外為法ですって？　特捜部はよほど仕事がないみたいね。巨悪《きょあく》を眠《ねむ》らせない看板《かんばん》はどうなったの？　横浜まで来てのんびり油を売ってるようでは、あなたもずいぶんお気楽なご身分だこと。この税金泥棒！」江波は特捜検事に食《く》ってかかった。

岩崎は耳元《みみもと》の罵詈《ばり》雑言《ぞうごん》を黙殺《もくさつ》する。女法律家二人の間に冷たい沈黙が降《お》りた。

女性検事はたつみ丸の船上へ視線を固定する。ときどき、捜査員の姿が甲板《かんぱん》に現《あらわ》れるが、船内の様子《ようす》は分からない。隣では女弁護士が太い脚《あし》をブラブラさせて、生《なま》あくびをくり返していた。

しばらくすると、彼女は濃《こ》いアイラインの奥から上目遣《うわめづか》いで岩崎を見た。

「おたくら検察官はいいわねえ」

「はい？」女性検事は貨物船に据《す》えた目線《めせん》を外《はず》す。

「雇《やと》い主《ぬし》が国だから生活は安定してるし、お給金《きゅうきん》だって裁判官と同じくらいもらっているんでしょ？　定年まで勤《つと》めれば、あとは公証人《こうしょうにん》をやって悠々自適《ゆうゆうじてき》の恩給《おんきゅう》暮らし。なんともうらやましいわ」江波は深々《ふかぶか》とため息をついた。

「それに比《くら》べたら、弁護士はもう大変。生活の保証がないばかりか、最近では仕事の奪《うば》い合《あ》いまで起きている。司法試験がボンクラ大学の入試なみに易《やさ》しくなったせいで、司法研修所からは質《しつ》の悪い弁護士がうじゃうじゃ湧《わ》き出てきた。法科大学院《ロースクール》をバカみたいに粗製濫造《そせいらんぞう》したツケね。おかげで、ひまわりバッジの権威《けんい》はすっかり地に堕《お》ちて、弁護士報酬の値崩《ねくず》れも止《と》まらない。歴代《れきだい》の日弁連会長は頭を丸めて総懺悔《そうざんげ》すべきだわ」女弁護士は細《こま》かくひび割れた化粧顔《けしょうがお》を思い切りしかめた。

「神奈川だけで二千人ちかい弁護士がいるのよ。私が新人のころは五百人もいなかった。それで弁護士の数は十分、足《た》りていたの。ところが、司法サービスの拡大とやらが始まってあれよあれよという間に四倍に増《ふ》えた。過当《かとう》競争で共食《ともぐ》いになるのは当然でしょ。いまじゃ仕事のない同業者が国選《こくせん》事件や扶助《ふじょ》事件にありつこうと弁護士会の周《まわ》りをウロウロしている。弁護士稼業《かぎょう》はお先真《ま》っ暗《くら》よ。そのうち食《く》いっぱぐれた弁護士がアンビュランス・チェイサーをやりだすかもしれない」

「それって救急車を追いまわす……？」岩崎は聞き返した。ＦＢＩ留学のとき耳にした言葉だ。

「あら、知ってた？」江波は意外そうに眼玉《めだま》をぐるりとさせた。

「アメリカで社会問題になった救急車おっかけ弁護士ね。警察無線を傍受《ぼうじゅ》して、交通事故の救助に出動した救急車を追跡《ついせき》する。病院へ着くとベッドで意識朦朧《いしきもうろう》としているケガ人から強引《ごういん》に損害賠償請求の委任状を取りつけ、保険会社と示談《じだん》交渉して荒稼《あらかせ》ぎしちゃう。弁護士倫理を土足《どそく》で踏《ふ》みにじるやり方《かた》が批判を浴《あ》びた。このままでは、きっと日本でも真似《まね》する輩《やから》が出るわよ」

岩崎は目の前で憤然《ふんぜん》と振《ふ》られるヘビ頭を見ていた。

「いい機会だから教えてあげるわ。私には法曹界《ほうそうかい》を立て直す妙案《みょうあん》があるの」江波は両手を擦《す》り合わせた。

「これからの弁護士は一級弁護士と二級弁護士に分けないとダメね」

「一級弁護士?」女性検事の顔に疑問符《クエスチョンマーク》が浮かんだ。

「そんな驚くことないでしょ。建築家の世界だって一級建築士と二級建築士がいる。それと同じよ」江波は自分の言葉に大きくうなずく。

「一級弁護士になれるのは司法試験がまともだったときに合格した私たち本物の有資格者《ゆうしかくしゃ》。ロースクールが大量飼育《しいく》した低品質のひよっこ弁護士はみんな二級止《ど》まり。二級から一級へ上がるには十年くらい実務経験を積《つ》んだあと選抜《せんばつ》試験を受けなくちゃ」彼女は黄金《おうごん》のとぐろ頭をユサユサさせて持論《じろん》を開陳《かいちん》する。

「法廷に立つことができるのはもちろん一級弁護士だけよ。二級弁護士には有象無象《うぞうむぞう》の書類仕事をあてがってやればいい。つまり、イギリス型《タイプ》ね。伝統ある英国司法の法廷弁護士《バリスター》と事務弁護士《ソリシター》を見習《みなら》った制度にするの。これで弁護士は威厳《いげん》を取り戻せるし、法曹界の未来も安泰《あんたい》なわけ。どう?」江波はオレンジ色の唇の両端を上げてニヤリとする。

岩崎は返事をしなかった。なんのことはない。江波は弁護士界の現状を憂《うれ》える口ぶりで、その実《じつ》、自分たち古株《ふるかぶ》の既得権《きとくけん》にしがみついているだけだ。

女弁護士は岩崎から期待した反応が得られないと分かって表情を荒《あら》らげた。

「いくら説明したところで、あなたには私たち弁護士の苦労を理解できないでしょうね。木端《こっぱ》検事に司法改革を語っても時間の無駄《むだ》だわ。ふん、バカバカしい」江波は憎《にく》まれ口《ぐち》をたたき、そっぽを向いた。

岩崎はたつみ丸の船橋《ブリッジ》へ視線を戻す。窓ガラス越《ご》しに人影《ひとかげ》は見えない。捜査員が発《はっ》する勝利の雄叫《おたけ》びも聞こえなかった。腕時計の針が進むにつれて空気はしだいに重くなる。いつまで待っても貨物船は沈黙していた。静止画《せいしが》のように動きが止まった五号バースで、じりじりする気持ちだけが募《つの》っていく。

午後一時を過ぎたころ、とうとう甲板《かんぱん》に捜査員たちが出てきた。彼らはノロノロした足取《あしど》りで船のタラップを降《お》りて来《く》る。捜索《そうさく》責任者の郡司はわずか数時間でげっそりやつれて見えた。岩崎が小走《こばし》りに近づく。

「なにも発見できない」郡司は憔悴《しょうすい》した表情でいった。

「おまけに、船倉《せんそう》には大量の香辛料《こうしんりょう》がぶちまけてあった。涙が出るほどの刺激臭《しげきしゅう》だ。あれじゃ麻薬犬もお手上げだな」彼は、刑事たちの間で元気なくうなだれているジャーマンシェパードを見やった。

「香辛料が？　イースト社が先手《せんて》を打ったのかしら？　もっと早く立ち入りをしていれば……」

岩崎の途切《とぎ》れた言葉には悔《くや》しさが滲《にじ》んでいる。

「さあ、どうかな」捜査課長は懐疑的《かいぎてき》に肩をすくめた。

「いずれにせよ収穫《しゅうかく》なしだ。銃器対策課から特殊部隊まで駆《か》りだしたのにネズミ一匹出てこなかった。おれたちは見込《みこ》みちがいをした。いや、あんたの読みが外《はず》れたんだ」彼は感情を抑《おさ》えた目を向けながら冷たく指摘《してき》する。

女性検事はなにかいいかけたが、思い直したように口を閉《と》じた。

「いったい、どうなってるの！」背後から険《けわ》しい声が飛んだ。ヘビ頭の女弁護士が腰に手をやり、じっとこちらをうかがっている。

「もう用は済《す》んだ。帰ってくれ」郡司は命令口調で答えた。

「この責任はとってもらうわよ」江波は勝ち誇《ほこ》った顔で短い指を岩崎に突きつけた。

「覚悟《かくご》してなさい。不当捜査で訴えてやる。これは国賠《こくばい》ものだわ。首を洗《あら》って待ってるのね」彼女は憤慨《ふんがい》した身振《みぶ》りで身体《からだ》を回すとバース入口に停《と》まっている大型ベンツへ歩いて行った。途中、ミンクのコートが地面を引きずっているのに気づき、慌《あわ》てて裾《すそ》をつまみ上げる。

車の前では、サングラスをかけた白スーツの若い男が恭《うやうや》しく頭を下げた。彼らが乗り込むと銀色のベンツは甲高《かんだか》いクラクションを鳴《な》らし、急発進で走り去る。

「結果は残念だが、全員、ご苦労だった」郡司はタフな面構《つらがま》えに戻り、意気消沈《いきしょうちん》している部下を労《ねぎら》った。

「おれたちも引き上げるぞ。帰ったら捜査方針の練《ね》り直《なお》しだ」

刑事たちは肩を落として撤収《てっしゅう》作業にとりかかった。黒い戦闘服《アサルトスーツ》を着た特殊部隊の姿はすでに消えている。

「検事さんはこのまま東京ですか？」藤島が岩崎の傍《そば》に立つ。

「ええ、そうね」

「じゃ近くの駅まで送りますよ」見るからに逞《たくま》しい刑事は警察車両の一台へ歩き出した。

「ありがとう」岩崎は大きな背中のあとについていく。いつの間《ま》にか空模様《そらもよう》が怪《あや》しくなってきた。日差《ひざ》しが遮《さえぎ》られた横浜港の海面は暗い鉛色《なまりいろ》に変わって、バースのコンクリート壁《へき》で砕《くだ》ける波も先ほどより荒々《あらあら》しい。女性検事はたつみ丸を振り返った。鉄錆《てつさび》の浮いた貨物船は何事《なにごと》もなかったように停泊《ていはく》している。岩崎は目を逸《そ》らし、胸の奥からせり上がる苦《にが》い敗北感を噛《か》みしめた。


窓のブラインドは下《お》ろされている。内装を省《はぶ》き、照明と空調だけを取り付けた無機質《むきしつ》な部屋で二人の男が対面《たいめん》していた。

「横浜でひと騒動《そうどう》あったみたいだな」高級スーツを着込《きこ》んだ男がテーブルの反対側へ懸念《けねん》を投げる。

「たつみ丸の強制捜査ですか?」茶色い革ジャンパーの男は右頰《みぎほお》に手をあてミミズ腫《ば》れ状に隆《りゅう》起《き》した古傷《ふるきず》を親指でなぞった。

「こっちは素人《しろうと》じゃありませんからね。警察の手入《てい》れくらい最初から織《お》り込《こ》み済《ず》みです。ブツは毎回、真空《しんくう》パックにして運んでいた。船には一粒《ひとつぶ》も残っていませんよ。念を入れて船倉には香辛料を敷《し》き詰《つ》めてある。警察犬を連れてきても役に立たんでしょうな」彼は言葉の端々《はしばし》に自信をのぞかせる。

「シャブの運搬が万全《ばんぜん》と聞いて大いに安心したよ」相手は冷たい表情を崩《くず》さず、更《さら》に問いかけた。

「それはともかく、社長の戸村《とむら》はおまえの裏切《うらぎ》りに気づいていないだろうな？」

「あいつは金の亡者《もうじゃ》です。他のことは目に入らない」頬傷《ほおきず》の男は軽く首を振《ふ》った。

「今回の件で大量のシャブと現金《ゲンナマ》を奪われたのがよほど痛手《いたで》だったらしく、地団太《じだんだ》を踏《ふ》んで悔《くや》しがっています。儲《もう》け損《そこ》なった分を取り戻そうと次の取引を急《せ》かす有様《ありさま》でしてね。襲撃の首謀者《しゅぼうしゃ》が私だとは夢にも思っていないでしょう。おっと、首謀者はあなたでした」彼は両手を広げて苦笑する。

「おまえは命令に従っていればいい」スーツの男は上下関係を明確にした。

「その代《か》わり、ブツも金も好きなだけくれてやる」

「で、そっちは何を手に入れるんです？　金への執着《しゅうちゃく》があるようには見えませんが……」頬傷《ほおきず》の男は探《さぐ》りを入れる目つきになった。

「おまえが知る必要はない。余計《よけい》な好奇心《こうきしん》は身《み》を滅《ほろ》ぼすぞ」相手は怒気《どき》を含《ふく》んだ声で警告した。

「いえ、そちらの狙《ねら》いがなんであれ私に文句《もんく》はありません」詮索《せんさく》を封《ふう》じられた男は革ジャンパーの肩をすぼめ、話を自分の専門分野へと切り替えた。

「例の道具はいつごろ用意できますか？」

「新しいＳＭＧか。もう少し時間が必要だ」

「あなたなら容易《たやす》く手に入るでしょう？」頬傷の男は阿《おもね》る表情をつくり、それとなく催促《さいそく》する。

「モノを考えろ。どこにでも転《ころ》がっている拳銃《チャカ》とはちがうからな。そう簡単にはいかない」相手は神経質にスーツの襟《えり》から見えない埃《ホコリ》を叩《はた》き落とすと話題を引き戻した。

「戸村から目を離すなよ。あの男はイースト・シップライン社の代表者としてまだ使い道がある」

「心得《こころえ》ています。強欲《ごうよく》なやつだけに利用価値は十分ありますからね。しばらくは戸村を乗せた神輿《みこし》を担《かつ》いでやりましょう」頬傷の男は上半身を揺《ゆ》すった。

「だが、目障《めざわ》りになったら、そのときは分かっているな？」スーツの男は冷酷《れいこく》な目で相手を見据《みす》えた。沈黙の数秒が過《す》ぎて、また口を開く。

「死体は会社近くの川崎港にでも沈《しず》めてしまえ。シャコが群《むら》がって死肉《しにく》を食いつくしてくれるだろう。あとに残るのは骨だけだよ」

スーツの男が席を立ち、会合は終了した。


「ただいま」岩崎紀美子はヘトヘトの為体《ていたらく》で検事オフィスに帰って来た。

「お帰りなさい。貨物船の捜索《そうさく》は雨に邪魔《じゃま》されませんでしたか？」吉永泰平《よしながたいへい》がぽってりとした顎《あご》の肉を摘《つま》みながら上司を気遣《きづか》う。

「かろうじてね。降《ふ》り始めたのはちょうど横浜を出たとき」岩崎は濡《ぬ》れた折《お》り畳《たた》み傘を広げて床《ゆか》に置いた。

「お茶とコーヒー、どっちにします？」若い検察事務官はデスクを離れ、給湯《きゅうとう》セットへ向かった。

「コーヒーを頼むわ。濃《こ》いブラックで」岩崎は窓辺《まどべ》の検事席に座るとヘッドレストへ頭を載《の》せた。急に、疲れが襲《おそ》って来る。彼女は抵抗を放棄《ほうき》して脱力感《だつりょくかん》に身を委《ゆだ》ねた。

待つこともなく、香《かぐわ》しい湯気《ゆげ》の立ち上《のぼ》ったコーヒーが目の前に置かれる。

「検事、顔色《かおいろ》が冴《さ》えませんね」吉永は遠慮《えんりょ》がちに上司を見た。

「分かる？」岩崎は化粧《けしょう》っ気《け》のない頬《ほお》を両手でこすった。

「横浜では散々《さんざん》だったの。覚せい剤は発見できないし、おまけに変な一級弁護士がやって来て、お肌《はだ》に悪いことだらけ」

「たつみ丸のガサはうまくいかなかったのですか？」吉永が訊《たず》ねる。

「完全な失敗。わたしの勇《いさ》み足《あし》かもしれない。大きな壁にぶつかった感じ」岩崎は、船から引き上げる刑事たちが見せた無念《むねん》の表情を思い出した。

「気《き》に病《や》むことはありませんよ。捜査に壁はつきものです」事務官は柔和《にゅうわ》な顔に屈託《くったく》のない笑《え》みを浮かべた。

「それをよじ登《のぼ》るのが検事の役目《やくめ》でしょう。私は下で梯子《はしご》を支《ささ》えています」

「ありがとう。しっかり支えていてね」岩崎はコーヒーカップを手に取った。

内線電話が鳴《な》る。

「岩崎検事係です。……いま戻られたところです。はい、かしこまりました。お伝えします」事務官は受話器を置くと上司へ目を向けた。

「副部長がお呼びです」

女性検事はコーヒーに口をつけないまま部屋を飛び出た。

副部長は特捜部フロアの角部屋《かどべや》に陣取《じんど》っている。

「失礼します」岩崎はノックしてドアを開けた。

広い室内は平《ヒラ》検事部屋の二倍ほどの面積がある。デスクやキャビネットもゆったりと配置され、真《ま》ん中《なか》にはささやかな応接セットまでそろっていた。しかし、ソファーを勧《すす》められる気配《けはい》はなく、女性検事はドア付近で立ち止まった。執務《しつむ》机《づくえ》を動かない副部長までの距離がやけに遠く感じる。

「それで、貨物船は空振《からぶ》りだったのか？」新堂幸治《しんどうこうじ》は部下を立たせたまま確かめた。

「はい、残念です。詳《くわ》しい報告は書面で上げます」岩崎は敗北を認める。

「さきほど、イースト・シップライン社の代理人という弁護士から抗議の電話があったよ。ここ、特捜部へ直接かけてきた」新堂は苛立《いらだ》ちを隠《かく》そうともしない。

「弁護士から？」

「女の弁護士だ。江波房子《えなみふさこ》といってたな。船を引《ひ》っかきまわしたのは恣意的《しいてき》な見込《みこ》み捜査だとギャアギャアわめいていた。うちを相手どって国賠訴訟《こくばいそしょう》を起こすそうだ。ヒステリー女のコケ脅《おど》しでなく、どうも本気っぽい」

「江波弁護士が……」岩崎は名前を反芻《はんすう》した。鈍重《どんじゅう》な外見《がいけん》によらず仕事は驚くほど早い。もう特捜部へ難癖《クレーム》をつけてきたのか。当然、それに見合《みあ》った高額な報酬を請求するのだろう。

「私はこの件をきみに任《まか》せたが、特捜部の足を引《ひ》っ張《ぱ》っていいとは一言《ひとこと》も口にしていないぞ」副部長の顔には期待外《はず》れの表情がありありと見てとれた。

「うちは決戦前夜《けっせんぜんや》だ。A班、B班とも近く大規模な特別捜査に着手《ちゃくしゅ》する。これが政財界を揺《ゆ》るがす疑獄《ぎごく》事件になることはまちがいない。その矢先《やさき》、国家賠償訴訟に巻《ま》き込《こ》まれでもしたら、たちまちマスコミの標的《ひょうてき》になってしまう。不当捜査などといった検察スキャンダルは願い下げだよ」彼は前日までの親密《しんみつ》さとは打って変わった態度で部下の不首尾《ふしゅび》を咎《とが》める。

「きみは自分が犯《おか》した失態《しったい》を理解しているのか？　ことは特捜部全体の士気《しき》に関《かか》わる問題だ。あの女弁護士に変な裁判でも起こされたら、こっちは出鼻《でばな》をくじかれる」

岩崎は唇《くちびる》を固く結《むす》んでいた。結果がすべての世界では言《い》い訳《わけ》など通用しない。それは分かっている。しかし、このまま白旗を掲《かか》げる気持ちにもなれなかった。狩《か》りを諦《あきら》めたライオンはじわじわと死ぬのを待つだけだ。

「これからどうするつもりだね？　いまならまだ始末書と転属願いですむと思うが……」副部長は意味深《いみしん》に言葉尻《ことばじり》を濁《にご》した。

岩崎の眉《まゆ》がぴくりと反応する。上司は彼女が自《みずか》ら特捜部を退《しりぞ》くように仕向《しむ》けていた。岩崎にうろうろされては特捜部長の椅子が遠ざかると危惧《きぐ》したのか、厄介者《やっかいもの》は双葉《ふたば》のうちに摘《つ》みとってしまう腹《はら》づもりでいる。

女性検事は迷いのない目で上司を見た。

「担当事件を途中《とちゅう》で投げ出すわけにはいきません。当面は任意《にんい》方式に絞《しぼ》ってつづけます」彼女は捜査の続行を表明した。このまま特捜検事を辞《や》めるのは尻尾《しっぽ》をまいて逃げていく負け犬と同じだ。そんな敵前逃亡《てきぜんとうぼう》をしたら一生《いっしょう》、後悔《こうかい》するだろう。

「任意捜査か……」新堂は手ぐしでオールバックの髪を整《ととの》え、しばらく考え込んだ。

岩崎は上司が判断を下《くだ》すのを待った。

「ひとつ忠告《ちゅうこく》しておく」副部長は右手の人《ひと》差《さ》し指を立てた。

「殺人事件には深入《ふかい》りするな」彼は刑事《けいじ》畑《ばたけ》の長い部下を戒《いまし》める口ぶりでいった。

「ハロウィンの虐殺《ぎゃくさつ》では六人もの麻薬取締官《マトリ》が犠牲《ぎせい》になっている。法執行官《ほうしっこうかん》の一員として怒りを禁じえない」

岩崎は髪の長い痩《や》せた女性Gメンに想《おも》いを馳《は》せる。佐々木由佳《ゆか》は仲間を惨殺《ざんさつ》された痛手《いたで》を負《お》いながら、早々と任務へ復帰した。そのけなげさに熱く胸を打たれたのはつい先日のことだ。

「しかし、義憤《ぎふん》にかられると方向性を見失《みうしな》う。とくに、きみは危《あぶ》なっかしい。野生動物じゃあるまいし、やみくもに突《つ》っ走《ぱし》るのは止《や》めたまえ」副部長は指を振り、気難《きむずか》しい表情を見せて岩崎の勤務評定《きんむひょうてい》はCマイナスだと無言《むごん》で告《つ》げた。

「今後は特捜検事の本分《ほんぶん》を忘れずに自重《じちょう》してもらう。きみが集中すべき案件《あんけん》はイースト・シップライン社の外為法《がいためほう》違反だ。殺人捜査にうちの出番はない」オールバックの上司は岩崎が理解したか見極《みきわ》めるように目を細《ほそ》めた。彼は部下を凝視《ぎょうし》しながら指先を向ける。

「県警を動かすのはけっこうだが、足もとに気をつけないと墓穴《ぼけつ》を掘《ほ》るぞ。警察はわが社への対抗意識が強い。神奈川県警も事《こと》あるごとにきみを出《だ》し抜《ぬ》こうとするはずだ。手柄《てがら》は横取《よこど》りして、責任だけ押しつけてくる。信用できる相手ではない。それを肝《きも》に銘じておきたまえ」

岩崎の瞳《ひとみ》が陰《かげ》った。彼女の上司は検察組織で競争相手《ライバル》を蹴落《けお》とす権謀術数《けんぼうじゅっすう》に忙《いそが》しく、警察の捜査現場へ顔を出す機会があるとは思えない。郡司や藤島を突き動かす刑事魂《デカだましい》などこれっぽちも理解できないだろう。岩崎が出会った刑事たちは犯人の手がかりを求めて労《ろう》を厭《いと》わず駆《か》けまわっていた。過酷《ハード》な捜査と安い給料、口を開けば文句《もんく》タラタラの彼らが内《うち》に秘《ひ》めているのは事件解決までけして諦《あきら》めない不屈《ふくつ》の闘志《とうし》だ。

「報告書だが夕方までには提出するように」新堂はそう命じると椅子を回して背中を向けた。

女性検事はいっそう疲れ切って部屋へ戻り、自分の席に沈《しず》み込《こ》んだ。

「新しいコーヒー淹《い》れましょうか?」吉永が腰を浮かせる。

「これでいいわ」岩崎は冷《さ》めたコーヒーを飲む。お昼を食べ忘れたことに気づいたが、食欲はない。

　女性検事はパソコンを開いて報告書の作成にとりかかった。意気消沈《いきしょうちん》する内容だけに手早《てばや》く片《かた》づけたい。彼女は苦味《にがみ》の増《ま》したコーヒーで脳細胞を刺激《しげき》しつつ、猛然《もうぜん》とキーボードをたたく。一時間もかからずにＡ４用紙五枚の「たつみ丸捜索《そうさく》報告書」を仕上《しあ》げた。

岩崎はデスクに肘《ひじ》をつくと両手であごを支《ささ》えて画面を見つめる。悔《くや》しさの滲《にじ》む報告書を読み返しながら覚せい剤の北朝鮮ルートを再考《さいこう》した。イースト・シップライン社がたつみ丸で覚せい剤を密輸入してきたのはまちがいない。彼女にはいまも確信があった。大体、船倉《せんそう》を香辛料《こうしんりょう》漬《づ》けにした貨物船がまともな荷物を運んでいるとは考えられない。あれは嗅覚《きゅうかく》が敏感《びんかん》な麻薬犬を香辛料の臭いで惑《まど》わす妨害措置《そち》だろう。女性検事は上体を起こした。いちばんの謎《なぞ》は横浜港へ陸揚《りくあ》げされた何十キロもの覚せい剤を売りさばく方法だ。イースト社が自分たちで〇・四グラムのパケに小分《こわ》けして山下《やました》公園あたりへ出向《でむ》き、チマチマ売り歩くとはいかにも想像しがたい。覚せい剤密売にはかならず組織犯罪が絡《から》んでいる。岩崎はそうにらんでいた。だが、肝心《かんじん》の証拠《ピース》がつかめない。暴力団とイースト社の繋《つな》がりを調べるのはうっそうとした山林で一本の毒キノコを探《さが》し出すのと同じくらい時間がかかりそうだった。なにしろ、暴力団の影さえ見当《みあ》たらないのだ。彼女は事件ファイルを開く。イースト・シップライン社の会社登記簿《とうきぼ》によれば代表取締役は戸村勇《とむらゆう》作《さく》、照会《しょうかい》した住民票の記載では年齢が五十六歳、現住所は横浜市港北区菊名《きくな》にある。しかし、警察庁から提供された最新の組織犯罪データベースを検索《けんさく》しても彼の名前は暴力団構成員や準構成員に該当《ヒット》せず、記録上、戸村の身辺《しんぺん》で暴力団員の姿はちらつかない。が、それはあり得《え》なかった。岩崎は残ったコーヒーを喉《のど》へ流し込む。覚せい剤密輸という世間《せけん》へ顔向けできない闇《やみ》商売に手を染《そ》めて甘《あま》い汁《しる》を吸《す》おうと思ったら行きつくさきは暴力団との結託《けったく》だ。大量の白い粉《こな》を裏ルートでガンガン売りまくるには、主婦や女子高生をシャブ中毒にして平然《へいぜん》と廃人《はいじん》へ追いやる極悪非道のヤクザ者が百人単位《たんい》で必要だろう。女性検事は何度も読み込んだイースト・シップライン社の事件ファイルを持ったまま組織犯罪へ通じる糸口《いとぐち》を求めて視線を宙《ちゅう》に彷徨《さまよ》わせた。いくら頭を絞《しぼ》っても光明《こうみょう》は灯《とも》らなかった。彼女は歯がゆい思いで事件ファイルをパタンと閉《と》じる。

その瞬間、天啓《てんけい》の如《ごと》く記憶が蘇《よみがえ》り、岩崎は動きを止めた。眼前《がんぜん》にヌッと現《あらわ》れたのは鼻息《はないき》が荒いヘビ頭の女弁護士だった。岩崎は今朝《けさ》、本牧埠頭《ほんもくふとう》で目にした光景を思い出す。五号バースへ江波《えなみ》房子《ふさこ》を乗せてきたメタリックシルバーの大型ベンツはいかにも大物気《き》どりのヤクザが好《この》みそうな車だ。運転していた男もサングラスに白スーツ姿と全身、三下《チンピラ》組員の風体《ふうてい》をしていた。

岩崎は受話器を握ると神奈川県警の捜査本部へ電話をかけ、藤島淳一を呼び出してもらう。

「あ、検事さん、藤島です。きょうはお疲れ様でした」若い刑事は元気を取り戻したらしい。声に張りがある。

「課長《ボス》はいま席を外《はず》していますが……」

「ひとつ、お願いがあるの」女性検事は早速《さっそく》、用件《ようけん》に入った。

「たつみ丸をガサしたとき、五号バースの写真も撮《と》ってるわよね?」

「ええ、写真係が同行しましたから」

「イースト社の弁護士が乗りつけた車、ナンバーは分かる?」

「ちょっと待って下さい」

耳元《みみもと》に保留音の単調なメロディが流れる。岩崎は脚《あし》を伸《の》ばした。電話口の向こうで慌《あわ》ただしく記憶媒体《メモリー》をチェックする藤島の姿が目に浮かぶ。

「お待たせしました。横浜ナンバーですね」再び、明るい声が聞こえた。

岩崎はメモ用紙にナンバーを走り書きする。

「よかったら写真も送りましょうか?」若手の刑事は気配《きくば》りを忘れない。

「そうしてくれる? わたしの携帯にお願い」

「すぐ送ります。他になにか?」

「殺された密売人の地《じ》どり捜査、その後どう?」

「橋本忠雄《はしもとただお》ですか……」藤島の声から快活《かいかつ》さが消える。

「茨城県の聞き込みはダメでした。成果なしです。防衛省を退職したあと、この三年間ほとんど実家には寄りついていません。それと、橋本に関しては面倒《めんどう》な問題もあります」

「面倒って?」

「彼が役所勤《づと》めのとき、上司は川原寛保《かわはらひろやす》というキャリアでした」

「えっ、川原!」女性検事は驚きの感情を漏《も》らす。

NSSの会議で防衛官僚が見せた刺々《とげとげ》しい目つきはハッキリ覚えている。そういえば、川原と名乗った官僚は装備部門を担当していた。補給物資管理の橋本忠雄とは同種セクションだ。三年前。あの男が橋本の上司であっても不思議ではない。

「検事さん、どうかしました？」藤島が訊《たず》ねる。

「ごめん、なんでもない。で、問題はその上司？」岩崎は受話器を握り直した。

「防衛省時代の橋本について聴《き》き取りしようと連絡したのですが」藤島は冴《さ》えない口ぶりでいった。

「面会を拒絶されました」

「川原が拒否、なぜ？」

「話すことはないの一点張《いってんば》りで、とりつく島《しま》もありません。こうなったら、警察庁《サッチョウ》を通して防衛省に正式な協力要請《ようせい》が必要でしょうね。課長《ボス》が上へ進言《しんげん》しています。でも、うちの本部長は小心者《しょうしんもの》で有名でして、防衛省との間に波風《なみかぜ》を立てるような捜査には最初から腰が引けている。密売人の線も手詰《てづ》まり状態かな」若い刑事はため息をついた。

「そんなこんなで課長《ボス》のご機嫌《きげん》は悪くなる一方ですよ。目ぼしい進展があれば、すぐお知らせします」

「ありがとう。課長さんにもよろしくね」岩崎は受話器を置くと窓の外へ視線を向けた。わが国の中央省庁は霞が関界隈《かいわい》に密集しているが、防衛省だけは新宿区市谷《いちがや》にあった。自衛隊という事実上の軍隊を傘下《さんか》に収《おさ》めた特筆《とくひつ》すべき役所だ。川原の残像《ざんぞう》が目の裏にこびりついている。あの防衛官僚が殺された密売人の元上役《うわやく》だったのは単なる偶然だろうか？　いや、そうは思えなかった。岩崎は白一色《しろいっしょく》の雪渓《せっけい》でパックリと黒い口を開《あ》けた危険な割れ目《クレバス》を覗《のぞ》き込《こ》んだ気分に捕《と》らわれた。深い闇に紛《まぎ》れて得体《えたい》の知れない犯罪集団がうごめいている。副部長の警告にもかかわらず、イースト・シップライン社を形式的な外為法違反《がいためほう》で起訴して処理件数を稼《かせ》ぐ検察優等生の仲間入りは願い下《さ》げだ。彼女のささやかなプライドが許さない。女性検事は無意識に前髪《まえがみ》をかきあげた。上司の圧力をはねつければどんな制裁《せいさい》を受けるか容易《ようい》に想像できる。それでも構《かま》わない。クレバスの奥底《おくそこ》まで降《お》りて、覚せい剤密輪とそれに絡《から》むハロウィン虐殺事件の全貌《ぜんぼう》を暴《あば》き、実行犯だけでなく背後の黒幕《くろまく》も数珠《じゅず》つなぎに刑事法廷へ引きずりだしてやる。岩崎は県警本部で麻薬Gメンたちの無残《むざん》な死体写真を見たときから固い決意を心に秘《ひ》めていた。

外線電話が鳴《な》り、彼女の事件を巡《めぐ》る思いは中断した。

「はい、特捜部、岩崎検事係」事務官は相手を確認する。

「公安調査庁の稲垣《いながき》さんという方から」

「もしもし、岩崎です」女性検事は受話器を耳に押しあてた。

「たつみ丸へ踏《ふ》み込《こ》んだらしいね？」かつての指導教官がいった。

「早い！　稲垣さん、もう耳に入りました？」教え子は少し驚いて聞き返す。

「横浜支部の公安調査事務所から連絡があった。北朝鮮の名前が出た以上、うちとしても無関心でいられない。ただ……」稲垣は言《い》いづらそうに間《ま》を置《お》いた。

「恥ずかしい話だが、たつみ丸は完全にノーマークだった。今日は、きみにお願いしようと思ってね。差支《さしつか》えない範囲でイースト・シップライン社の情報を提供してもらえるとありがたい。どうだろう？」

「ええ、もちろんです」岩崎は快諾《かいだく》した。新人研修のとき、稲垣からは尋問技術《テクニック》だけでなく、検察官として正義をつらぬく心構《こころがま》えを徹底的に教え込《こ》まれた。それは、彼女が歩《あゆ》んできた検事生活の原点であり、いまでも自分を鼓舞《こぶ》したいときに思い出す大切な初心《しょしん》だ。恩師の頼みには出来るだけ協力したかった。

「早い方がいいですよね。これからお会いできますか？」彼女が訊《たず》ねる。

「それは願ったりだな。では、裁判所地下のカフェで待ってる」

「わかりました。すぐ行きます」岩崎は電話を切って、たつみ丸の捜索《そうさく》報告書をプリントアウトした。

「裁判所へ一時間くらい出かけてきます」彼女は報告書と車のナンバーを書いたメモ用紙を事務官に渡す。

「報告書は副部長に提出してください。あと、車のナンバー、陸運局に問い合わせて所有者を調べておいてね」

「すべて了解。いってらっしゃい」

女性検事は黒のハーフコートに袖《そで》を通すとあわただしく外出した。

雨は止《や》み、意外にも午後の日差《ひざ》しが暖《あたた》かい。岩崎は小走《こばし》りに裁判所へ急いだ。

裁判所合同庁舎の地下フロアは拘置《こうち》設備や被告人接見室など隔離区画《かくりエリア》を別にすれば商業ビル地下と大差《たいさ》ない。食堂、書店、売店、理髪店《りはつてん》が並《なら》び、待ち合わせ場所の軽食喫茶はエレベーターホール近くにあった。白と薄《うす》い紫色に配色《はいしょく》された店内では弁護士たちが法廷の合間《あいま》を縫《ぬ》ってサンドイッチやカレーライスを頬《ほお》ばっている。

店に入った岩崎を見て、奥のテーブルから稲垣史郎《いながきしろう》が軽く手を振《ふ》った。女性検事は席に着くとストレートティを注文する。稲垣の前にはホットレモネードが置いてあった。

「同じ建物にいてもお目にかかる機会が全然ありませんね」岩崎は恩師を見つめながら嘆《なげ》いた。

公安調査庁は検察法務合同庁舎に入っている。

「あれだけの巨大ビルじゃ仕方ないさ。それに、公安調査庁は目立《めだ》たず出《で》しゃばらずがモットーだからね。法務省区画の片《かた》すみを間借《まが》りしてひっそり生きているよ」彫《ほ》りの深い顔が笑った。

「稲垣さん、検察庁へは戻らないのですか?」教え子の質問にはかすかな期待が込《こ》められていた。

「それはない」稲垣は真顔《まがお》で否定する。

「検察庁を出て五年が経《た》った。もう未練《みれん》は捨てたよ。いまは公安第三部の部長をしている」

「部長ですか。将来の長官候補ですね」岩崎はつとめて朗《ほが》らかにいった。

「それまで役所があるかな」稲垣が肩をすくめる。

「知ってのとおり公安調査庁は風前《ふうぜん》の灯火《ともしび》だ。いつ路頭《ろとう》に迷ってもおかしくない」

「そんな……」女性検事は返答に窮《きゅう》した。

たしかに公安調査庁はすこぶる旗色《はたいろ》が悪い。強大な組織力を有《ゆう》する公安警察に比《くら》べていかにも影が薄《うす》かった。霞が関では税金の無駄遣《むだづか》い役所と陰口《かげぐち》をたたかれている。稲垣が公安調査庁へ転出した五年前には、最低の貧乏《びんぼう》クジを引かされたという噂《うわさ》が岩崎の耳まで届いたほどだ。

テーブルに紅茶が運ばれて来る。

「私の身《み》の上話《うえばなし》は今度にしよう。それより岩崎くんは特捜部に慣《な》れたかい?」稲垣はレモネードに口をつけてごくっと飲んだ。

「部内ではまだ余所者《よそもの》あつかいを受けています」岩崎は正直な印象を述《の》べた。

「特捜部でも上とぶつかっているんじゃないか? きみは昔からそうだった」稲垣が面白《おもしろ》そうに

教え子を見る。

「わたしってそんなに生意気《なまいき》でした？」岩崎は図星《ずぼし》を指《さ》されて身じろぎする。

「誤解《ごかい》しないでくれ。いまのは褒《ほ》め言葉だよ」恩師は首を振った。

「私が指導した新人の中で、岩崎紀美子はいちばん記憶に残っている。自慢《じまん》の愛弟子《まなでし》だ。きみは安易《あんい》に信念を曲げない強さがある。しかし、それだけ……」彼はふと遠くを見つめる目になった。

「あの組織では生きづらいだろうな。検察官独立とは名ばかりで徹底した上意下達《トップダウン》の世界だからね」

「検察官同一体の原則ですね。実は、今度の捜査でも重圧で押しつぶされそうです」女性検事は苦笑《くしょう》した。

「理不尽《りふじん》な圧力にへこたれる必要はない。きみなら大丈夫《だいじょうぶ》さ」恩師は励《はげ》ますようにいった。

「私はなんの力にもなれないが、ずっと応援してるよ」

「ありがとうございます。稲垣さんにそう思っていただければうれしいです」岩崎が明るい顔を向けた。

「ところで、そろそろ例の件を……」公安部長は周囲を見やった。

隣《となり》では年老《としお》いた弁護士が時計を気にしながらミックスサンドを口の中へ押し込んでいる。店内はほぼ満席だ。

「場所を変えよう」稲垣はレシートをつかんで立ち上がった。

二人は裁判所と検察庁の間に設《もう》けられた災害避難広場まで歩く。傾《かたむ》きかけた太陽が寒さを和《やわ》らげている。広場では点在《てんざい》するコンクリートのベンチに並《なら》んで座った。辺《あた》りは無人でここなら密談《みつだん》を立ち聞《ぎ》きされる心配がない。

岩崎はたつみ丸の捜索《そうさく》が失敗だったことから始めて、それにもかかわらず、あの船は麻薬密輸船で、イースト・シップライン社が北朝鮮との覚せい剤取引を目的に設立された正真正銘《しょうしんしょうめい》の犯罪会社《バッド・カンパニー》である疑惑《ぎわく》を告《つ》げ、いまは組織暴力との関係を追っている捜査状況を話した。

「でも、暴力団の姿がなかなか見えてきません」岩崎はもどかしげに眉《まゆ》をひそめた。

黙って耳を澄《す》ませていた稲垣が静かに息を吐《は》く。

「なるほど、現状はよくわかった」彼は女性検事の横顔に向かってうなずいた。

「組織暴力には在日系《ざいにちけい》の組員もいる。それはうちの得意分野だ。さっそく調べて、イースト・シップライン社と繋《つな》がる人物が浮かんだら連絡するよ」

「ぜひ、お願いします」岩崎は膝《ひざ》に両手を置《お》いて頭を下げた。

「ただし、あまり期待されても困る。なにしろ、うちは情弱《じょうじゃく》で有名だからね」稲垣は自嘲《じちょう》っぽく口許《くちもと》を緩《ゆる》めた。

「他《ほか》になければそろそろ行こうか。きみの仕事を邪魔《じゃま》しては申し訳ない」彼はベンチから腰を上げる。

「ひとつ気になることがあります」岩崎は相手の腕を押さえた。

「気になること？」稲垣は浮かせた尻をストンと下《お》ろし、真剣な表情へ戻った。

「襲撃《しゅうげき》グループが使用した短機関銃《サブマシンガン》の出処《でどころ》です」岩崎は恩師を信頼して打ち明ける。

「あんな武器、暴力団でも簡単には手に入りませんよね」

「たしかにトカレフとちがって地下の銃市場《ガンマーケット》でダブついてる安物《やすもの》じゃない」トカレフはヤクザ御用達《ごようたし》という悪名《あくめい》を轟《とどろ》かせた旧ソ連軍の制式拳銃だ。もっとも暴力団へ流れるトカレフは中国製のあやしげなコピーが多い。

「自衛隊ならどうでしょう？」女性検事は危険な領域《りょういき》に近づいた。

「自衛隊……」稲垣は記憶を探《さぐ》る顔で教え子を見た。わずかな時間が過ぎる。

「思い出した。きみはNSSの会議でもそんなことをいってたな」

「自衛隊から流出した可能性はないでしょうか？」岩崎が再度、訊《き》き直《なお》す。

「いや、可能性ならある。自衛隊は世界各国の小火器を研究用とか資料として集めているからね。当然、イングラムやウージーもストックしてるはずだ」そこまでいうと稲垣は表情を和《やわ》らげた。

「だけど、あくまで可能性の話だよ。自衛隊は米軍とちがって武器の在庫管理がきびしい。実包《じっぽう》一個なくしただけで責任問題が発生する。短機関銃《サブマシンガン》が保管庫から消えたら、それこそ天地《てんち》をひっくり返す騒ぎになるだろう」

「あの、まだ公《おおやけ》になっていませんが、殺された密売人の身元《みもと》がひとりだけ判明《はんめい》しました」女性検事は未公表ゾーンへ踏《ふ》み込《こ》んだ。

「ああ、防衛省の役人だったらしいね。三年前に退職したとか」稲垣がすんなり答える。

「えっ、ご存《ぞん》じでした？」岩崎は面食《めんく》らった。情弱《じょうじゃく》にしてはぬかりなくアンテナを張《は》っている。

「その情報は警察が報道管制《かんせい》を敷《し》いた上で一部マスコミに漏《も》らしたんだ。うちは懇意《こんい》の新聞記者から教えてもらった」稲垣は手の内を明かしたあと、突然、岩崎の真意《しんい》に気づいて目を剝《む》いた。

「きみは、そいつが自衛隊の短機関銃《サブマシンガン》をどうにかしたと疑っているのか？」

「殺された橋本忠雄《はしもとただお》は三年前まで補給物資の担当でした」岩崎は恩師の揺《ゆ》らぐ視線を正面から受け止める。

「彼の仕事は武器補充《ほじゅう》と密接な関連があります。そのツテを利用して短機関銃《サブマシンガン》を流出させたのかもしれません。多分《たぶん》、大金が動いたのでしょう」彼女の照準器《スコープ》は十字線《じゅうじせん》に別の男も捉《とら》えていた。ＮＳＳで会った装備部門を掌握《しょうあく》する防衛官僚は武器の選定と購入に強い影響力をもつ。が、川原寛保《かわはらひろやす》の名前はあえて口にしなかった。いまは時期尚早《しょうそう》だ。

「自衛隊の銃器が外へ運び出され、その不祥事《ふしょうじ》を防衛省と自衛隊が隠蔽《いんぺい》している……。しかし、それはどうかな」稲垣は難《むずか》しい顔で異《い》を唱《とな》えた。

「橋本が本牧埠頭《ほんもくふとう》で短機関銃《サブマシンガン》を撃《う》ちまくった襲撃犯《しゅうげきはん》ならともかく、彼は襲《おそ》われた側だからね。きみの想像には少々、無理がある」

「内部造反《ぞうはん》とは考えられませんか？」教え子は譲《ゆず》らなかった。

「武器を手に入れたあと、例えば、覚せい剤取引の儲《もう》けをどう分配するかで仲間割《なかまわ》れが起きた。一方の不満グループは短機関銃《サブマシンガン》を持ち出して目障《めざわ》りな反対派を一気に始末《しまつ》する。ハロウィンの虐殺《ぎゃくさつ》です」

「内輪《うちわ》もめで最後は血まみれの殺し合いか」恩師は白髪《しらが》まじりの頭へ手をやった。わずかに表情が変わる。

「そいつはあり得《え》るな。もともと悪事《あくじ》を働く連中は金に汚《きたな》い。欲に目がくらめば平気で仲間を裏切るだろう。なにしろ、シャブの売り上げはデカイからね」

「あの襲撃についても腑《ふ》に落ちないことがあります」女性検事は頭の片隅《かたすみ》でマークしていた謎《なぞ》を吐露《とろ》する。

「犯人たちは短機関銃《サブマシンガン》で百発ちかい銃弾を乱射しています。県警の実況見分《じっきょうけんぶん》によると倒れた死体へ弾丸《だんがん》を撃《う》ち続けたみたいで……。麻薬Gメンの遺体《いたい》もひどい有様《ありさま》でした。なぜ、そんなことをする必要があったのでしょう?」彼女の視線は答えを求めて宙《ちゅう》をさまよい、再び彫《ほ》りの深い顔へ戻った。

「ハロウィンの虐殺は覚せい剤の争奪《そうだつ》だけでなく、別の意図《いと》も隠《かく》されていたような気がするのです。モヤモヤした疑問を引きずっています」

「なにかあるとすれば、演出《えんしゅつ》じゃないか」稲垣が眉間《みけん》を狭《せば》めていった。

「いま、なんといいました?」

「殺しを派手《はで》に見せるための演出さ。あの惨状《さんじょう》は、まるで市街戦《しがいせん》だ」稲垣の眼光《がんこう》には血塗《ちぬ》られたベールを剝《は》いで事件の暗部《あんぶ》に迫《せま》る鋭さがあった。

「わざと残虐《ざんぎゃく》に……?　信じられません」岩崎は当惑《とうわく》してつぶやく。

二人の立場は完全に逆転していた。今度は岩崎が耳をそばだてる番だ。明らかに稲垣は彼女の知らない事実をつかんでいる。女性検事はそれまでとちがったまなざしで恩師を見つめた。落ち着かない沈黙の中で、稲垣は教え子のじりじりする視線に晒《さら》されて、汗もかいてない額《ひたい》を手で拭《ぬぐ》った。高層ビルの谷間に強い風が吹き、岩崎はハーフコートの襟《えり》を合わせた。恩師が決心してくれるのをじっと待つ。公安部長はだれもいない広場を入念《にゅうねん》に見渡した。

「きみは自衛隊の武器流出を疑っているようだから、あえて耳に入れておく。ここだけの話で聞いてほしい」しゃべりながら声を落《お》とす。

「ハロウィンの虐殺は厚生局麻薬取締部《マトリ》にはおぞましい悪夢《あくむ》だったが、自衛隊にしてみれば好機《こうき》といえる。それこそ千載一遇《せんざいいちぐう》のチャンスだろう」

「チャンスって、あの事件がですか?」岩崎は混乱した。

「近年《きんねん》、自衛隊には不穏《ふおん》な動きがある」稲垣は正面から吹きつける風に抗《あらが》って顔を上げた。

「制服組幹部が一部の防衛官僚と結《むす》びついて非常事態《ひじょうじたい》特別法の国会制定を画策《かくさく》しているらしい。つまり、戒厳令《かいげんれい》だ」

「戒厳令? まさか……」岩崎は小さく息を呑《の》む。突然、戒厳令と聞かされても、街角《まちかど》で爆弾が破裂《はれつ》する遠い国の話に思えた。

「きみが驚くのも無理はない。これには自衛隊と警察の長いわだかまりが関係している」稲垣は公安調査庁の機密情報を岩崎と共有《きょうゆう》する口ぶりでいった。

「もともと警察予備隊から生まれた自衛隊は警察に屈折《くっせつ》した対抗意識を持っているんだ。いまは警察に比《くら》べて存在感が薄《うす》いからね。災害救助や海外PKOといった人道面の実績《じっせき》だけでなく、国内治安の場でガッチリと居場所を確保したい。現行法のテロ等準備罪ひとつ取り上げても主体になるのはあくまで警察だろ。自衛隊に出る幕《まく》はない。日陰者《ひかげもの》どころか、このままでは治安維持に関して無用《むよう》の長物《ちょうぶつ》となってしまう。とりわけ、陸自幹部の危機感は深刻らしい」

「でも、自衛隊法に治安出動《ちあんしゅつどう》の規定がありますよね」岩崎は首を傾《かし》げた。

「大規模な騒乱《そうらん》が起きた場合、内閣総理大臣の命令や都道府県知事の要請で自衛隊は鎮圧《ちんあつ》部隊を派遣《はけん》できます。わざわざ戒厳令など持ち出さなくたって治安を守る役割は担《にな》えるでしょう」

「それじゃ満足できないのさ」公安部長が強い口調で否定する。

「治安出動は限定的だし、現場では警察の支援へ回《まわ》される。いわば、お手伝いだよ。世界で五番目の軍事力を有する自衛隊が警察の陣後《じんご》に甘《あま》んじては屈辱《くつじょく》だろうな。彼らはテロの時代にふさわしい地位を望《のぞ》んでいる」

「そのために非常事態特別法を……？」女性検事はまだ半信半疑だった。

「それが公安調査庁の認識だと受け取っていい」稲垣は重々《おもおも》しくうなずいた。

「非常事態特別法が成立すれば、政府は国家の危急《ききゅう》に際《さい》して戒厳令を布告《ふこく》できる。戒厳令で主役になるのは、もちろん自衛隊だ。彼らの長きにわたった夢が実現する。自衛隊の意《い》を汲《く》んだ防衛官僚は非常事態特別法の制定に向けて国会議員たちへ密《ひそ》かな働きかけを行《おこな》っている。これは多数派工作をうけた議員本人に聞いたから間違《まちが》いない」

突風が通り過ぎ、彼は少しだけ前かがみになった。

「そこへハロウィンの虐殺が起きた。自衛隊は実に運がいい。短機関銃《サブマシンガン》を振《ふ》りまわす武装集団は警察の手に余《あま》るからね。いよいよ、自衛隊待望論《たいぼうろん》のお出《で》ましだ。あの事件は非常事態特別法を成立させる強力な追い風になるだろう」稲垣が彫《ほ》りの深《ふか》い顔を近づけて教え子の目を覗《のぞ》き込《こ》む。

「あまりにもタイミングがよすぎるとは思わないか？」

「それって……」岩崎は一瞬、言葉を失《うしな》う。恩師と話したわずかな時間で、事件の構図《こうず》は彼女が描《えが》く想像を大きく超えてしまった。稲垣の疑心《ぎしん》が本当なら、岩崎たちは自衛隊幹部を巻き込んだ組織的犯罪に直面している。彼女は急に寒気《さむけ》を感じた。

「公安調査庁は短機関銃《サブマシンガン》の流出を自衛隊の自作自演《マッチ・ポンプ》と考えているのですか？」

「いや、私の個人的な見解だよ。そこは誤解しないでくれ」恩師は強張《こわば》った動きで肩をすくめる。

「橋本のような下《した》っ端《ぱ》が武器をどうにかできるとは思えない。もし、自衛隊から武器が流れたとすれば当然、上層部の関与を疑うべきだな」彼はチラッと腕時計を確認した。

「うちは今後も自衛隊の動向を注視《ちゅうし》していく。さて、お互いに忙《いそが》しい身《み》だ。この辺で引き上げるか」公安部長は女性検事をうながして立ち上がった。

彼は足を踏《ふ》み出しかけて立ち止まり、振り返ると頰《ほお》の緊張を緩《ゆる》めた。

「こうして再会したのも二人の縁《えん》じゃないか。きみさえよければ協力できることはどんどん一緒《いっしょ》にやっていこう」

「よろしく、お願いします」岩崎は頼《たよ》れる味方《みかた》を得《え》た思いで頭を下げた。


森林迷彩《ウッドランド・カモ》の野戦服《やせんふく》を着た自衛官は携帯を耳に当てて椅子に座った。質素《しっそ》なデスクには一〇《ヒトマル》式戦車の金属模型《もけい》が置いてある。一〇《ヒトマル》式戦車は陸上自衛隊の主力《しゅりょく》戦車で、捕捉《ロックオン》した攻撃目標を自動追尾《ついび》する主砲《しゅほう》システムや無段変速トランスミッションなど次世代戦車の性能を先取《さきど》りしていた。

一等陸佐《りくさ》の武部《たけべ》徹《とおる》は最新鋭戦車の精巧《せいこう》な模型を眺《なが》めながら携帯電話に愚痴《ぐち》をこぼす。

「将官《しょうかん》の多くは迷《まよ》いがある。統合幕僚監部《とうごうばくりょうかんぶ》のお偉方《えらがた》にいたっては自衛隊の将来よりも退官後の天下《あまくだ》り先《さき》を探《さが》すのに汲々《きゅうきゅう》としている始末《しまつ》でね。幻滅《げんめつ》ですよ」

「へっぴり腰《ごし》のロートル連中は放《ほう》っておきなさい」相手は一等陸佐の懸念《けねん》を払拭《ふっしょく》するようにいった。

「自衛隊を実際に動かしているのは武部さんたち佐官《さかん》クラスでしょう。ちがいますか?」

「たしかに、そうだが……」

「一度《ひとたび》、みなさんが声を上げれば、それが自衛隊の総意《そうい》になるのです。誇《ほこ》り高き軍人らしく自信をもってください」相手は陸佐の弱音《よわね》を封《ふう》じようと自衛隊では禁句《タブー》になっている軍人という言葉を用《もち》いて挑発《ちょうはつ》した。

「そっちはどうなっています?」武部が気難《きむずか》しい顔で訊《たず》ねる。

「法案提出のために着々《ちゃくちゃく》と準備中です。予定どおり来年の通常国会を期限《リミット》にしたタイムスケジュールで動いています。ハロウィンの虐殺が起きて議員たちも治安対策に無関心でいられないはずです」相手は自信たっぷりに請《う》け合《あ》った。

「議員だけでなく、法務官僚への根回《ねまわ》しも怠《おこた》っていません。非常事態特別法といった重要案件には法務省の援護《えんご》が不可欠《ふかけつ》ですからね」

「いろいろとややこしい駆《か》け引《ひ》きがあるのでしょうな。小官《しょうかん》には与《あずか》り知らない世界だ」

「餅《もち》は餅屋《もちや》ですよ」相手は含《ふく》み笑いをした。

「魑魅魍魎《ちみもうりょう》が跋扈《ばっこ》する政治の戦《いくさ》は私どもに任《まか》せて、武部さんは自衛隊の同志をまとめてください」

「わかりました。その言葉を信用しましょう。隊内の仲間に伝《つた》えておきます」武部は電話を切った。

彼はずっしりと重い一〇《ヒトマル》式戦車の金属模型を右手で掲《かか》げた。自分たちは共和政ローマへ進軍したシーザーと同じく運命のルビコン川を渡《わた》ろうとしている。もはや後戻《あともど》りはできまい。戒厳令の布告《ふこく》によって武部たち特科連隊《とっかれんたい》が首都東京を制圧する日はやって来るのだろうか？　一等陸佐はメラメラと燃える目で世界最強の戦車を見つめた。


岩崎が検事オフィスへ帰ると事務官の吉永は待ちかねた表情で報告した。

「例のベンツ、所有者が分かりましたよ」彼は車両《しゃりょう》の登録事項等証明書と住民票を女性検事に差《さ》し出す。

「陸運局から添付ファイルで送ってもらいました。住民票も取り寄せてあります。塚沼栄治《つかぬまえいじ》、五十一歳、家族なし、住所は平塚市《ひらつかし》ですね」

「ご苦労様」岩崎はハーフコートを脱ぎ、執務《しつむ》デスクへ着《つ》いた。

「じゃ塚沼《つかぬま》の……」彼女はいいかけて事務官がニヤニヤしているのに気づく。

「前科・前歴と組織犯罪のデータベースでしたら検索済《ず》みです」吉永は丸い顎《あご》をなでる。

「もう調べてくれたの？」岩崎の声に驚きが響《ひび》いた。

「はい。うちでやる身元《みもと》調査といえば、犯歴《はんれき》と暴力団加入の二つですから」事務官はしごく当然といった顔で答える。

「で、結果は？」上司は先を急ぐ。

吉永は手控《てびか》えのメモに視線をやった。

「前科はありませんでした。でも、組織犯罪は大当《おおあ》たりです。塚沼は浜龍会《はまたつかい》の若頭《わかがしら》ですよ」

「暴力団幹部？」岩崎の瞳《ひとみ》が緊張する。

「浜龍会《はまたつかい》は新興《しんこう》の武闘派《ぶとうは》で……」若い事務官はメモを見ながら補足《ほそく》した。

「構成員は約七十人。横浜を根城《ねじろ》に神奈川の拠点化《きょてんか》に成功して東京進出も狙っています。最近、東京の暴力団事務所へ銃弾を撃ち込む事件が散発《さんぱつ》しているのは浜龍会の仕業《しわざ》かもしれません」

「資金源《しきんげん》はなに？」岩崎が訊《たず》ねる。

「データベースにあったのは飲食店から取り立てる用心棒代《ようじんぼうだい》です」

「みかじめ料？　飲み屋の上前《ピンハネ》をはねるだけではたかがしれてるでしょう」女性検事は疑《うたが》わしい口ぶりでいった。

「ですよね」ふっくらした顔がうなずく。彼は目を皿《さら》にして手控《てびか》え用紙をにらんだ。

「浜龍会が金融取引や不動産投資に手を出していた記録はありません。それにしちゃ変だな。高級外車を乗り回すくらいだから、金はしこたま貯《た》め込《こ》んでいるみたいです」

「だったら、資金源は自《おの》ずと絞《しぼ》られるわね。うす汚《ぎたな》い商売《シノギ》をやってるのよ」岩崎は前髪をかきあげた。

「シャブですか？」事務官が上半身を乗り出して来る。

「おそらく、まちがいない。それも大量にさばいていると思う」女性検事は手応《てごた》えを感じていた。頭の中でカチリと音がして暴力団とたつみ丸の覚せい剤が繋《つな》がった。

イースト・シップライン社は北朝鮮から密輸した覚せい剤を浜龍会に卸《おろ》していたのだろう。彼女の脳裏《のうり》を本牧埠頭に係留《けいりゅう》されていた小型貨物船がよぎり、それにオーバーラップしたのは大型ベンツへ意気揚々《いきようよう》と乗り込むヘビ頭の女弁護士だった。江波房子《えなみふさこ》を送迎《そうげい》したのは暴力団幹部の高級車だ。これは追及《ついきゅう》するだけの値打《ねう》ちがある。

岩崎は携帯を操作して同期の上谷礼子《かみやれいこ》に電話をかけた。彼女は司法修習が同期の弁護士で横浜市内に個人事務所をもっている。

「もしもし、岩崎です」

「まっ、めずらしい。元気してる?」上谷は明るく訊《き》いた。

「ええ、なんとか。横浜では送別会ありがとう」岩崎が横浜地検を異動になるとき、上谷礼子は盛大な送別会を催《もよお》してくれた。

「どういたしまして。同期の検事さんが東京地検特捜部へご栄転だもの、送別会くらいなんでもないわ。きょうは?　女子会のお誘《さそ》い?」

「いいわね。今度ぜひ、やりましょう。きょうはちょっとお願いがあって……」

「なにかしら?　独身弁護士の若い男でよければ、いくらでも紹介するけど」

「ホント!　期待してるわよ」岩崎は笑いをかみ殺す。が、一瞬で真顔《まがお》に戻った。

「弁護士の江波房子を知ってる?」

「ど派手なおばあちゃんね。神奈川では有名人よ」

「どんな人?」

「弁護士会の次期選挙で副会長を狙っているみたい」

「副会長……?」

「あのバアサンは金銭欲と名誉欲の塊《かたまり》だから」上谷は苦笑《くしょう》した。

「弁護士会の副会長になれば顧問先《こもんさき》はグンと増えるし、報酬額もアップする。いずれ、勲章《くんしょう》をもらうつもりでしょう」

その後、岩崎は上谷から江波房子の会務《かいむ》活動について話を聞いた。上谷礼子は同期のよしみか理由を詮索《せんさく》することなく必要な情報を教えてくれた。女性検事は友人の弁護士に礼をいって電話を切る。

岩崎は回転椅子を窓側へ向けた。これで攻撃材料は揃《そろ》った。あとは江波房子と直接対決するだけだ。それが巨大な犯罪の真相を暴《あば》く最初の一撃となるかもしれない。夕暮れの窓ガラスにヘビ頭を揺《ゆ》らした厚化粧《あつげしょう》の顔がぼんやりと浮かんだ。

5

曇《くも》った朝、女性検事は黒いハーフコートにショートブーツ姿で弁天通《べんてんどおり》を横浜地裁近く、江波房子の事務所へ急《いそ》いでいた。面談の約束は昨日のうちに取りつけてある。江波は面会を午前七時に指定してきた。いくら年寄りが早起きでも、これは底意地《そこいじ》の悪い嫌《いや》がらせにちがいない。岩崎の機先《きせん》を制《せい》したつもりなのか? 彼女はまだ暗いうちから美沙《みさ》のお弁当をつくり、ベッドで大《だい》の字《じ》になって爆睡《ばくすい》していた娘を無理やり起こすと自由が丘の二十四時間託児所《たくじしょ》キッズルームへ連れて行き、幼稚園の送り迎えを頼んだ。美沙は母親の都合《つごう》で早朝に慌《あわ》ただしく引っぱり出されて半ベソ状態だった。岩崎は胸に苦《にが》い痛みを感じた。今朝《けさ》の埋《う》め合わせがファミレスの特大チョコパフェくらいですまないことは分《わ》かっている。日曜日には必ず休みをとって美沙を遊園地《ランド》の新しいアトラクションへ連《つ》れて行こう。彼女は頭のカレンダーに大きな赤印《あかじるし》を書き込《こ》んだ。

午前七時の弁天通、店内が明るいのはクロワッサンとタマゴサラダのモーニングセットを提供する喫茶店だけで、太ったカラスがゴミ袋を漁《あさ》る歩道も閑散《かんさん》としていた。この一角《いっかく》は夕方以降に本来の活況《かっきょう》を見せる。近場《ちかば》の官庁エリアから定時にパソコンを閉じた地方公務員たちが早々《はやばや》と弁天通へ繰《く》りだし、彼らは役所の醜聞《ゴシップ》と上司の悪口を肴《さかな》に居酒屋談義《いざかやだんぎ》で仕事の憂《う》さを晴《は》らした。横浜地検が利用する手ごろな値段のスナックには岩崎も何度か上司や同僚に誘われたことがある。検事の溜《た》まり場と承知した上で、ヤクザがドヤドヤやってきた夜は見物《みもの》だった。検事たちはヤクザの顔を見るなり席を立つ無粋《ぶすい》な真似《まね》はしない。演歌が流れる店内で法執行官と無法者《むほうもの》のグループは親しく同席して、肝心《かんじん》な話題を慎重《しんちょう》に避《さ》けながら酒を酌《く》み交《か》わしたものだ。が、支払いの場面では一悶着《ひともんちゃく》おきる。ヤクザが札《さつ》びらを切って「ここはまかせてくれ」と奢《おご》ろうとしても勘定《かんじょう》は割《わ》り勘《かん》だった。ひとり頭、せいぜい数千円程度の飲み代とはいえ反社会的勢力に借りをつくるわけにはいかない。検事たちは秋霜烈日《しゅうそうれつじつ》のバッジを鎧《よろい》にして、黒い利益供与《りえききょうよ》をことごとく突《つ》っぱねた。

女性検事は歩道で足を止める。彼女は白亜《はくあ》の六階建てビルを見上げた。入口のチタン製プレートでテナントを確認する。江波法律事務所は四階だった。岩崎はエレベーターを利用して四階フロアで降りる。手前《てまえ》から社名に横文字《アルファベット》をならべたＩＴ企業、次が人材派遣会社、目指《めざ》す敵陣《てきじん》はいちばん奥にあった。女性検事は不透明なガラス製のドアを押し開ける。受付カウンターで法の女神《めがみ》テミスを模《も》した安《やす》っぽい金メッキ像《ぞう》が左手に天秤《てんびん》を下げ、剣を持った右手は店先に置かれた招《まね》き猫よろしく高々《たかだか》と掲《かか》げて来客をお出迎《でむか》えしていた。カウンターの反対側から中年男が眠そうな目を向ける。

「東京地検の岩崎です。先生と予約しています」

事務員の男はノロノロと立ち上がり、岩崎を会議室へ案内する。彼はそのまま無言で退室してしまった。弁護士報酬と無関係な訪問者には粗茶《そちゃ》も出し惜《お》しみする倹約家《けんやくか》ぶりが江波房子の流儀《りゅうぎ》らしい。岩崎は会議室の椅子に座って待つ。どこかでガサゴソ動き回る音がした。ほどなく、ドアを内側へ開けて、チカチカ光る銀ラメを織《お》り込《こ》んだ黄色いスーツの女弁護士が現《あらわ》れた。江波房子は上座《かみざ》に腰を下ろし、金色のヘビがとぐろを巻《ま》いたようなパーマ頭を大きく振った。

「なにさ、いまごろ謝罪《しゃざい》に来たって手遅《ておく》れよ。たつみ丸の違法捜査で訴えてやるから。絶対にね」彼女は高飛車《たかびしゃ》な態度でいった。

「話はそれだけ。とっとと帰りなさい！」

「うちを訴えて先生が手にする報酬は七桁《ケタ》ですか？」岩崎がのんびり訊《たず》ねる。

「ひょっとして八桁《ケタ》？　なにしろ天下《てんか》の東京地検特捜部が相手ですから」

「報酬額がいくらだろうとあなたに関係ないでしょ。ここでとやかく言われる筋合《すじあ》いじゃないわ」江波はムッとした顔で小太《こぶと》りの身体を反《そ》らす。

「そうもいきません。先生の報酬が密輸で荒稼《あらかせ》ぎした汚《きたな》い金なら弁護士職務基本規程に違反します」岩崎はさも深刻な問題だといわんばかりに顔をしかめた。

「ふん！」江波の鼻が盛大《せいだい》に鳴《な》る。

「あなた、救《すく》いがたいバカ女ね。違法捜査だけでなく、名誉棄損でも訴えてやる」

「名誉棄損？　ここは密室ですよ。刑法二三〇条の構成要件《こうせいようけん》をお忘れですか？」女性検事は肩をすくめて苦笑した。

「もっとも、公然性の要件を欠《か》くのは先生に幸運かもしれません。わたしは口が堅《かた》いので、ご安心を」

「ちょっと、意味不明な御託《ごたく》はいいかげんにしてちょうだい。こっちは忙《いそが》しいのよ」金色のヘビ頭が苛立《いらだ》って前後へ動く。

「それは失礼しました」岩崎は戦術的に一歩後退して、同期の上谷礼子《かみやれいこ》から仕入《しい》れた情報を話題にする。

「ところで、先生は会務《かいむ》活動にずいぶんご熱心みたいですね」彼女はできるだけ何気《なにげ》なく話しながら、真綿《まわた》で首を締《し》めるようにじわりと女弁護士へ罠《わな》を仕掛《しか》けていった。

「弁護士会では民暴《みんぼう》委員会の幹事を引き受けていらっしゃるとか……」

民暴委員会は民事介入《かいにゅう》暴力対策特別委員会の略称《りゃくしょう》だ。暴力団は公営ギャンブルに寄生するノミ行為や地下カジノなど裏商売だけでなく、金融、不動産といった表の民事取引にも深々《ふかぶか》と食《く》い込《こ》んでいる。しかし、刺青《いれずみ》を見せつけて借金を取り立てる恐喝《きょうかつ》まがいの回収屋《かいしゅうや》や、競売《けいばい》建物に居座《いすわ》って入札《にゅうさつ》を妨害《ぼうがい》する占有屋《せんゆうや》が横行《おうこう》する中、警察は民事不介入《みんじふかいにゅう》の原則で迅速《じんそく》な対応ができない。民事暴力の摘発《てきはつ》にはやたら腰が重い警察に代《か》わっていち早く行動を起こしたのは弁護士会だ。日弁連が旗を振って各都道府県弁護士会に民事介入暴力対策特別委員会を立ち上げ、社会正義に燃える弁護士たちは暴力団との非妥協的《ひだきょうてき》な対決へ乗りだして行く。

闇金《やみきん》が好《この》むトイチは十日で一割の利息を請求する。しかも、金利計算は悪名高《あくめいたか》い複利《ふくり》方式だから未払《みばら》い利息が丸ごと元金《がんきん》へ組み込まれ、実質年利は三〇〇〇パーセントを軽く超えた。「無担保・安心ローン」の妖言《ようげん》に釣《つ》られて百万円ほど融通《ゆうずう》を受けると一年後には返済額が一千万円以上に膨《ふく》らみ、三千万円の借金を背負《せお》わされるケースもあった。ついには暴力金融の犠牲《ぎせい》となった被害者から自殺者や失踪者《しっそうしゃ》が生まれる。前世紀末、バブル時代を迎《むか》え、暴力団系の闇金は悪性ウイルスなみに蔓延《はびこ》り、それに伴《ともな》って急増した被害者救済が緊急の課題となった。民暴委員会は法律を武器に闇金の前へ立ちはだかる。彼らは法外《ほうがい》なトイチ利息の取り立てをはねつけたばかりか、民法七〇八条を盾《たて》に闇金が貸し付けた元金の返済も拒絶して回収屋を仰天《ぎょうてん》させた。民法七〇八条が定める不法原因給付《ふほうげんいんきゅうふ》によれば、いかがわしい取引で金銭や物品を引き渡した場合、たとえ契約が公序良俗《こうじょりょうぞく》違反《いはん》で無効となっても交付済《こうふず》みの金品を取り戻すことはできなくなる。いわば自業自得《じごうじとく》の責任を定めた法理《ほうり》だ。弁護士たちは地団太《じだんだ》を踏《ふ》んでいきりたつ回収屋《かいしゅうや》へ向かって「返してほしければ裁判に訴えろ」と通告した。そんな法廷で裁判官がどちらの味方をするかは愚鈍《ぐどん》なヤクザでも容易《ようい》に想像できる。こうして、珍妙《ちんみょう》きわまる逆転現象が生《しょう》じた。被害者の生き血をすするように暴利《ぼうり》を貪《むさぼ》りつづけた闇金が泣き寝入りへ追い込まれたのだ。市民社会の害虫をついばむミンボーの弁護士たちは闇金の天敵《てんてき》となった。しかし、彼らが相手にしているのは暴力を本質とする反社会的勢力であり、いつ、逆恨《さかうら》みで襲撃《しゅうげき》されるか分《わ》からない。民暴委員会の活動はまさに命がけだった。

「民暴委員会のご活躍はいつも耳にしています。幹事のお役目《やくめ》、大変でしょうね」岩崎が称賛《しょうさん》の言葉をかけた。

「いいえ、私はただの世話係よ。若い人のお手伝いをしているだけ」江波はまんざらでもなさそうに顔を緩《ゆる》める。

「ご謙遜《けんそん》を。立派《りっぱ》なことです。弁護士会の中でも民暴委員会は社会的な貢献度《こうけんど》が高いですから」

「そうねえ、これでも社交委員会よりはお役に立っているかしら」真っ赤《まっか》な唇がニタリと笑う。

「宴会好《えんかいず》きな社交委員会とは格《かく》が違いますよ。民暴の幹事は要職《ようしょく》ですし、遠からず、叙勲《じょくん》受章者に推薦《すいせん》されると思います。先生ほどキャリアがあれば勲三等《くんさんとう》の旭日中綬章《きょくじつちゅうじゅしょう》も狙《ねら》えるでしょう」

女弁護士はおだてられた猿《サル》のようにどんどん木を登《のぼ》っていく。

「勲章《くんしょう》のお呼びがかかったら、もちろん頂戴《ちょうだい》しますよ」江波は揉《も》み手をした。

「会員の私が受勲《じゅくん》すれば弁護士会だって鼻高々《たかだか》でしょ？」

「ごもっともです」女性検事は大きな相槌《あいづち》を打つと、更に相手を木の頂《てっぺん》へ持ち上げた。

「先生の名前はきっと会内で末永《すえなが》く語り継《つ》がれますよ」

「私はね、弁護士会を守《も》り立てる提灯《ちょうちん》もちでいいと思うの」江波が喜色満面《きしょくまんめん》の顔で答える。

「今度、副会長に立候補なさるとか……」岩崎はさりげなく罠《ワナ》へ誘導《ゆうどう》した。

「まあ！　地獄耳《じごくみみ》ね。どこで聞きつけたの？」女弁護士が丸い身体《からだ》を乗りだしてくる。

「同期の弁護士から聞きました。先生の立候補は横浜で噂《うわさ》になっているみたいです」

「みなさんに推《お》されてやむを得《え》ず出るのよ」江波はわざとらしくため息をついた。

「副会長なんか雑用ばかりで気が重いわ。もう若くはありませんからね。それこそ身が持たない」女弁護士はエネルギッシュに肩をグルグル回《まわ》す。

「まだまだ、お元気そうじゃないですか?」岩崎は微笑《ほほえ》み、一方で、木の上から獲物《えもの》を振り落とす頃合《タイミング》を計《はか》った。

「元気ですって? 私は民暴委員会でアップアップなのに」江波は尖《とが》らせた舌先《したさき》をチロリと見せる。彼女は声をひそめた。

「本当は部外者に内緒《ないしょ》だけど、民暴委員会はずっと火の車よ。人手不足が深刻でね。委員の希望者が少ない。ヤクザと丁々発止《ちょうちょうはっし》、やりあうのを嫌《いや》がって、みんな敬遠《けいえん》しちゃう」

「わかります」岩崎は形だけ頷《うなず》く。動悸《どうき》が速まった。木を揺《ゆ》さぶるのはいまだ。ヘビ頭の女弁護士は真《ま》っ逆《さか》さまに落下《らっか》するだろう。

「なにしろ、民暴委員の中には勲章欲しさに名前だけ連《つら》ねて、裏では暴力団とつるむ不届者《ふとどきもの》もいますからね」

一瞬で会議室の空気が凍《こお》りついた。江波房子は呆然《ぼうぜん》と女性検事を見つめている。

「もちろん、先生のことですよ」岩崎が冷たく言い添《そ》えた。

「どういう意味? あなた、お詫《わ》びに来たんじゃないの?」江波は不審《ふしん》と警戒《けいかい》の入り混じった声で訊《たず》ねた。

「いいえ、きょうはこれをお持ちしました」岩崎はA4サイズに拡大した写真をトートバッグから取り出してテーブルへ置く。

江波は写真をのぞき込《こ》むと、たちまち厚化粧《あつげしょう》の顔を引きつらせた。次《つ》いで、発作《ほっさ》を起《お》こしたように震《ふる》えながら喚《わめ》きたてる。

「これは肖像権《しょうぞうけん》の侵害《しんがい》よ！　写真を撮《と》っていいなんて一言《ひとこと》も口にしてないわ。こんな人権蹂躙《じゅうりん》が許されると思ってるの！」

写真には白スーツのサングラス男をお供《とも》に大型ベンツから降《お》りる江波房子の姿がくっきりと写《うつ》っていた。

女性検事はけたたましい抗議を無視して写真を指さす。

「先生が乗ってきた車の所有者を調べました。名義人《めいぎにん》は塚沼栄治《つかぬまえいじ》」彼女は動転《どうてん》している女弁護士をひたと見据《みす》え、攻撃的尋問《じんもん》にとりかかった。

「塚沼は浜龍会《はまたつかい》の幹部です。浜龍会といえば武闘派の暴力団で東京の組ともドンパチ抗争している。ご存知《ぞんじ》でしょう？」

「ふん、知るもんですか。私は迎《むか》えの車に乗っただけ」江波が声だけは威勢《いせい》よく張り上げた。

「そんな言《い》い訳《わけ》、記者会見で通用すると思いますか？」女性検事は容赦《ようしゃ》しない。

「記者会見……！」江波は絶句《ぜっく》する。

「少し想像力を働かせてください。民暴委員会の弁護士が実はヤクザと癒着《ゆちゃく》していた。もし、マスコミへ流れたら、横浜の司法記者クラブはそれこそ蜂《ハチ》の巣をつついた騒ぎになる。この事務所にはテレビカメラを従《したが》えたレポーターが突撃して来《き》ますよ」岩崎は女弁護士の不安を一気《いっき》に煽《あお》った。

「即席《そくせき》の記者会見では質問攻《ぜ》めにあうでしょうね」

「あなた、それでも検察官なの？　これは脅迫《きょうはく》だわ」紫色《むらさきいろ》のアイラインで縁《ふち》どられた小さな目はオドオドして焦点《しょうてん》が定《さだ》まらない。

「誤解《ごかい》なさらないように」女性検事はゆっくり首を振《ふ》った。

「お互い法律実務家ですし、わたしの本意《ほんい》は訴訟外《そしょうがい》の司法取引にあります」

「司法取引？」江波は戸惑《とまど》い、長い付《つ》けまつげをバサバサさせて瞬《まばた》きをくり返した。

「ええ、組織犯罪の捜査には司法取引が必要ですから」

「なにが組織犯罪よ！　人聞《ひとぎ》きの悪い冗談《じょうだん》はやめてちょうだい」再び鼻息《はないき》を荒《あら》らげた女弁護士の声は、しかし、強い不安で上《うわ》ずっている。

「検察は冗談をいいません」岩崎は氷の表情を崩《くず》さなかった。

「そっちの望みは？」江波がつっけんどんに訊《き》く。

「イースト・シップライン社と浜龍会《はまたつかい》に関するちょっとした情報提供です」岩崎はお役所仕事の事務連絡でも伝《つた》える口ぶりでいきなり女弁護士が抱《かか》える秘密の暴露《ばくろ》を迫《せま》った。

「浜龍会まで……！」江波は肝《きも》をつぶして口から泡《あわ》を吹《ふ》いた。金色のヘビ頭が小刻《こきざ》みに揺《ゆ》れる。

「私の立場はどうしてくれるのよ！　守秘義務《しゅひぎむ》は弁護士の生命線ですからね。特捜検事が聞いて呆《あき》れるわ。あなた、弁護士法のイロハも知らないわけ？」

「さあ、理解不足なのはどちらでしょう？」岩崎は激昂《げっこう》した相手を皮肉《ひにく》っぽい口調《くちょう》でたしなめる。鋭い視線がレーザービームとなって厚化粧の壁を貫《つらぬ》いた。

「司法取引は秘密の開示《かいじ》が前提ですよ。ヤクザへ忠義《ちゅうぎ》を立てるか、それとも犯罪撲滅《ぼくめつ》に協力するか、一級弁護士の先生なら賢明《けんめい》な判断ができると思います。守秘義務はご自身で折《お》り合《あ》いをつけてください」

江波の顔面《がんめん》から怒りが消え、代《か》わって計算高《けいさんだか》い表情が浮かんだ。

「私がもらう見返りは？」ヘビ頭の女弁護士は小鼻《こばな》をヒクヒクさせる。

「未来ですよ」岩崎は江波房子が写《うつ》った写真を手元《てもと》に引き寄せ、最後のカードを切った。

「この写真は封印《ふういん》され、先生には弁護士会ナンバー2の椅子《いす》が回《まわ》ってくる。副会長となれば勲章を授《さず》かる経歴としても文句《もんく》ないでしょう。その上、顧問先《こもんさき》に恵《めぐ》まれて収入は倍増する」

江波はわずかに残ったプライドと将来の利益を天秤《てんびん》にかけて損得勘定《そんとくかんじょう》する顔で天井《てんじょう》を仰《あお》いだ。ほどなく、彼女は汚物《おぶつ》を見るようにヤクザと同じ枠《フレーム》に納《おさ》まった自分の写真へ視線を落とす。

「取引の申し出は今回かぎりですよ。先生に次《つぎ》の機会《チャンス》はありません」岩崎は相手に選択の余地《よち》がないことをハッキリさせた。

江波は逃げ道を封《ふう》じられて赤い唇を噛《か》む。とぐろを巻いた金色のヘビ頭が力なく沈んだ。

女性検事は相手の降伏《こうふく》を確信した。

「さっさと質問しなさいよ」江波がふてくされた声を上げる。

岩崎は背中をピンと伸《の》ばして新たな戦闘モードに入った。

「イースト・シップライン社との関係は？　先生が顧問弁護士ですか？」

「とんでもない！」江波は激しく両手を振る。

「川崎の小さな貿易会社よね。私が知ってる事実はそれだけ」彼女はいったん唇を結《むす》んだが、女性検事の冷《ひ》ややかな視線を浴《あ》びて、さすがに説明不足だと気づいたらしい。口をモゴモゴさせながら付《つ》け加えた。

「……ウソじゃないわ。あの朝、塚沼《つかぬま》から電話があって、いきなり貨物船の捜索《そうさく》に立ち会ってくれと頼まれたの。それがイースト・シップライン社のたつみ丸。全然、聞いたことがない会社だった」

「イースト社の委任状はどうしました？　まさか、手ぶらで立ち会ったのじゃないでしょうね」

岩崎が疑わしい目を向ける。委任状なしでは無権代理となって捜索そのものが瑕疵《かし》を帯《お》びてしまう。

「会社の委任状なら浜龍会の若いもんが持ってきたけど」女弁護士は煩《わずら》わしそうに答える。

「イースト社へ確認は？」岩崎が重《かさ》ねて訊《き》く。

「別に……」いかにも無責任な返事が戻ってきた。

「ずいぶん、いいかげんですね。それじゃ本当に委任されたか分《わ》からないでしょう」

「ふん、委任状なんて体裁《ていさい》が整《ととの》っていればいいのよ、形式的にね」江波は悪びれた様子もなく鼻を鳴《な》らす。彼女は投げやりにいった。

「大体、イーストだかウエストだか知らないけど、ここへ会社の人間が挨拶《あいさつ》に来たことなんてありゃしない。社長はだれだったかしら？」

「戸村勇作《とむらゆうさく》です」

「わざわざ立ち会ってあげたのに、お礼の電話一本よこさないで非常識にもほどがあるわ。そういう輩《やから》にかぎって弁護士報酬を値切《ねぎ》ろうとする。ビタ一文《いちもん》まけてやるもんですか！」女弁護士は怒りにまかせて啖呵《たんか》を切ったあと渋《しぶ》い顔でいう。

「とにかく、イースト・シップライン社についてあれこれ聞かれても答えようがないわ。私は門《もん》外漢《がいかん》ですからね。それこそ時間の無駄《ムダ》、無駄《ムダ》」ヘビ頭が苛々《イライラ》と左右に振《ふ》られた。

岩崎は鋭く見つめ、相手の澱《よど》んだ目に潜《ひそ》む真偽《しんぎ》を探《さぐ》った。イースト・シップライン社の話に嘘《うそ》があるとは思えない。女性検事は質問の矛先《ほこさき》を変える。

「今回の件を仕切《しき》ったのは浜龍会《はまたつかい》ですか？」

「仕切ったって、どういう意味？」江波が警戒して身構《みがま》えた。

「先生とイースト・シップライン社の橋渡《はしわた》し役《やく》は塚沼栄治《つかぬまえいじ》でしょう？」

「そりゃ、この仕事を持ち込んできたのは塚沼だけど……」江波は仕方《しかた》なくうなずいた。

「彼は浜龍会の幹部です。もちろん、ご承知《しょうち》だと思いますが」

「若頭《わかがしら》でしょ。そんなこと公知《こうち》の事実じゃない。本人が大《おお》っぴらにしてるんだから」江波はぞんざいな口ぶりで反駁《はんばく》した。

「問題は先生との関係ですよ」女性検事は追及《ついきゅう》を緩《ゆる》めない。

「関係？　バカげた詮索《せんさく》もいいところだわ。悪趣味《あくしゅみ》な女ね」江波の声がまたピリピリする。

「さあ、どうでしょう？」岩崎は懐疑的《かいぎてき》に眉《まゆ》をひそめた。

「あの日、先生は急遽《きゅうきょ》、本牧埠頭へ駆《か》けつけています。見ず知らずの会社からの依頼にしては異例《いれい》な厚遇《サービス》ですね」彼女は眉《まゆ》を寄せた。江波房子は緊急発進《スクランブル》を命じられた要撃《ようげき》戦闘機なみの猛スピードで現場へ飛来《ひらい》している。これほど素早《すばや》い動きは弁護士の熱意だけでは説明できず、なにか特別の理由があったはずだ。女性検事は湧《わ》き上がる疑問をそのまま投げつけた。

「先生が取るものも取りあえずイースト・シップライン社の代理人として横浜港へでかけたのは、本件に塚沼が関与《かんよ》しているからだとお見受《みう》けしました」

「大げさねえ」江波が歪《ゆが》んだ笑いを浮かべる。

「貨物船の立ち会いは都合《つごう》よく予定《スケジュール》が空《あ》いてたからで、塚沼もただの依頼人《クライアント》よ」

「暴力団の大物が単なるクライアントですか？」岩崎はニコリともしない。

「ええ、なにか問題でも？」江波は民暴委員の立場を棚《たな》に上げ、したり顔でいった。

「検事とちがって、私たち弁護士は清濁《せいだく》を併《あわ》せ飲むの。相手がヤクザだって差別しません」

「そもそも塚沼と関《かか》わり合いを持つきっかけは？」

「ああ、それならよく覚えてるわ」江波が今度は本物の笑《え》みをこぼす。

「もう三年前になるかしら。塚沼の用心棒をしていた組員がシャブで逮捕されたとき、たまたま弁護を頼まれてね。私が担当検事を説《と》き伏《ふ》せて起訴猶予《きそゆうよ》に落としたの。シャブで不起訴《ふきそ》処分をもらうのはなかなかできない芸当《げいとう》よ。わかるでしょう？」ヘビ頭の女弁護士は自慢《じまん》げに顎《あご》を突き出した。

「用心棒が刑務所送りを免《まぬが》れて塚沼にはずいぶん感謝されたわ。それ以来、たまに相談を受けているの」

また、三年前だ。イースト・シップライン社が設立されたのは三年前、ハロウィンの夜に撃《う》ち殺された橋本忠雄が防衛省を辞《や》めたのも三年前だった。岩崎は頭のメモリーを開き、三年前の出来事に江波と塚沼のつながりを書き加えて質問をつづけた。

「塚沼の相談はどんな内容です？」

「いろいろよ」江波は答えをはぐらかした。

女性検事がため息をつく。

「これじゃ司法取引になりませんね」彼女は手元《てもと》の写真を見やった。ミンクのコートに身《み》を包《つつ》んだ女弁護士が白スーツ姿の若い組員と写《うつ》っている。

江波は女性検事の視線を追って己《おのれ》の将来に破滅《はめつ》をもたらしかねない写真へ行きつき、大慌《おおあわ》てで弁解《べんかい》する。

「ちょっと待ちなさいよ。弁護士が年間どれくらい法律相談をこなすと思ってるの？　相談内容なんていちいち覚えていられない。塚沼から受けた相談は不動産取引の類《たぐい》だった気がするけど詳《くわ》しい中身《なかみ》は忘れたわ」彼女は早口《はやくち》でたたみかけると相手の様子を窺《うかが》った。

岩崎は沈黙し、寒々《さむざむ》とした会議室の中でにらみ合いが続く。女性検事の芳《かんば》しくない反応を見て押《お》し黙《だま》った江波は突然、なにか閃《ひらめ》いた顔で両手をパンと打《う》ち鳴《な》らした。

「そうそう、ひとつ、教えてあげる。とっておきの情報だから、警察だってまだ摑《つか》んでないはずよ」女弁護士は恩着《おんき》せがましく強調する。

「塚沼は若頭《わかがしら》だけど、組長を差《さ》し置《お》いて浜龍会を牛耳《ぎゅうじ》ってるの。事実上、彼がトップよ。組長の楠元《くすもと》は塚沼に逆《さか》らえず、言いなりみたい。たぶん、弱みでも握られているのね。私が面倒《めんどう》をみた用心棒に聞いた話だからまちがいないわ」

「塚沼が裏ボスだということは分かりました」岩崎は全然、満足しない。

「浜龍会の収入源《シノギ》も教えてください」

「極道《ごくどう》の世界で食《く》い扶持《ぶち》と言えばみかじめ料でしょうよ。飲食店が払《はら》う用心棒代。バー、スナック、居酒屋、キャバレー、クラブ、浜龍会がにらみを利《き》かす繁華街で多くの店が納《おさ》めている」

「でも、みかじめ料だけでは、あのベンツを買えませんよ」岩崎が即座《そくざ》に収支《しゅうし》不足《ぶそく》を指摘《してき》する。

「他には示談《じだん》の斡旋料《あっせんりょう》かしら」江波は熱のこもらない声でつぶやいた。

「ヤクザが示談？」

「例《たと》えば、飲み屋で起きた喧嘩騒《けんかさわ》ぎとか、縄張《シマ》り内《うち》のいざこざを浜龍会が間に入ってね、うまく手打《てう》ちとなったら解決の手数料をいただく。弁護士会に仲裁《ちゅうさい》センターがあるでしょう。あれのヤクザ版《ばん》と考えればいいんじゃない」ヘビ頭の女弁護士はニッと下卑《げび》た笑いを向ける。

岩崎は呆《あき》れて、江波の襟元《えりもと》で輝く特注したらしい純金製の弁護士バッジを見やった。浜龍会が示談の仲介《ちゅうかい》などとごまかしても、実際には「黙って手打ちにしなけりゃ指の二、三本へし折《お》るぞ」といった脅《おど》しくらい平気でやるだろう。江波は暴力団の民事介入に伴《ともな》うゆすり、たかりを弁護士会の公益活動《プロボノ》と同列に並べてほくそ笑《え》んでいる。民暴委員会のとんでもない面汚《つらよご》しだ。女性検事は戦術的な迂回《うかい》作戦をやめて正面から切り込む。

「覚せい剤を忘れていませんか？　きっと、大きな資金源《シノギ》でしょうね」

「いいえ、シャブはご法度《はっと》。組で禁じられている」江波が左右の手を斜《なな》めに交差《こうさ》させてバツ印《じるし》をつくった。

「ご法度？　ここが法廷なら自己矛盾《むじゅん》の供述《きょうじゅつ》で厳《きび》しく弾劾《だんがい》されますよ」岩崎の声には怒りが含《ふく》まれている。

「先生はたったいま用心棒の覚せい剤弁護を口にしたばかりですが」

「あらヤダ、うっかりして」女弁護士がとぼけた顔で舌をペロッと出す。

「シャブで捕《つか》まった用心棒は掟破《おきてやぶ》りの外道《げどう》よ。何十人と組員を抱《かか》えていればハグレ者も出てくる。あれは個人犯罪で浜龍会が関与した証拠は見つかっていない」

「浜龍会は覚せい剤に手をつけた用心棒を破門《はもん》しましたか？」

「ふん、なんで私が知ってるのさ？」江波は反抗的な目つきで虚勢《きょせい》を張《は》った。

女性検事は唇を結《むす》び、無言《むごん》の中、狭《せま》い袋小路《ふくろこうじ》へ入り込んだ気分を噛《か》みしめる。実際、彼女は攻《せ》めあぐねていた。尋問は膠着状態《デッドロック》に陥《おちい》り、これ以上、なにか質問しても厚顔無恥《こうがんむち》な同性の弁護士から新しい情報を引き出せるとは思えなかった。今朝《けさ》は午前四時ちょうど最大ボリュームのベル音を鳴《な》らした目覚ましにたたき起こされ、大急ぎで娘が好きな酢豚《スブタ》弁当をつくり、トーストと牛乳だけの朝食後、グズる美沙《みさ》の手を引いて自由が丘キッズルームへ向かい、そこから私鉄急行に飛び乗って早朝の横浜までやってきた。しかし、結局は収穫《しゅうかく》ゼロの無駄足《むだあし》だったか。

「いいかげん、うんざり！」毒々《どくどく》しくとぐろを巻《ま》いた金色ヘビのようなパーマ頭がブルッと揺《ゆ》れる。

「取引には応じたわ。知ってることを全部教えてあげましたからね。今度は、そっちが約束を守る番よ。この忌《い》まわしい写真といっしょに、もう消えてくれない？　私は予定が立て込んでいるの」

岩崎は半《なか》ば諦《あきら》めて最後の質問を発《はっ》した。

「イースト・シップライン社と浜龍会の関係は？　つなぎを取る人物でもいたのですか？」

「さあ、企業舎弟《きぎょうしゃてい》じゃない？」江波はいかにも億劫《おっくう》そうに答える。

女性検事をメガトン級の衝撃が貫《つらぬ》いた。企業舎弟！　頭の中で甲高《かんだか》い警報音《サイレン》が炸裂《さくれつ》する。彼女は派手《はで》なヘビ頭をまじまじと見つめた。江波がポロリとこぼした言葉は貿易会社の邪悪《じゃあく》な正体を明らかにしている。岩崎が探《さが》し求めていた事件の重要な断片《ピース》だ。やはり、イースト・シップライン社は暴力団のフロント企業だった。彼女は内心の興奮を抑《おさ》えて訊《たず》ねる。

「そんな情報、どこで聞いたのです？」

「電話があったとき、塚沼が話していたのよ。あの貿易会社には兄弟分《きょうだいぶん》がいるって」江波の表情は無防備なままだ。

女性検事が間髪《かんはつ》を入れず次の質問に移《うつ》る。

「兄弟分って社長の戸村ですか？」

「そこまでは聞いてないわ」江波は面談を早く打ち切りたくて話を急いだ。

「とにかく、兄弟分との絆《きずな》は絶対みたいね。固《かた》めの盃《さかずき》を交《か》わした相手に助《すけ》っ人《と》を頼まれたら、いつでも刀《かたな》を抜《ぬ》く覚悟《かくご》がある。塚沼はそんなことをいってた」

「刀を……？」女性検事は眉《まゆ》を上げた。

「どうせ、ヤクザ者の見栄《みえ》でしょうけど」江波が首をすくめる。

「一端《いっぱし》の侠客《きょうかく》ぶって男気《おとこぎ》があるところを自慢《じまん》したいのよ」彼女は会議室の壁に掛《か》かった丸時計へ注意を向けた。

「あなたの時間はこれで終わり」

「ご協力、ありがとうございました」岩崎はハーフコートをつかんで立ち上がった。あとは直接、塚沼本人を締《し》め上《あ》げるだけだ。彼女はコートに袖《そで》を通しながらいった。

「塚沼に連絡して、今日わたしが会いに行くと伝えてください」女性検事は江波と若い暴力団員が写《うつ》った写真を取り上げる。

「もうひとつ」彼女は写真をゆっくりトートバッグに入れた。

「たつみ丸の立ち入りは裁判所から令状が出ています。神奈川県警や東京地検を訴えるといったバカな真似《まね》はしないように。暴力団とつるんだフロント企業の訴訟代理人を引き受けては先生が恥《はじ》をかくだけですよ」

ヘビ頭の女弁護士は狐《きつね》につままれた顔で岩崎を見る。が、ほどなく、巧妙《こうみょう》な誘導尋問で深い罠《ワナ》へ落ち込んだ自分の軽率《けいそつ》さに気づいたらしい。江波は目を三角に吊《つ》り上げ、厚《あつ》い化粧がひび割れるほど顔を強張《こわば》らせた。しかし、なにも言い返せなかった。

岩崎は一礼《いちれい》して会議室を出た。

「いけずな性悪女《しょうわるおんな》が！　一生、呪《のろ》ってやる！」

背後で大きな罵《のの》り声とともに床をドスドス踏《ふ》みつける音が聞こえた。

女性検事は弁天通の歩道へ戻ると白亜《はくあ》のビルを振り返った。憤懣《ふんまん》を爆発させた江波の様子《ようす》が目に浮かぶ。

江波房子は自己顕示欲《じこけんじよく》が強いぶん脇《ガード》は甘い。岩崎が司法取引の約束を守っても、いずれ女弁護士はボロを出して自滅《じめつ》するはずだ。同期の上谷礼子《かみやれいこ》に聞くところ、弁護士会の有力派閥が副会長選挙へ対抗馬を立てるらしい。江波には大派閥から推薦《すいせん》された毛なみの良い候補者《サラブレッド》を凌《しの》ぐ人望があるだろうか？　選挙の結果は見えている。副会長になるチャンスを失《うしな》えば、独特《ユニーク》な感性で着飾《きかざ》った女弁護士が叙勲《じょくん》の式典へ静々《しずしず》と参列する晴《は》れ舞台《ぶたい》も永遠に実現しまい。彼女の野望はすべて露《つゆ》と消えるのだ。岩崎は前髪をかき上げて江波の残像を頭から追い払《はら》った。

先ほどまで閑散《かんさん》としていた弁天通にはコート姿が目立つ。左手首の腕時計を掲《かか》げると午前八時すぎ。まもなく、この歩道は足早《あしばや》に会社や役所へ向かう勤《つと》め人《にん》で混雑する。一日の始まりだ。ただし、ヤクザの幹部組員は朝が遅い。彼らは深夜まで酒を飲みながら博打《バクチ》に興《きょう》じたり、若い情婦《オンナ》を侍《はべ》らせて一晩中、旺盛《おうせい》な性欲を満たしている。いまごろは高《たか》イビキで夢の中だろう。組事務所へ行っても寝ぼけ眼《まなこ》で顔を出す組員が当直の三下《チンピラ》では話にならない。岩崎は浜龍会と逆方向へ歩いた。塚沼栄治が寝床《ねどこ》から這《は》いだして来るまでの待ち時間をどう過ごすかはちゃんと考えてある。横浜地裁の角《かど》を曲がって海岸通《かいがんどお》りへ抜《ぬ》ければ神奈川県警本部は目と鼻の先だ。

県警本部では朝の捜査会議が終わったばかりで、刑事たちは班ごとに捜査担当の割り振りを確認した。彼らは庁舎の仮眠室と道場に泊まり込んでいる。捜査員の七割を投入した地《じ》どり班は汗と汚《よご》れが染《し》みついた格好《かっこう》を気にする余裕《よゆう》もなく、広範囲の聞き込みへ出かけて行った。本部に残《ざん》留《りゅう》した人員は防犯カメラの映像チェックなど犯人の手掛《てが》かりを掬《すく》い上げる作業や電話対応に追われた。幹線道路を監視するNシステムには成果がなく、いまや不審車両の特定は本牧埠頭《ほんもくふとう》へ通じる複数の道路沿《ぞ》いに設置された防犯カメラが頼りだった。多種多様《たしゅたよう》なオフィスビルやマンションからコンビニの店先、一般住宅の玄関まで、地どり班はしらみつぶしに防犯カメラをあたり、設《せっ》置元《ちもと》へメモリーの提出か画像のコピーを要請《ようせい》して回った。怪《あや》しげな人物を見かけたという電話通報は毎日二十本を超える。捜査本部では少しでも信憑性《しんぴょうせい》があれば目撃場所へ刑事を派遣した。一課と四課合同の大部隊が休み返上《へんじょう》で奔走《ほんそう》しているにもかかわらず犯人像はまだ描《えが》き出されていない。

女性検事は捜査本部の喧騒《けんそう》を抜け、隣接《りんせつ》する小さな応接室へ通された。みすぼらしい観葉《かんよう》植物が部屋の片隅《かたすみ》にぽつんと置いてある。

「おはようございます」岩崎は反対側のソファーに座った捜査課長に会釈《えしゃく》した。

郡司耕造《ぐんじこうぞう》は早くから邪魔されて朝の気分が台無《だいな》しになったという顔で女検事を睨《にら》みながら、追い返さない程度には度量《どりょう》の広いところを見せて腕組《うでぐ》みしている。藤島淳一《ふじしまじゅんいち》がシャツの袖《そで》を捲《まく》り上げた若々しい姿でコーヒーの紙コップをテーブルに三つならべると、上司の隣へ腰を下《お》ろした。

「検事さん、砂糖は?」若手刑事はシャツの胸ポケットからスティックシュガーを取り出す。

「このままでいただきます。ありがとう」

「だったら私が……」藤島は自分のコーヒーに二本分の砂糖を投下《とうか》し、ハンバーガー店のマドラーでかき回した。

「おまえ、二十年後には糖尿病だぞ」郡司がブラックコーヒーを口へ運ぶ。

「ご心配なく。摂取《せっしゅ》した糖分は完全燃焼させてますよ」若手刑事は甘いコーヒーに息を吹きかけながら飲んだ。

「藤島さん、なにかスポーツでも?」岩崎はたくましい腕をまぶしそうに見やった。

「事件がなければジム通《がよ》いです」藤島がくだけた笑顔《えがお》を向ける。

「私は下戸《げこ》ですから。同僚が飲んでいるとき、こっちはひたすらバーベルを持ち上げてます」

「へえ、どうりで立派な筋肉ね」岩崎は納得《なっとく》して、コーヒーに口をつけた。

「朝っぱらから男の品定《しなさだ》めに来たわけでもあるまい」郡司が横やりを入れる。彼は不機嫌《ふきげん》な思いを吐《は》き出した。

「大体、横浜をウロチョロする暇《ひま》があったら、例のババア弁護士をなんとかしろ。うちの本部長は小心者《チキンハート》なんだ。不当捜査の裁判なんて起こされたら不整脈《ふせいみゃく》でぶっ倒《たお》れちまう」

「たったいま、なんとかしてきたところよ」岩崎は一仕事《ひと》を終えた表情で報告する。

「江波弁護士とはきっちり話がついたわ。もう、訴訟沙汰《そしょうざた》で煩《わずら》わされることはありません」

「おおっ」郡司は感嘆《かんたん》の声を上げたが、すぐ、いつもの口調《くちょう》に戻った。

「もとはといえば、あんたが蒔《ま》いた種《タネ》だ。それくらいはやってもらわんとな」

「江波弁護士はともかく、彼女が乗ってきた車だけど……」岩崎は言葉を切って刑事たちの注意を引いた。

「そいつはおれたちも調べた」脂《あぶら》ぎった郡司の顔がしかめっ面《つら》になる。

「所有者は塚沼栄治《つかぬまえいじ》。浜龍会《はまたつかい》のクソッタレだ」

「イースト・シップライン社は浜龍会の企業舎弟《きぎょうしゃてい》よ。江波弁護士が口を滑《すべ》らせた」岩崎は刑事たちに熱々《あつあつ》の情報を提供する。

「フロント企業！」藤島が目の色を変えた。

「これで、あの貿易会社と暴力団が結《むす》びつきましたね」

「だが、どうにもできんぞ」郡司は気難《きむずか》しく首を振った。

「たつみ丸のガサが見事に空振《からぶ》りして、イースト・シップライン社を強制捜査する理由がないからな。ババア弁護士の伝聞《でんぶん》だけじゃ判事補《はんじほ》どもはなにひとつ署名してくれん。横浜地裁の令状部はたつみ丸の一件で懲《こ》りている」彼は女検事をじろりと見た。

岩崎はコーヒーをテーブルに置いて、前髪を払《はら》う。

「このあと塚沼に会ってきます。たたけば、きっと埃《ホコリ》が出るでしょう。イースト・シップライン社のだれとつながっているかしゃべらせたいわね」

「おいおい」郡司は露骨《ろこつ》に嫌《いや》な顔をした。

「東京のあんたが抜《ぬ》け駆《が》けするつもりか？　ここは横浜《ハマ》だぜ。おれたちの目の前で先走《さきばし》られては困る」

「結果はちゃんと知らせるわよ。これまで通りにね」岩崎は捜査課長の辛辣《しんらつ》な視線を受け流して、藤島の手元《てもと》にあるタブレットを指さす。

「なにか有力な手掛《てが》かりは見つかった？」

若い刑事は上司から異論が出ないのでタッチパネルに触れた。

「いま、防犯カメラの映像をかき集めています」彼は画面を先送りする。

「事件当夜《とうや》、本牧埠頭《ほんもくふとう》周辺で撮影された車両のうち不審車は七十六台。ナンバーが分かるものは順次《じゅんじ》つぶしています。で、一台、奇妙な車がありましてね」

岩崎はなにかを察して藤島を見た。

若手刑事は画面のスクロールを止める。

「運転席と助手席にモンスターの仮面姿《マスク》が映《うつ》っていました。後部座席はカメラの死角になっていますが」

「仮面姿《マスク》？」岩崎が怪訝《けげん》な声で訊《き》く。

「これです」藤島はタブレットを傾《かたむ》けて女性検事へ画面を向けた。

岩崎は画像処理された写真を注視《ちゅうし》する。たしかに奇怪《きかい》な光景だ。ハンドルを握っているのは顔が裂《さ》けたゾンビで、助手席には牙《きば》を剝《む》くオオカミ男が座っている。

「ハロウィンの夜だ」郡司が野太《のぶと》い声でいった。

「横浜はバカ騒ぎだった。浮《う》かれた若造《わかぞう》が仮装《かそう》して車に乗ってもおかしくはない。ただし……」

彼は黒々《くろぐろ》としたゲジゲジ眉《まゆ》をぎゅっと寄《よ》せる。

「そいつらは自分たちだけでなく、ナンバープレートも仮装してやがった」

「ナンバープレートを……？」岩崎はタブレットから目を上げた。

「偽造《ぎぞう》ナンバーです」藤島がすかさず補足《ほそく》した。

「陸運局に問い合わせて判明しました。おそらく、車も盗難車でしょう」

女性検事は一気に緊張する。モンスターの仮面《マスク》姿が運転していた車は偽造ナンバーだったのか。彼女は視線をタブレットへ戻す。

「防犯カメラが車を映《うつ》した時間は？」

「午後七時五十七分です。場所は本牧埠頭近くの路上でした」藤島が画面を確認しながら答えた。

「犯行時間に合ってる。事件は午後八時半でしょう？」岩崎は感情の昂《たか》ぶりを抑《おさ》えられなかった。

「決定的じゃない！　まちがいなく、その連中が犯人グループだわ」

「あんた、おれたちが喜んでいると思うか？」郡司が陰気《いんき》に訊《たず》ねた。

岩崎は面食《めんく》らった。二人の刑事は犯人の足跡《そくせき》を見失《みうしな》った警察犬のように意気消沈《いきしょうちん》している。

「なんて顔よ。防犯カメラでの追尾《ついび》はうまくいかなかったの？」

「他のカメラに映《うつ》っていないのです」若手刑事は情《なさ》けない声を出した。

「モンスターの車は忽然《こつぜん》と消えてしまって……」

「消えた？」

「ああ、影も形もなかった」郡司が頷《うなず》く。

「考えられる答えはひとつ、犯行後、すぐ車を乗り換《か》えたにちがいない。用意周到《しゅうとう》なやつらだ」

「現在、地《じ》どり班が本牧周囲をローラー作戦で探《さが》しています。車を発見できれば犯人の特定に役立つでしょう」藤島はそれほど見込みがあるともいえない希望的観測を述《の》べた。

「これで、お互い最新情報を共有したわけだ。仲良くな」郡司はコーヒーを飲み干《ほ》し、もう帰れといわんばかりに女性検事の眼前《がんぜん》で紙コップをクシャッと握《にぎ》りつぶした。

岩崎はソファーに身体《からだ》を預《あず》けた。コーヒーはたっぷり残っている。

「あとは凶器の入手経路《にゅうしゅけいろ》ね。なにか判明した？」彼女は若い刑事に訊《き》いた。

「銃器対策課の協力を得て暴力団と中国マフィアの闇《やみ》ルートを洗っています。トカレフやチーフなど二十万円で買える安物の拳銃《チャカ》は動きがあるようですが……」藤島は口ごもった。

「闇市場《ブラック・マーケット》じゃ出なかったの？」

「なんせ、軍用の短機関銃《サブマシンガン》だからな」郡司が脂汗《あぶらあせ》でテカった鼻を掻《か》いた。

「米軍関係者が持ち込んだ可能性もある。横須賀にはどでかい原子力空母が寄港するし、数丁《すうちょう》の小型機銃を荷物に忍《しの》ばせるくらい造作《ぞうさ》ないだろう。民間の船舶《せんぱく》とちがって税関は手が出せん。厚木の飛行場には輸送機も飛んでくる。軍隊ってところは禁制品《きんせいひん》の運び屋には天国だよ。船、航空機いずれもフリーパスだ」

「米軍に疑いを向けるなら、自衛隊だってSMGを保有してるわよ」岩崎はその場に一石《いっせき》を投《とう》じた。温《ぬる》くなったコーヒーを飲んで反応を待つ。

「自衛隊？」郡司は問題外だという身振《みぶ》りで両腕を広げた。

「世界一きびしい管理体制だぞ。ズボラなアメ公《こう》とは比《くら》べ物《もの》にならない。武器の流出なんてあり得《え》んさ」

「でも、自衛隊内部で組織的な隠蔽工作《いんぺいこうさく》が行《おこな》われていたらSMGの横流しだって出来る」岩崎の目は真剣だった。

「まさか、本気じゃないだろうな」捜査課長は訝《いぶか》しげに相手を見つめる。

「これには大きな裏があるのよ」女性検事はソファーから身を起こした。

「自衛隊の制服組が防衛官僚の一部と手を組んで不穏《ふおん》な動きをしている」

「なんだ、不穏な動きとは？」郡司が当然の質問をする。

「いまは詳しくいえないけど、公安調査庁もマークしているわ」岩崎の答えはいかにも苦しい物《もの》言《い》いだった。恩師《おんし》から内密で聞いた非常事態特別法の策動《さくどう》をここで打ち明けるわけにはいかない。

「あんた、公安調査庁のドブネズミとも付き合いがあるのか？」郡司の声には棘《とげ》が生《は》えている。

「ドブネズミ？」岩崎は目を丸くした。彼女は彫りの深い稲垣史郎《いながきしろう》を思い浮かべ、次《つ》いで、自分こそドブネズミなみに黒ずんだ顔を晒《さら》している捜査課長を見やった。

「公安調査庁は曲《ま》がりなりにも治安機関の一員でしょう。身内じゃない？」

「いいや、あんたが知らないだけさ」郡司は現場に疎《うと》い頭でっかちはこれだから困るとの苛立《いらだ》ちを表情に出した。

「あいつらは人のゴミ箱に鼻づらを突っ込んで情報の残飯《ざんぱん》を漁《あさ》る泥棒ネズミだぜ」

今度は盗《ぬす》っ人呼《とよ》ばわりか。岩崎は小さくため息をついて、再びソファーにもたれかかった。警察と公安調査庁の間にはなにやら近親憎悪《きんしんぞうお》めいた因縁《いんねん》があるらしい。縄張《なわば》り争いはどこも同じだ。

神奈川県警の捜査一課長は横浜にちんまりした調査事務所を置く公安調査庁をコキ下《お》ろしつづけた。

「あいつらは一日中、新聞と雑誌を読んで過ごし、夜は内偵《ないてい》と称《しょう》して中華街やコリアンタウンの盛《さか》り場《ば》をうろつくだけだ。公安調査庁に無駄飯《むだめし》を喰《く》わす費用は何千億円にもなるんだぞ。国民の税金が気前《きまえ》よくドブへ捨《す》てられている。おれに言《い》わせれば、公安部門は警察《うち》の公安課だけで十分だよ。公安調査庁なんて鬼《おに》っ子《こ》に出る幕《まく》はない。あの無用な似非《えせ》スパイどもは遅かれ早かれ霞が関から役所ごと駆除《くじょ》されるだろう」彼は節《ふし》くれた手を額《ひたい》にあてながら、自論《じろん》を締《し》め括《くく》った。

「公安調査庁がスパイごっこで聞きかじった情報なんぞ信用できるか。どうせ、自衛隊の話も眉《まゆ》ツバだ」

「わたしはハロウィンの夜に殺された橋本忠雄《はしもとただお》が防衛省の補給セクションにいたことが気になるの」岩崎はソファーで身じろいだ。

「武器の管理に携《たずさ》わる機会《チャンス》があったはずよ」

「やつは三年前に防衛省を辞《や》めている。忘れたか？」郡司が歳月《とき》の経過《けいか》を指摘《してき》した。

「まだ当時のコネが残っていたら？」岩崎は自衛隊の影にこだわった。

「ここで、あんたの憶測《おくそく》を聞かされてもな」郡司は女性検事の胸元《むなもと》へ懐疑的《かいぎてき》な視線をさまよわせる。

「上司からの聴《き》き取りはできそう？」岩崎は若手刑事に顔を向けた。

「防衛官僚の川原寛保《かわはらひろやす》ですか？」藤島は当惑《とうわく》して目をこすった。

「あれ以来、音沙汰《おとさた》なしです。こちらの要望は無視されてる状態で……」

「中央省庁の高級官僚ってやつは始末《しまつ》が悪い。おれたちを田舎《いなか》警察あつかいして、完全になめてやがる」郡司はいまいましげに歯を啜《すす》った。

「……となると、神奈川の田舎警察としては警察庁《サッチョウ》へお願いするつもり？」岩崎が捜査課長に向き直る。

「役所のスジを通す必要があるからな」郡司は不本意《ふほんい》な顔で肯定《こうてい》した。

「川原の事情聴取《じじょうちょうしゅ》は警察庁《サッチョウ》を介《かい》して防衛省へ正式な申し入れをするしかない。本部長の手腕《しゅわん》にかかっている」

「うちの本部長は動いてくれるでしょうか？」若手刑事の質問は岩崎が感じた疑問をメッセンジャーよろしく代弁《だいべん》していた。

「わからん」郡司は無精髭《ぶしょうひげ》でザラつく顎《あご》をなでた。

「動くかどうかは、本部長のぶら下げているタマの大きさ次第《しだい》だ。おれの観察ではパチンコ玉なみに小さい」

藤島は課長が開陳《かいちん》した冗談《セクハラ》を気にして女性検事の様子を窺《うかが》った。岩崎は沈黙している。

「おい、どうした？　やけに恐《こわ》い顔だぜ」郡司が、こんな軽い戯言《ざれごと》で頬《ほお》を赤らめたり、目くじらを立てるほど世間知らずの小娘《こむすめ》でもあるまいといった口ぶりで声をかけた。

岩崎が気になっているのはＮＳＳ国家安全保障局の会議だ。川原寛保の名前はＮＳＳ名簿で確認してある。嫌味《いやみ》な目つきの防衛官僚はまちがいなく橋本忠雄の上司だった。

「川原とは会う機会があるわ」彼女は背景を抜《ぬ》かして事実だけを告《つ》げた。

「防衛官僚に謁見《えっけん》するのか？　特捜検事ともなると顔が広いんだな。いや、御見《おみ》それしたよ」郡司が冗談とも本気ともつかない口調でいった。

「政府関係の会議で同席するだけよ」女性検事が短く答える。そのＮＳＳ会議は来週、予定されていた。前回、警察官僚の準備不足であまりに内容が乏《とぼ》しく、急遽《きゅうきょ》、開催日程の前倒《まえだお》しとなった。

「わたしから当時の橋本忠雄について川原に訊《き》いてみましょうか？」岩崎は県警の捜査責任者へ問いかけた。

「他にも質問があるし、相手は無防備なはずよ」

「雲をつかむような自衛隊の陰謀でも暴《あば》きだす魂胆《こんたん》か？」郡司が小馬鹿《こばか》にした顔で太い眉《まゆ》を上下させる。

「川原への尋問がどうなるかは出たとこ勝負ね」岩崎は至《いた》って正直な答えを返した。

郡司は両腕を組み、自分たちの捜査へ飛び込んで予想外の波紋《はもん》を引き起こす鼻《はな》っ柱《ぱしら》が強くてエネルギーに満《み》ち溢《あふ》れた女検事の提案をすばやく吟味《ぎんみ》した。無遠慮《ぶえんりょ》な咳払《せきばら》いが応接室の低い天井《てんじょう》で反響する。

「防衛官僚を任意同行《にんいどうこう》で引っ張るわけにもいかんし、ここは、あんたの捜査協力に賭《か》けてみるか」郡司は真顔《まがお》でいうと、腕組《うでぐ》みをほどいてニヤッとした。

「頼りにしてるぜ。ドロ船《ぶね》に乗ったつもりでな」

「いいえ」女性検事が微笑《ほほえ》んで指を振る。

「原子力空母に乗ったつもりで任《まか》せて」

「よし」捜査課長は両膝《りょうひざ》を拳《こぶし》でたたいた。

「おれたちは仕事へ戻る。あんたは冷《さ》めたコーヒーを飲んでゆっくりすればいい」

刑事たちが腰を浮かせるのと同時に岩崎も立ち上がった。


岩崎は神奈川県警本部を出たあと山下公園に面するビル三階のマリンサイドレストランへ立ち寄り、みなとみらいの高層ビルを遠景《えんけい》に公園の緑と係留《けいりゅう》保存された氷川丸《ひかわまる》が見渡せる窓辺《まどべ》の席で早めの昼食をとった。シーフードランチを食べてサービスドリンクをのんびり飲み終えたとき、ちょうどいい時間になった。腕時計の針は午前十一時過ぎ、暴力団の組員たちがモゾモゾ動き始めるころだ。浜龍会の組事務所はＪＲ関内《かんない》駅の反対側にある。

女性検事はバスを利用して関内駅まで行き、イセザキ・モールを歩いた。広い遊歩道《ゆうほどう》の両側でカフェやブティック、美容室、輸入雑貨、ベーカリーなど明るい店が賑《にぎ》やかにひしめいている。相変わらず、たくさんの若者が行き交《か》うモールはランチどきでオープンカフェやハンバーガーショップはどこも満席だ。活気のある商店街を抜けて飲み屋が混在《こんざい》したオフィス街へ入ると裏通りに灰色の古いビルがならんでいた。浜龍会の事務所はすぐわかった。三階建て雑居《ざっきょ》ビルの前で若い男が二人《ふたり》、周辺《しゅうへん》に油断《ゆだん》なく視線を投げながらタバコを吸っている。抗争相手の襲撃に備《そな》えた見張《みは》りだろう。一人《ひとり》は青い原色《げんしょく》スーツを着込《きこ》んだ屈強《くっきょう》そうな大男で、連《つ》れは太った身体にゴアテックスパーカーをまといメタルフレームのメガネをかけていた。二人は近づいて来るスタイルのいい女へ好奇《こうき》の目を注《そそ》ぐ。

「そこのお二人《ふたり》さん」岩崎が呼びかける。

「あなたたち浜龍会よね?」

「てめえ、なんの用だ?」図体《ずうたい》の大きな男がおおいかぶさるようにしてタバコ臭い息を吐《は》きかけた。

「東京地検の岩崎よ。江波弁護士から連絡があったでしょう?」岩崎は少しもたじろがない。

大男はタバコをビルの壁でもみ消すと先に立って薄暗《うすぐら》い廊下《ろうか》へ入る。女性検事がつづいた。無法者のアジトは廊下の行き止まりにあった。

青スーツ男はドアを開け、一礼《いちれい》する。

「失礼します」

岩崎は彼のあとから犯罪が渦《うず》巻《ま》く部屋へ足を踏《ふ》み入れた。赤く、けばけばしい絨毯《じゅうたん》の中央に豪華な応接セットがある。

「かしら、検事が来ました」大男は奥の部屋に声をかけた。

ほどなく、別室から五十代らしき男がのそのそと姿を見せる。目が細く、前歯は野ウサギのように突き出ていた。英国ブランドのカシミヤセーターを着て両手の中指にはダイヤの指輪がキラキラ光っている。

「俺《おれ》が塚沼だ。若頭《かしら》をやってる」幹部組員は革張《かわば》りのソファーにゆったりと座《すわ》った。

「東京地検の岩崎です」女性検事は最小限の自己紹介に止《とど》めた。

「おたくが検事さんか。思ったより美人だな。まあ、かけてくれ」塚沼が手で真向《まむ》かいのソファーを勧《すす》め、メンソールタバコをクリスタルガラスの灰皿が置かれた漆黒《しっこく》のテーブルへ投げ出す。

岩崎はハーフコートを脱いで腰を下《お》ろした。トートバッグと丸めたコートは脇《わき》に置く。

若頭《わかがしら》の護衛役《ごえいやく》なのか、青スーツ男は塚沼の横で仁王立《におうだ》ちとなり、かしらを怒らせたらただじゃすまないぞといった目つきで女性検事を見下《みお》ろした。屈強《くっきょう》な用心棒《ボディガード》を同席させて言外《げんがい》に威嚇《いかく》するところなどいかにも暴力信奉者《しんぽうしゃ》らしい虚勢《きょせい》だ。岩崎は大男から放射《ほうしゃ》される無言《むごん》の威圧《いあつ》に素知《そし》らぬ顔で部屋を見渡した。ヤクザが好《この》むトラの剝製《はくせい》や日本刀は見当《みあ》たらず、木製の巨大な臼《うす》と杵《きね》がでんと置いてある。

　塚沼が女性検事の視線を追った。

「正月の準備だよ」彼は両腕で杵を振り上げる真似《まね》をした。

「年が明けたら組の若い衆《しゅう》が青空駐車場で餅《モチ》をつく。つきたてのモチはうちが面倒をみてる店に配《くば》るんだ」

「へえ、ヤクザも案外《あんがい》、粋《いき》なことするのね、といいたいけど……」岩崎がうろんな目で若頭《わかがしら》を見る。

「そのモチ、一体、いくらで売りつけているの？」

「別に押し売りしてるわけじゃないが」塚沼は肩をすくめた。

「一切《ひとき》れ七万円でわけている」

「切りモチ一個が七万円！」岩崎はあ然とした。

「なんといっても縁起物《えんぎもの》だからな。どの店も二切れ、三切れと買ってくれるよ」

塚沼が前歯を突き出した顔で平然《へいぜん》という。

「驚いた。そこまであこぎにやってるの？　県警の組織犯罪対策課《ボウタイ》へ伝えておくわ」岩崎の目に怒りがチラつく。

「かまわんさ。一切れ十万円でも被害届が出なけりゃお咎《とが》めなしだ」塚沼は尊大《そんだい》な態度で脚《あし》を組んだ。

「大した自信ね」岩崎に感心した様子《ようす》はない。

「おたく、東京の検事だろ。わざわざモチの価格を調べに来たのか？」塚沼はたった一人でヤクザの事務所へ乗り込んできた無鉄砲《むてっぽう》な女検事の目的を探《さぐ》る目つきになった。

「わたしは川崎市の貿易会社、イースト・シップライン社に興味があるの」岩崎が事実を述《の》べる。

「川崎の貿易会社がうちとどう関《かか》わるんだ？」塚沼は不快《ふかい》な声を出した。

「それを訊《き》きに来たのよ」

「では無駄足《むだあし》だったな。どんな捜査か知らんが、おたくに話すことなどありゃせん」塚沼はダイヤの指輪をピカピカさせながら両手を振る。

「つまらない冗談《じょうだん》はやめてくれる？」岩崎の声は鋼《はがね》なみに硬《かた》かった。

「イースト・シップライン社の代理人はあなたの車で貨物船捜索《そうさく》の立会いへ来てるのよ。江波房《えなみふさ》子《こ》弁護士はよくご存じでしょ？」

ひねくれたウサギ顔が思案《しあん》げに黙《だま》る。塚沼はメンソールタバコを一本つまみ、突き出た前歯に挟《はさ》んだ。若い用心棒が光の速さでライターを取りだし、火をつける。若頭《わかがしら》はタバコを一口《ひとくち》吸うと身体を折《お》り曲《ま》げて激しく咳《せ》き込《こ》んだ。

「くそっ、ダメか」彼はあわててクリスタルガラスの灰皿で火を消した。

「喉《のど》をやられてる。扁桃腺肥大《へんとうせんひだい》だ。メシは通らないし、タバコもうけつけない」

「お大事に。このさい禁煙するのね」女性検事は上《うわ》っ面《つら》だけで見舞《みま》うとゲホゲホむせているヤクザを話の本筋《ほんすじ》へ引き戻した。

「まさか、イースト・シップライン社と無関係だなんていわないでしょうね？」

「女ってやつはすぐムキになる。困った生き物だよ。俺は余計《よけい》な詮索《せんさく》されるのが嫌《いや》だから、ああいったまでだ」塚沼はズボンのポケットに手を突っ込み、のど飴《あめ》の缶《かん》をつかむと茶色い飴を三個まとめて口へ入れた。頬《ほお》を膨《ふく》らませて飴を舐《な》めながら眉根《まゆね》の間に縦皺《たてじわ》をつくる。

「あなたの女性観はよく分かったわ」岩崎は女性蔑視《べっし》を隠《かく》そうともしない若頭へそっけなく再確認した。

「で、質問の答えは？」

「ああ、イースト・シップライン社だったな。むろん知ってるさ。あの会社は大切な商売相手だ」塚沼はもっそりと頷《うなず》いた。

「商売相手？」岩崎の目が反応する。

「あそこは北朝鮮から韓国経由で香辛料《こうしんりょう》を輸入している。その香辛料をうちが引き取って、コリアンタウンの韓国料理店や中華街へ卸《おろ》しているんだ。実に、まっとうな商《あきな》いだろ？」塚沼は得《とく》意顔《いがお》で同意を求めた。

「イースト・シップライン社との取引は公明正大というわけ？」女性検事は逆に訊《き》き返す。

「当然だ」塚沼があけっぴろげな態度で両手を広げた。

「香辛料の他《ほか》にはなにを？」岩崎は質問を途切《とぎ》らせない。たつみ丸の船倉《せんそう》にまき散《ち》らされていた香辛料、麻薬犬の鼻をマヒさせる小賢《こざか》しい手口……。

「他といわれてもな」若頭は口の中で飴を転《ころ》がした。

「香辛料以外に北朝鮮から運ばれるのは民芸品くらいだが……。竹と紙で作ったちゃっちい細工《さいく》物《もの》や粗削《あらけず》りな木工品《もっこうひん》を欲しがるやつなんているかな。うちの取引リストには入ってない」

「民芸品は売れなくても北朝鮮産の覚せい剤なら欲しがる中毒者《シャブチュウ》はごまんといる。ちがう？」岩崎の言葉で周囲の空気がみるみるかき乱《みだ》された。

　若い用心棒は指の関節《かんせつ》を鳴《な》らし、若頭《かしら》が命じればへらず口をたたく女検事など即刻《そっこく》つまみ出すぞといった形相《ぎょうそう》でにらむ。

「俺たちをシャブの売人《ばいにん》と思っているのか？　おたく誤解してるぜ。ひどい濡《ぬ》れ衣《ぎぬ》だ」塚沼はのど飴をバリバリ噛《か》み砕《くだ》いた。ウサギの前歯が上下に動く。

「なんといっても、うちは組長《オヤジ》がシャブを嫌《きら》っている。組長《オヤジ》の楠元《くすもと》は昔気質《むかしかたぎ》の任侠《にんきょう》でな。薬《ヤク》にはいっさい手を出さない」

「あなたはどうなの？　浜龍会を牛耳《ぎゅうじ》ってるみたいだけど」岩崎は納得《なっとく》とは程遠《ほどとお》い顔で訊《き》いた。

「バカバカしい」ダイヤの指輪がまた一振《ひとふ》りされる。

「俺たちの世界では組長《オヤジ》が何か言えば神のお告《つ》げと同じだ。組員はみんなひれ伏《ふ》して従う」

「あなたも？」

「おうよ、組長《オヤジ》との絆《きずな》は血より濃《こ》いからな。俺は若頭《かしら》として真《ま》っ先《さき》に組長《オヤジ》を守《も》り立てている」

岩崎はとんでもない大嘘《おおうそ》つきね、という目でウサギ歯のヤクザを見た。

「おたく、肝心《かんじん》なことを忘れてるぜ」塚沼が皮肉《ひにく》めいた笑いを浮かべる。

「たつみ丸といったかな。警察《サツ》がイースト・シップライン社の貨物船へ立ち入りしたとき密輸シャブは見つかったかい？　え、どうだ？」彼は無言の岩崎を面白《おもしろ》そうにながめた。女検事をやり込めた満足感でニンマリしながらソファーの背もたれへふんぞり返る。

「当《あ》てずっぽうで疑われては迷惑だな。浜龍会の金看板《きんかんばん》にキズがつく」

岩崎は若頭《わかがしら》の冷笑《れいしょう》を浴《あ》びつつ、すぐさま陣形《じんけい》を立て直す。

「当日、江波弁護士につなぎを取ったのはあなた？」彼女は本格的な突撃に向けて前哨戦《ぜんしょうせん》の砲《ほう》撃《げき》を始めた。

「そうさ。別に隠《かく》しだてする話じゃない。あの朝、イースト・シップライン社から電話があって、貨物船の捜査立会いに弁護士を紹介してほしいと頼まれた。俺は見た目よりずっと親切な人間でね。困っている貿易会社のために知り合いの江波先生へ車を差《さ》し向けた。それだけのことだよ」塚沼は余裕《よゆう》たっぷりだ。

「電話をかけてきたのは社長の戸村かしら？」岩崎が質問の砲撃をつづける。

「いや、社員のだれかだ。名前は聞いていない」

「名無《なな》しの社員？」女性検事はここで突撃部隊を前進させた。

「ずいぶん蜜月《みつげつ》な関係ね。スイートハネムーンかなにか？」

「はあ？」塚沼が呆《ほう》けた声を出す。

「社長の戸村ならともかく、あなたは名前も知らない社員の電話一本でそそくさとお抱《かか》え弁護士を出動させている。やけに気安《きやす》い態度だこと」岩崎は辛辣《しんらつ》にいった。部隊は最前線へ近づき、着剣《ちゃっけん》した突撃銃《アサルトライフル》を構《かま》えて前かがみになっている。

「そりゃ、あそこは取引先だ。社員だって事務所の電話番号くらい知ってるさ」塚沼の態度から勢《いきお》いが消え、まごついた表情に変わった。

「いいえ、ちがう。電話があったのは組事務所でなく、あなたの携帯よ」女性検事はレーザービームの視線でヤクザのたわ言《ごと》を焼《や》き尽《つ》くす。彼女の内面では早くも突撃ラッパが鳴《な》り響《ひび》いた。

「たつみ丸の捜索《そうさく》は朝一番に開始された。そのころ、あなたがここにいるはずはない。まだ、ぬくぬくした布団《ふとん》の中でしょう？」岩崎はぼんやりと見つめ返しているヤクザへ追撃を加えた。彼女の軍勢《ぐんぜい》は敵の防御《ぼうぎょ》を蹴《け》散《ち》らして突き進む。

「つまり、イースト社の社員はあなたの携帯番号を知ってたことになる。浜龍会の若頭《わかがしら》の個人携帯よ。どう考えてもイースト・シップライン社はただの取引相手じゃない。別格《べっかく》な存在だわ」

「別格……？　な、なにがいいたい？」塚沼はうろたえて口ごもった。

「あの貿易会社は浜龍会のフロント企業ね？」女性検事は動揺《どうよう》するヤクザにイースト・シップライン社との黒い関係を突きつけた。

「バカ言え、血迷《ちまよ》ったか。俺の携帯番号を知ってたぐらいで……」

「悪《わる》あがきは止《や》めなさい」女性検事はヤクザの弁解を腕《うで》にとまったやぶ蚊《カ》のごとく即座《そくざ》にたたきつぶす。

「江波弁護士はイースト・シップライン社が浜龍会の企業舎弟《きぎょうしゃてい》だと認めたわよ」

「なんだと！」塚沼は太いニンジンを喉《のど》に詰《つ》まらせたウサギの顔となって絶句《ぜっく》した。口をパクパクさせ、荒い息を継《つ》ぐ。

「あのクソババア！　なにを口走《くちばし》ってやがる」彼は憎々《にくにく》しげに舌打《したう》ちした。ヘビ頭の女弁護士はわずかな時間で先生からクソババアへと評判を急落《きゅうらく》させてしまった。

塚沼はのど飴の缶を開けて茶色い飴を次々と含《ふく》み、手で口を塞《ふさ》いだ。飴を舐《な》める間は話を拒《こば》むつもりらしい。浜龍会の事務所は奇妙《きみょう》な静けさに包《つつ》まれた。若い用心棒は所在《しょざい》なげに若頭《かしら》の醜《しゅう》態《たい》をチラチラ盗《ぬす》み見《み》している。

岩崎は塚沼の狼狽《ろうばい》ぶりを目の当《ま》たりにして事実上、確証《かくしょう》を得た。イースト・シップライン社が北朝鮮貿易に勤《いそ》しむ裏で浜龍会と結託《けったく》しているのはまちがいない。だとすれば、ヤクザの捜査を足掛《あしが》かりにしてイースト・シップライン社へ攻《せ》め上《のぼ》る方向性も出てきた。彼女はのど飴を忙《せわ》しなく口の中で転がしている塚沼をじっと待つ。

やがて若頭《わかがしら》の目に落ち着きが戻った。彼はぼそりという。

「話が退屈《たいくつ》になってきたな。俺はそろそろ出かける」

「イースト・シップライン社にはあなたの兄弟分《きょうだいぶん》がいるそうね。だれ？」岩崎は逃《に》がさない。

「それもクソババアから聞いたのかい？」塚沼は女性検事が答える前に苦々《にがにが》しく首を振った。

「全部、江波の早《はや》とちりさ。弁護士のくせにそそっかしいババアだ。堅気《カタギ》の貿易会社に兄弟分なんているわけがない」

「そう？」岩崎はヤクザの言い分を軽くうけ流した。

「あなた、兄弟分の頼みならいつでも刀を抜く覚悟《かくご》があるんですって？」

「そんなことまで話したのか？　おしゃべりなババアめ。どこまで口が軽いんだ」塚沼の声が苛《いら》立《だ》ちでしゃがれる。

「もちろん、あれは冗談だよ。だいいち、俺は日本刀なんぞ持ってないからな」

「日本刀でなく、短機関銃《サブマシンガン》はどう？」岩崎は相手を試《ため》すように訊《き》いた。

塚沼が一瞬、飴を転がす口の動きを止める。

岩崎はその微妙《びみょう》な反応を見逃《みのが》さなかった。矢継《やつ》ぎ早《ばや》に質問を飛ばす。

「せっかくだから、ハロウィンの夜、どこにいたか聞かせて。なにをしていたかも。午後七時から十時の間は？」

「今度はアリバイかよ」塚沼がいいかげんにしてくれと肩をすくめる。

「あの夜はどこも混《こ》んでいたからな。事務所でわびしく飲んでた。こいつが証人だ」若頭は隣の用心棒を指さした。

「忠実な子分が証人とはあなたも安心ね」岩崎は冷たい視線を向ける。

「ひとつ教えておこう」塚沼が真剣《しんけん》な顔でいった。

「俺たちは極道《ごくどう》だ。ときには銃《チャカ》で命のやり取りもする。しかし、警察官《サツ》や麻薬取締官《マトリ》にぶっ放《ぱな》すことはない」

「法執行官《ほうしっこうかん》には手を出さないわけ？」岩崎は疑《うたが》わしげに眉《まゆ》をひそめる。

「ああ、国とは喧嘩《ケンカ》しないんだ。それが俺たちの流儀《りゅうぎ》でな」ウサギ歯の若頭《わかがしら》は指でピストルの形を作って思わせぶりに女性検事へ向けた。

「だから、おたくも生きてここを出て行ける。撃《う》たれずにな。せいぜい検事の身分に感謝しろ」

彼は検察官バッジを見やり、両手を組み合わせた。二個ならんだダイヤの指輪が蛍光灯《けいこうとう》を反射してきらびやかに輝《かがや》く。

「最後にひとつ聞いていいか」

「なに？」

「おたく歳《とし》はいくつだ？」塚沼は女性検事をしげしげと見つめた。

「初対面のレディに向かって歳を訊《き》くの？」岩崎が呆《あき》れた顔で言い返した。

「やっぱりヤクザはデリカシーのかけらもないゲス野郎《やろう》ね」

「ゲスだと！　てめえ、だれに向かって口をきいてるんだ？」巨漢《きょかん》の用心棒は血相《けっそう》を変え、拳《こぶし》を固めてにじり寄《よ》った。

塚沼が手で制《せい》する。

「なかなか度胸《どきょう》があるな。気に入ったぜ」ウサギ顔が奇怪《グロテスク》な微笑《ほほえ》みで歪《ゆが》む。

「検事なんてショボイ商売は辞《や》めて、うちの顧問弁護士にならないか？　ヤメ検の弁護士なら大歓迎だ。警察に顔が利《き》くだろ」塚沼は細い目をいっそう狭《せば》め、女性検事の全身へねっとりと視線を這《は》わせた。

「なんだったら女としても面倒《めんどう》みてやるぜ」彼は意味ありげに片目を瞑《つむ》る。

「俺はおたくみたいに美人で威勢《いせい》のいい年増《としま》女が好《この》みなんだ」

「わたしは高くつくわよ」岩崎はバッグとコートをつかんで立ち上がった。

「女としてもね」彼女はそう言《い》い捨《す》てるとドアへ向かって歩き出す。

塚沼はタイトなスカートの中で左右に揺《ゆ》れる色っぽい尻を見つめながら携帯を取り出した。ドアが閉まるのを待って登録番号に触《ふ》れる。

「おう、兄弟、俺だ。ここに珍客《ちんきゃく》がやって来た。美味《うま》そうな女だ。胸の白バッジがなかったら、いまごろ俺たちで輪姦《まわし》てるよ。女が何者か知れば、おまえさんもきっと興味を持つぞ」

浜龍会からの帰り道、女性検事はますます混雑した午後のイセザキ・モールを通って、JR関《かん》内《ない》駅近くに造られた広い花壇《かだん》の煉瓦《れんが》ブロックで腰を下《お》ろし、神奈川県警の捜査本部へ電話をかけた。受話器を取った藤島淳一に浜龍会でのあらましを報告して、イースト・シップライン社が浜龍会のフロント企業なのはほぼまちがいない心証《しんしょう》を塚沼栄治から得たことを告げ、また、事件発生時、組事務所にいたという塚沼たちのアリバイ確認を頼んだ。そして、モチの一件を付け加える。

「一切れ七万円とは、やたら吹《ふ》っかけてますね」若手刑事が小さく笑う。

「わかりました。四課へ申し送りしておきます」

「じゃ郡司課長によろしく」

「あ、検事さん」藤島はなにか閃《ひらめ》いた声で呼びかけた。

「押し売りモチ、この捜査に使えませんか?」彼は意気《いき》込《ご》んで話す。

「店から被害届が出れば、浜龍会の事務所を恐喝《きょうかつ》でガサ入れできる。ハロウィン虐殺の物証《ぶっしょう》が出てくるかもしれません」

「それはわたしも考えたけど」岩崎は否定的な意見を述《の》べた。

「なにしろ正月用のモチだから、被害届が出るのは来年になってしまう」

「そうか、遅すぎますね。年内解決が至上命題《しじょうめいだい》でした」藤島は気落《きお》ちして電話を切った。


少々くたびれた2DKの賃貸マンションで、岩崎紀美子はモスグリーンのトレーナーとジーンズに着替え、トマト色のエプロンをかけて、レジ袋いっぱいの食材や飲み物を大型冷蔵庫まで運ぶ。娘を巻《ま》き込《こ》んだ早朝のドタバタが重く引っ掛《か》かり、今日は定時退庁を断行《だんこう》して自由が丘キッズルームへ美沙《みさ》を迎《むか》えに行った。娘と二人で自由が丘駅前の本屋に寄り、そのあとは近所のスーパーでまとめ買いをして帰ってきた。美沙は買ってもらったばかりの恐竜大図鑑に目を奪《うば》われている。四歳の娘はウールセーターに厚手《あつで》のコーデュロイパンツ姿でソファーに寝そべり、お気に入りのトリケラトプスがCGで描かれたページを飽《あ》きもせずにながめていた。

「みっちゃん、酢豚《スブタ》お弁当おいしかった？」母親が冷蔵庫へ野菜を納《おさ》めながらキッチンカウンター越《ご》しに声をかける。

「うん」娘は上《うわ》の空《そら》で答えた。

「みっちゃん、酢豚が大好きだものね」母親は明るい声を出す。

「夕飯《ゆうはん》はナポリバーグよ。お母さん、腕に撚《よ》りをかけて作るから待っててて」

「はあい」また、生返事《なまへんじ》。

岩崎は少し落ち込む。恐竜図鑑に夢中なのを差し引いてもこのところお迎《むか》えは遅く、加えて今朝《けさ》の騒動だ。美沙がストレスを募《つの》らせるのも無理はない。母親は気を取り直し、パスタを茹《ゆ》でる一方、挽《ひ》き肉をこねてレンジにチタンコーティングのフライパンをセットした。ナポリバーグはナポリタンとミニハンバーグに山盛りのフレッシュサラダを添《そ》えた美沙が好きなメニューだ。さほど時間もかからず、料理は手際《てぎわ》よく出来上がる。岩崎はテーブルに二人分のナポリバーグとサラダをならべ、タバスコ、粉チーズ、ドレッシングを置くとお揃《そろ》いのカップへウーロン茶を注《そそ》いだ。

「お待たせ。手を洗ってください」

美沙は洗面台でジェル状のハンドウオッシュを使い、母親が待つテーブルに着いた。

「いただきます」母娘《おやこ》は声を合わせ、フォークを取り上げた。

美沙は大量の粉チーズを振りかけたナポリタンを器用《きよう》に巻《ま》き取《と》って口へ持っていく。母親はサラダをつつきながら幼稚園とキッズルームでの一日をあれこれ質問した。娘の答えは途《と》切《ぎ》れ途《と》切《ぎ》れで、ふだんの熱意も消えている。いつになく静かな食卓《しょくたく》だった。岩崎は娘の皿からナポリタンが消えたころを見計《みはか》らって切り出した。

「みっちゃん、朝はごめんね。お母さん早くからお仕事があって、とても急いでたの」

娘は沈黙する。

「みっちゃん?」

「うちにもおとうさんがいればいいのに……」美沙はこれまで一言《ひとこと》も口にしたことがない言葉をポツリとこぼす。

岩崎は娘の寂《さび》しそうな表情を見つめ、息苦しくなるほど胸の痛みを覚《おぼ》えた。

「みっちゃん、お父さんがほしい?」彼女は穏《おだ》やかに訊《たず》ねる。

「だって」美沙はけして手が届かない世界をおねだりするようにいった。

「おとうさんがいれば、おかあさんはお仕事しなくていいでしょう？　ずっと、おうちにいてくれる」

岩崎は娘の内面で起きている葛藤《かっとう》を想像した。美沙は長い時間、母親と離れて過ごす不満を父親が不在《ふざい》のせいにして幼《おさな》い心の中で折《お》り合《あ》いをつけているのかもしれない。

「みっちゃん、それはちがうわ」母親は優《やさ》しく言い聞かせた。

「お母さんはお父さんと住んでいたときも働いていたのよ。お父さんがいてもいなくても、お母さんはお仕事をつづけるの」

「お仕事が好きなの？」

「それもあるけど、お仕事はお母さんの大切な居場所《いばしょ》だから」

「え？　なにが大切なの？」

「お仕事。お母さんにとって、みっちゃんの次に大事なものかな。いまのお仕事を辞《や》めたら、お母さんはお母さんでなくなっちゃう」岩崎はありのままの気持ちを伝《つた》えた。

「わかんないよ」美沙は口を尖《とが》らせた。が、次の瞬間、ハッとするほど深いまなざしを向けてくる。

「でも、おかあさんのままでいて」

「ありがとう」岩崎は目頭《めがしら》に熱いものがこみ上げた。

「みっちゃんがもっと大きくなったら分《わ》かると思う。そのときはしっかりお話しするから。約束するね」彼女は残ったウーロン茶のカップを空《あ》けて、元気な母親へと早変《はやが》わりした。朝の罪滅《つみほろ》ぼしに用意してきた玉手箱《サプライズ》を開《ひら》く。

「そうだ、日曜日に牧場へ行かない？」

「ぼくじょう？」

「千葉に動物と遊べる牧場を発見。お母さんネットで調べたの」母親はキーボードをたたく指の動作をする。

「動物、好きでしょ？」

「うん、大好き」美沙が牧場への誘《さそ》いに引き込まれる。

「ヤギさんやヒツジさんにエサやれるんだよ。ウシさんの乳搾《ちちしぼ》りも体験できます」

「トリケラトプスはいるかな？」娘は無邪気《むじゃき》な笑顔《えがお》を見せた。

「お馬さんはいるわよ。すごく楽しそう」母親が太鼓判《たいこばん》を押す。

「牧場の人が手綱《たづな》を引いてくれるから、みっちゃん、お馬さんに乗れるぞ」

「やったー」美沙は小さな手で母親とハイタッチした。

岩崎は娘の喜ぶ姿を見て安堵《あんど》する。しかし、これが一時《いちじ》しのぎにすぎないことは承知《しょうち》していた。仕事と家庭の緊張関係は娘が小学生になってからも続くだろう。とはいえ、いまの岩崎には美沙の笑顔が大きな救いだった。

「ねえ、恐竜図鑑に付録のＤＶＤついてた？」彼女はソファーに置かれている大判《おおばん》の本を見やった。

「ついてたよ」

「いまから観《み》ようか」

「見る！　見る！」美沙の声が弾《はず》んだ。そのままイスから下《お》りて得意のダンス・ステップを踏《ふ》む。

「お母さんの好きなラプトル出てくるかな？」母親は両手を鉤形《かぎがた》に曲げて肉食恐竜の真似《まね》をする。

「おかあさん、すごいのが好きなんだねー」美沙はびっくりして飛び上がった。

「ハンターの血が騒《さわ》ぐの」岩崎は苦笑《くしょう》交《ま》じりで答えた。

「あたしはトリケラトプス！」美沙が巨大恐竜になってノッシノッシ歩く。

「おとなしそうな恐竜だよね」母親は相槌《あいづち》をうった。

「きっと、ペットにできるよ」

「よし、テーブルの上、さっと片付《かたづ》けちゃうね」

「あたしも手伝う」美沙は細い腕を突き上げた。

冷たいコンクリートの床から壁にかけて明かりに照らされた二つの人影《ひとかげ》が映《うつ》っている。

高級スーツを着た男は神経質に服の埃《ホコリ》を手で払《はら》う。

「そいつはクセですか？　それともなにかのお呪《まじな》い？」テーブルの反対側に座った男が右頬《みぎほお》に隆起《りゅうき》したミミズ腫《ば》れ状の傷跡《きずあと》を親指で押さえながら訊《き》いた。

「ゴミなんてついてませんが……。いつもピカピカですよ」

「おまえに見えないだけだ。世の中は汚《けが》れで満《み》ちている」スーツ男は念入《ねんい》りにミクロ単位の塵《ちり》をはたき落とす。

「それで、きょうの呼び出しは?」革ジャンパーの男は椅子をガタガタさせて手前《てまえ》へ引いた。

「おまえが欲しがっていたSMGだ。目処《めど》がついたよ。大変だったがね」スーツの男は苦労させられたという口調《くちょう》でいった。

「おっ、本当ですか?」革ジャンパー男の目が光る。

「数日中には入手できるだろう。今度はマック10《テン》だ」

「お、イングラムですね。そりゃ丁度《ちょうど》いい」革ジャンパー男は思わずニヤリとした。右頰の傷跡が捩《よじ》れる。

「近々、たつみ丸が出港します。新しい道具でまた一稼《ひとかせ》ぎさせてもらいますか」

「次を最後にしておけ」スーツの男は思案《しあん》気《げ》な顔で命じた。

「そろそろ、たつみ丸も潮時《しおどき》だ。危ない橋を渡るのはここらで終わりにしたい。こっちの計画も実《み》を結《むす》びつつあるからな」

「それは、結構《けっこう》なことで」へつらった言い方とは逆に、革ジャンパー男の目には未練《みれん》がゆらゆら見《み》え隠《かく》れしている。

「ですが、私としちゃ、たつみ丸をあと二、三回は利用したいですな。せっかくのお宝だ」

「強欲《ごうよく》なやつめ。社長の戸村と丙丁《へいてい》つけがたいぞ」スーツ男が冷笑《れいしょう》する。

「私は掃き溜《はだ》めに生きてる人間です」頰傷《ほおきず》の男は肩をすぼめた。

「あなたとちがって地位や名誉などありません。ご立派な大志《たいし》も持ち合わせていない。頼れるのは金だけでして」

「悪党らしい割《わ》り切《き》り方《かた》じゃないか。それもいいだろう、これまでのところ、おまえはよくやってる」スーツ男は冷酷《れいこく》な顔を緩《ゆる》めずにいった。

「お褒《ほ》めの言葉、恐縮《きょうしゅく》です」革ジャンパー男はわざとらしく頭を下げる。

「私こそ、あなたには感謝しています。なんせ、北朝鮮の黄金《おうごん》ルートを拓《ひら》いたのはあなたですから」

「役所は魑魅魍魎《ちみもうりょう》がうごめく伏魔殿《ふくまでん》なんだ」スーツ男はシャープな顎《あご》のラインを手でなぞった。

「敵味方《てきみかた》を問わず、海外からのアプローチも多い。おかげで、私は友好国ばかりか仮想敵国の人間ともコネクションができた」

「今後とも、そのコネのおこぼれに与《あずか》りたいですな」革ジャンパー男は期待の目を向ける。

「たつみ丸がお払《はら》い箱《ばこ》になった場合、ぜひ別の黄金ルートをお願いしますよ」

高級スーツ男は無言だった。

「そうだ、私からも報告があります」頬傷《ほおきず》の男がテーブルをポンと打《う》つ。

「東京地検の検事が横浜をしつこく嗅《か》ぎまわっているようです」

「東京地検が？」スーツ男の眉間《みけん》に皺《しわ》が浮かぶ。

「ええ、なんでも女検事だとか」革ジャンパー男は右頬《みぎほお》の傷跡《きずあと》を奇妙な形にひずませて渋面《じゅうめん》をつくった。

「女検事は今日、浜龍会の事務所へ姿を現《あらわ》しました。いずれ、うちにも来るでしょう」

「おまえのところで食い止めろ！」スーツ男が声高《こわだか》に命じる。

「絶対、私の存在を気づかせてはならん。頭に叩《たた》き込《こ》んでおけ！」

「わかりました」革ジャンパー男は驚いた顔をしたが、すぐ、強気《つよき》な表情へ戻った。

「万全《ばんぜん》の処理をしますよ。私は無学《むがく》ですが、生意気《なまいき》なキャリア女の扱《あつか》いには慣《な》れてましてね」彼は薄《うす》く笑う。

「それに、新しい道具の使い途《みち》はいろいろとあります」

体感温度が下がり、殺風景《さっぷうけい》なコンクリート部屋は一段と寒々《さむざむ》しくなった。

6

青空がまぶしい月曜日、この日、ＮＳＳ国家安全保障局の会議は午前十時三十分に予定されている。

岩崎は執務デスクについた片肘《かたひじ》で顎《あご》を支《ささ》え、窓から広がる霞が関の景色《けしき》をながめていた。けだるさが身《み》を包《つつ》む。心地《ここち》よい疲労感《ひろうかん》だ。

「検事、お疲れですか？」事務官の吉永泰平《よしながたいへい》が声をかけた。

「きのう、娘と一緒に牧場へ行ったの」岩崎は上半身を起こす。

「馬に乗ったり、フィールドアスレチックで遊んだり、もうクタクタ」

「牧場ですか。美沙ちゃん、喜んだでしょう？」

「やはり、子どもは大自然の中で遊ばないとダメね。今度はどこへ行こうかしら」岩崎は幸せな母親の気持ちに浸《ひた》り、それから、ふと思いついたように事務官を見た。

「吉永君の日曜は、楽しかった？」

「私？」吉永が小さな目をパチクリさせる。

「午前中は寝てました。起きたあと、洗濯しながら掃除して、買い物に出かけ……」彼は首をひねった。

「それで一日が終わったな。夜はテレビです」

「一人で過《す》ごしたの？」女性検事はおせっかいおばさんの顔になった。

「デートくらいしなさいよ。若さを解放しなくちゃ」

「若くても、デートできるとは限りません」吉永が背広の上から丸い腹部をさする。

「私は一目《ひとめ》ぼれされるタイプじゃないので」

「逆ならできるでしょう？　まずは、自分から好きになること」岩崎は奥手《おくて》の事務官をあたたかく激励《げきれい》した。

「吉永君は誠実《せいじつ》で優《やさ》しいし、きっと相手も好きになってくれるわよ」

「どこかに、若いころの検事みたいな女の子、落ちてませんかね？」吉永が物欲《ものほ》しげに上司を見やった。

「若いとき、わたしは落ちてなかったわ。転《ころ》がってたの。勢《いきお》いよく」岩崎が指をクルクル回転させた。

「あ、それ分かります」吉永はあごの肉をつまみ、何事《なにごと》か想像した様子《ようす》でニヤニヤする。

内線電話が鳴《な》った。

「岩崎検事係です。……おはようございます。はい、お伝えします」事務官は受話器を戻すと腕時計を掲《かか》げた。

「時間です。副部長から出発の連絡がありました」

女性検事の用意は出来ていた。彼女はトートバッグから弁当を取り出してデスクに置き、ドアへ急いだ。


内閣府庁舎へ向かう検察公用車の後部座席で、岩崎は副部長に簡単な報告をした。

「イースト・シップライン社の江波房子《えなみふさこ》弁護士ですが……」

「あのヒステリックな女弁護士か？」新堂幸治《しんどうこうじ》は鼻白《はなじろ》んだ。

「たつみ丸の件で違法捜査の国賠訴訟《こくばいそしょう》を断念《だんねん》しました。うちが不毛《ふもう》な裁判に巻《ま》き込《こ》まれることはありません」岩崎は結論だけを口にする。

「今日中に報告書を提出したまえ」新堂はねぎらいの言葉をかける代《か》わりにそっけなく命じた。

「はい」

「その貿易会社だが、きみの任意捜査《にんいそうさ》はどうなった？」副部長は目だけを動かして部下を見る。

「先週、浜龍会《はまたつかい》へ行ってきました。横浜の暴力団です」女性検事は身体《からだ》をずらして斜《なな》めを向いた。

「暴力団？」

「ええ、イースト・シップライン社は浜龍会のフロント企業だと思われます。イースト社は北朝鮮から密輸した覚せい剤を浜龍会へ流しているのでしょう」

「確証《かくしょう》はあるのかね？　神奈川県警が貨物船を捜索《そうさく》しても覚せい剤のパケひとつ発見できなかった。それでは話になるまい」新堂はオールバックの髪を両手でなでつけ、岩崎をじろりとにらむ。

「まさか、きみは外為法《がいためほう》そっちのけで殺人捜査にかまけているんじゃないだろうな？」

女性検事は肯定も否定もしなかった。

副部長は眉《まゆ》をひそめて渋《しぶ》い顔になる。

「殺人は特捜部の守備範囲《しゅびはんい》を外《はず》れている。前にも念《ねん》を押《お》したぞ。きみに与《あた》えられた仕事は外為法《がいためほう》違反《いはん》を調べることだ。それで、覚せい剤の北朝鮮ルートを摘発《てきはつ》できればわが社の大手柄《おおてがら》になる。特捜部は面目躍如《めんもくやくじょ》だし、最高検もご満悦《まんえつ》だろう。だから、一度はきみに期待した。しかし、麻薬取締官《マトリ》虐殺《ぎゃくさつ》の犯人探《さが》しにこだわって結果を出せないようなら最終報告書を提出してもらう」

「最終……？」女性検事の瞳《ひとみ》に懸念《けねん》がよぎった。

「捜査の打ち切りだよ。この事件は終結《しゅうけつ》させる」新堂は思い通りにならない部下を問責《もんせき》する口《く》調《ちょう》で嫌味《いやみ》をいった。

「未済《みさい》キャビネットにはいつでも新件《しんけん》が山積《やまづ》みだ。あいにく、きみの興味をそそる殺人ファイルは切らしているがね」

岩崎の眼前《がんぜん》へ真《ま》っ先《さき》に浮かんだのは華奢《きゃしゃ》な麻薬Gメンの姿だった。仲間を皆殺《みなごろ》しにされた佐々木由佳は後方支援《バックアップ》にしくじった自分の責任だと思いつめている。彼女の重荷《おもに》をわずかでも軽減《けいげん》できるとすれば、それは犯人グループの検挙《けんきょ》以外にない。岩崎はそう心につぶやいた。

「結果は出します」彼女は上司へ揺《ゆ》るぎない視線を送ったが、結果の中身についてはあえて言《げん》及《きゅう》しなかった。

公用車は内閣府庁舎エントランスの駐車スペースに停止した。

特捜検事たちは厳重なゲートを通り抜け、控《ひか》えラウンジへ入る。

窓のない室内はオーシャンブルーに塗《ぬ》られ、床には鮮《あざ》やかな黄色の丸テーブルを星形に配置《はいち》して、密閉空間《みっぺいくうかん》の息苦《いきぐる》しい雰囲気《ふんいき》を少しでも緩和《かんわ》しようと無駄《むだ》な努力が施《ほどこ》されてあった。ラウンジには先客《せんきゃく》が何人かいる。丸テーブルのひとつで、高級スーツ姿の防衛官僚と儀仗《ぎじょう》服を着用した自衛官が額《ひたい》をくっつけるようにして話し込んでいる。岩崎は自動販売機の前に上司を置いてツカツカと歩《あゆ》み寄《よ》った。

「おはようございます。東京地検の岩崎です」

一等陸佐《いっとうりくさ》の武部《たけべ》徹《とおる》がすばやく立ち上がって靴の踵《かかと》をカチッと鳴《な》らした。

川原寛保もあとから腰を上げる。

「よく覚《おぼ》えていますよ。見かけによらず鉄砲《てっぽう》に詳《くわ》しい女検事さんだ。なるほど、アメリカ帰りはちがう」防衛官僚は含《ふく》みのある口ぶりでいった。

「え?」岩崎は虚《きょ》をつかれて戸惑《とまど》う。

「聞くところによればＦＢＩに留学してたとか。あなたの物騒《ぶっそう》な知識はＦＢＩがネタ元《もと》ですかな?」川原は高級売春クラブで女の品定《しなさだ》めでもするように岩崎を凝視《ぎょうし》した。

「どうして留学のことまで?」女性検事が不快感《ふかいかん》を露《あらわ》にする。

「己《おのれ》を知り、相手を知れば百戦危《ひゃくせんあや》うからず、ですよ」防衛官僚の口許《くちもと》に陰湿《いんしつ》な笑《え》みが広がった。

「ここでのお付き合いは長くなりそうだ。ちょっと経歴《けいれき》を調べさせていただきました」

「川原さんはずっと装備セクションの担当ですか?」女性検事はニタニタしている防衛官僚に向かって逆襲《ぎゃくしゅう》の矢を放《はな》った。

「おや、今度は私の番かな」川原の笑みが失笑《しっしょう》に変わる。

女性検事は視界《しかい》の隅《すみ》に副部長の姿を捉《とら》えた。新堂は少し離れた場所でスタミナドリンクを飲みながら岩崎たちの様子をうかがっている。彼女は質問を継続《けいぞく》した。

「笑っていないでちゃんと答えてください」

「いや、失敬《しっけい》。ご質問の趣旨《しゅし》はつかみかねますが、別に、かまわんでしょう。お察《さっ》しのとおり、私は裏方《うらかた》仕事ひとすじです」川原は胸に手を当《あ》てる。

「三年前も?」

「ですな」

「装備セクションなら、当然、短機関銃《サブマシンガン》の調達《ちょうたつ》に関《かか》わっていますね?」女性検事は防衛官僚へ同意を求めた。

「SMGに限らず、戦車や攻撃ヘリの調達も同様ですが……」川原は答えをはぐらかすと軽く首を振った。

「もっとも、決めるのは私たちじゃない。小火器《しょうかき》や大型兵器すべて具体的な選定作業は自衛隊が執《と》り行《おこな》う。私ども背広組《せびろぐみ》はそれを予算化して政府に諮《はか》るだけです。実際に武器を持ってたたかうのは武部さんたち自衛隊だ。現場の声が最優先ですよ」

「最近、装備セクションでトラブルが発生してませんか?」岩崎は時間切れを案《あん》じて、駆《か》け引《ひ》きなしに訊《たず》ねた。ここはストレートな質問をぶつけたとき、相手の表情がどう変化するか見ておきたい。

「トラブル？　なんの？」川原がオウム返《がえ》しに訊《き》く。

「短機関銃《サブマシンガン》の紛失《ふんしつ》です」岩崎は疑惑《ぎわく》の中心核《コア》へ肉薄《にくはく》した。

「自衛隊の武器保管庫からＳＭＧが消えていたら……」

「その辺《へん》で止《や》めておきなさい」防衛官僚は女性検事を遮《さえぎ》り、軽蔑《けいべつ》の仕草《しぐさ》でわずかにあごを持ち上げた。

「話が荒唐無稽《こうとうむけい》すぎて、いちいち答えるのもバカバカしい。そろそろ、あなたとの会話は退屈《たいくつ》になってきたようだ」川原が黄色いテーブルを離れかける。

「念のため、照合《しょうごう》させてもらえますか？」岩崎は相手の前へ立ち塞《ふさ》がった。

「なにを照合する？」川原の目尻《めじり》は苛立《いらだ》ちで引《ひ》き攣《つ》れていた。

「自衛隊が保有する短機関銃《サブマシンガン》の調達個数《ちょうたつこすう》と現在の在庫数《ざいこすう》です。もし、それが不一致《ふいっち》ならば」岩崎は観察力《センサー》の感度を最大値《マックス》まで上げて防衛官僚に挑《いど》んだ。

「在庫不足の短機関銃《サブマシンガン》はどこかへ流出《りゅうしゅつ》したことになります」

　彼女が言い終《お》えたとたん、巨大地震なみの反応が起きた。しかし、震源地は予想とちがった。密閉《みっぺい》ラウンジに自衛官の大声が響《ひび》き渡《わた》る。

「無礼者《ぶれいもの》！」武部は女性検事の頭上《ずじょう》で爆弾を破裂《はれつ》させた。憤激《ふんげき》が全身からほとばしる。

「おまえは我々が武器を外部へ持ち出したと言いがかりをつける気か？」

　周囲の出席者が驚いてこちらを振り返った。

　新堂幸治はスタミナドリンクの空《あ》き瓶《びん》を握《にぎ》ったまま、すっ飛《と》んで来る。

「なにをやっているんだ？」副部長が岩崎の袖《そで》を引《ひ》っ張《ぱ》った。

「あなたは部下にどういう教育をなさっているのです？」防衛官僚は女性検事を無視して、オールバックの上司へ茨《いばら》にまみれた苦言《くげん》をいう。

「これじゃ悪名高《あくめいたか》い特高《とっこう》と同じだ。戦前の特別高等警察ですよ。なにしろ、一介《いっかい》の女検事がところかまわず、だれかれなく捕《つか》まえて尋問《じんもん》をおっぱじめる。特捜部はずいぶん横暴《おうぼう》になったものですな。この件は然《しか》るべき検察上層部へ報告させてもらいます。最高検察庁にね」彼は陰険《いんけん》な口ぶりで特捜部の副部長を窮《きゅう》地《ち》に立たせた。

最高検と聞いて新堂は真《ま》っ青《さお》になり、ブルブル震《ふる》える手でスタミナドリンクの空き瓶を部下へ突きつけた。

「ここをどこだと思っている？　少しは場所柄《ばしょがら》をわきまえろ」副部長は感情の収《おさ》まりがつかず、声を荒《あら》らげて付け加えた。

「ついでに、己《おのれ》の分《ぶ》もわきまえるんだ」

「まだ、話の途中《とちゅう》です」岩崎は上司の干渉《かんしょう》をあっさりと排除した。無造作《むぞうさ》に前髪をかきあげる姿にはへこたれた様子《ようす》など微塵《みじん》もない。彼女は愕然《がくぜん》としている副部長を後目《しりめ》に牽引《けんいん》ビームのごとき強い視線で防衛官僚を捕捉《ほそく》した。

「あなたなら橋本忠雄《はしもとただお》を知っていると思いますが？　ハロウィン事件で殺された防衛省の元役人です」

「唐突《とうとつ》にそんなことをいわれてもね」川原が皮肉《ひにく》っぽく肩をすぼめる。

「役所の規模を考えてみればいい。防衛省職員は二万人以上だから、みんなが顔見知りの村役場とはいささか事情が異なる」

「でも、橋本は補給物資の担当でした。装備部門を統括《とうかつ》するあなたの下部セクションでしょう？」岩崎は引き下がらなかった。

「これは見くびられたものだな」川原がせせら笑《わら》う。

「防衛装備庁を含《ふく》めれば私の下にはざっと七百人の部下がいる。しがない中間管理職じゃあるまいし、下《した》っ端《ぱ》まで目配《めくば》りは無理だ」

「だから橋本を覚えていないと？　そんな強弁《きょうべん》は通用しませんよ」女性検事の瞳《ひとみ》は濃《こ》い懐疑心《かいぎしん》で充《み》たされた。

「先ほど、あなたは三年前もいまの部署だったと認めている。三年前といえば、橋本忠雄が自衛隊の物資を量販店へ売り飛ばして懲戒処分を受けたときです。刑事告発は免《まぬが》れたみたいだけど、業務上横領の不祥事《ふしょうじ》で退職した部下を忘れるはずはありません」

川原の表情から冷笑《れいしょう》が消え、そのまま不機嫌《ふきげん》に沈黙した。

特捜部の副部長はヤキモキしながら口を出すタイミングを見失《みうしな》っている。

岩崎は脳裏《のうり》に郡司耕造《ぐんじこうぞう》のいかめしい顔を思い浮かべ、武骨《ぶこつ》な刑事課長と交《か》わした約束の実行に取りかかった。

「神奈川県警の協力要請を拒絶したそうですね。殺された橋本忠雄について、捜査本部から問い合わせがあったでしょう？　退職当時の事情等を聞かせてほしいと。なぜ、拒《こば》んでいるのです？」

「神奈川県警との問題をどうして東京の検事に話す必要がある？」防衛官僚は憎々《にくにく》しげにいう

と、怒りの矛先《ほこさき》はスタミナドリンク瓶《びん》を持《も》て余《あま》している新堂へ再び向けられた。

「いつまで好き勝手にさせておくつもりですか？」川原は高級官僚の仮面《かめん》に隠れた本性《ほんしょう》を覗《のぞ》かせて毒づいた。

「もう、我慢《がまん》できん。特捜検察がこんな畜生《ケモノ》を放《はな》し飼《が》いにしているとは……。牝《メス》だけになおさら不愉快《ふゆかい》だ」

新堂が空《あ》き瓶《びん》をテーブルに転がし、狼狽《ろうばい》した顔で部下の腕へ手を伸《の》ばす。

「いますぐ口を閉《と》じろ。これは命令だぞ」

そのとき、背後から声が飛《と》んだ。

「待って下さい！　私もぜひ理由が知りたいですね」彫《ほ》りの深い男が教え子を守るように岩崎の脇《わき》へ立った。

「公安調査庁の稲垣《いながき》です」公安部長の稲垣史郎《いながきしろう》は訝《いぶか》しげな目を向けている防衛官僚と正面から対峙《たいじ》した。

「ここにいる検事さんの話が本当なら黙《だま》って見過《みす》ごすわけにはいきません。警察への情報提供は市民の務《つと》めでしょう。ましてや、私たちは公務員だ。国に仕《つか》える身《み》として積極的な協力義務を負《お》う。役人が捜査協力を拒《こば》む事態などふつうは考えられない。しかも、神奈川県警が追っている事件は大量殺人ですよ」

川原が苦《にが》い表情で一等陸佐と顔を見合わせた。二人とも唇《くちびる》をきつく結《むす》んでいる。

「警察の事情聴取を嫌《いや》がるのは経験則上《けいけんそくじょう》よからぬ秘密を抱《かか》えた人間と相場《そうば》がきまっています。防衛省は何かやましい隠《かく》し事《ごと》をお持ちですか？」稲垣の声は穏《おだ》やかだが、眼光《がんこう》は鋭《するど》い。

いつの間にかテーブルには人が集まっている。黙《だま》り込《こ》んだ防衛官僚は一身《いっしん》に周囲の視線を浴《あ》びていた。

突然、川原が沈黙を破《やぶ》る。

「これは驚きました！」彼は稲垣へ向けて大げさに手を振った。

「公安調査庁が警察の肩をもつとはね。どこで潮《しお》の流れが変わったのです？」防衛官僚の顔には傲慢《ごうまん》な性格を特徴《とくちょう》づける薄笑《うすわら》いが再浮上《さいふじょう》した。

「あなた方《がた》はさんざん警察の粗《あら》さがしをやってきた。今度は、うちを嗅《か》ぎまわるつもりですか？公安調査庁はそうやって他の役所に難癖《クレーム》をつけ、霞が関で生《い》き延《の》びようとする。実に狡猾《こうかつ》な生存戦略《サバイバルゲーム》だ」川原はわざとらしくため息をつき、固まっている特捜検察の副部長へ指を向けた。

「検察庁だって油断すると寝首《ねくび》を掻《か》かれますぞ。そうでなくても、手を組む相手が密告屋《みっこくや》では地獄へ道連《みちづ》れだ」

「密告屋とは聞《き》き捨《ず》てなりませんな。問題のすり替《か》えはやめていただきたい」彫《ほ》りの深《ふか》い端正《たんせい》な顔が険《けわ》しい表情へ変わった。

テーブルの周《まわ》りは不穏《ふおん》な空気に包《つつ》まれた。ＮＳＳ参加者は固唾《かたず》を呑《の》んで防衛省と公安調査庁が火花《ひばな》を散《ち》らす対決の行方《ゆくえ》に注目《ちゅうもく》している。

「ちょっと、失礼しますよ」額《ひたい》の広い太った男があたふたと割《わ》り込《こ》んだ。ＮＳＳ情勢分析班で座《ざ》長《ちょう》を任《にん》じる外務省の芦田《あしだ》はメガネ越《ご》しに一同を見渡《みわた》すと、ぎこちない笑顔《えがお》をつくった。

「ご歓談中《かんだんちゅう》のところ申し訳ありません。まだ時間前ですが、会議を始めましょうか。皆さん、こちらへどうぞ」外務官僚は先頭に立って会議室のドアを開ける。

川原と武部が急ぎ足で室内へ入った。稲垣は彼らの背中を見ながら教え子に耳打《みみう》ちする。

「あの防衛役人は私の方で素性《すじょう》を調べてみるよ。絶対、なにかありそうだ」

「お願いします」岩崎は感謝を込《こ》めて小さく頷《うなず》いた。


防衛省に隣接《りんせつ》する陸上自衛隊の市谷駐屯地《いちがやちゅうとんち》はミサイル攻撃から首都東京を守る最後の砦《とりで》だ。広い駐屯地には移動式の地対空誘導弾PAC3が運び込まれ、日本海に展開したイージス艦が撃《う》ち損《そん》じた弾道ミサイルを東京の上空で撃破《げきは》する最終防衛任務を担《にな》っていた。

NSS会議から戻った武部徹《たけべとおる》は隊舎《たいしゃ》の一室で防衛官僚へ古い木製イスを勧《すす》める。川原寛保《かわはらひろやす》は高級スーツが汚《よご》れないか背もたれの板を神経質に指でこすった。イスの表面はピカピカに磨《みが》かれてある。

「あの女は危険だ」一等陸佐《いっとうりくさ》が対面《たいめん》に座って歯ぎしりをした。

「いまいましいメス犬ですな。やたらと吠《ほ》えて」防衛官僚は内閣府庁舎ラウンジでの一悶着《ひともんちゃく》を顧《かえり》みて恨《うら》みがましく唸《うな》った。

「メス犬？　いいや、そんなヤワじゃない」武部は怒りと不安が混在《こんざい》した赤黒《あかぐろ》い顔色《かおいろ》になる。

「あれはライオンの目つきだった。うかうかしてるとこっちが嚙《か》み殺されますぞ」

「たしかに手がつけられない猛獣《もうじゅう》でした」川原はきれいに爪《つめ》を切った指で鼻すじを揉《も》む。

「神奈川県警だけでもうっとうしいのに、今度は東京地検の出《で》しゃばり女が騒ぎだした」

「おまけに、公安調査官をたらし込《こ》みおって」武部が呻《うめ》き声を上げた。

「女の武器は一五五ミリ榴弾砲《りゅうだんほう》なみの威力《いりょく》がある。どんな手練手管《てれんてくだ》を使ったのか公安調査庁を味方につけて、まったく食《く》えない女検事だ」

「ああ、公安調査庁なら心配ご無用《むよう》です」防衛官僚は格下《かくした》の官庁を侮《あなど》る言いざまで答えた。

「あそこはリストラ対象ですから。いずれ役所そのものが消える運命にある。未来のない連中がゴタゴタ悪《わる》あがきしても我々の行動計画《プラン・スケジュール》は影響をうけませんよ」

「小官《しょうかん》はあなたほど楽観的になれん」武部が懸念《けねん》をにじませる。

「この計画が統合幕僚監部《とうごうばくりょうかんぶ》へ露見《ろけん》したら不名誉除隊《ふめいよじょたい》ではすまんでしょう。自衛官が政治へ関与することは一切《いっさい》許されない。さしずめ、小官など軍法会議で銃殺ですよ。昔の軍隊ならね」一等陸佐は自虐的《じぎゃくてき》に肩をすくめた。

「武部さんが弱音《よわね》を吐《は》いてどうします？　秘密保持も通常国会までの辛抱《しんぼう》じゃないですか」防衛官僚は感情を昂《たかぶ》らせて、青白《あおじろ》い頬《ほお》がサーモンピンクに染《そ》まった。

「国会に我々の法案が提出されたら勝利は目に見えている。最近の世論調査をご覧《らん》なさい。ハロウィンの虐殺が起きて治安強化に賛成する意見は七割を超えました。待ち望んだ追い風が吹き始めたのです。自衛隊は堂々《どうどう》と国防軍を名乗《なの》ればいい。国民は拍手喝采《はくしゅかっさい》で歓迎しますよ」

「しかし、通常国会にはまだ二ヵ月ある」武部は依然《いぜん》として慎重《しんちょう》だった。

「公安調査庁はともかく、神奈川県警と東京地検は軽視《けいし》できませんぞ。とくに、あのライオンは気に入《い》らん。一見《いっけん》、破天荒《はてんこう》でも獲物《えもの》を追いつめる能力はありそうだ。残り二ヵ月で我々の計画に辿《たど》り着《つ》くかもしれない」

「計画は揺《ゆ》るぎませんよ。ビクともしない」防衛官僚は獰猛《どうもう》なスズメバチを神経ガスで手際《てぎわ》よく薬殺《やくさつ》する害虫駆除《くじょ》業者の顔つきで請《う》け合《あ》った。

「いくらライオンでも、たかがメス一匹です。邪魔《じゃま》はさせません。一〇《ヒトマル》式戦車でグシャリと轢《ひ》き潰《つぶ》してやれば簡単だが、そうもいかんでしょうな。彼女はこちらで処理します」

「処理？　どうやって？」一等陸佐が左右の眉《まゆ》を寄《よ》せる。

「それは知らない方がいいでしょう」川原はニヤッとした。

「余計《よけい》な雑用は私に任《まか》せて、武部さんは来《きた》るべき日に備《そな》えてください。隊内の結束《けっそく》と士気《しき》をいっそう高めてもらわないと。よろしいですね」

武部は黙って窓を向く。隊舎の外ではニホンカモシカを図案化《ずあんか》した第十九特科連隊の部隊旗《フラッグ》が風にひるがえっている。武部は隊員四百人の命を預《あず》かっていた。いざとなれば、彼の命令で部下たちはためらうことなく銃の引き金《トリガー》に指をかけるだろう。一等陸佐は旗竿《はたざお》に高々《たかだか》と掲揚《けいよう》された部隊徽章《エンブレム》を見つめ、身の引《ひ》き締まる思いがした。


東京地検特捜部の副部長室で、怒気《どき》を孕《はら》んだ声が岩崎紀美子へ降《ふ》り注《そそ》ぐ。

「どこまで私に恥をかかせるつもりだ！」新堂幸治は沸騰寸前《ふっとうすんぜん》の腹立《はらだ》ちで目尻《めじり》をヒクヒクさせた。

「NSSラウンジを取調室に個人使用するとは開《あ》いた口が塞《ふさ》がらない。しかも、相手は防衛省の官僚に幹部自衛官ときている。ああいった特別な公人《こうじん》から話を訊《き》くには身分にふさわしい手順《てじゅん》を踏《ふ》む必要がある。それくらいの捜査鉄則《てっそく》は当然、きみも分かっているな？　その関門《ハードル》を全部なぎ倒して暴走するなど検察官にあるまじき逸脱行為《いつだつこうい》だ。和光市《わこうし》の司法研修所へ戻って捜査のイロハから鍛《きた》え直《なお》してもらえ」

「たしかに、わたしのやり方は強引《ごういん》でした」女性検事は弁解とは無縁《むえん》の口ぶりでいった。

「ですが、副部長もお気づきになったはずです。あの二人はなにか隠しています」

オールバックの上司は自分だけソファーへ身を沈《しず》める。

「醜聞《スキャンダル》の一つや二つ、どこにでもあるだろう。うちだって世間様《せけんさま》を欺《あざむ》く秘《ひ》め事《ごと》を抱《かか》えているにちがいない。我々みたいな末端《まったん》が知らないだけさ」

「いいえ、週刊誌ネタのスキャンダルとはちがいます」岩崎は副部長の記憶を呼び起こそうとする。

「先ほど、彼らは明らかに狼狽《うろた》えていました。二人ともパニック状態になりかけていた」

「だから?」新堂は顔も上げない。

「考えたくありませんが、防衛省と自衛隊には深い闇《やみ》が存在するのです。暗《くら》がりのどこかでハロウィン虐殺に使われたＳＭＧと繋《つな》がっているかもしれません」岩崎は深刻な視線を上司へ投げた。

新堂は不機嫌《ふきげん》に横を向き、テカテカ光る髪を両手で押さえ、時間をかけて整《ととの》えた。

「ひとつ教えてくれ」彼は下から女性検事の顔を覗《のぞ》き込《こ》む。

「イースト・シップライン社の任意捜査はどうなった?」

「いまのところ、着手《ちゃくしゅ》は未定です」岩崎が答え、理由を説明しようとする。

「本丸《ほんまる》のイースト社へ攻《せ》め上《のぼ》る前に周辺の足場を固めて……」

「まどろっこしい。なにが足場だ」新堂は部下に最後までいわせなかった。

「外為法違反の対象《たいしょう》は貿易会社で、暴力団は関係ないだろう。ましてや、自衛隊を捜査リストに加えるなど筋違《すじちが》いも甚《はなは》だしい」

「イースト・シップライン社は浜龍会《はまたつかい》の企業舎弟《きぎょうしゃてい》ですよ。暴力団と関係があります。自衛隊については、もう少し時間を下さい」岩崎は心ならずも懇願口調《こんがんくちょう》に転《てん》じた。

「ダメだ。時間はとっくに切れてる」新堂は首を振《ふ》った。両目には苛立《いらだ》ちの波が渦《うず》を巻《ま》いている。

「ヤクザの事務所へ押しかけたり、防衛官僚を追い回す時間つぶしは止《や》めて、さっさと本丸へ出《で》向《む》きたまえ。イースト社でなにもつかめなければ即刻《そっこく》、本件から撤収《てっしゅう》してもらう」

「そんな簡単にはいきません。外為法といっても罰金で片《かた》づく単純な略式《りゃくしき》事件とはちがうのです。なにが飛び出して来るか予測は難《むずか》しい。全体像《ぜんたいぞう》を暴《あば》くにはそれだけの時間をかけないと。わたしは必ず、真相に到達します」女性検事は決意を込《こ》めて上司を見た。

だが、新堂は彼女の視線を受けとめない。

「それが、きみの見立てかね？」彼は出来《でき》の悪い建築プランを示《しめ》された注文主《オーナー》の顔になって辣言《らつげん》を吐《は》く。

「特捜部は憶測《おくそく》や山勘《やまかん》に頼った独断専行《どくだんせんこう》を許すほど自由な職場じゃない。命令に逆《さか》らえば処分が待っている」

岩崎は口を真一文字《まいちもんじ》に結《むす》び、せめてもの反発を表《あらわ》した。

「これまでの経緯《けいい》は今日中に報告書を頼む」副部長は部下を追い出すように手を振りかけ、その仕草《しぐさ》を途中《とちゅう》で止《や》めた。

「もうひとつ、慎《つつし》み深《ぶか》さを忘れた女は、いつか泣《な》きをみるぞ」

「はあ？」岩崎が大きな疑問符《ぎもんふ》を発《はっ》した。

「公安調査官の稲垣氏だよ。やけに親《した》しそうだな。連絡でも取り合っているのか？」新堂は部下の密通《みっつう》を勘《かん》ぐる口調《くちょう》で訊《たず》ねた。

「必要な情報交換をしていただけです」女性検事は憮然《ぶぜん》と答える。

「それが問題なんだ」上司は嫌《いや》な顔をした。

「昔、きみの指導係だったとはいえ、彼はわが社を離れた人間だ。あまり、ベタベタするな」

「ベタベタ？　そういった表現は心外《しんがい》です。稲垣さんにも失礼でしょう」岩崎が非難の目を向ける。

「公安調査庁は評判がすこぶる悪くてね」副部長は肩をすぼめ、検察法務合同庁舎の隣人《りんじん》を蔑《さげす》んだ。

「彼らは日本版ＣＩＡを気取《きど》っているが、もちろん世界の危機を救ったことはないし、日本の安全に役立っている実績もない。霞が関では国のお荷物として厄介者扱《やっかいものあつか》いだ。いまではなりふり構《かま》わぬ生き残り工作へ走っている。あの役所は胡散臭《うさんくさ》い。きみも距離を置きたまえ」新堂は口をつぐみ、今度こそ話は終わったという身振《みぶ》りで部下に退室を促《うなが》した。

岩崎紀美子は自分の執務《しつむ》オフィスへ戻った。

「お疲れ様」事務官が読みかけの刑事専門書から顔を上げる。

「熱いコーヒーをお願い」女性検事は回転椅子にへたり込んだ。

デスクにはハンカチで包んだ弁当がそのまま置いてある。すき焼き風味《ふうみ》の柔《やわ》らかい肉と卵焼きにレンコン、シイタケ、ニンジンの煮物《にもの》を添《そ》えた娘とお揃《そろ》いの栄養バランス型お弁当だ。ランチタイムはとっくに過ぎているが、神経を消耗《しょうもう》したせいか食欲はない。岩崎は回転椅子のヘッドレストに頭を乗せて目を閉《と》じた。朝から路上格闘技《ストリート・ファイティング》へぶっ続《つづ》けで参戦した気分になる。彼女は何発か効果的なパンチを繰《く》り出した。それは自信がある。しかし、痛打《つうだ》も浴《あ》びた。ダメージが大きいのは副部長に捜査の打ち切りを迫《せま》られた一撃《いちげき》だ。精神的に深手《ふかで》を負《お》って、ため息すら出ない。

「モカブレンド、おまたせ」吉永がマグカップを運んできた。

「ありがとう」女性検事は目を開《ひら》き、反動をつけて上体を起こす。彼女は熱い湯気《ゆげ》が香《かお》るブラックコーヒーを少しずつ飲んだ。

内線電話が鳴る。

「岩崎検事係。……これからですか？　はい、お邪魔《じゃま》します」事務官は電話を切ると名残惜《なごりお》しそうに自分のマグカップを見て立ち上がった。

「ちょっと事務局へ行ってきます。用があるみたいで」

「いってらっしゃい」岩崎は吉永の背中を見送り、酸味《さんみ》が強いコーヒーに専念《せんねん》した。半分ほど飲んだところでパソコンを起動《きどう》させる。副部長へ提出する書面作成のため書式フォルダから報告書のファイルを選んで日付を打ち込む。女性検事はぼんやりと画面を見つめた。両手はキーボードの上で空中停止《ホバリング》したままだ。「……イースト社でなにもつかめなければ即刻《そっこく》、本件から撤収《てっしゅう》してもらう」副部長の言葉を思い出して悔《くや》しさと焦燥《しょうそう》が胃をキリキリ締《し》めつける。こうなったら、明日にでも川崎へ出向いて直接イースト社に乗り込むしかない。だが、短気な江波房子や組事務所で大物ぶった塚沼栄治と違い、イースト・シップライン社に関しては相手を罠《ワナ》へと追いやる攻撃材料が乏《とぼ》しく、尋問《じんもん》の行方《ゆくえ》は一《いち》か八《ばち》かの勝負になる。夜、濃《こ》い霧《きり》で覆《おお》われた山道を走る車と同じだ。わずかでもハンドルを切り損《そこ》なえば断崖絶壁《だんがいぜっぺき》から谷底に転落するだろう。岩崎の瞳《ひとみ》が陰《かげ》った。

直通の外線電話がかかってきて、彼女の憂慮《ゆうりょ》は中断した。

「はい、もしもし」岩崎は受話器を耳にあてる。

「あ、検事さん。藤島です」若い刑事の声は明るい。

「モンスター車が見つかりました！」

「モンスター？」

「犯人たちが使用した偽造ナンバーの車両ですよ」

「ゾンビ仮面《マスク》が運転していた車？」

「ええ、そいつです。ずいぶん手間《てまど》取りましたが、ようやく発見できた。課長《ボス》から検事さんへお知らせしろと言われまして」

岩崎は「すぐ行くわ」という言葉を呑《の》み込《こ》んだ。いまは報告書の仕上《しあ》げがある。彼女は一拍《いっぱく》おいて答えた。

「あす伺《うかが》うから、そのとき詳《くわ》しく教えて。わたしにも話があるの」

「じゃ、課長《ボス》といっしょにお待ちしています」

岩崎は受話器を戻した。耳元《みみもと》には元気な声の余韻《よいん》が残っている。彼女はコーヒーを飲み、気合《きあい》を注入《ちゅうにゅう》して報告書と向き合った。両手でひたすらキーボードを叩《たた》く。無地《むじ》の画面が快調に文字《フォント》で埋《う》まっていった。報告書がだいぶ形に成《な》りかけたころドアの開く音で彼女は作業を休止する。

「ただいま帰りました」事務官が台車《カート》をゴロゴロ押しながら入ってきた。カートには大量の帳《ちょう》簿類《ぼるい》を載《の》せている。

「B班の援軍《えんぐん》を頼まれて……」吉永は帳簿を両腕で抱《かか》え、自分のデスクに積み上げた。

「B班って例の粉飾《ふんしょく》決算事件？」岩崎が訊《たず》ねる。

「はい、裏帳簿の再チェックを手伝います。こりゃ大事《おおごと》だ」吉永は黒いファイルに占領されたデスクへ目を向け、やれやれという顔で嘆息《たんそく》した。

「そう、大変ね」女性検事が曖昧《あいまい》にうなずく。彼女の事務官は簿記専門学校で上級コースを履《り》修《しゅう》済《ず》みだから、企業会計には精通《せいつう》している。B班の応援へ駆《か》り出されても不思議ではない。しかし、岩崎はそこに作為《さくい》を感じた。これは、まちがいなく副部長の差《さ》し金《がね》だ。吉永は裏帳簿の解読で、しばらく身動きが取れないだろう。事実上、岩崎は事務官をB班に召《め》し上《あ》げられてしまった。オールバックの上司は彼女に対してあからさまなプレッシャーをかけてきた。心の地平線で不吉《ふきつ》な暗雲《あんうん》がムクムクと膨《ふく》らむ。女性検事はマグカップに口をつけた。冷《さ》めたコーヒーはいっそう苦味《にがみ》を増《ま》している。

最高検察庁は最高裁判所に匹敵《ひってき》するか、それを超える権勢《けんせい》を誇《ほこ》っていた。最高検は刑事訴訟の分野に君臨《くんりん》するだけでなく、法務官僚と一体になって司法行政にも強い影響力があった。その統《とう》括《かつ》を任《まか》されている次長検事はツルツル頭の小柄《こがら》な老人だ。次長室へ招《まね》かれた来訪者は身長百五十五センチ足《た》らずの上條貞蔵《かみじょうていぞう》が発《はっ》する圧倒的な威厳《オーラ》を感じて畏怖《いふ》するにちがいない。新堂幸治は足元《あしもと》が沈むほどの分厚《ぶあつ》い絨毯《じゅうたん》を踏《ふ》みしめながら広い部屋を横切《よこぎ》り、次長検事の巨大なデスクへ近づいていった。ここに呼び出されるのは二回目だ。初回、NSS国家安全保障局の会議へ検察代表で列席《れっせき》するように特命《とくめい》をうけ、新堂は昇進《しょうしん》の扉が開く予感で有頂天《うちょうてん》になった。ところが、血気盛《けっきさか》んな女検事が先走《さきばし》って騒《さわ》ぎ、彼の出世街道《しゅっせかいどう》は荒らされ、途中《とちゅう》で陥没《かんぼつ》するかもしれない。今回、次長検事から応接ソファーの勧《すす》めはなかった。室内を漂《ただよ》う空気はどこかピリピリしている。

「お呼びでしょうか？」新堂は緊張してデスクの前に立った。

上條貞蔵は野心《やしん》に燃えるオールバックの男がいちばん聞きたくない話題を口にした。

「防衛省から尋常《じんじょう》ならざる抗議があったぞ。NSS会議の場で、ずいぶん派手にやらかしたらしいな。おかげで、市谷の火山《マグマ》は大噴火《だいふんか》だ」彼は氷《こおり》の目で怯《おび》えている特捜副部長を睨《にら》みつけた。

「私は警察庁《サッチョウ》の動きを牽制《けんせい》してくれと頼んだが、防衛省相手に一戦交《いっせんまじ》えろとは一言《ひとこと》も命じていないはずだ。それとも、私の記憶ちがいかね？」

「全部、部下が暴走《ぼうそう》したことです」新堂が慌《あわ》てて弁明《べんめい》する。

「騒動《そうどう》を起こした岩崎紀美子はただちにNSS随行員《ずいこういん》から外《はず》します。いや、この際、八王子支部へ飛ばしてやりますよ。あんな跳《は》ねっ返《かえ》り女は奥多摩《おくたま》でバラバラ殺人を追っかけてるのが似《に》つかわしい」

「いっそのこと、おまえが八王子へ行ったらどうだ?」次長検事は冷たく応《おう》じた。

「ここは本庁で、管理能力に欠ける人間の居場所《いばしょ》はない。おまえこそ田舎《いなか》支部がお似合《にあ》いだよ」

「始末《しまつ》はつけます」新堂の声は焦《あせ》りで上《うわ》ずった。額《ひたい》に脂汗《あぶらあせ》が噴《ふ》き出している。

「絶対、ご迷惑はおかけしません。防衛省には私が責任をもって謝罪します」

「謝罪だと! どこまで愚《おろ》かなんだ」次長検事がカッと目を剝《む》く。

「えっ、ちがうのですか?」新堂は硬直《こうちょく》した。

「それで、よく特捜部の副部長が務《つと》まるな」上條は哀《あわ》れみを交《まじ》えた口調でいった。

「防衛省がこれだけいきり立つのは怪《あや》しいと思わんか? 防衛省と自衛隊には公表を憚《はばか》られる不祥事《ふしょうじ》があって、女検事は彼らの急所《きゅうしょ》を蹴《け》り上《あ》げたにちがいない。おまえとしては組織ぐるみの犯罪隠蔽《いんぺい》を疑うべきだろう。それをむざむざ見過《みす》ごすだけでなく、詫《わ》びまで入れるとは呆《あき》れてものもいえん」

「あの、私はどうすればいいのでしょう?」オールバックの副部長は次長検事へすがりつく眼差《まなざ》しを向けた。

「ここを使え」上條が剝《は》げた頭を撫《な》で回《まわ》す。

「フサフサした髪の下にはなにが詰《つ》まっているんだ? よもや空《から》っぽではあるまい。少しは脳神経《シナプス》を働かせろ」

新堂は途方《とほう》に暮《く》れた顔で辛辣《しんらつ》な小男《こおとこ》を見つめる。

　岩崎は報告書を保存した。すぐ別画面を開き、照会書《しょうかいしょ》の作成に取りかかる。自衛隊の短機関銃《サブマシンガン》に関して調達数《ちょうたつすう》と現在保管数の照合《しょうごう》を求める問い合わせ文書だ。副部長がこれを読めば、オールバックの髪を逆立《さかだ》てて激怒《げきど》する姿はありありと想像できる。しかし、捜査線上に浮かんだ疑惑《ぎわく》をこのまま座視《ざし》するわけにはいかない。彼女はキーボードを打つ指に力を込《こ》めた。少し離れたデスクでは、事務官が電卓をたたきながら帳簿類へ没頭《ぼっとう》している。検事オフィスには無言《むごん》の時間が流れた。

　電話の呼び出し音で吉永は顔をしかめる。

「はいはい、岩崎検事係。……ちょっと待ってください」彼は保留ボタンを押した。

「公安調査庁の稲垣さんから」

　女性検事が受話器を取る。

「稲垣さん？　岩崎です」

「いま出て来《こ》れるかな？　きみに知らせたい話がある。それほど時間はとらせない」

「ええ、大丈夫です」

「じゃ、この前のところで待ってるよ」

　岩崎はパソコンをスリープにしてハーフコートをつかむ。脳裏《のうり》に「稲垣とは距離を置け」という言葉が蘇《よみがえ》った。彼女は副部長の警告を瞬殺《しゅんさつ》する。自己保身や出世競争には興味がない。長年、現場を歩《あゆ》んできた岩崎にとって、いちばん大切な栄誉《えいよ》は犯罪の全容《ぜんよう》を明らかにした一件記録を公判部へ引き渡すとき疲れた身体《からだ》を貫《つらぬ》く達成感《カタルシス》で、それは第一線の捜査検事だからこそ味わえる生きがいだった。彼女は現場の仕事に心から満足している。

裁判所と検察庁、二つの司法ビルの間には災害避難場所を兼《か》ねた大きな広場がある。ビル風が吹く中、コート姿の男が太い街路樹《がいろじゅ》を風よけにして佇《たたず》んでいた。岩崎は小走《こばし》りに駆《か》け寄《よ》る。

「お待たせしました」

「わざわざ呼び出して悪かったね。早速《さっそく》、川原寛保《かわはらひろやす》を調べてみた」稲垣はかつての教え子に微笑《ほほえ》んだ。

「あの防衛官僚ですか？　早いですね」

「防衛省にも協力者《エス》がいる。当然、それなりの見返りは必要なんだが……」稲垣は思わせぶりに肩をすくめた。

「うちには公安調査活動費という便利な予算があってね。領収書のいらない金だよ」彼は買収《ばいしゅう》を仄《ほの》めかしたあと苦笑する。

「こういった生臭《なまぐさ》い話はきみに関係ないな。こちらの事情だ。ともかく……」恩師は硬《かた》い表情になった。

「防衛官僚の意外な素性《すじょう》がわかった」

「意外な？」女性検事は緊張する。

「うん。二足《にそく》の草鞋《ワラジ》ってやつさ」稲垣は教え子の肩越《かたご》しに周囲を見渡《みわた》して人がいないことを確かめた。彼は岩崎へ視線を戻し、きわどい手段で手に入れた防衛官僚の秘密を打ち明ける。

「川原は装備担当だが、もうひとつ別の顔があった。彼は防衛省の情報本部に所属している」

「情報本部って？」岩崎は耳慣れない言葉に眉《まゆ》を上げた。

「防衛省の諜報部門《ちょうほうぶもん》だよ。平《ひら》たく言えば、スパイ活動を束《たば》ねるセクションかな。川原は情報本部の第一補佐官らしい。それが彼の正体だ」彫《ほ》りの深い顔に一瞬、強い感情が浮かび上がった。

「川原は裏でそんな職務に……」女性検事はつぶやき、恩師から聞いた予想外の事実をすばやく吟味《ぎんみ》する。ハロウィン事件の芯《しん》を包《つつ》む何層《なんそう》もの黒いベールが玉ネギの皮をめくるようにまた一枚剝《は》がれた。諜報機関の元締《もとじ》めといえば、国家的な悪《わる》だくみも得意だろう。彼女は防衛省役人の敵《てき》意《い》に満《み》ちた目つきを思い出した。女性検事の瞳《ひとみ》に新たな闘志《とうし》が燃える。

晩秋《ばんしゅう》の夕暮れが近づいて、風はいちだんと冷たくなった。

7

岩崎紀美子は神奈川県警本部ビルの広い窓から穏《おだ》やかな横浜港を俯瞰《ふかん》した。弱々《よわよわ》しい薄陽《うすび》が午後の海面に細《こま》かく反射している。眼下《がんか》では、桟橋《さんばし》を離れた白いクルーズ客船が波の航跡《こうせき》を曳《ひ》きながら外洋《がいよう》へ出て行く。厚《あつ》い窓ガラスを通して本牧埠頭《ほんもくふとう》A突堤《とってい》で行われている拡張工事の騒音がかすかに聞こえた。

会議室のドアが開き、岩崎は窓に背を向ける。郡司耕造《ぐんじこうぞう》が若手刑事を従《したが》えて大股《おおまた》で入って来た。捜査一課長は手近なイスを引き寄せると荒《あら》っぽく腰を下《お》ろした。藤島淳一が隣に座り、女性検事はテーブルをはさんで彼らの正面に着《つ》いた。

「また、お出ましか。東京の検事がわざわざご苦労なことだ。なんなら、捜査本部に専用デスクを用意してやるぜ」郡司は親《した》しさの片鱗《へんりん》も見せない表情で腕を組《く》んだ。

「今日はちょっと川崎へ行く用事があって……」岩崎は口ごもった。

「川崎？　まさか」郡司の太い眉《まゆ》がビクッと動く。

「そうよ。イースト・シップライン社」岩崎はすんなり認めた。

「おい、頭は大丈夫だろうな」郡司は慎重《しんちょう》に描《えが》いた捜査の構図《こうず》と手順《てじゅん》がぶち壊《こわ》される危険を感じて険《けわ》しい声になった。

「たつみ丸のガサを思い出せ。シャブ密輸を裏付《うらづ》ける証拠固《がた》めはからっきしダメだった。川崎の貿易会社へ飛び込《こ》んでも、こっちの手づまり状態を晒《さら》すだけだぞ」

「そうかもしれないけど、わたしはお尻に火がついてるの」岩崎はため息交《ま》じりにいった。

「なんでケツが燃えたんだ？　理由を聞かせてもらおうか」郡司は女性検事の下半身へ無遠慮《ぶえんりょ》な視線を投げる。

「上からのお達《たっ》しよ」岩崎は肩をすくめた。

「早急《さっきゅう》に外為法《がいためほう》違反の事実をつかまないと特捜部はイースト・シップライン社の事件から手を引いてしまう。わたしはどっかへ異動《いどう》かしら」

「そっちの事情は分からんが、特捜部を厄介払《やっかいばら》いされたら、あんたの無念《むねん》はおれたちが晴《は》らしてやるよ。事件の顛末《てんまつ》はテレビニュースで見てくれ」無骨《ぶこつ》な刑事課長は岩崎の境遇《きょうぐう》を揶揄《やゆ》したが、目は笑っていない。

「ご親切なこと。でも、わたしの捜査はまだ継続中よ」女性検事は大きく首を振り、話題を一変《いっぺん》させた。

「車が見つかったそうね」

「はい。地《じ》どり班が執念《しゅうねん》で発見しました」腕まくりをした若手刑事が身を乗り出す。

「本牧《ほんもく》近く、廃材処理作業場《ヤード》裏の雑木林《ぞうきばやし》に乗り捨てられていたセダンです」彼はタブレットを操作して普通乗用車の写真を見せた。

「やはり盗難車？」岩崎が画面に目をやりながら訊《たず》ねる。

「ええ、先月初めに横須賀《よこすか》で盗まれた車です。盗難届も出ていました。車台番号は削《けず》ってあったのですが、車種《しゃしゅ》から特定して、持ち主の確認を済《す》ませています。現在は鑑識《かんしき》の仕事待ちってところです」藤島は目に期待を浮かべた。


「指紋は無理でも、なにか出ればいいわね」岩崎がうなずく。

「さあ、どうかな」郡司は腕組みを解《ほど》き、無精髭《ぶしょうひげ》で黒ずんだ顎《あご》をさすった。

「犯人どもは偽造ナンバーを用意したり車を乗り換《か》えたり用心深い。髪の毛一本残してるか、物証《ぶっしょう》は望《のぞ》み薄《うす》だ」

「いまは地どり班の努力が無駄《むだ》にならないことを願うだけです」若手刑事はいくぶん肩を落としてタブレットを引っ込めた。

「頼んでおいた塚沼栄治《つかぬまえいじ》のアリバイ確認はどう？　事件当日、組事務所で用心棒を相手に飲んでいたと都合《つごう》のいい時間つぶしを口にしてたけど」岩崎は刑事たちに問いかけた。

「浜龍会《はまたつかい》のクソッタレか。やつにアリバイはない」郡司はイスをガタつかせる。

「ほんと?」女性検事の神経がピンと張《は》りつめた。アリバイが崩《くず》れれば、前歯の突き出たウサギ男を任意同行で引《ひ》っ張《ぱ》れる。

「正確にはアリバイ不明ですね」藤島はさりげなく課長《ボス》の独断《どくだん》を補正《ほせい》した。

「浜龍会の入ったビルはもともと行政書士や社会保険労務士など個人事業者がテナントになっていました。暴力団員がビルをうろつくせいで入居者《にゅうきょしゃ》はみんな逃げ出してしまった。あのビルに残っているのは浜龍会だけです。ハロウィンの夜、組事務所に人がいたか留守だったか裏《ウラ》を取ろうにも聞き込みができなくて……」彼はしかめっ面《つら》になった。

「一応、近所をあたりましたが成果はゼロです。だれもヤクザのビルには近づかない」

「アリバイ不明はアリバイなしと同じだ」郡司が憮然《ぶぜん》とする。

「でも、それじゃ塚沼を任意同行で引っ張れないわね」目の前からウサギ顔が消え、岩崎は落胆《らくたん》した。

「塚沼のアリバイはなんとも歯がゆいですが、今回、組織犯罪対策課《ボウタイ》の協力で浜龍会を調べてみました。構成員は約七十人。で、これが」藤島はタブレットの画面を指で先送りして一枚の写真を見せる。

「組長の楠元龍央《くすもとたつお》です」

女性検事はタブレットに注目した。望遠レンズで隠《かく》し撮《ど》りしたらしい写真には上品な老人が写《うつ》っている。

「ヤクザの親分というより茶道《さどう》の家元《いえもと》みたいね」彼女は顔を上げた。

「見かけに騙《だま》されるな。若い頃《ころ》ふたり殺《や》ってるぜ」郡司が節《ふし》くれた指を二本立てる。

「殺し？」岩崎の目に興味が宿《やど》った。

「四十年前です」藤島は再び上半身を迫《せ》り出《だ》してくる。

「当時、楠元は千葉の組員でした。抗争相手が殴《なぐ》り込《こ》みをかけて来たとき、ドスで返《かえ》り討《う》ちにしています。襲撃側《しゅうげきがわ》の組員をふたり刺《さ》し殺して、刑務所に八年ほど服役《ふくえき》しました」

「たった八年？」岩崎が怪訝《けげん》な顔で聞き返す。

「ヤクザ者の命は軽いからな」捜査課長は鼻を掻《か》いた。

「それに、四十年前といえば牧歌的《ぼっかてき》な昭和の時代だ。裁判所は温情《おんじょう》主義のぬるま湯にどっぷりと浸《つ》かっていた」

「部分的に正当防衛が認められたのかもしれないわね。あるいは過剰防衛とか」岩崎は独《ひと》り言《ごと》のようにつぶやいた。

若手刑事が説明を続ける。

「出所した楠元龍央《くすもとたつお》は関東の組を転々として、二十一年前に神奈川県で浜龍会を旗揚《はたあ》げしました」

「楠元はどんな人物？」岩崎はタブレットへ視線を戻す。

「所詮《しょせん》は人殺しですからね。ろくな人間じゃないでしょう。ただ、四課の連中に言わせると極道《ごくどう》の世界ではひとかどの漢《おとこ》で通っています。浜龍一家《はまたついっか》の三ヵ条は有名らしいですよ」藤島は女性検事の顔に映《うつ》る反応を見た。

「なにそれ？　ヤクザの家訓《かくん》？」岩崎が先を促《うなが》す。

「第一条、仁義《じんぎ》を貫《つらぬ》いて死ぬべし」若い刑事は広げた右手の親指を折《お》り曲《ま》げた。

「第二条は女、子どもを泣かすべからず」今度は人差し指を折り曲げる。

「楠元は女性を売春で食い物にする女衒《ぜげん》と組員がキャバ嬢やソープ嬢のヒモになる情夫《じょうふ》を禁じています」

「へえ」岩崎が意外な顔をする。

「そして、第三条にはクスリを絶《た》つべし、とあります」藤島は最後に中指を折り曲げた。

「浜龍会では覚せい剤や大麻《たいま》など一切《いっさい》のヤクが厳禁《げんきん》です」

「三ヵ条が本物なら、楠元《くすもと》は任侠《にんきょう》の鑑《かがみ》だよ」郡司は冗談《じょうだん》っぽく両頬《りょうほお》をすぼめた。

「なんか眉唾《まゆつば》ね」岩崎は首をひねった。彼女が目の当《まあ》たりにした浜龍会は切り餅《モチ》一個を七万円で押し売りするあこぎなゲス集団だ。

「実は、組長の楠元龍央ですが」藤島はたくましい腕で左胸を押さえた。

「数年前に、心臓発作で倒《たお》れています」

「心筋梗塞《しんきんこうそく》？」岩崎が訊《き》いた。

「一歩手前の狭心症《きょうしんしょう》です。心臓に爆弾を抱《かか》えているようなものでしょう。それ以来、楠元はめっきり老《ふ》け込《こ》んでしまった。かれこれ二年以上、自宅療養《りょうよう》をつづけている。自宅は鎌倉市七里《しちり》ガ浜《はま》にあります。外出は近所の公園へ散歩する程度で、組にはほとんど顔を見せていません」若い刑事はタブレットに触れて老人の写真を縮小する。

「こんなところが楠元の近況でしょうか。情報源《ソース》は四課です」

「組長が心臓病を患《わずら》い、若頭《わかがしら》がのし上がったわけね」岩崎は目つきの凶暴《きょうぼう》なウサギ顔を思い描《えが》いた。そういえば、ヘビ頭の江波房子も浜龍会は塚沼が実権を握《にぎ》っていると話していた。

「さしずめ裏のラスボスってところです。こいつを倒さないかぎりゲームはクリアできません」

若い刑事が宙《ちゅう》をにらむ。

「ゲームの勝敗はともかく、組長がそんな病弱《びょうじゃく》だと欲にまみれたゴロツキどもを抑《おさ》えられないだろう。ご立派な三ヵ条はとっくにタガが緩《ゆる》んじまって、いまの浜龍会は女とシャブで荒稼《あらかせ》ぎしているにちがいない」郡司の目に怒りが揺《ゆ》らいだ。

「浜龍会には多額の軍資金《ぐんしきん》を必要とする事情があります」若い刑事は女性検事へ顔を向ける。

「軍資金？　戦争でも始めるの？」

「ああ、首都侵攻《しんこう》だ」郡司は東京湾の方角《ほうがく》へあごをしゃくった。

「以前、少しだけお話ししました」藤島が説明を引《ひ》き継《つ》ぐ。

「浜龍会は東京進出を狙って多摩川《たまがわ》連合と争《あらそ》っています。多摩川連合は大田区の老舗《しにせ》ヤクザ、組員は五十人足《た》らずですが、ガチの武闘派《ぶとうは》で知られています。縄張《なわば》りは一歩も譲《ゆず》らないでしょう。いまのところ小競《こぜ》り合《あ》いが数件、死傷者は出ていません」

「本格的な戦争となれば億単位の金がかかるぞ」郡司は親指と人差し指で丸を作った。

「東京へ送り出す鉄砲玉《ヒットマン》の報酬だけでも組の金庫から札束《さつたば》がごっそり消えるらしい。昔とちがって、義理《ぎり》や人情《にんじょう》で組のために命を張る刺客《しかく》はいないからな。あと、加勢《かせい》を頼む親分衆《おやぶんしゅう》への挨拶《あいさつ》は菓子《かし》折《お》り持参《じさん》だ。中身はあんこ入《い》り月餅《げっぺい》の代《か》わりに現金《ゲンナマ》がぎゅうぎゅう詰《つ》まっている」

「それで、浜龍会は覚せい剤を……」女性検事は細い眉《まゆ》をひそめた。

「覚せい剤は格好《かっこう》の資金源《しきんげん》になりますからね。中毒者《ジャンキー》はいくらでも金を払う」藤島がやりきれない表情で天を仰《あお》いだ。

「たつみ丸のガサでシャブが見つかっていればな。くそっ！」郡司は腹立《はらだ》ち紛《まぎ》れに悪態《あくたい》をついた。

「浜龍会とイースト・シップライン社のつながりは何か出てきた？」岩崎は貨物船捜索《そうさく》が徒労《とろう》に終わった痛い黒星《くろぼし》を意識しながら訊《たず》ねる。

「両者は表向《おもてむ》き北朝鮮産の香辛料《こうしんりょう》を取引しています。それは事実でしょう。しかし……」藤島の闊達《かったつ》な目が暗転《あんてん》する。

「残念ながら裏の関係は分かりません。四課でも摑《つか》んでないようです」

「ちょっと待って。イースト社は浜龍会のフロント企業よ。江波弁護士がハッキリ認めている」女性検事は片手《かたて》を上げて強調した。

「そいつは前にも聞いた」郡司は眉間《みけん》に縦皺《たてじわ》を刻《きざ》む。

「いくら相手が弁護士でも、おしゃべりバアサンの言葉だけでおれたちは動けん。検察官独立の原則をいいことに気ままな単独捜査をする尻軽女《しりがるおんな》といっしょにするな」

「わたしが尻軽《しりがる》かどうかは別にして」女性検事は郡司のシニカルな目をのぞき込んだ。

「たつみ丸捜索《そうさく》に立ち会った江波房子をイースト社へ紹介したのは浜龍会よ。そして、浜龍会の若頭《わかがしら》と江波弁護士はただならぬ関係にある。実態《じったい》は顧問《こもん》弁護士ね」

「あのケバい女弁護士と暴力団幹部がべったり癒着《ゆちゃく》してる姿《すがた》は、ぞっとしない光景だ」郡司は上唇《うわくちびる》をモゾモゾさせて嫌悪感《けんおかん》を表現した。

「暴力団の取り持つ歪《いびつ》な三者関係《トライアングル》をみても、イースト・シップライン社が企業倫理《コンプライアンス》に熱心だとは思えない。ちがう？」岩崎は精彩《せいさい》を欠《か》く顔つきの刑事たちへ問いかけた。

「あんたは正しいよ」郡司が陰気《いんき》な声で応じる。

「川崎のクソッタレ貿易会社はヤクザとつるんだ企業舎弟《きぎょうしゃてい》だろう。けどな、それが分かったところで会社に踏《ふ》み込《こ》む令状は取れないぜ」彼は頭を振り、そのあと女性検事を凝視《ぎょうし》した。「あんたの方はどうなった？　例の防衛官僚だ。勇《いさ》ましい啖呵《たんか》を切っていたが、収穫《しゅうかく》はあったのかい？」

「防衛省の川原ね。政府筋《せいふすじ》の集まりで会ってきたわ」

「当然、橋本忠雄《はしもとただお》の件は持ち出したよな？」郡司が左右の目頭《めがしら》を軽く揉《も》みほぐす。

「ええ、それが目的だから」女性検事は微妙な表情で頷《うなず》いた。

「川原は橋本についてなんと言ってました？」藤島の目が期待を込《こ》めて活性化《かっせいか》する。

「ごめんなさい」岩崎はすまなそうに声を落とした。

「知らぬ存《ぞん》ぜぬの一点張《いってんば》りで話にならなかった。わたしの力不足よ」

「はあ……そうですか」若手刑事の瞳《ひとみ》に灯《とも》った光が消える。

「あの様子《ようす》じゃ、県警が正式に事情聴取《ちょうしゅ》しても態度は変わらないと思う」

「まったく、霞が関の役人どもは食《く》えない暴君《ぼうくん》ばかりだ」高卒の巡査から捜査一課長まで昇《のぼ》った郡司は怒りに任《まか》せてキャリア官僚への憎《にく》まれ口《ぐち》をたたく。

「橋本のことより……」岩崎は若手刑事へ向ける視線を強めた。

「ねえ、短機関銃《サブマシンガン》の出処《でどころ》は目星《めぼし》がついたの？」

「難航《なんこう》してます」藤島は沈《しず》んだ目で見返した。

「うちだけでなく、四課と銃器対策課もあちこち追っているのに、闇市場《ブラック・マーケット》でSMG取引の痕《こん》跡《せき》は探《さぐ》り出せなかった。別ルートがあるのかもしれません」

「ブラック・マーケットでなければ……」岩崎は真相を追及《ついきゅう》する捜査官の口ぶりでいった。

「やはり自衛隊ルートが気になるわね。自衛隊の武器保管庫から流出した可能性は否定できない。きちっと白黒をつけなくちゃ」

「あんた、それを川原に？」郡司が訝《いぶか》し気《げ》に目を細める。

「川原と一等陸佐のふたりにぶつけてみた。せっかくの機会だから」岩崎の声に気負《きお》いはなかった。

「で、相手はなんと？」

「否定したわ。それも、すごい剣幕《けんまく》で怒鳴《どな》り散《ち》らしていた」岩崎が手短《てみじか》に答える。ＮＳＳ会議での詳《くわ》しいやりとりは省《はぶ》いた。

「あんたは尻軽どころか台風《たいふうおんな》女だな。行く先々《さきざき》でとんでもない嵐《あらし》を巻き起《まお》こす」郡司は呆《あき》れた顔で女性検事を一瞥《いちべつ》したが、その口調《くちょう》は好意的《こういてき》だった。

「そうね。ついでに上司を激怒《げきど》させて、わたしは処分保留の身よ」岩崎は瞳《ひとみ》を曇《くも》らせながら肩をすぼめた。

「クビになっても心配するな」郡司がニヤリとする。

「あんたは見かけによらず、肝《きも》っ玉《たま》が据《す》わっている。うちの組織犯罪対策課《ボウタイ》が欲しがるだろう」

「そのときは推薦《すいせん》してね」女性検事は微笑《ほほえ》んだ。が、すぐ口許《くちもと》を引《ひ》き締《しめ》める。

「わたしが質問したとき、防衛官僚と幹部自衛官の過剰《かじょう》反応は度《ど》を越《こ》していた。見るからに異様《いよう》だったの。彼らは水面下《すいめんか》で何かを企《たくら》んでいる」

捜査課長はイスの背へもたれかかり、若手刑事は前かがみとなって岩崎の話に耳を傾《かたむ》けた。

彼女は前髪をかき上げて続ける。

「わたしは自衛隊の短機関銃《サブマシンガン》を調べるつもりよ。防衛省がこれまでに調達《ちょうたつ》した個数と現在の在庫数を照合《しょうごう》してもらう。数がちがっていれば的中《ビンゴ》ね」

「果《は》たして、連中がバカ正直に答えるかな」郡司は耳たぶを親指で弾《はじ》いた。

「そもそも、防衛省に対する照会書《しょうかいしょ》の決裁《けっさい》が下《お》りるかあやしいけど……。特捜部の上司は度胸《どきょう》がなくて」副部長の顔が浮かび、岩崎は重い気分になった。照会書をチェックしたオールバック男が渋《しぶ》い顔で岩崎の勤務評定《きんむひょうてい》へ赤点を書き込むのは目に見えている。

「気に病《や》むことはないさ」郡司が同情とは別の声色《トーン》でいった。

「そんな紙《かみ》っぺら一枚で真相が解明できるほど捜査現場は甘くないぜ。おれたち刑事《デカ》の鉄則《てっそく》は足で稼《かせ》げだよ」

「わたしも靴底《くつぞこ》だけは地《じ》どり班と同じくらい擦《す》り減《へ》らしてるわ」女性検事は弱音《よわね》を振り払って、闘志を奮《ふる》い起《お》こす内面の燃焼剤《ねんしょうざい》に再着火《さいちゃっか》した。

ＪＲ川崎駅から競輪場の方向へ広い道路が真《ま》っすぐ走っている。岩崎紀美子は駅前の雑踏《ざっとう》を抜《ぬ》け、大きな商業施設と商店街を通り過ぎて足早《あしばや》に急《いそ》ぐ。十分ほど歩いた十字路《じゅうじろ》で、横浜地裁川崎支部のくすんだ建物を左手に見ながら信号を渡る。貿易会社の住所地には小奇麗《こぎれい》な中層ビルが建っていた。一階と二階はテナントフロアで、三階から五階まではマンションだ。イースト・シップライン株式会社は一階にあった。女性検事は会社のロゴマークが描《えが》かれた木製ドアを手前に引く。アポは取っていない。開いた扉の内部はモダンなロゴマークに似合《にあ》わず雑然《ざつぜん》としている。安っぽいソファーが置かれ、変色《へんしょく》した応接セットの背後には大きさの異《こと》なる事務机が並《なら》んでいた。装飾品の類《たぐい》は一切《いっさい》ない。

「どなたか、いませんか?」岩崎は無人の室内へ声をかけた。

しばらく待つと奥の部屋から茶色い革ジャンパーを羽織《はお》った中年男が姿を現《あらわ》す。一度会ったら忘れられない顔だ。右頰《みぎほお》にはナイフで切りつけられた傷痕《きずあと》らしい肉塊《にくかい》がミミズ腫《ば》れ状に盛り上がっている。

「なんだ? セールスはお断《ことわ》りだよ」男は突然の来訪者をじろじろ見つめた。

「東京地検の岩崎です」岩崎が身分を告げる。

「東京地検……」頰傷《ほおきず》の男は驚いた様子《ようす》もなく訊《たず》ねた。

「ひょっとして、たつみ丸の件ですか?」

「ええ、それもあります」女性検事は含《ふく》みをもたせた答えをする。

「そいつは丁度《ちょうど》いい。あらぬ疑いを解《と》く絶好《ぜっこう》のチャンスだ」革ジャンパー男は表情に笑《え》みらしきものを浮かべた。

「どうぞ、おかけください」彼はソファーを勧《すす》め、自分は対面《たいめん》に座った。

女性検事はハーフコートを脱いで腰を下《お》ろす。

「生憎《あいにく》、みんな出払《ではら》っていましてね。お茶も差し上げられない」頰傷の男がすまなそうに室内へ目をやる。

「おかまいなく」岩崎は型通《かたどお》りに返事をした。

「専務の桃田《ももた》です」男はズボンの尻ポケットから財布を取り出すと名刺《めいし》を抜《ぬ》きとって渡した。

青い名刺には「イースト・シップライン株式会社　専務取締役　桃田清《ももたきよし》」とある。

「いや、あれには参《まい》りました」桃田は上体を弓《ゆみ》なりに反《そ》らせた。

「たつみ丸ですよ。なにしろ、いきなり船の強制捜査ですからね。しかも、神奈川県警だけでなく、東京地検特捜部まで関与してるというじゃないですか」彼は不満で燻《くす》ぶった眼《め》を向ける。

「あなたも特捜検事？」

「はい」岩崎が頷《うなず》く。

「だったら、最初に一言《ひとこと》いわせてください」貿易会社の専務は酸《す》っぱい表情になった。

「東京地検特捜部といえば巨悪《きょあく》を退治《たいじ》する正義の味方でしょう。うちみたいな零細《れいさい》企業をいたぶってなにが面白《おもしろ》いのです？」

「わたしたちは必要な捜査をしただけで、裁判所の許可もあります」女性検事は相手の恨《うら》み言《ごと》を撥《は》ねつけ、殺風景《さっぷうけい》な社内をぐるりとながめた。

「この会社は北朝鮮との関係が深いようですが……？」

「北朝鮮？　なるほど」桃田は合点《がてん》がいった顔でうなずく。

「北朝鮮はなにかと評判が悪いですからね。うちもあれこれ詮索《せんさく》されるわけだ」

「北朝鮮とのつながりは認める？」岩崎が間髪《かんはつ》を入れずに確認した。

「否定するつもりはありません。実際、ここは、そのために設立された会社といっていい」桃田は不揃《ふぞろ》いな事務机の列へ片手を向けた。

「北朝鮮のために？」女性検事の瞳《ひとみ》がキラッと光る。

「検事さん、早《はや》トチリは困《こま》りますな」専務は岩崎の顔に浮かぶ表情を見て首を振った。

「あくまで人道援助ですよ。うちの社長は懐《ふところ》が深い篤志家《とくしか》ですから」

「篤志家？」

「そう、社長の戸村勇作《とむらゆうさく》は在日朝鮮系の人と付き合いがありましてね。北朝鮮じゃ生活物資の不足で暮《く》らしが大変だと聞いて一肌脱《ひとはだぬ》いだのです。国は違っても同じ人間として人々の窮状《きゅうじょう》を見《み》過《す》ごせなかったのでしょう。三年前に当社《とうしゃ》を立ち上げ、たつみ丸は赤ちゃんの粉ミルク、紙オムツなどを北朝鮮へ運んでいます。いわば、国境を越《こ》えた人助けです。県警や東京地検にはそのへんをご理解いただかないと……」桃田は冤罪《えんざい》に巻《ま》き込《こ》まれた善良な市民の口ぶりで苦言《くげん》を呈《てい》した。

「人道援助ならＮＰＯ法人でやればいいのに。税法上も優遇《ゆうぐう》されますよ」女性検事の瞳《ひとみ》に映《うつ》った疑念は消滅しない。

「ＮＰＯではろくな交易《こうえき》ができません。うちは北朝鮮だけでなく、中国とも取引してますから」

貿易会社の専務が胸を張《は》る。

「中国？」岩崎は片方の眉《まゆ》を上げた。

「見せかけでしょう」

「見せかけってなにが？」桃田は聞き返す。

「北朝鮮以外の国とも取引をしてるという偽装《ぎそう》です」

「とんでもない！」専務は語気《ごき》を強めた。

「現《げん》に、うちは中国の国営企業と懇意《こんい》にしてます」

「さあ、どうかしら」岩崎が首をかしげる。

「たつみ丸の運航《うんこう》記録を調べました。横浜港を出て中国へ向かうのは年に一回あるかないかですね。とても、中国がお得意様《とくいさま》とは言《い》い難《がた》い」

「そりゃあ……」桃田はノロノロと羽織《はお》っている革ジャンパーに袖《そで》を通した。

「いまは少ないですが、将来的には拡大する予定です」

「それにしても奇妙な会社だこと」女性検事は苦《くる》し紛《まぎ》れの言《い》い訳《わけ》を聞き流して再度まわりに注目する。

桃田は口をつぐんだ。検事相手の余計《よけい》なおしゃべりは足《あし》をすくわれると察《さっ》したらしい。

岩崎はかまわずにつづけた。

「商品単価の安い粉ミルクや紙オムツを小型貨物船でわざわざ北朝鮮へ輸出しても採算《さいさん》はとれないでしょう?」

「いま説明しましたよ」桃田が不愉快《ふゆかい》な表情で答える。

「事実上、援助目的ですから、利益は度外視《どがいし》してます」

「それにしたって、船の経費がバカにならない」岩崎は問いただす口調《くちょう》でいった。

「まず、燃料代です。一般的なC重油を使った場合、朝鮮半島への往復には二百万円近くかかる。それに、船のリース料や船員の給与を加えたら出費ばかり膨《ふく》らんで、たつみ丸が出航《しゅっこう》する度《たび》に大赤字となってしまう」彼女は視線をガランとした社内へ巡《めぐ》らせ、そのあと頬傷《ほおきず》の男に固定する。

「イースト・シップライン社がなぜ潰《つぶ》れないのか、とても不思議です」

「いえいえ、どういたしまして。ご心配には及《およ》びません」桃田は女性検事がなにを指摘《してき》するのか、半《なか》ば心得《こころえ》ていた様子《ようす》で苦笑《くしょう》する。

「うちは個人輸入の代理業もしています」

「個人輸入?」

「はい」桃田は真面目《まじめ》くさって頷《うなず》いた。

「例えば、小銭《こぜに》を貯《た》めたOLが海外の化粧品とかサプリメントを買いたくても個人的に輸入するのは難《むずか》しい。中古のアメ車や欧州車《おうしゅうしゃ》を手に入れて日本の道路で走らせる手続きも面倒《めんどう》です。私どもはお客様の要望に合わせ、そういった通関《つうかん》などを代行しています」

「貿易会社としては地味《じみ》な商売ですね。たいした手数料にならないでしょう?」女性検事がすぐさま挑発した。

「当社のモットーは堅実《けんじつ》です」桃田は誇《ほこ》らしげに親指を立てた。

「コツコツとやっていれば、社員の給与とビルの賃料くらいは賄《まかな》えますよ」

「コツコツとね」岩崎は質《たち》の悪い冗談《ジョーク》でも耳にした顔で話題を切《き》り換《か》える。

「たつみ丸が朝鮮半島を出るとき、船倉《せんそう》の積荷《つみに》は何ですか?」

「北朝鮮からは主《おも》に香辛料《こうしんりょう》と民芸品を輸入してます」

岩崎の内部でゴングが鳴《な》った。ノックダウン方式の試合開始だ。

「で、香辛料の卸先《おろしさき》は?」

「検事さん、時間の無駄遣《むだづか》いは止《や》めましょうや」桃田が右頬の傷痕《きずあと》に触《さわ》りながらニヤニヤした。

「もう、調べはついてる。違いますか？」

岩崎は無言《むごん》で厳《きび》しい視線を照射《しょうしゃ》する。

「その顔つきでは、是が非でも、私の口から言わせたいらしい」桃田が肩をすくめる。

「まあ、いいでしょう。隠《かく》し立《だ》てする必要はありません。取引相手は浜龍会《はまたつかい》です」

「北朝鮮に因縁《いんねん》が深い貿易会社と暴力団、いわくありげな組み合わせですね」女性検事は眉根《まゆね》を寄せて反応をうかがう。

「いわく？　やはり、誤解があるみたいだ」桃田はほとほと弱ったという素振《そぶ》りで側頭部《そくとうぶ》を軽くたたいた。

「浜龍会はうちの香辛料を高値《たかね》で引き取ってくれる。それだけのことです」

「まさに、そこが分からない」女性検事は桃田の言《い》い逃《のが》れを許さなかった。

「北朝鮮の香辛料に高い金を払って浜龍会にはどんな旨味《うまみ》がありますか？」

「旨味といわれても……」

「暴力団にまっとうな取引は期待できません。彼らは獲物《えもの》を横取《よこど》りするハイエナと同じで絶《た》えず血まみれの肉を求めている。浜龍会が香辛料を買う裏には暴力団に特有《とくゆう》の思惑《おもわく》があるはずです」

「だったら、直接、訊《き》けばいいでしょう？」桃田はぞんざいな態度で両腕を投げ出した。

「浜龍会の思惑なぞ私は知らないし、関心もありません」

「臭い消しには役立ちますね」岩崎が不意《ふい》打《う》ちの言葉を口にする。

「え？」桃田は戸惑《とまど》いを漏《も》らす。

「香辛料ですよ。船倉《せんそう》にバラ撒《ま》いておけば違法薬物を警察犬の嗅覚《きゅうかく》から隠《かく》し通《とお》せる。船で覚せい剤を運ぶときに使えます」

桃田の顔色《かおいろ》が変わった。ミミズ腫《ば》れ状の傷痕《きずあと》が引きつって伸《の》びる。女性検事はそれを見て直感的に確信した。この男はまちがいなく覚せい剤密輸に手を染《そ》めている。イースト・シップライン社は暴力団員の粘《ねば》っこい息がかかるほど親密な関係をもつ企業舎弟《きぎょうしゃてい》だ。

「なにを言い出すかと思えば……」桃田は一瞬の動揺《どうよう》を呑《の》み込《こ》み、わざとらしく嘆《なげ》いた。

「無茶苦茶《むちゃくちゃ》だな。検事さんが妄想《もうそう》に取り憑《つ》かれるとは驚きです」

「妄想か、それとも的中《てきちゅう》か、たったいま、あなたの態度でハッキリしました」岩崎は相手の惚《とぼ》けた仮面《かめん》に潜《ひそ》む揺《ゆら》ぎを見透《みす》かす。

「心の動きが顔に出てますよ」

「うちが覚せい剤密輸なんて言いがかりも甚《はなは》だしい！」頬傷の男は目を逸《そ》らしながら声だけ荒《あら》げる。

「事実、あんたらがたつみ丸をひっくり返してもシャブは出てこなかった。ちがうか？」

「シャブね。やっぱり」女性検事は微笑《ほほえ》んだ。

「ん？」桃田が面食《めんく》らって疑問符《ぎもんふ》を浮かべる。

「それ、暴力団の隠語《スラング》です。一般人《カタギ》は使いません」岩崎は新たなパンチを繰《く》り出した。

「あなたの素性《すじょう》がよくわかります」

今度は心構《こころがま》えができていたのか、桃田はよどみなく答える。言葉からも棘《とげ》が抜《ぬ》けた。

「土地柄《がら》ってやつでしょう。外面《そとづら》はきれいになりましたが、ここは相変わらず猥雑《わいざつ》な街《まち》でして。

川崎にいればシャブや拳銃《チャカ》なんて言葉は嫌《いや》でも耳に入って来る」桃田は川崎市民が聞いたら激怒しそうなタワゴトを口にする。

「たつみ丸の捜索《そうさく》に立ち会った代理人は江波房子《えなみふさこ》弁護士ですね？」女性検事は次のパンチを準備した。

「あの丸々《まるまる》と肥《こ》えた金満《きんまん》ブタめ」桃田は急に口汚《くちぎたな》く罵《ののし》った。

「おっと、こりゃ失礼。いえね、江波先生からは大《おお》いに社会勉強をさせてもらいました」彼は不《ふ》快《かい》な記憶が蘇《よみがえ》った表情でつづける。

「立会いといっても、要《よう》は捜査の見物《けんぶつ》でしょう？　そのくせ弁護士報酬は目《め》ん玉《たま》が飛び出るほど請求してきた。しかも、あの大先生、たつみ丸への強制立ち入りは違法で、国や県からガッポリ金をふんだくれるとブチ上げていたのに突如《とつじょ》、国家賠償の裁判はできないとぬかしやがって、うちは弁護士報酬を払《はら》い損《ぞん》ですよ。弁護士に下駄《ゲタ》を預《あず》けた結果が泣き寝入りとは……。お偉《えら》い先生はあてになりません。つくづく身《み》に染《し》みました。法律専門家とか聞いて呆《あき》れる」頬傷の男は鬱憤《うっぷん》を吐《は》き捨《す》てた。

　女性検事は脳裏《のうり》にヘビ頭を描《えが》く。江波房子は岩崎との司法取引を守ったようだ。さすがに、弁護士生命まで懸《か》けてヤクザの企業舎弟を金《かね》づるにする度胸《どきょう》はなかったらしい。

　彼女は次の一打《いちだ》へ移った。

「だれの紹介です？」

「えっ？」桃田が驚いた亀《カメ》のように首をすくめる。

「江波弁護士をあなたに紹介した人物はだれかと訊《き》いています」岩崎は決定的な攻撃への布石《ふせき》に

余念《よねん》がない。

「それも先刻《せんこく》、ご存知《ぞんじ》でしょう？」桃田は周囲《あたり》を警戒する亀の目つきで首を巡《めぐ》らせた。

「ご質問の目論見《もくろみ》は測《はか》りかねますが、こっちに疚《やま》しいところはありません。紹介者は浜龍会の塚《つか》沼《ぬま》氏です」

「チンピラ組員とはちがいますね。塚沼栄治《つかぬまえいじ》は若頭《わかがしら》を名乗る浜龍会の大物です」女性検事は紹介者の黒い人物像《じんぶつぞう》を強調した。

「なにか問題でも？」桃田がムッとして反駁《はんばく》する。

「弁護士の紹介を知り合いに頼んでどこが悪いのやら。しごくあたりまえの話だ」

「ただの知り合いですか？」岩崎は鋭利《えいり》な刃《やいば》を皮肉《ひにく》っぽい口調《くちょう》に包んで頬傷の男へぶつける。

「は？」桃田が目を瞬《しばたた》いた。

「北朝鮮の怪《あや》しげな香辛料を高値《たかね》で買ってもらったり、貨物船の強制捜査では弁護士をあてがわれて、あなたはさしづめ塚沼栄治の男妾《おとこめかけ》ね」女性検事は相手をことさら挑発《ちょうはつ》する。

「よしてくれ。そっちの趣味はない。反吐《ヘド》が出そうだ」桃田は両手で口を押さえる真似《まね》をした。

「妾じゃなければ義兄弟《ぎきょうだい》かしら」岩崎はニコリともしない。

「江波弁護士が裏社会の関係を教えてくれました」

「江波が……、関係ってなんだ？」桃田の視線は不安げに天井《てんじょう》をさまよう。

「ここ、イースト・シップライン社には浜龍会の若頭と兄弟分《きょうだいぶん》の盃《さかずき》を交《か》わした極道者《ごくどうもの》が潜《ひそ》んでいる。心当《こころあ》たりがあるでしょう？」

「心当たり？」頬傷の男は猜疑心《さいぎしん》に充《み》ちた顔を向ける。

「ええ。なぜかといえば、あなた自身が塚沼栄治と命を預け合う誓いを立てた当《とう》の本人だからよ」

「検事さん、言葉には気をつけてほしいね」桃田が内心の乱れを強気の語調《ごちょう》で押し隠す。

「こちとら、れっきとしたビジネスマンだ。ヤクザもんに兄弟はいない」

「笑わせないで」女性検事は片手《かたて》のひと振りで相手を封《ふう》じた。

「まともなビジネスマンが弁護士の紹介を暴力団幹部に頼むと思う?」彼女は頬傷《ほおきず》の男をリングコーナーへ追い込《こ》む。

「人様《ひとさま》をなんだと思ってやがる?」桃田は歯を食いしばった。

「塚沼栄治と同じ穴のムジナだわ」岩崎は地中《ちちゅう》深く埋《う》もれた化《ば》け物《もの》をズルズル引《ひ》っ張《ば》り出すように桃田の奇怪《きっかい》な正体を暴《あば》き立てる。

「あなたは貿易会社を隠《かく》れ蓑《みの》にした浜龍会の構成員ね。そして、イースト・シップライン社も浜龍会と癒着《ゆちゃく》するフロント企業よ」

「全部デッチ上げだ!」桃田の怒りが沸点《ふってん》を越えて迸《ほとばし》る。

「そう?」女性検事は冷《ひ》ややかに返した。

「いくら根も葉もない与太話《ヨタばなし》とはいえ、個人ばかりか会社まで悪《あ》し様《ざま》にいわれては信用棄損《きそん》も甚《はなは》だしい」桃田は体中の毛穴から敵意を発散《はっさん》した。

「あんた、目的はなんだ? 人の会社へズカズカと踏《ふ》み込《こ》んで、あることないこと口走《くちばし》り、これは一体、何の騒ぎだ? 国の方針に反して北朝鮮と交易する当社への露骨《ろこつ》な嫌《いや》がらせか」

「嫌がらせ? 特捜部はそれほどヒマじゃないわ」女性検事が桃田の穿《うが》った憶測《おくそく》を軽くいなす。

「わたしがここに来た理由は外為法違反《がいためほう》の捜査です。覚せい剤がらみのね。あとひとつ」彼女はさらりといった。

「殺人よ」

「なんだと！　殺《ころ》しだって？」頰傷の男は顔をひしゃげさせた。

「あんたら特捜検事が殺人事件を……。まさか」桃田は神経質に目を擦《こす》った。東京地検特捜部が手がけるのは血なまぐさい凶悪事件でなく贈収賄《ぞうしゅうわい》や脱税などホワイトカラー犯罪だけという思い込みを覆《くつがえ》されて、驚いた表情には危惧感《きぐかん》が色濃《いろこ》く滲《にじ》んだ。

「特捜部を甘く見ないで」岩崎はたたみかける。

「わたしたち検事は警察とちがってオールラウンド・プレイヤーなの。外為法違反とはいえ捜査の過程で死体が見つかれば当然、関連事件になる。ハロウィン虐殺では十一人もの犠牲者が出た」

「知るか。うちには無関係だ」桃田が防備《ガード》を固めた顔でつっけんどんにいう。

「そんなすっ呆《とぼ》け、通用しないわよ」女性検事は桃田の鎧《よろい》を打ち砕《くだ》いた。

「銃撃事件はたつみ丸の目と鼻の先で起きている。そして、現場には死体といっしょに覚せい剤の粉末《ふんまつ》が散乱《さんらん》していた。おそらく、たつみ丸から陸揚《りくあ》げした覚せい剤を囲んで商談中《しょうだんちゅう》に襲《おそ》われたのでしょう」彼女はハロウィンの虐殺を言葉で素描《そびょう》し、大量殺人のあからさまな構図《こうず》を桃田に突きつけた。

「たつみ丸から……」桃田が呻《うめ》く。

「取引の場所と状況を判断すると、覚せい剤はたつみ丸が運んできた北朝鮮産の密輸品以外に考えられない。銃撃をうけた売人たちも十中八九《じっちゅうはっく》、イースト・シップライン社の人間だと思う」

頬傷の男は蒼《あお》ざめて貧乏《びんぼう》ゆすりを始めた。

「襲撃犯については……」女性検事が首をかしげる。

「敵対グループだけでなく、内部抗争も視野《しや》に入れないと。欲の皮がパンパンにつっぱった悪党は躊躇《ちゅうちょ》せず仲間を裏切るから。どう？　身《み》に覚《おぼ》えがあるでしょう？」彼女の視線はメラメラ燃える火矢《ひや》となって相手を貫《つらぬ》いた。

「自分が口にした事《こと》の重大さをわかっているか？」桃田の蒼白《そうはく》な顔色は血が逆流したように赤く変わった。

「もちろん」岩崎は前髪をかき上げた。

「そろそろ、あなたのアリバイを確かめるべきね。ハロウィンの夜はどこにいたの？」

桃田は無言《むごん》で貧乏ゆすりをつづける。足の揺《ゆ》れが激しくなってローテーブルにぶつかる寸前《すんぜん》、動きはピタリと止まった。彼は特異点《ブラックホール》を突き抜《ぬ》けた顔で柔《やわ》らかな物腰《ものごし》に豹変《ひょうへん》する。

「その日なら一人《ひとり》わびしく会社に残って仕事でした」桃田は穏《おだ》やかに答えたが、両目はどす黒《ぐろ》く光り、全身から不気味なオーラを放射《ほうしゃ》させている。

「つまり、アリバイを証明できないのね」女性検事は言外《げんがい》に有罪を宣告した。

「これでも、私は正直に話してます」桃田が右頬の肉塊《にくかい》を親指でゆっくりなぞる。

「ハロウィンが終わって、街《まち》じゃ早々《はやばや》とクリスマス商戦らしい」彼はミミズ腫《ば》れ状の傷痕をつまみ、冷凍保存《れいとうほぞん》された死体のような顔色《かおいろ》で訊《たず》ねた。

「娘さんへのプレゼントは決めましたか？　幼稚園くらいの子どもにとって、クリスマスは正月のお年玉とならぶイベントだ。さぞ、心待《こころま》ちにしてるでしょう」

岩崎は身体《からだ》が強張《こわば》った。心臓に八〇万ボルトの電圧銃《スタンガン》を押しつけられた気分だ。この連中は美《み》沙《さ》の存在を知っている。娘を脅《おど》しに使うつもりか？　喉元《のどもと》に恐怖が込《こ》み上げた。

「なぜ、娘を！　一体、どこで調べたの？」岩崎はジリジリする焦燥感《しょうそうかん》に急《せ》き立てられて詰問《きつもん》した。不覚《ふかく》にも声が震《ふる》える。

「調べた？　滅相《めっそう》もない。私のあてずっぽうですよ」頬傷の男は取《と》り乱《みだ》している女検事を満足気《まんぞくげ》に見やった。

「検事さんの見《み》た目《め》から幼稚園に通う子どもがいてもおかしくない。そう思っただけです。偶然にも当《あ》たりましたか。いわば想像力の産物《さんぶつ》と……」

「ごまかしは止《や》めなさい！」岩崎が強く遮《さえぎ》った。

「そんな偶然を信じるのは底抜《そこぬ》けの楽天家《らくてんか》か正真正銘《しょうしんしょうめい》の愚《おろ》か者ね」

「私の話をどう捉《とら》えても、そちらさんの自由だが、ただの山勘《やまかん》に興奮しすぎですよ」桃田は黄ばんだ歯を見せ、逆転した立場を楽しむ口ぶりで嘲《あざけ》った。

「しかし、女性が活躍する社会に踊《おど》らされた勘違《かんちが》い女には困ったものだ。キャリア・ウーマンを気取《きど》って家庭はほったらかし。とばっちりを受けるのは子《チ》ども《ビ》たちだよ。母親が仕事に感《かま》けている間、一人《ひとり》ぼっちの子どもには惨《むご》い事故や事件の不安がつきまとう。世の中、危険と悪意がいっぱいだからな。霊安室《れいあんしつ》の亡骸《なきがら》を前に後悔《こうかい》したって手遅《ておく》れだろ。検事さんも仕事熱心はほどほどにしないと、一瞬、目を離したすきに娘は死ぬぜ」頬傷の男は意味ありげにニタッと笑う。

岩崎は猛然《もうぜん》と立ち上がった。

「娘に手を出したら容赦《ようしゃ》しない。地獄の果《は》てまで追いつめてやる！」彼女は母親ライオンの目で陰湿《いんしつ》な脅迫者を威嚇《いかく》した。

「実《みの》りのないおしゃべりは嫌《きら》いでね」桃田はソファーでゆったりと脚《あし》を組み、女検事を仰《あお》いだ。

「私の忍耐《にんたい》も限界に近づいた。これ以上、任意捜査への協力はお断《ことわ》りします。即刻《そっこく》、出て行ってもらいましょうか」彼はドアを指さした。

「検事さんが不退去罪《ふたいきょざい》を犯《おか》してはシャレになりませんよ」

「あなたとはまた会うことになる。検察官バッジに誓ってもいいわ。それを覚《おぼ》えておきなさい」

岩崎はひとしきりにらみつけたあと目線を切った。

「今度いらっしゃる際《さい》は令状をお忘れなく。でないと門前払《もんぜんばら》いだ」桃田は女検事の背中へ冷笑《れいしょう》を浴《あ》びせた。

岩崎がドアに手を伸《の》ばしたとき、開いた扉から女性事務員が入って来る。

「ただいま。横浜税関へ行ってきました。あと、お買い物」彼女は文具店の紙袋をかかげた。

岩崎は思わず声を上《あ》げそうになる。野暮《やぼ》ったい水色の事務服に身を包《つつ》んだ若い女は麻薬Gメンの佐々木由佳《ゆか》だった。


晩秋《ばんしゅう》の夕暮れは早い。あかね色の空はたちまち暗《くら》くなった。陽《ひ》が落ちて、川崎の街は街灯《がいとう》や店舗の明かりに照《て》らし出される。岩崎は二杯目のコーヒーを飲みながら窓の外へ注意を向けていた。歩道に面した喫茶店からは貿易会社へ通じる四つ角が見渡せた。午後六時を過ぎて、人の流れは川崎駅の方角につづく。ほぼ十分後、髪の長い痩《や》せた女性の姿が視界《しかい》に入った。岩崎は会計を済《す》ませると店を飛び出して足早《あしばや》に追う。佐々木由佳は厚手《あつで》のセーターにジーンズ、スニーカーを履《は》いてデニム地《じ》のリュックを背負《せお》っている。コートは着ていない。女性検事が隣《となり》に並《なら》んだ。

「どういうこと？」岩崎は硬《かた》い声で問いかけた。

「ちょっと離れてよ。だれかに見られたらどうするの」佐々木由佳は前方を向いたままだ。

「そうはいかない」女性検事は横目で咎《とが》めた。

「最初に会った時、イースト・シップライン社なんて知らないといってたでしょ？」

「潜《もぐ》りをペラペラしゃべるバカはいないわ」佐々木が細い肩をすくめる。

「あなた、潜入捜査官《アンダーカバー》なの？」岩崎は立ち止まった。

「一時間後、ニューコンチネンタルのロビーで」女性Gメンはそう言い残すとわき道を曲《ま》がる。

岩崎は腕時計に視線を落とし、川崎駅の方向へ歩いた。


桃田《もも た》清《きよし》は無人の社内で携帯を操作する。

「私です。例の女検事が会社に来ました」彼は相手が出ると報告を始めた。

「もちろん、ぬかりはありません。いただいた情報が大《おお》いに役立ちましたよ。あの女の弱みはまちがいなく娘です」頬傷の男は自信に充《み》ちた口調《くちょう》でいった。

「ねっちりと脅《おど》してやりましたから身に染《し》みたでしょう。いまごろ震《ふる》え上《あ》がっているはずです。検事などと偉《えら》ぶっても裸《ハダカ》にひん剝《む》けば所詮《しょせん》、ただの女だ」

みなとみらいは仮想空間のような光で溢《あふ》れていた。ランドマークタワーのすぐ先にヨットの白い帆《ほ》を模《も》した巨大な高層ホテルが海へせりだす格好《かっこう》で建っている。

岩崎がニューコンチネンタルホテルに着いたとき、豪華《ごうか》なロビーでは結婚式リハーサルの真《ま》っ最中《さいちゅう》だった。正面の階段に赤い絨毯《じゅうたん》が敷《し》かれ、ウエディングドレスの新婦はホテル係員から立ち位置をあれこれ指示《しじ》されている。普段着《ふだんぎ》の新郎は神妙《しんみょう》な面持《おもも》ちでニコニコ顔の花嫁に寄《よ》り添《そ》っていた。女性検事はフロント近くのベンチソファーへ腰を下《お》ろす。自由が丘キッズルームに電話して美沙の様子を訊《き》き、九時には迎《むか》えに行きますと伝《つた》えた。早く娘の元気な姿を見て安心したい。

佐々木由佳は時間ぴったりにロビーへ入ってきた。岩崎が立ち上がる。

「外に出ましょう」麻薬Gメンはさっさと歩きだした。

二人の女性捜査官は横浜港を往復する水上バスの船着き場へつながる側面《そくめん》エントランスに出た。強い海風が吹きつける。

「寒くない？　やっぱり若いわね」岩崎は軽装《けいそう》の佐々木由佳を見た。

「あたし、会社では鈴木直美《すずきなおみ》と名乗っているの」厚生局《こうせいきょく》の麻薬取締官《まやくとりしまりかん》は偽名《ぎめい》を打ち明けた。時間を無駄にするつもりはないらしい。

「イースト社での潜入捜査官《アンダーカバー》はいつから？」女性検事も真顔《まがお》になる。

「六ヵ月ほど」佐々木が即答《そくとう》した。

「半年？　そんな長く……」岩崎の声には軽い驚きがまじる。

「潜《もぐ》りは先が見えない任務だから」麻薬Gメンに気負《きお》いはなかった。

「アンダーカバーに必要なのは尻尾《しっぽ》をつかまれない慎重《しんちょう》さとひたすら粘《ねば》る根気《こんき》。白アリみたいなものよ。犯罪組織の内部から少しずつ侵食《しんしょく》して土台を腐《くさ》らす。どこに潜《もぐ》っているかは仲間にもしゃべらない。あたしの潜入先《せんにゅうさき》を知っていたのは班長だけ」佐々木は歴戦《れきせん》の女兵士を思わせる顔つきでいった。

「イースト社には手を焼いたわ。とくに専務が用心深くて。肝心《かんじん》な話はいつも社長室でヒソヒソやっている」

「今回の取引情報はあなたが？」岩崎は確かめずにはいられなかった。

「ええ」女性Gメンがうなずく。

「前々からイースト社には覚せい剤密輸の疑いがあった。でも、たつみ丸を強制捜査するだけの証拠はない。それこそ会社のゴミまで回収したけど……。で、直接、取引現場を押さえることにしたの」彼女は風に乱《みだ》れた長い髪を頭の一振《ひとふ》りで整《ととの》える。

「盗聴器《マイク》の許可は見込《みこ》み薄《うす》だった。横浜《こ》の令状部も融通《ゆうずう》が利《き》かない坊《ぼう》やばかり」佐々木は眉をひそめた。裁判所の令状部は若い判事補《はんじほ》たちが担《にな》っている。逮捕状の発布《はっぷ》は深夜も行われ、令状裁判官には交代制で泊《と》まり込《こ》みがあるからだ。彼ら若手裁判官は実務経験に乏《とぼ》しく、時《とき》として杓《しゃく》子定規《しじょうぎ》な判断で令状請求を却下《きゃっか》し、捜査官の不評《ふひょう》を買っていた。

「あたしはアルバイトで採用されて社長や専務にせっせと媚《こび》を売り、断片的《だんぺんてき》な会話を寄せ集めて取引の日時と場所を特定した。それが……」佐々木は一呼吸《ひとこきゅう》、間《ま》を開《あ》ける。

「ハロウィンの夜ね」岩崎が先にいった。彼女はあらためて麻薬Gメンを見つめた。学生っぽい風体《ふうてい》をした痩《や》せっぽちの同性は実に優秀な潜入捜査官《アンダーカバー》だ。佐々木由佳は危険を顧《かえり》みず単独で敵地《てきち》に飛び込み、覚せい剤の闇取引《やみとりひき》を焙《あぶ》り出した。

「苦労してつかんだ情報《ネタ》よ。確証がなくても踏《ふ》み込んでみる価値はあった。だけど、その結末《けつまつ》ときたら……」女性Gメンは辛《つら》い惨劇《さんげき》を振り返るように夜の海へ視線を向け、唇《くちびる》を噛《か》んだ。

「あなたのせいじゃないわ」岩崎が相手の背中にそっと触《ふ》れる。

「短機関銃《サブマシンガン》の銃撃を受けるなんて、だれに予想できるの？」

佐々木はしばらく無言《むごん》だった。再び口を開《ひら》いたとき、彼女の表情から弱さは消えていた。

「結局、覚せい剤とイースト・シップライン社のつながりは分《わ》からずじまいだった。あたしは会社に戻って、一《いち》からやり直しよ。班長や仲間の死を無駄《むだ》にしないためにも今度こそ現場を押さえてやる」

「会社へ舞《ま》い戻って大丈夫《だいじょうぶ》？」女性検事が懸念《けねん》を表《あらわ》す。

「襲撃時、顔を見られたでしょう？　イースト社に襲撃グループの内通者《ないつうしゃ》がいたら、あなたの身分はもうバレている」

「いいえ、その心配はないわ」女性Gメンは岩崎の視線を受けとめた。

「班長から指示《しじ》をうけて後方支援《バックアップ》へ回ったとき、あたしは風よけでマスクをしたの。髪は帽子の中に押し込んでいたし、後ろから殴《なぐ》り倒《たお》されたから顔は見られてないと思う。会社でも社長や専務の態度はこれまでと同じ、あたしなんか毎日セクハラの的《マト》よ。昨日《きのう》だって、一晩《ひとばん》五万円で愛人になれと社長が言《い》い寄《よ》ってきた」痩《や》せっぽちの女性Gメンはうんざりと首をすくめる。

「そう」岩崎は逆に安堵《あんど》した。若い潜入捜査官《アンダーカバー》は疑《うたが》われていないようだ。彼女は次の質問に移《うつ》った。

「イースト社の内幕《うちまく》を教えて」

「社長の戸村勇作《とむらゆうさく》は在日系の知り合いを通《つう》じて北朝鮮と太いパイプがある。イースト社も朝鮮半島との貿易を目的に設立された会社みたい」

岩崎は桃田の話を思い出した。会社設立の経緯《けいい》はほぼ一致《いっち》している。

「貿易といっても実態は覚せい剤の密輸だけど」麻薬Gメンは瞳《ひとみ》に怒りを湛《たた》えた。

「ハロウィン事件後、社長は機嫌《きげん》が悪い。些細《ささい》なミスで社員を怒鳴《どな》り散らして……。覚せい剤を横取《よこど》りされたことがよほど悔《くや》しいのね。社長はたつみ丸を早く出港《しゅっこう》させたくてイライラしっぱなし。新たな覚せい剤密輸でハロウィンの損失《そんしつ》を取り戻すつもりでしょう。こっちも次の入荷《にゅうか》を待ってる。それがイースト社に手錠《ワッパ》をかける事実上、最後のチャンスとなるはず」佐々木はリュックの肩ベルトを調節して手前に引く。

「検事さんが会った専務の桃田清は見かけどおり危《あぶ》ないやつ」彼女は指で右頬に斜《なな》めの傷を描《えが》いた。

「桃田はたつみ丸の運航《うんこう》スケジュール管理など実際上、会社を動かしている。でも、彼の役割はそれだけじゃない。あいつはイースト社と暴力団をつなぐ蝶番《ちょうつがい》よ」

「浜龍会《はまたつかい》ね」女性検事の目が光った。

「表向《おもてむ》きは香辛料の卸先《おろしさき》だから堂々《どうどう》と連絡できる」麻薬Gメンは長い髪を手櫛《てぐし》で軽く梳《す》いた。

「桃田の連絡相手は塚沼栄治《つかぬまえいじ》かしら?」岩崎の眼前《がんぜん》に凶暴なウサギ顔が浮かぶ。

女性Gメンはよく知ってるわねという表情で答えた。

「浜龍会の若頭《わかがしら》からはしょっちゅう電話があって……」

「二人はどんな話を？」岩崎が発《はっ》した質問は麻薬Gメンの声に重《かさ》なる。

「話題はいつも女とギャンブル」佐々木が軽蔑《けいべつ》を含《ふく》んだ口ぶりでいう。

「毎度《まいど》、モノにした女の身体《からだ》と競輪競馬の儲《もう》けを自慢《じまん》しあっている」

「まあ、白い粉《こな》の裏取引を社員の前で話すバカはいないわね」岩崎がため息をつく。

「ここからが潜《もぐ》りの真骨頂《しんこっちょう》よ」女性Gメンは強い語調《ごちょう》で自分を鼓舞《こぶ》した。

「専務は自信過剰《かじょう》な傲慢男《ごうまんおとこ》。そのうち口をすべらせるかもしれない。必ず取引日を調べ出《だ》すわ」

船着き場のぷかり桟橋《さんばし》に山下公園を出発した水上バスが横づける。小型の周遊船《しゅうゆうせん》はガルウィングドア型の透明《とうめい》な屋根で海からベイブリッジや大観覧車の景色を楽しめた。若い男女がゾロゾロ下船して周囲は急に華《はな》やいだ。岩崎たちはわずかに離れる。二組のペアがホテルに入り、残りのグループは賑《にぎ》やかな声を上げながら駅へ向かう。

静かになったエントランスで、佐々木由佳は中断した話を再開する。

「あたし以外に社員は三人、二十代ふたりと三十代ひとりの男性社員で化粧品や栄養錠剤《サプリメント》の輸入代行をチマチマやらされている」

「そういえば、桃田が個人輸入の代理も仕事だといってた」岩崎は前髪を払った。不揃《ふぞろ》いな事務デスクの列が脳裏《のうり》に蘇《よみがえ》る。

「三人は会社の体裁《ていさい》づくりで雇《やと》われたらしい。彼らは覚せい剤の密輸をなにも知らないと思う」

「社員はそれだけ？」岩崎が訊《たず》ねる。

「正規の社員としてはね」佐々木は微妙《びみょう》な言い方をした。

「他にアルバイトでもいるの？」

「ちょっとちがう」女性Gメンは指を振った。

「イースト社は見るからに怪《あや》しい。得体《えたい》のしれない男が何人も出入りしている。専務が小遣《こづか》いを渡してるみたいよ。たつみ丸の船員も船長と機関長を除《のぞ》けば、一回の航海《こうかい》ごとに専務が選んでいるし、密売《みつばい》仲間を紛《まぎ》れ込《こ》ませる手段はいくらでもあるから」

「殺された売人《ばいにん》に橋本忠雄《はしもとただお》という防衛省の元役人がいた。聞き覚《おぼ》えある?」岩崎は一縷《いちる》の望みを懸《か》けた。

「いいえ、まるで知らない名前。それに……」佐々木が眉《まゆ》をひそめる。

「殺害現場で死体をざっとチェックしたけど、会社で見かけた男たちはいなかった。というより、顔がグチャグチャで判別《はんべつ》不能だったの」

「でしょうね」女性検事も沈痛《ちんつう》な表情に転じる。若い刑事から見せられた遺体《いたい》写真の多くは顔面《がんめん》へ銃弾を撃ち込まれ悲惨な様相《ようそう》だった。いまだに売人とイースト社を結ぶ線は浮かばない。

強い風にもかかわらず、辺《あた》りの空気が重くなった。岩崎は所在《しょざい》なげに足踏《あしぶ》みする。

「こんなところで陰気《いんき》な顔を見せ合ってもね。売人のお通夜《つや》は止《や》めない?」女性Gメンは閉塞感《へいそくかん》を断《た》ち切るように瞬《まばた》きして、そのあと目を狭《せば》めた。

「検事さん、あたしが会社へ戻った時、何と言ったか覚《おぼ》えてる?」

岩崎は記憶を探《さぐ》り、野暮《やぼ》ったい事務服姿の佐々木由佳を呼び起こす。

「……横浜税関?」

「今日、専務にいわれて通関手続きの書類をもらってきたの」麻薬Gメンの瞳《ひとみ》に闘志《とうし》が燃える。

「たつみ丸の出航《しゅっこう》は案外、近いかもしれない。どう? 最新情報としては悪くないでしょ?」

「出港日が決まったらすぐに知らせて」女性検事の目も輝《かがや》く。

「ひとつ、条件がある」佐々木は対岸《たいがん》の神奈川県警本部ビルへ厳《きび》しい視線を向けた。

「ここで会ったことも含《ふく》めて、あたしの潜《もぐ》りは県警に一切《いっさい》しゃべらないで。この件はあたしたちが決着《ケリ》をつけるから」

今度は、岩崎が暗い海を見つめる。厚生局《こうせいきょく》麻薬取締部《マトリ》と警察の軋轢《あつれき》は法執行機関の間であまねく知れ渡っていた。麻薬取締部《マトリ》は厚生局の片隅《かたすみ》にへばりつく見すぼらしい準警察部門で大麻《マリファナ》や覚せい剤など薬物事犯の捜査が専門だ。山椒《さんしょう》は小粒《こつぶ》でもピリリと辛《から》いをお題目《だいもく》に麻薬取締部《マトリ》は自分たちの存在価値を世間へアピールしようと必死だった。彼らが狙《ねら》う主《おも》な標的《ターゲット》はマスコミ受けする芸能人とスポーツ選手、そして、警察官の薬物中毒者《ジャンキー》である。麻薬取締部が東京の現職警官を覚せい剤使用で逮捕したときは大騒ぎになった。麻薬Gメンたちは仰々《ぎょうぎょう》しく桜田門の警視庁へ乗り込み、目についた書類を片《かた》っ端《ぱし》から押さえ、彼らは怒気色《どきいろ》の顔をした警官らが居並《いなら》ぶ中、ダンボール箱を抱《かか》えて意気揚々《いきようよう》と引き上げていった。警視庁幹部は謝罪会見の場で屈辱的《くつじょくてき》なバッシングをうける。その報復《ほうふく》としてか、数ヵ月前、警視庁は横浜分室の麻薬Gメンを逮捕した。捜査報告書の不実記載《ふじつきさい》を理由とする、いささか強引な公文書偽造罪だ。いまや、麻薬取締部《マトリ》と警察のいがみ合いは泥沼化《どろぬまか》していた。佐々木由佳は逮捕者を出した横浜分室の所属であり、警察への反感も理解できる。それに、佐々木はイースト社の潜入捜査官《アンダーカバー》だ。彼女の条件を拒んで貴《き》重《ちょう》な情報源を失うわけにはいかない。

「わかった。約束する」岩崎は緊張を解《と》いた。

「これで、検事さんもあたしの共犯ね」痩《や》せっぽちの麻薬Gメンは女性検事の肩をコツンと突くと長い髪をなびかせて走り去った。

8

朝のダイニングキッチンに防犯ブザーが大音量で鳴り響いた。

美沙が急《いそ》いでスイッチを切る。

「使い方、大丈夫《だいじょうぶ》ね？」母親は娘の手元《てもと》を見やった。

「うん、バッチリ」美沙がVサインを出す。

岩崎は防犯ブザーを幼稚園バッグの肩ベルトに括《くく》り付《つ》け、予備を制服のポケットへ入れた。

「みっちゃん、知らない人についていっちゃ絶対ダメよ」

「わかってます。あたしは年少《ねんしょう》さんじゃありませんよ。もう年中《ねんちゅう》組なんだから」

岩崎は四歳の娘をじっと見つめた。母親の心配など何も知らず、無邪気《むじゃき》にふくれっ面《つら》をしている。

「もし、お母さんが事故で大ケガして、病院へ運ばれたと言われたらどうする？」

「えっ、おかあさんがケガを……」美沙は驚いた顔で口ごもる。娘は困ったように母親を見上げた。

「悪い人はそうやって子どもを連れて行くの」岩崎が優《やさ》しく諭《さと》す。

「誘拐《ゆうかい》はほんと怖《こわ》い。自分ひとりで決めないこと。必ず、幼稚園の先生やキッズルームの先生に話して本当かウソか確かめてもらいなさい」

「じゃ、知らない人が声をかけてきたら先生に聞けばいいんだね？」美沙が真剣にいった。

「そうよ」母親は娘の両肩に手を乗せる。

「おかあさん、そんな簡単にケガしないから」

美沙は少しだけ緩《ゆる》んだ表情でうなずいた。

「そろそろ、お迎《むか》えのバスね」岩崎は白いマフラーと幼稚園の制帽《せいぼう》を娘に渡す。


女性検事は幼稚園の送迎《そうげい》バスを見送ったあと、駅へ歩き出した。頰傷男《ほおきずおとこ》の脅《おど》し文句《もんく》がずっと心に引《ひ》っ掛《か》かっている。一体、どこから岩崎の個人情報が漏《も》れたのか？　検察官の住所や家族構成はすべて部外秘《ぶがいひ》で、厳重《げんじゅう》に管理されている。だが、桃田《ももた》清《きよし》は娘への危害《きがい》をチラつかせてイースト社から手を引くように求めてきた。彼が検察の内部情報にアクセスできるとは思えない。岩崎の家族関係を桃田に知らせた協力者がいるのだ。そいつこそ頰傷男を背後《はいご》で操《あやつ》る黒幕の可能性もあった。岩崎は眉間《みけん》に縦皺《たてじわ》を刻《きざ》む。疑惑《ぎわく》の前方に現《あらわ》れたのは嫌味《いやみ》な防衛役人だった。恩師の稲《いな》垣史郎《がきしろう》は川原寛保《かわはらひろやす》が防衛省の情報本部に所属する秘密メンバーだと教えてくれた。諜報部門《ちょうほうぶもん》の監視ネットワークを自由に使える川原なら岩崎の身上《しんじょう》関係を調べ出すことくらい簡単だろう。美沙の件をきっかけに、防衛官僚とイースト・シップライン社の桃田が黒い線《ライン》でつながった。女性検事はハロウィン事件の裏で暗躍《あんやく》する冷酷《れいこく》な首謀者《しゅぼうしゃ》を垣間《かいま》見た気がして背すじに戦慄《せんりつ》が走った。

私鉄駅からいつもの通勤電車に乗る。とにかく、いまは娘を守ることが最優先だ。検察官の子どもを拐《さら》ったり、襲《おそ》うなど狂気の沙汰《さた》で、ふつうは凶悪犯でさえ尻込《しりご》みする。しかし、相手は麻薬取締官《マトリ》も含《ふく》む十一人を短機関銃《サブマシンガン》でハチの巣にしたような連中だ。追いつめられたら何をするかわからない。岩崎は外へ顔を向けた。車窓《しゃそう》には緑に囲まれた閑静《かんせい》な住宅街が流れていく。女性検事の目は景色《けしき》を見ていなかった。もし、美沙や、あるいは岩崎自身が襲われる場合、実行犯はだれか？　三人の男が浮かぶ。イースト社の桃田清、彼と兄弟分に立つ浜龍会《はまたつかい》の塚沼栄治《つかぬまえいじ》。ウサギ顔の若頭《わかがしら》は検察官の血で手を汚《よご》さないと保証していたが、ヤクザの口約束《くちやくそく》など幽霊《ユウレイ》会社の振り出す空手形《からてがた》と同じだ。信用性ゼロである。そして、三人目は若頭をガードする巨漢《きょかん》の若い用心棒。この三人なら女、子どもを殺すことに砂つぶほどのためらいも感じないだろう。

自由が丘駅から、岩崎は霞ケ関へ向かう地下鉄に乗り換えた。車内にはひまわりバッジを襟元《えりもと》に留《と》めた弁護士の姿が目立《めだ》つ。たしかに、弁護士の数は急増している。とりわけ、若手弁護士は仕事の奪い合いで大変らしい。おまけに、パイ《パイ》そのものがどんどん小さくなっていた。平成の司法改革後、弁護士業界は近接職種《きんせつしょくしゅ》から大規模な侵略をうける。かつて、法廷は弁護士の独壇場《どくだんじょう》だった。ところが、安い法的サービス導入の政策で弁護士たちを守る訴訟《そしょう》エリートの壁は崩壊《ほうかい》し、低料金を掲《かか》げた書士《しょし》集団が押し寄せ、たちまち簡易裁判所の民事法廷は司法書士に占領されてしまった。いまや、弁護士の独占市場は刑事裁判だけに縮小《しゅくしょう》している。巷《ちまた》では、司法試験に合格しながら弁護士バッジを持てない法曹難民がゴロゴロしていた。

女性検事は陰気《いんき》な顔をした弁護士たちより、更に深刻な表情で吊《つ》り革《かわ》を握《にぎ》る。現時点で警察の保護を求めることはさすがに無理があった。桃田清は具体的な脅迫の言質《げんち》を口にしていないから。警察が動く要件、差《さ》し迫《せま》った不正な侵害に欠《か》ける。しかし、美沙の安全を確保するには至《し》急《きゅう》、ヤクザどもの暴走を封《ふう》じなければ……。地下へ入った電車の窓をぼんやりと見つめる岩崎の心眼《しんがん》が徐々《じょじょ》に焦点《しょうてん》を合わせた人物は若い刑事のタブレットに写《うつ》る上品な老人だった。刑事の言葉がオーバーラップする。浜龍一家《はまたついっか》の三ヵ条！　女性検事は途中下車して携帯を取り出すと事務官の吉永《よしなが》に連絡した。

無風《むふう》の穏《おだ》やかな昼下がり、鎌倉市の七里《しちり》ガ浜《はま》に沿《そ》った海岸通りを少し外《はず》れた公園では、保育所から引率《いんそつ》されて来た子どもたちが噴水《ふんすい》の周《まわ》りで遊んでいる。

楠元龍央《くすもとたつお》は和服の上に象牙色《ぞうげいろ》のガウンを羽織《はお》ってグラスファイバー製の杖《つえ》をつきながら公園へ入った。背後には、口ひげを生《は》やしたスーツ姿の中年男が控《ひか》えている。自宅療養中《りょうようちゅう》の楠元は昼食後、公園まで散歩し、子どもたちが元気に遊ぶ様子《ようす》を遊歩道《ゆうほどう》のベンチからながめる一時《ひととき》が楽しみだった。いつもの指定席に向かった老人は戸惑《とまど》い顔で足を停《と》める。ベンチには黒いコートを着たなかなかの美人が座っていた。口ひげの男が前へ進む。

「そこは予約席だ。どいてくれ」

「おい、工藤《くどう》、野暮《やぼ》は言うな。みなさんの公園だぞ」楠元はボディガード兼《けん》世話係の手下《てした》をたしなめた。

美人がさっと立ち上がる。

「どうぞ、お座り下さい。楠元龍央さんですね。お待ちしていました」

「ワシを待っていた……」老人はつぶやきながらベンチに腰を下《お》ろすと、正体不明の女へ鋭い視線を投《な》げた。

「お嬢《じょう》さんは警察《サツ》の方《かた》かな？」

「いいえ、検察官です。東京地検の岩崎といいます」美人が身分を告げる。

「検事さんがワシみたいな老《お》いぼれに何の用じゃ？」

「県警で聞きました。あなたが社会のダニにしては道理《どうり》の分かる人物だという話を」岩崎は和《なご》やかな顔できわどい言葉を放《はな》った。

「ダニ？」老人がポカンとする。

「暴力団は反社会的なダニ集団です」女性検事の目に臆《おく》した色はない。

口ひげの男は肩を怒《いか》らせて凄《すご》んだが、楠元は鷹揚《おうよう》に笑った。

「これは正直な検事さんじゃ。それに、なかなか面白《おもしろ》い見解《けんかい》だな。いかにも、ワシはダニの親分じゃよ。で、あんたはダニをつぶしに来たのかね？」

「わたしは、いま、横浜を舞台《ぶたい》にした覚せい剤の密輸を追っています」岩崎は老人の反応に注目した。

「シャブだと？」楠元の声に嫌悪《けんお》らしき感情がまじる。

「だったら他をあたりなさい。ワシのところへ来るのはお門違《かどちが》いじゃ。ワシは極道《ごくどう》もんだが、これまで渡世《とせい》の道を踏《ふ》み外《はず》したことはない」

「浜龍一家の三ヵ条ですか？」女性検事は会話の糸口《いとぐち》を探《さぐ》った。

「ひとつ、仁義《じんぎ》を貫《つらぬ》け。ふたつ、女や子どもを泣かせるな。みっつ、クスリには手をだすな」

「ほほう、少しは勉強してるようだ」老人が感心した顔でいった。

「なぜ三ヵ条を作ったのです?」

「三ヵ条の理由? 極道の生きざまに興味をもつとは、あんたも相当、変わり者の検事さんじゃな。ますます面白《おもしろ》い」楠元は岩崎をじっくり見つめた。

「かまわんよ。丁度《ちょうど》いいヒマつぶしになる」彼は腰をずらす。

「立ってないで、ここに、お掛《か》けなさい」

女性検事は浜龍会組長の隣《となり》に座った。工藤と呼ばれた口ひげ男がベンチの後《うし》ろに回る。

「ワシは生まれてすぐ父親を病気で亡《な》くした。顔も覚えていない」楠元は目を閉《と》じた。

「三歳のとき、母親は別の男と同棲《どうせい》を始めてな。ボサボサ髪の若造《わかぞう》がアパートに転《ころ》がり込《こ》んできた」彼は閉じた瞼《まぶた》をヒクヒクさせる。

「じゃが、そいつはヒロポンに狂っておった」

「ヒロポン?」岩崎は眉根《まゆね》を狭《せば》め、聞き返した。

「シャブ中毒じゃよ」老人がカッと両目を見開《みひら》く。

「いまの人は知らなくて当然だが、昔、シャブはヒロポンと呼ばれて終戦後、愚連隊《ぐれんたい》やチンピラの間に蔓延《まんえん》した」彼は鼻すじの通った顔をしかめる。

「覚せい剤ですか」岩崎は話の深刻さを理解した。

「母親をたらし込《こ》んだ男はヒロポンで完全にやられていた。すぐ本性をあらわしおって……。ヤクが切れると凶暴になり、ワシもさんざん殴《なぐ》られた。三歳の子どもにできるのは泣くことだけだ。じゃが、今度は泣き声がうるさいといって、また鉄拳《てっけん》を振《ふ》るわれた。毎日が生き地獄《じごく》だったな」楠元は杖《つえ》をぎゅっと握《にぎ》る。

「とうとう、母親は腹を蹴《け》られて内臓が破裂《はれつ》し、出血多量で死亡した。ワシが見ている目の前でな」老人の顔には母親を殺された深い悲しみと激烈《げきれつ》な憤《いきどお》りが不可分《ふかぶん》の感情となって浮かんだ。

「ヒロポン野郎は逃げ出して、その後、どうなったかは不明だ。ワシは引き取り手がなく、戦災《せんさい》孤児《こじ》の施設《しせつ》に入れられた」

「凄《すさ》まじい幼少《ようしょう》体験ですね」岩崎はかすかに息苦しさを覚《おぼ》えた。老人の心情へ思いを馳《は》せる。

「それで三ヵ条を?」

「ああ」楠元が重々《おもおも》しく頷《うなず》いた。

「ワシの原点は母親を襲《おそ》った理不尽《りふじん》きわまりない死じゃからな。あれ以来、極道となっても、か弱い女や幼子《おさなご》に手を上げる輩《やから》は許せん。なにより人を狂犬へ変えてしまうヤクが憎い!」彼は杖で力まかせに地面をたたき、そのあと呼吸を整《ととの》えて女性検事に向き直った。

「さて、検事さん、話の論点はなんじゃね?」

岩崎は相手の目を見つめた。そこには一点の曇りもなく、真実を語っていることが分かった。この年老《としお》いた極道者なら信用できるだろう。

噴水近く、子どもたちの中でひときわ大声が上がった。だれかが転《ころ》んだらしい。女性保育士が駆《か》け寄《よ》ってくる。

「膝《ひざ》でも擦《す》りむいたかな。元気があっていい」老人は目を細めた。

岩崎は子どもたちの輪《わ》へ視線を投《とう》じながらいった。

「わたしには同じくらいの娘がいます」

「お母さんに似《に》て、さぞ、かわいい女の子じゃろう」老人がほのぼのとした笑顔で岩崎を見やる。

女性検事は立ち上がった。彼女は感情を表さずに抑制《よくせい》の利《き》いた声で話す。

「昨日、いまの捜査から手を引かないと娘に危害が及《およ》ぶ。そう脅《おど》されました」

一瞬、ベンチの周囲は賑《にぎ》やかな公園から隔離《かくり》され、空気が凍《こお》りつく。楠元は衝撃《ショック》をうけた様子《ようす》で岩崎を見上げた。目つきがピリピリしている。

「ワシの身内《みうち》が脅したというのか？」彼は象牙色《ぞうげいろ》のガウンを揺《ゆ》らした。

「桃田清、川崎にある貿易会社イースト・シップライン社の専務です」

「そんな男は知らん」楠元は無関心を装《よそお》った。

「桃田はそちらの若頭《わかがしら》と兄弟分ですよ」女性検事が老人の知らない情報《シークレット》を与《あた》える。

「塚沼と……？」楠元の表情に困惑《こんわく》が滲《にじ》んだ。彼は疑いの火を吹き消すように息を吐《は》いた。

「それはあり得《え》んな。兄弟分の契《ちぎ》りを交《か》わすにはワシの許しが必要じゃ」

「だとしたら、あなたの目が届かないところで塚沼は勝手な動きをしているのでしょう」岩崎は老人が抱いた疑惑の種火《たねび》に油をポタポタ滴《したた》らす。

「塚沼はイースト・シップライン社の桃田と組んで北朝鮮から大量の覚せい剤を密輸入しています」

「シャブの密輸じゃと！」楠元は悪寒《おかん》が走ったように身震《みぶる》いした。目の奥では疑心暗鬼《ぎしんあんき》が炎となって燃え上がる。

「すでに塚沼と桃田からは任意で密輸の件を訊《き》いています。わたしが受けた脅《おど》しはそのせいかもしれません。彼らは捜査の行方《ゆくえ》に強い危機感をもっているのです」岩崎が告《つ》げた内容は老人の気持ちを奈落《ならく》へ突き落とした。

「信じられん……」彼は呻《うめ》き、自分を納得《なっとく》させる口ぶりでしゃべった。

「塚沼は最も頼《たよ》りになる手下《てか》だ。ワシは心臓をやられてから、あいつに組を任《まか》せたが、そのとき、若頭《かしら》は三ヵ条を守る誓約書《せいやくしょ》に血判《けっぱん》を押した。血で誓《ちか》った血判状はそれこそ極道の魂《たましい》だ」

「残念ながら、塚沼は地獄の悪魔に魂を売り飛ばしています」女性検事は老人が信じるウサギ男との絆《きずな》はまるきり幻想《げんそう》にすぎないと決めつけた。

「浜龍一家の三ヵ条はことごとく反故《ほご》にされている。彼は欲まみれの銭亡者《マネーモンスター》で、覚せい剤が廃《はい》人《じん》を生み出すことに罪悪感ひとつありません」

「あんたの指摘《してき》は具体性に欠《か》けとる。組の事務所からシャブでも見つかったのか？」楠元が苦しげに訊《たず》ねる。

「それをご自分で確かめたらどうです？」岩崎は老人へブレない視線を注《そそ》いだ。

「今日は娘への危害を防ぐために独断《どくだん》でここへ来ました。わたしは母親です。娘を守るためならなんでもします。ですが、脅迫には屈《くっ》しません。このまま捜査を続行《ぞっこう》して必ず、桃田や塚沼たちを追いつめます」

老人は深刻な面持《おもも》ちでじっと聞いている。

「わたしの用件は以上です。お時間を取らせました」岩崎は一礼《いちれい》すると踵《きびす》を返して公園の出口へ向かう。

楠元は女性検事の黒いコート姿が消えてから世話役を振り返った。

「いまの話、どう思う?」

「さあ……」口ひげの男が難《むずか》しい顔で首をひねる。

「若頭《かしら》が組長《オヤジ》に背《そむ》いて掟《おきて》を破《やぶ》るとは思えません」

「ワシも若頭《かしら》を信じたい。しかし、検事がわざわざ会いに来て口からでまかせをいうかな?」浜龍会に君臨《くんりん》する老人は杖で箒《ほうき》のごとく地面を掃《は》いた。

「ひょっとすると大掃除が必要だぞ。くそ、ワシがいない間に組は汚《よご》れ切ったかもしれん」彼の口調《くちょう》は病弱《びょうじゃく》な老体とは思えないほど強烈だった。


検察事務官の机はファイルが山と積《つ》み重《かさ》なっている。吉永泰平《よしながたいへい》は充血《じゅうけつ》した目を太い指でゴシゴシこすった。CAD《キャド》などコンピューター制御《せいぎょ》機器を製造販売する大手企業の粉飾《ふんしょく》決算事件で特捜B班に駆《か》り出されてから、吉永は会計帳簿と膨大《ぼうだい》な入出金伝票を突き合わせる作業にかかりきりだ。一日中、数字相手に格闘《かくとう》する神経戦を続けていた。彼が手足を伸《の》ばして大きなあくびをしている最中《さいちゅう》、上司が戻って来た。

「ただいま」女性検事はコートを脱いでハンガーにかける。

「あ、おかえりなさい」事務官はあくびを嚙《か》み殺した。

「吉永君、コーヒーをお願い。疲れちゃって」岩崎は回転椅子に沈没《ちんぼつ》しながら頼んだ。

「丁度《ちょうど》、飲みたいと思ってました」事務官は勢いをつけて立ち上がる。彼は慣れた手つきでコーヒーメーカーをセットした。

「B班の応援も大変ね」岩崎が事務官デスクに築《きず》かれたファイルの山脈を見やった。

「朝から夥《おびただ》しい金額とにらめっこですよ。目が霞《かす》んで……。明日はクール目薬を持参します」吉永は重い顔で首の裏側《うらがわ》をトントンたたいた。

「B班は捜査の着手が前倒しになったから大変でしょう。ごくろうさま」岩崎が気遣《きづか》いの声をかける。

「せめて、ネコの手くらいには役立ってればいいのですが」事務官は苦笑した。

「ネコの手なんて、ご謙遜《けんそん》を」岩崎がニッコリする。

「吉永君は企業会計のエキスパートじゃない？」

「私はともかく、検事こそ連日、飛び回って休む間《ま》もありませんね。例の貿易会社、ボロを出しましたか？」事務官は自分の担当検事が手がける捜査に関心を寄せた。

「わたしの心証《しんしょう》は真《ま》っ黒《くろ》。イースト社は浜龍会とグルになり、覚せい剤で金の生《な》る木を育て上げたのよ」岩崎が歯《は》切《ぎ》れよく断罪《だんざい》する。

「悪魔の錬金術《れんきんじゅつ》だ」吉永はあごの肉をつまみながら呻《うめ》いた。

「この的《マト》は年内に仕留《しと》めるわ。かならず」女性検事は獲物《えもの》へ嚙みつくライオンの目で自《みずか》らに言い聞かせた。

コーヒーの香《かお》りが狭《せま》い部屋を充《み》たし、事務官はマグカップを運んでくる。

「はい、熱々《アツアツ》のブラック」

「ありがとう」岩崎は把手《とって》を握った。

静かな時間が検事室に流れる。岩崎は濃《こ》いコーヒーをゆっくり飲んだ。彼女が東京地検特捜部で配点された単純な外為法違反《がいためほう》はハロウィンの夜を境《さかい》に北朝鮮から運ばれた覚せい剤絡《がら》みの大量殺戮《さつりく》事件へと変貌《へんぼう》している。たつみ丸の強制捜査でふてぶてしく現《あらわ》れたヘビ頭の女弁護士を接点にイースト・シップライン社は浜龍会と結びつき、しかも、襲撃で使われた短機関銃《サブマシンガン》の入手経路《ろ》を巡《めぐ》っては自衛隊が関与した陰謀まで透《す》けて見える。彼女は不可触《アンタッチャブル》な闇《やみ》に近づき過ぎたらしい。その結果、岩崎は個人情報を盗《ぬす》まれて美沙への脅迫をうけた。女性検事はマグカップに口をつけながら鎌倉で会った楠元龍央《くすもとたつお》との面談を思い出す。凄絶《せいぜつ》な幼年期《ようねんき》を送った昔気質《むかしかたぎ》の組長へ伝えるべきことは全て話した。あとは三ヵ条を踏《ふ》みにじられた老人がどう動くかだ。

コーヒー・タイムの黙想《もくそう》は内線電話で中断した。

「岩崎検事係です。はい、戻っています。……わかりました」事務官は受話器を置く。

「副部長がお呼びです」

「そう」岩崎は慌《あわ》てる素振《そぶ》りも見せずコーヒーを飲み干《ほ》した。

新堂幸治《しんどうこうじ》は近づいて来る岩崎紀美子を持《も》て余《あま》し気味《ぎみ》の顔で見つめた。この女は疫病神《やくびょうがみ》だ。実際、防衛官僚や自衛官へ無謀《むぼう》なケンカを売って彼を窮地《きゅうち》に立たせている。ちょっとでも手綱《たづな》を緩《ゆる》めれば、また、やみくもに突進するだろう。新堂は監督責任を問われ、特捜部長の椅子はどんどん遠ざかる。彼は黒く磨《みが》いた高級オーク材の執務デスクを城壁《じょうへき》にして身構《みがま》えた。ブレーキが利《き》かない暴走女《ぼうそうおんな》の尻拭《しりぬぐ》いはこれ以上ご免《めん》だ。

「お呼びでしょうか?」岩崎が重厚《じゅうこう》なデスク越《ご》しに訊《たず》ねる。

「川崎の貿易会社はどうなった?　まだ報告を受けていない」新堂は咎《とが》める視線を向けた。

「イースト・シップライン社には昨日、行きました。専務が任意《にんい》の事情聴取に応じています」岩崎は背中をピンと張《は》った。

「で？」副部長はむっつりと先をうながす。

「わたしの睨《にら》んだとおりです」女性検事は微動《びどう》だにせず答える。

「イースト社は紛《まぎ》れもなく浜龍会の企業舎弟《きぎょうしゃてい》で、彼らは北朝鮮ルートの覚せい剤を密輸入している。イースト社が仕入《しい》れて浜龍会が売りさばくのでしょう」

「きみの意見は前にも聞いた。私が欲しいのは、それを裏づける証拠だよ。専務とやらが自供《じきょう》したのかね？」新堂は興味の失《う》せた顔でいった。

「いえ、本人はとぼけています」岩崎が眉《まゆ》をひそめる。

「じゃ、物証はどうだ？　覚せい剤のパケでも見つけたか？」副部長は苛立《いらだ》ちを滲《にじ》ませて問いただす。

「それなら、たつみ丸の船倉《せんそう》で何十キロも発見できるはずです」岩崎は麻薬Gメンの極秘情報《トップ・シークレット》を拝借《はいしゃく》した。

「近いうちに、たつみ丸は朝鮮半島へ向けて出航《しゅっこう》します。帰りの船荷《ふなに》は北朝鮮の覚せい剤でしょう。横浜港に着いたら直《ただ》ちに押収《おうしゅう》します」

「新米《しんまい》検事じゃあるまいし、令状手続きの運用を考えろ」新堂は不機嫌《ふきげん》にオールバックの頭を振った。

「たつみ丸の捜索《そうさく》は失敗したばかりだ。二度目は簡単にいかないぞ。裁判官は空振《からぶ》りに終わった令状の再発布《さいはっぷ》を嫌《いや》がるからな。今度、令状請求しても却下《きゃっか》されるだろう」彼は海底に棲息《せいそく》するヒラメのような上目《うわめ》づかいで部下を凝視《ぎょうし》した。

「結局、きみの手持ちカードは決定性《エース》を欠《か》く、思い込み疑惑だけだ。合理的な疑いとはいえない」新堂は女性検事の前にファイルを置く。

「これは？」岩崎は訝《いぶか》しげに視線を落とした。

「一般にはあまり知られてないが、投資家の間では有名な多用途《たようと》ドローン製造会社だ。東証二部に上場《じょうじょう》している」上司はファイルを指でたたいた。

「この会社から内部告発があってね。共同代表権を持つ会長が会社の資金を個人的に流用しているらしい。特別背任だよ。きみに予備調査をやってもらう」

「イースト社の事件はどうします？」女性検事が背すじに力を込める。

「塩漬《しおづ》けにしておけばいい」新堂は投げやりに肩をすくめた。本来なら即刻《そっこく》、ゴミ箱入りだ。しかし、最上階でふんぞり返ったハゲの小男《こおとこ》が自衛隊の動向に関心を持っている以上、いますぐ終結は出来ない。自衛隊から短機関銃《サブマシンガン》の在庫調査に対する回答が届くまで最終的な結論は見送ろう。あとは、無鉄砲《むてっぽう》な部下を大人《おとな》しくさせておくだけだ。彼は視線を合わせずに命じた。

「イースト社は棚上《たなあ》げとする。さっそく特別背任の予備調査に取りかかれ」

「わたしは納得《なっとく》できません」岩崎は腕組みして抗議の意思をぶつける。

「納得だって？」上司が大げさに顔をしかめた。

「つけあがるな。これは検察官同一体の原則に基づく命令で、きみの納得は必要ない」

女性検事の瞳《ひとみ》が怒りにきらめく。彼女は黙《だま》ってファイルをつかんだ。

塚沼栄治《つかぬまえいじ》は組事務所のソファーで両足を伸《の》ばし、突き出た前歯でタバコをくわえると火をつけて少しずつ吸い込んだ。やっと喉《のど》の痛みが治《おさ》まった。浜龍会の若頭《わかがしら》は旨《うま》そうに紫煙《しえん》をくゆらせた。金はたんまりある。死にぞこないのジジイが自宅にこもってから、塚沼は組を自由に動かしていた。頑固《がんこ》ジジイが仕切《しき》っているとき、組の収入源《シノギ》はみかじめ料と賭場《とば》の寺銭《てらせん》だけで金庫はいつもスカスカだった。塚沼でさえ町金の取立屋《とりたてや》をシノギにしていた。いまや、組を支《ささ》える上納金《のうきん》は売春《オンナ》とシャブの稼《かせ》ぎだ。浜龍会はぐんぐん羽振《はぶ》りが良くなって、塚沼の懐《ふところ》具合《ぐあい》も潤《うるお》った。とくに、シャブはありがたい。買い手はごまんといるし、一旦《いったん》シャブ地獄へ落ちれば中毒者《ジャンキー》は死ぬまで金を払ってくれた。

若頭は吸いさしのタバコをクリスタルガラス灰皿にぎゅっと押しつける。シャブ取引のきっかけは競輪だ。二年前、彼は川崎競輪場で桃田《ももた》清《きよし》と知り合い、同じ裏社会の匂《にお》いを嗅《か》ぎつけて、すぐさま意気投合《いきとうごう》した。貿易会社の専務は暴力団幹部に甘い儲《もう》け話を持ちかける。当時、イースト・シップライン社は北朝鮮から運ぶシャブの密売網《みつばいもう》を探していた。金に飢《う》えた塚沼は目の色を変えて飛びつく。両者の間に香辛料の卸売《おろしう》りを装《よそお》った闇取引《やみとりひき》が成立する。組は強い追い風に乗った。貧乏のどん底で喘《あえ》ぐ浜龍会へ莫大《ばくだい》なシャブ収益《しゅうえき》がうなりを上げて流れ込《こ》む。頬傷の男とウサギ顔の男は血より濃《こ》い金《マネー》の絆《きずな》で結《むす》びつき、密《ひそ》かに兄弟分の盃《さかずき》を交《か》わした。加《くわ》えて、今度の大仕事だ。

若頭はもう一本タバコに火をつける。まったく、とんでもない勝負《バクチ》だった。桃田がこっそり組事務所に来て、シャブの強奪計画を打ち明けたのだ。イースト・シップライン社で、社長の戸村《とむら》勇作《ゆうさく》は桃田が主導《しゅどう》して北朝鮮ルートから産《う》んだ利益にヒルのごとく、べったり吸《す》いつき、裏収入の大半《たいはん》を独《ひと》り占《じ》めしていた。桃田は不満を募《つの》らせ、とうとう鬱憤《うっぷん》が臨界点《りんかいてん》に達したようだ。専務は謀反《むほん》を決意する。塚沼は兄弟分の約束を守って助《すけ》っ人《と》を申し出た。当然、分《わ》け前《まえ》の上積《うわづ》みが条件だ。若頭は用心棒の乾《いぬい》克也《かつや》を連れて桃田に加勢《かせい》し、襲撃《しゅうげき》はハロウィンの夜と決まった。この日、本牧埠頭《ほんもくふとう》では北朝鮮側を代理する韓国人とイースト・シップライン社がでかい取引を予定していた。当日、桃田はヤクザたちが見たこともない外国製の短機関銃《サブマシンガン》を用意してくる。三人はゴム仮面《マスク》を被《かぶ》り、取引現場を血の海にしてシャブ二十キロと戸村勇作の隠し口座から出た支払代金四億円超の現金《ゲンナマ》を根こそぎ奪《うば》った。頬傷の専務は札束《さつたば》を望み、ウサギ顔の若頭は白い粉《こな》を選んだ。彼は横取《よこど》りしたシャブを大阪や北九州など西の暴力団へ流し、億単位の利益を手に入れた。

　塚沼はタバコを深々と吸う。元手《もとで》が掛《か》からないぼろ儲《もう》けの仕事だった。ひとつだけ不本意《ふほんい》なのは麻薬捜査官にも銃弾《マメ》の雨を降《ふ》らせたことだ。機関銃で脅《おど》して縛《しば》り上《あ》げれば十分だろう。お国《かみ》の司直《マッポ》なんぞ殺《や》ると面倒《めんどう》を引き起こさないか？　だが、桃田はそれも仕事の一部だと譲《ゆず》らなかった。若頭は目を細《ほそ》めて天井《てんじょう》へ昇《のぼ》る紫煙《しえん》の行方《ゆくえ》を追う。彼の兄弟分には秘密がある。どうにも気に入らなかった。いずれ手の内を明《あ》かしてもらわねばなるまい。そして、ずっと気がかりなのはあの女検事だった。彼女はどこまで迫っているのか。ヒタヒタと近づく足音が聞こえそうだ。塚沼はタバコをもみ消した。

　時計の針は午後八時を指《さ》している。今夜は鰻《ウナギ》でも食《た》べるか。溜《た》まった精力は女の肉体《カラダ》にむしゃぶりついて発散《はっさん》しよう。毎月六十万円かかる金食《かねく》い虫《むし》の愛人だ。豊満《ゴージャス》でみだらな四肢《しし》が浮かび、塚沼の下腹部を熱くした。

突然、開いたドアから乾克也《いぬいかつや》の巨体が飛び込んで来る。

「若頭《かしら》、おやっさんが来ます！」若い用心棒は息を切らせた。

「なに！　組長《オヤジ》が？」塚沼はガバッと立ち上がった。

和服を着た楠元龍央《くすもとたつお》が太い木製の杖《つえ》で老体を支えながら組事務所に現《あらわ》れる。世話係の工藤健吾《くどうけんご》が付き添《そ》っていた。

「オヤジ、いったい、何事《なにごと》です？」若頭《わかがしら》は驚いた顔で両腕を広げた。

「用があれば、こちらから出向《でむ》きましたのに……」

「ここで話す必要がある。ワシの組でな」老人は上座《かみざ》のソファーに腰を下《お》ろした。口ひげの世話係が背後に立つ。

塚沼は反対側へ座り、若い用心棒が大急ぎで組長の前にお茶を置いた。

「茶などいらん！」楠元は太い杖で湯飲みを払った。益子焼《ましこやき》の器《うつわ》がほうじ茶をまき散《ち》らして落下し、バラバラに砕《くだ》ける。

「オヤジは安い茶葉《ちゃば》がお気に召《め》さないようだ」若頭は卑屈《ひくつ》に笑った。

「これからはもっと高級茶を用意させます」

「おい、塚沼」組長がウサギ顔の手下をヒタと見据《みす》える。

「おまえ、桃田清を知ってるな？」

「桃田？　はあ」若頭は怪訝《けげん》な表情で頷《うなず》いた。

「やつは取引先の専務です。うちは桃田のところから香辛料を仕入《しい》れているんで」

「おまえとはどういう関係だ？」楠元はきびしい視線を変えない。

「私と、ですか？」塚沼の目がわずかに泳《およ》いだ。

「ただの飲み仲間ですよ。あと、たまにこれをね」彼は前屈《まえかが》みになって競輪選手を真似《まね》た。

「それだけではあるまい。ずいぶん親密《しんみつ》らしいな」

「そりゃ、どういう意味です？」ウサギ顔を警戒感が横切《よこぎ》る。

「おまえたちは義兄弟《ぎきょうだい》だと聞いたぞ。ワシには兄弟分の固《かた》めを許した覚《おぼ》えがない」老組長は刺々《とげとげ》しい口調でいった。

「だれがそんなウソッパチを！」塚沼の目尻《めじり》が引《ひ》き攣《つ》る。

「桃田は堅気《カタギ》ですよ。素人《トウシロ》と兄弟分の盃《さかずき》を交《か》わす必要がどこにあります？」

「それはワシが訊《き》きたい」楠元は冷たく言い返した。彼は杖を握り直す。

「桃田は昨日、岩崎という女検事を脅した。年端《としは》もいかぬ娘をダシにしてな。おまえは関係してるのか？」

「検事を脅迫……、なんのことやら、さっぱりだ」若頭は大げさに肩をすくめた。

「そうやってシラを切るつもりか。騙《だま》されんぞ」楠元は裏切者と相対《あいたい》した目つきでにらむ。

「オヤジ、大丈夫《だいじょうぶ》ですか？　さっきから意味不明の話ばかりで要領《ようりょう》を得《え》ません。ボケが来たわけでもあるまいし」若頭が困惑《こんわく》の目で組長を見やった。

「よく聞け！」楠元は喝破《かっぱ》した。

「おまえは桃田とつるんでシャブを扱《あつか》っているな」

「シャ、シャブ！」塚沼は尻の下で爆弾が炸裂《さくれつ》したように一瞬、腰を浮《う》かせた。

「とんでもない。シャブはご法度《はっと》ですよ。オヤジが定《さだ》めた掟《おきて》でしょう？」

「ワシの目が節穴《フシアナ》だと思うなよ」老組長は太い杖の先端《せんたん》を若頭へ向ける。

「昼間、関西の親分衆《おやぶんしゅう》に電話で確かめた。おまえは大阪へシャブを持ち込んでガッツリ商売している。阪神義道会《はんしんぎどうかい》の親分が教えてくれおったぞ」

ウサギ顔が真《ま》っ青《さお》になって唇をワナワナ震《ふる》わせた。

「このたわけめ！　なにか申し開きができるか？」楠元は形相《ぎょうそう》を変えてつめよった。

緊迫感《きんぱくかん》を孕《はら》んだ組事務所で、楠元と工藤の鋭い視線が脂汗《あぶらあせ》を浮かべたウサギ顔へ突き刺《さ》さる。若い用心棒は険悪《けんあく》な会合の成《な》り行《ゆ》きに巨体をすぼめた。

長い沈黙を破《やぶ》って、塚沼がボソリとつぶやく。

「シャブは組を守るためだ」

「なんじゃと！」老人は両目をひん剝《む》いた。

「何が組を守るだ？　シャブは死の粉《こな》だぞ。組を亡《ほろ》ぼす。そんな道理《どうり》も分からんとは血迷《ちまよ》ったか？」

「オヤジ、うちは、いま多摩川連合と戦争中ですよ！」若頭《わかがしら》は身を乗り出し、必死の口調で訴《うった》えた。

「やつらはここぞとばかり兵隊を集めている。戦力は倍になった。こっちも腕っぷしの強い傭兵《ようへい》や拳銃《チャカ》をそろえないと。戦争で勝つには金が要《い》ります。消耗戦《しょうもうせん》となれば人手《ひとで》はいくらあっても足《た》りない。多額の軍資金を手早《てばや》く捻出《ねんしゅつ》できる手段はシャブだけです」

「やはり、おまえは組をシャブまみれにしていたのか」楠元の表情が深い失望に陰《かげ》る。

「シャブの商《あきな》いは多摩川連合をぶっつぶして東京進出を実現するためで、私に私欲《しよく》などありませんや」塚沼はしたたかさを取り戻す。

「オヤジ、組の置かれた状況をよく考えてください」

「いかん！　どんな理由であれ、シャブは認《みと》めん」老組長は木製の杖をガツンと床にぶつけた。

「三ヵ条をなんと心得《こころえ》る？　おまえは若頭《かしら》だぞ」

「きれいごとでは戦争に勝てない」塚沼が居直《いなお》った態度で顔を歪《ゆが》める。

「多摩川連合とは手打《てう》ちをするつもりだ」楠元は決断を口にした。

「手打ちだって！」今度はウサギ顔の目が全開《ぜんかい》になった。

「ワシが頭を下げれば済《す》むことじゃ。若いもんの血を無益《むえき》に流すことはない」

「オヤジ、東京進出はどうしてくれる？」塚沼は絶対服従《ふくじゅう》の親に向かってぞんざいな言葉を投げつけた。

「もともと東京を目指《めざ》すのが無謀《むぼう》だった。うちは横浜で身《み》の丈《たけ》に合った領土《シマ》を守っておればいい」楠元が諭《さと》すようにいった。

「いかにも棺桶《かんおけ》へ片足を突っ込んだ爺《じい》さんらしい弱腰《よわごし》だな。極道も老《お》いぼれたら終わりだ」ウサギ顔のヤクザはあからさまに老人を見下《みくだ》した。

口ひげの男がすかさずソファーの横へ動く。

「若頭《かしら》、組長《オヤジ》の前ですよ。少しは慎《つつし》みなさい」

「うるせえ！」塚沼は癇癪玉《かんしゃくだま》を爆発させた。

「三下《サンピン》が出《で》しゃばるな。てめえはオヤジのオムツでも換《か》えてろ。耄碌《もうろく》ジジイの御託《ごたく》は聞き飽《あ》きた。こちとら絶対、東京を諦《あきら》めないぞ」

「組長《オヤジ》が手打ちを決めたのです。若頭《かしら》に反論は許されません」工藤の顔が強張《こわば》る。

「塚沼、東京で何を狙《ねら》っておる？」楠元はいまや横柄《おうへい》な主人《あるじ》のごとく振舞《ふるま》っている手下を凝視《ぎょうし》した。

「教えてほしいか？　もっと組をでかくするのさ」若頭は挑戦的《ちょうせんてき》に中指を立て、土足の脚《あし》をローテーブルへ乗せた。斜《なな》めに飛び出た前歯をペロリと舐《な》める。

「東京に拠点《きょてん》を構《かま》えれば西だけでなく、東へもシャブを流せるだろう。売り上げは青天井《あおてんじょう》だ」

「それが本音《ほんね》か？　きさま、外道《げどう》に嵌《はま》りおったな」老組長の眼光《がんこう》が凄《すご》みを増《ま》す。

「忘れてもらっちゃ困る。俺たちは暴力団だぜ。シャブで稼《かせ》いでなにが悪い？」塚沼は侮《あなど》りを込《こ》めてせせら笑った。

「銭《ゼニ》になればいいんだよ。相手が女でもガキでも関係ねえ。片《かた》っ端《ぱし》からシャブ漬《づ》けにして搾《しぼ》り取ってやる」

「塚沼、きさまは破門《はもん》じゃ！　いますぐ、ここを立ち去れ」老人の身体《からだ》が怒りでブルブル揺《ゆ》れた。

「いいや、消えるのはそっちだな。おとなしく隠居《いんきょ》してろ」若頭は煩《うるさ》いハエでも追い払うように片手を振《ふ》った。

「組は俺が仕切《しき》る。ジジイは葬式の準備に取り掛《か》かってりゃいい。心配するな。後生大事《ごしょうだいじ》にしてた三ヵ条はあんたといっしょに棺桶《かんおけ》へ入れてやる。冥途《めいど》に持って逝《い》け」

「親をコケにしおって！　きさまみたいな外道《げどう》はワシが地獄へ送ってやる！」老組長は手にした仕込杖《しこみづえ》の鞘《さや》からギラリと光る日本刀を抜《ぬ》いた。

9

薄曇《うすぐも》りの朝、弱々しい陽光が霞が関に密集する官庁ビルを照《て》らしていた。

岩崎紀美子は片肘《かたひじ》で執務デスクに頬杖《ほおづえ》をつきながらJPドローン社のファイルと向き合った。会社概要《がいよう》とリサーチ機関による企業評価のあとに内部告発書が綴《と》じてある。匿名《とくめい》の告発者は、会長が個人投資の失敗を穴埋《あなう》めする意図《いと》で会社資産を流用していると断《だん》じた。流用額は二億円に上《のぼ》るという。これが事実なら特別背任だ。しかし、告発内容は具体性を欠《か》き、捜査の端緒《たんしょ》さえつかめない。副部長はこんな案件で岩崎に時間を浪費《ろうひ》させる魂胆《こんたん》か？　彼女はファイルから視線を外《はず》した。事務官の吉永は電卓を横に背中を丸め、会計帳簿へ没頭《ぼっとう》している。女性検事は年老《としお》いた極道者の出方《でかた》に思いを馳《は》せた。彼が岩崎の話を聞いて、どう動くか気になる。あるいは、狡猾《こうかつ》な若頭《がしら》を信じて不動《ふどう》のままかもしれない。

外線電話で事務官は帳簿から顔を上げた。

「はい、岩崎検事係。……あ、ご苦労様です」彼は上司を向く。

「神奈川県警の郡司課長」

「お電話、代わりました」岩崎が受話器を耳にあてる。

「浜龍会《はまたつかい》の親分が殺されたぜ」郡司は挨拶《あいさつ》なしで切り出した。

「え、楠元龍央《くすもとたつお》が？」女性検事は息を呑《の》む。

「今朝《けさ》早く、多摩川の河川敷《かせんじき》で発見された。三発喰《く》らってる」捜査一課長は野太《のぶと》い声でつづけた。

「浜龍会は大騒ぎだ。やつら、組長の命《タマ》を取ったのは多摩川連合だと血相《けっそう》を変えやがって、このままだと報復合戦《ほうふくがっせん》が起きるぞ」

「用心棒は？」岩崎が訊《たず》ねた。

「用心棒ってなんだ？」郡司は怪訝《けげん》な口調《くちょう》で聞き返す。

「組長の用心棒よ。工藤っていう髭《ひげ》の男。無事《ぶじ》なの？」

「現場に転がっていたのは爺《じい》さんひとりだが……」

「いまから、そっちへ行くわ」女性検事は頭の中でスケジュールを立て直した。

「なんで、あんたが来る？　一応、知らせたまでだ」郡司が迷惑そうにいった。

「楠元が殺されたのは、わたしのせいかもしれない」岩崎は緊張気味《きんちょうぎみ》で答えた。

「あんたのせい？」刑事課長の声が戸惑《とまど》う。

「詳細《しょうさい》は会って話します」女性検事は電話を切るとＪＰドローン社のファイルを一瞥《いちべつ》してパタンと閉《と》じた。


浜風《はまかぜ》が薄《うす》っぺらな雲を追い払《はら》い、神奈川県警本部は明るい陽差《ひざ》しを受けている。モニタースクリーンやホワイトボードが正面に置かれた会議室で、一課長と若い補佐《ほさ》は身じろぎもせず女性検事の話に聞き入っている。岩崎は彼らにイースト・シップライン社の専務から脅《おど》された経緯《けいい》と鎌倉で会った楠元龍央との面談内容を詳《くわ》しく伝えた。

「娘さんをネタにして脅迫ですか？　なんて卑劣《ひれつ》なやつだ」藤島淳一《ふじしまじゅんいち》が胸の痛みを口にして憤《ふん》慨《がい》する。彼は閃《ひらめ》いたようにつけ加えた。

「所轄署《しょかつしょ》に言って幼稚園までの通園路《つうえんろ》をパトロールさせたらどうです？　検事さんなんだから」

「要人警護《ようじんけいご》じゃあるまいし、とても無理よ」岩崎は苦《にが》い顔で首を振った。

「まあな、その程度の恫喝《どうかつ》じゃ警察は動けん。しかし、組長に直談判《じかだんぱん》するとは……」郡司耕造《ぐんじこうぞう》が女性検事をしげしげと見つめた。

「イースト社の専務は浜龍会とつながっている。楠元に会う意味はあったわ」岩崎は母親と検事の両面《ダブルサイド》から答えた。

「突然、ひとりでやって来た女検事に組内《くみうち》の三ヵ条違反を告《つ》げられて親分ヤクザもぶったまげたろう」捜査課長が苦笑する。

「あんた、度胸《どきょう》だけは無駄《むだ》にあるな」

「実際、会ってみた感じはどうでした？」藤島が興味津々《きょうみしんしん》で口を挟《はさ》む。

「楠元龍央は幼《おさな》いころ麻薬《ヤク》中毒者に母親を殺されたの。彼が覚せい剤を憎《にく》んでいるのは本当でしょうね」岩崎は若手刑事へうなずいた。

「そこを竈《かまど》に火をくべるごとく焚《た》きつけたってわけか？」郡司が心得《こころえ》た顔でいった。

「否定はしないわ。桃田や塚沼の蛮行《ばんこう》を止《と》めたくて」女性検事は前髪を払《はら》う。

「なるほど。あんたが考える組長殺しの筋書《すじが》きを読むと……」郡司は太い眉《まゆ》をモゾモゾ動かした。

「でしゃばり女検事から組のシャブ汚染《おせん》を聞かされた組長が若頭《かしら》を問い詰《つ》めて返り討《う》ちに遭った
というストーリーだな」

「ええ、楠元は一本気《いっぽんぎ》な性格のようだから、その可能性は十分ある。彼を撃《う》った犯人は多摩川連合じゃなくて浜龍会の組員だと思う。殺しを実行した首謀者《しゅぼうしゃ》は塚沼栄治よ」岩崎の瞳《ひとみ》が確信に彩《いろど》られる。

「ちょっと待て。そう結論を急ぐな」刑事課長は女性検事の先走《さきばし》りを諫《いさ》めた。

「あんたの塚沼主犯説《しゅはんせつ》は興味深《きょうみぶか》いが、そいつはシャブ密売を前提にしたスジ読みだ。おれたちは浜龍会のシャブをつかんでいない。若頭《かしら》を殺人で引《ひ》っ張《ぱ》るのは無理だろう」彼は部下のタブレットへあごをしゃくった。

「せっかちな検事殿に仏《ホトケ》さんの様子《ようす》を説明してやれ」

「はい」藤島がタブレットの画面を起動する。

「楠元龍央の遺体《いたい》は朝一番で司法解剖へ回しました。神奈川医科大の先生は仕事が早い。死因《しいん》は失血性《しっけつせい》ショック死で、トカレフ弾《だん》が胸から二発、右大腿部《みぎだいたいぶ》から一発、摘出《てきしゅつ》されています。致命傷《ちめいしょう》は胸の銃弾でしょうね。死亡推定時刻は昨日《きのう》の夕方六時から夜九時にかけてとなっています」

「くそったれヤクザの塚沼についちゃ」郡司は上体をぐいっと乗り出した。

「あんたが来る前、うちの刑事《デカ》を会いに行かせた」

「え、もう聞き込みを?」岩崎が眉《まゆ》を上げる。

「いや、牽制《けんせい》さ」郡司はしたり顔で背中をイスに戻す。

「多摩川連合へ報復《ほうふく》されたら戦争になりかねん。釘《クギ》を刺《さ》したんだ。全面抗争《こうそう》となれば東京が鼻づらを突《つ》っ込《こ》んでくる。警視庁の連中は油断《ゆだん》も隙《すき》もない」

「シマ荒らし？」女性検事が皮肉《ひにく》めいた視線を送る。

「警察の縄張《なわば》り意識はヤクザといっしょね」

無骨《ぶこつ》な刑事課長は大きなお世話だと言わんばかりに顔をしかめた。

岩崎は郡司のあてこすりを無視して質問する。

「組長殺しのアリバイはどう？」

若手刑事がタブレットを見ながら答えた。

「塚沼は昨日、午後三時頃から夜十時過ぎまで一日中、組事務所にいたそうです。組長とは会っていないと……」

「こいつのアリバイなんか」郡司がいまいまし気《げ》に会議室のテーブルをたたく。

「全然、信用できん。証人は乾克也《いぬいかつや》という若造《わかぞう》で、塚沼の腰ぎんちゃくだからな」

「工藤《くどう》の情報は？」女性検事がタブレットを見やった。

「組織犯罪対策課《ボウタイ》のデータベースで調べておきましたよ」藤島は背広の内ポケットから二つ折《お》りにしたコピー用紙を差し出す。

「ありがとう」岩崎はヤクザの人物像《プロフィール》にすばやく目を通した。工藤健吾《くどうけんご》、四十三歳既婚《きこん》。美沙《みさ》と同じ年の娘がいるのか。

「工藤は今日中に話を訊《き》く予定だ」郡司が渋面《じゅうめん》のまま告《つ》げる。

「工藤の聴取《ちょうしゅ》、わたしにやらせてもらえない？」岩崎はそれが自然な流れとでもいうように協力を申し出た。

「あんたが？」捜査課長は驚いた声を上げる。彼は胡散臭《うさんくさ》げに女性検事を見やった。

「あまり気が進まんね。特捜部とは捜査協定を交《か》わしちゃいないぜ。あんたは勝手にやって来た押しかけ女房だ」

「でも」岩崎は押しかけ女房の強引《ごういん》さで食《く》い下《さ》がった。

「わたしは工藤と会ってるし、そのとき、彼は組長とわたしのやりとりを聞いていた。これって尋問《じんもん》に役立つはずよ。きっと、落として見せるわ」彼女の言葉に自信がみなぎる。

郡司は女性検事の能力を吟味《ぎんみ》する顔で無精髭《ぶしょうひげ》をなでた。

「お願い」岩崎が熱く訴《うった》える。

「楠元龍央《くすもとたつお》はわたしと会って、その日に殺された。なんとしても殺害犯《さつがいはん》を突き止めたいの」

「あらかじめ言っとくが、責任重大だぞ」捜査課長はいかつい指を真《ま》っすぐ向けた。

「ゴム仮面《マスク》の襲撃犯が乗り捨てた車に犯人らしき指紋《しもん》や毛髪《もうはつ》など物証《ぶっしょう》は残っていなかった。短機関銃《サブマシンガン》の入手《にゅうしゅ》ルートも不明だ。要するに、八方塞《はっぽうふさ》がりだよ。工藤の口をこじ開け、壁をぶち破《やぶ》ってもらわんと困る。ここらで閉塞《へいそく》状況を打開したい」

「ありったけの力を尽《つ》くすわ」女性検事は全力投球を請《う》け合《あ》った。

「よし、いいだろう」郡司が肝《きも》の据《す》わった表情になる。

「工藤の件はあんたに任《まか》せた」

「結果が出たら、すぐ令状を用意してね。身柄《みがら》とガサ」女性検事は強制捜査の準備を頼んだ。

「お安い御用《ごよう》さ。ガサ入れの突入部隊も編成しておく」

「今日の令状裁判官はだれかな？　確認します」藤島がタブレットの電話帳で横浜地裁令状部を

探《さが》す。

「まずは昼メシだ」捜査課長はイスを押しやり、立ち上がった。

「おれたちの商売、食《く》える時たらふく腹に入れないと次はいつ口にできるやら……。検事さん、あんたもどうだい？　ここの食堂は検察庁のしみったれ定食よりずっとボリュームがあるし美味《うま》いぜ。しかも」彼は検察を軽く揶揄《やゆ》した。

「特別席《プラチナシート》を設《もう》けたカースト制の某《ぼう》役所とちがって、うちは平等だ。本部長からヒラ巡査まで同じテーブルに着《つ》いて食事する」

岩崎はひっそり苦笑を浮かべた。刑事課長は粗《あら》けずりの外面《そとづら》に反して細《こま》やかな観察眼《かんさつがん》をもっているようだ。たしかに、検察庁食堂の一部では他と区別された検事専用ふかふか椅子のテーブル席があり、そこに事務官や一般職員が腰を下ろすことはない。彼女は携帯を取りだした。

「お薦《すす》めランチの前に一本、電話をかけさせて。お先にどうぞ」

「それじゃ、食堂で」若手刑事は課長《ボス》の背中を追う。

岩崎は自分の検事オフィスに電話した。

「はい、岩崎検事係」吉永《よしなが》の生真面目《きまじめ》な応対が聞こえる。

「吉永君、横浜地検に連絡して部屋の予約を頼むわ」

「部屋を！　予約しろ？」事務官は素《す》っ頓狂《とんきょう》な声を上げた。

「検事、横浜地検はホテルじゃありませんよ」

「ヤクザの事情聴取に場所が必要なの。県警本部を使うわけにはいかないし」岩崎が簡単に理由を説明する。

「取り調べですか？」吉永は訝《いぶか》しげに唸《うな》った。

「横浜地検が認めてくれますかね？」

「任意《にんい》に話を聞くだけ。大丈夫《だいじょうぶ》だと思う。それに相手は被疑者《ひぎしゃ》とちがって参考人よ」女性検事が希望的推測《すいそく》を口にする。

「わかりました」有能な事務官はたちどころに上司の意向《いこう》を汲《く》み取った。

「事務局を通して横浜地検に空《あ》き部屋を用意させます」

「吉永君もこっちに来てね」女性検事が追加の指示《しじ》を出した。

「私ですか？」

「ええ、調書を作ってもらう。ノートパソコンを忘れないで」

「すぐ向かいます」吉永は張《は》り切《き》って答えた。

「実のところ数字チェックにはうんざりしてました。これで、やっと立会い事務官の仕事に戻れる。ありがとうございます」

「横浜地検で合流しましょう」岩崎は電話を切った。


　鎌倉市七里《しちり》ガ浜《はま》、高級住宅地の一角《いっかく》を占《し》める広い敷地《しきち》を持った平屋邸宅《ひらやていたく》には表札《ひょうさつ》がない。ダブルのスーツに黒ネクタイで正装した工藤健吾《くどうけんご》は応接ソファーに座り、携帯をいじっていた。葬儀社《そうぎしゃ》はまだ連絡して来《こ》ない。霊柩車《れいきゅうしゃ》は神奈川医科大へ組長《オヤジ》の遺体《いたい》を引き取りに向かったはずだが……。組長《オヤジ》は独《ひと》り身《み》をつらぬき、近親者もいないから天涯《てんがい》、孤独の人だった。食事や掃除洗濯などは家政婦が世話してきた。家政婦の田辺容子《たなべようこ》はキッチンで黙々《もくもく》と出前の寿司をつまんでいる。組長《オヤジ》が殺されて、いちばんショックを受けたのは田辺容子だろう。彼女は二十年間、七里ガ浜へ通って組長《オヤジ》の面倒をみてくれた。葬儀が終わったら無口《むくち》で働き者の家政婦へ退職金とは別に三百万円渡そう。工藤は心に決めた。それくらいの慰労金《いろうきん》は当然だ。

彼は大きく息を吐《は》いた。葬儀《そうぎ》の準備を考えると気が重い。関東だけで六十近い組幹部が出席する。しきたりに煩《うるさ》い世界だから焼香《しょうこう》や挨拶《あいさつ》の順番をまちがえると一悶着《ひともんちゃく》起きてしまう。ヤクザはつまらない面子《メンツ》にこだわって命まで懸《か》ける厄介《やっかい》な人種だ。死人やケガ人を出さないためには式次第《しだい》の入念《にゅうねん》な打ち合わせが必要となる。しかし、葬儀委員長の若頭《かしら》はさっぱり当《あ》てにならない。やつは香典《こうでん》で頭が一杯《いっぱい》だ。半世紀以上、任侠道《にんきょうどう》を張った組長《オヤジ》の香典総額は二億円以上と予想されている。若頭《かしら》は二億円の札束《さつたば》で武器と兵隊をかき集めて多摩川連合に戦争を仕掛《しか》け、東京へ押し出すつもりだろう。葬儀一切《いっさい》は工藤の肩にのしかかっている。自分は貧乏クジを引かされた。彼は口ひげを歪《いびつ》にして再度、ため息をつく。仕方《しかた》がない。取り敢えず組長《オヤジ》の遺品《いひん》でも整理するか。工藤が腰を浮かせたとき、玄関のチャイムが鳴《な》った。すぐ、家政婦が呼びに来る。

「工藤さん、警察の方です」

「警察《サツ》?」口ひげのヤクザは鈍《にぶ》い動きで立ち上がった。

玄関には安っぽいスーツを着た二人《ふたり》の刑事が立っている。一人は太った中年男、相棒は筋肉質《きんにくしつ》の若者だ。

「工藤健吾さん?　神奈川県警です」若い方が写真付きの身分証を掲《かか》げる。

藤島淳一、巡査部長と読めた。

「そっちは？」ヤクザは中年刑事に目をやる。

「俺？　佐竹《さたけ》だよ」

「で、県警がなんの用だい？」工藤は露骨《ろこつ》に嫌《いや》な顔をした。

「いっしょに来てくれ。そのままでいい」佐竹と名乗った中年刑事が半《なか》ば命令口調で同行《どうこう》を求める。

「それは無理だな。組長《オヤジ》の葬儀で忙《いそが》しい。日を改《あらた》めてもらおう」工藤は首を振った。

「忙しいのはこっちも同じでね」佐竹が肩をすくめる。

「この場合、ヤクザの葬式より公務が優先だな」

「断《ことわ》る。いま、葬儀社から連絡が来る。俺は家に居《い》ないと。あんたらデカは目障《めざわ》りなんだよ。組長《オヤジ》も嫌《きら》っていた」口ひげのヤクザはますます苛立《いらだ》つ。

「そう粋《いき》がるな」太った刑事は皆目《かいもく》、動じない。

「おまえも叩《たた》けば埃《ホコリ》の出る身だろ？　ここは大人《おとな》しく協力した方がいいぜ」

「イヤだと言ったら？」工藤は相手を試《ため》すように訊《き》いた。

「知ってるか？　任意同行はな、相当の範囲で身体を押したり、手を引っ張ってもいいんだ。いざとなれば、公妨《こうぼう》があるぞ」佐竹は相棒に目配《めくば》せした。

藤島が一歩、踏《ふ》み出す。

工藤は思案顔《しあんがお》になった。デカたちは本気で公務執行妨害を使って連行《れんこう》するつもりか？　デブはともかく、若い方は見るからに逞《たくま》しい体格をしていた。こいつと揉《も》み合ったら勝ち目はないだろう。彼は背後《はいご》でオドオドしている家政婦を振り返った。

「田辺さん、組に電話して、俺が警察へ連れて行かれたと伝えてくれ」

「おいおい、勘違《かんちが》いするな」佐竹がニヤッと笑う。

「お呼びなのは検事さんだよ。俺たちはパシリにすぎん」

「じゃ、組には検察庁へ向かったと伝えてくれ」工藤は家政婦にそう言い残すと靴を履《は》いた。


若い暴力団員が立錐《りっすい》の余地《よち》もないほど組事務所に詰《つ》めかけている。塚沼栄治《つかぬまえいじ》はソファーの上に立って檄《げき》を飛ばした。

「よく聞け！　組長《オヤジ》に鉛弾《ナマリダマ》をブチ込んだ敵《かたき》は多摩川連合の腐《くさ》れ外道《げどう》だ。渡世《とせい》の掟《おきて》を忘れるな。殺《や》られたら殺《や》り返す。それが極道ってもんよ」若頭は東京侵攻軍《しんこうぐん》を閲兵《えっぺい》する指揮官の眼《め》で一同を見渡した。

「多摩川連合の会長、沖田政夫《おきたまさお》の命《タマ》を取って来い。漢《おとこ》になりたいやつは手を上げろ」

若衆《わかしゅう》の組員たちは顔を見合わせたが、だれも鉄砲玉《ヒットマン》に志願しない。室内には気まずい沈黙が流れる。塚沼の表情は期待からしだいに影《かげ》が差《さ》し、次《つ》いでウサギ顔の額《ひたい》に青筋《あおすじ》を浮かべた。

「てめえら、それでも浜龍会の舎弟《しゃてい》か！」彼は怒りを爆発させる。

「組長《オヤジ》の弔《とむら》いに命を投げ出す覚悟《かくご》がないとは……」

ダミ声《ごえ》で喚《わめ》く幹部ヤクザを遮《さえぎ》って電話が鳴った。乾克也《いぬいかつや》が応対する。塚沼の用心棒は電話を切ると不安気《ふあんげ》にいった。

「若頭《かしら》、おやっさんの家政婦からです。工藤のアニキが検察庁へ連れて行かれました」

「検察？」塚沼は反射的に例の女検事を思い出した。くたばったジジイは女検事と会ったような口ぶりだった。工藤も同席していたにちがいない。やたら浜龍会を嗅《か》ぎ回るメス犬が今度は工藤に目をつけたのか？　ウサギ顔の男は腹黒《はらぐろ》い内面に不吉《ふきつ》な予感《よかん》を抱《いだ》いた。

横浜地方検察庁は岩崎紀美子の前任地《ぜんにんち》だ。淡《あわ》いレンガ色の法務合同庁舎内部は知り尽《つ》くしている。彼女はかつての同僚検事たちへ挨拶《あいさつ》して温《あたた》かい歓迎と好奇《こうき》の視線を浴《あ》びた後《のち》、事務官といっしょに空《あ》き検事室を間借《まが》りした。吉永はノートパソコンをプリンターに接続し、岩崎が検事デスクに着いたのを確認するとインターホンで待合室を呼び出す。

「お待たせしました。工藤健吾さん、五〇七号室にお入り下さい」

ほどなく、二人の刑事がヤクザを連れて入室した。藤島は女性検事に無表情で会釈《えしゃく》する。

「少し時間がかかるけど」岩崎は目で合図《あいず》を送った。

「では、待合室にいます」若手刑事は呑《の》み込《こ》みが早い。場合によっては、このまま逮捕もあり得《う》るのだ。

岩崎は刑事たちが出て行くと執務デスクの対面に座ったヤクザへ顔を向けた。

「お葬式の用意、大変そうね」彼女は工藤の首にぶら下がった黒ネクタイを指さす。

「わかってるなら、早く帰《け》えしてくれ」不満が声に滲《にじ》んだ。

「それは、あなた次第《しだい》よ」女性検事は県警で渡されたコピー用紙を見て、遠回しに訊《き》く。

「出身は長野ね。ご両親は健在《けんざい》？」

「ああ、いまも信州《しんしゅう》で蕎麦屋《そばや》をやってる」中年ヤクザはうなずいた。

事務官の両手がキーボードをたたく。

「有名なそば処《どころ》じゃない？　お店を継《つ》げばいいのに」岩崎はもったいないという顔をした。

「いろいろあってな。若いころ家を飛び出した」工藤が口ひげを曲《ま》げる。

「ヤクザにはなぜ？」女性検事は質問を絞《しぼ》った。

「縁《えん》だよ。俺は組長《オヤジ》に助けられた」工藤は遠くを見る目つきになった。

「パチンコホール、バーテンダー見習い、どの仕事も長続きしなくて、とうとう食《く》いっぱぐれたとき組長《オヤジ》に拾《ひろ》ってもらったんだ。かれこれ二十年になる」

「楠元組長《くみちょう》には恩義《おんぎ》があるのね」

「当然だろ。俺みたいなハンパもんが人並《ひとな》みに家庭をもてたのは組長《オヤジ》のおかげさ」

「あなた、その恩を仇《あだ》で返すわけ？」女性検事の瞳《ひとみ》が鋭く光った。

「仇で返す……」工藤の顔に不快《ふかい》な驚きが波紋《はもん》となって広がる。

「なに、言うんだ？」

「楠元龍央を殺したのはだれ？」女性検事は正面から切り込む。

「多摩川連合の鉄砲玉に決まってるじゃないか。やつらはいきなり大将首《たいしょうくび》を取りやがった」ヤクザは怒ったように岩崎を睨《にら》んだ。

「さあ、どうかしら？」女性検事は懐疑的《かいぎてき》に前髪を払《はら》う。

「あなたは殺害犯《さつがいはん》を見たはずよ。目撃事実を隠《かく》すのはお世話になった組長に対する裏切りでしょう」

「それこそ勝手な言いがかりだ」工藤は強気《つよき》の口調で弁解する。

「きのう、組長《オヤジ》は夕方五時に家政婦を帰した。俺も六時前には屋敷《やしき》を出ている。その後は知らん」

「それじゃ訊《き》くけど」女性検事は相手の退路《たいろ》をあらかじめ遮断《しゃだん》する布石《ふせき》を打った。

「屋敷にだれかが押し入った形跡《けいせき》はあるの？」

工藤は困惑《こんわく》した顔で黙《だま》り込《こ》む。

「居間や寝室に争った跡《あと》は？」

口ひげ男は今度の質問にも答えない。

「血を見た？」岩崎が訊《き》き方《かた》を変える。

「血だって？」工藤は当惑《とうわく》のつぶやきを漏《も》らした。

「そう、血よ」女性検事がうなずく。

「楠元龍央は胸と脚《あし》を撃《う》たれた。かなりの出血があったでしょうね。室内に血痕《けっこん》は残っていた？」

ヤクザ者は再びだんまりを決め込んだ。

岩崎は居心地《いごこち》が悪い様子で身じろぎする参考人に向かって殺害状況をまとめた。

「外部から侵入した気配《けはい》はなく、血痕も見当《みあ》たらない」彼女が眉根《まゆね》を寄せる。

「つまり、組長の殺害場所は自宅以外だった。じゃ、午後六時以降、楠元龍央は一人で外出したのかしら？　でも、それは問題外だわ」女性検事は意味ありげに片手《かたて》をひらひら振った。

「なんで？　気が向けば散歩ぐらいするだろう」工藤が沈黙を破《やぶ》って異見《いけん》をはさむ。

「いいえ、単独行動は考えられない」岩崎はにべなく否定する。
「わたしが公園で会ったとき、自宅近くにもかかわらず、あなたは組長にぴたりと付《つ》き添《そ》ってい
た。楠元龍央は心臓発作の不安から、たとえ近場《ちかば》でも常時《じょうじ》、お供《とも》が必要だった。あなたの役目《やくめ》
よ」彼女は相手を直視《ちょくし》した。
視線がぶつかると工藤は目を伏せて口ごもった。
「俺がいなくたって、ぶらっとするさ……」
「それなら、家政婦をここに呼んで訊《き》くのがいちばんかもね」女性検事は捜査勘《かん》を披露《ひろう》する。
「家政婦を?」ヤクザ者の表情に警戒感《けいかいかん》が浮かぶ。
「そう。組長はあなたを連れず出かけることがあったのか家政婦に確かめてみます。きっと、興
味深い話が聞けるでしょう」岩崎には家政婦の供述《きょうじゅつ》内容がありありと見えていた。
工藤は何もいえず、もどかしそうに目をきょろきょろ泳がせた。事件を再現する女性検事の声
が追い討《う》ちをかける。
「きのう、楠元龍央はあなたと出かけ、外出先で撃たれた。これが真相だと思う。だけど、不思
議なことに……」彼女は指を二本立てると一本だけ折《お》り曲《ま》げた。
「組長は死体になり、あなたは生き残った。そこが引《ひ》っ掛《か》かるの」
「俺にも死ねといってるのか?」工藤は怒りで唸《うな》った。しかし、顔には後《うし》ろめたさを覗《のぞ》かせてい
る。
「問題は、あなたが殺されなかった理由よ」岩崎は冷《ひ》ややかに見返した。
「襲撃犯が多摩川連合なら、真《ま》っ先《さき》に用心棒を始末《しまつ》したはずで、あなたは組長と一緒《いっしょ》に殺されて

いた。あなたが死を免《まぬが》れたのは、犯人と特別な関係にあったからじゃない？」それは質問というより、事実の確認だった。女性検事の瞳《ひとみ》が強いオーラを放《はな》つ。

「……特別な関係？」ヤクザ者は不安そうに二度、三度と瞬《まばた》きをした。

岩崎は何食《なにく》わぬ顔でカマをかける。

「例えば、同じ浜龍会の組員とか。それで、あなたも射殺犯について口をつぐんだ」

たちまち工藤の瞬きが激しくなった。女性検事の疑いは確信へ高まる。彼女はヤクザ男がいちばん聞きたくない名前をズバッと口にした。

「あなたが庇《かば》うのは塚沼栄治ね。塚沼は楠元龍央を殺して組を乗《の》っ取《と》った。ちがう？」

工藤の両頰《りょうほお》が硬直《こうちょく》する。彼は言葉にならない呻《うめ》きとともに弱々しい動きで首を振った。

「あるいは……」女性検事が手負《てお》いの獲物《えもの》へ深々と爪《つめ》を立てる。

「あなた自身が組長殺しに関与《かんよ》してるのかしら？」

「俺が！」工藤はむせてゼイゼイ喘《あえ》いだ。

「な、なんで組長《オヤジ》を？」

岩崎は動転《どうてん》するヤクザ者を前に県警のコピー用紙へチラッと視線を落とす。

「娘がいるわね。梨絵《りえ》ちゃん、四歳」

「娘……」唐突《とうとつ》に話が飛んで、口ひげ男は目を白黒させた。

「今度、娘さんに会えるとき梨絵ちゃんはもう高校生かな」女性検事は深刻めいた顔つきになる。

「はあ？」工藤が口をあんぐり開けた。

「高校なんてまだ十年以上先だぞ」

「謀殺《ぼうさつ》の共犯なら懲役十年を覚悟しないと」岩崎は厳《きび》しい声でいった。

「裁判員が集《つど》う刑事法廷は厳罰主義に覆《おお》われて、慈悲《じひ》深《ぶか》い女神は消《き》えた。家族と離れる刑務所暮らしはとても長いわよ」

「待ってくれ！」工藤が必死の形相《ぎょうそう》で抗弁《こうべん》をふり絞《しぼ》った。

「なぜ俺が恩人《おんじん》の組長《オヤジ》を殺《や》るんだ？　絶対にありえん」

「だったら、本当のことを話しなさい。殺人は事後共犯《じごきょうはん》でも罪が重いわ。あなたの置かれた状況では黙っているだけで犯人隠避《いんぴ》に問われかねない。梨絵ちゃんを悲しませて平気なの？」女性検事は鋭いまなざしを医療用レーザーメスのごとく投射《とうしゃ》した。

工藤が岩崎の目力《めぢから》に圧迫され、背中を椅子へ押しつける。表情に迷いが揺《ゆ》らいだ。

女性検事は相手の様子に気づいて口調《くちょう》をガラリと変える。

「よく考えて。子どもは親の宝物です」穏《おだ》やかな声が取調室に響《ひび》く。

「子どもは愛情さえ注《そそ》げば、なんの見返りも求めず親を幸せにしてくれる。あなたも梨絵ちゃんの無邪気《むじゃき》な笑顔を見れば愛《いと》おしさで胸が一杯《いっぱい》になるでしょう？」彼女はその言葉がヤクザ者に染《し》み渡《わた》るのを待つ。

口ひげ男はピクリとも動かなかった。

「いまがかわいい盛《さか》りじゃない？　幼稚園から小学生にかけて父親と楽しく過ごせる大切な日々を梨絵ちゃんから奪《うば》っていいの？」女性検事は工藤に残った最後のためらいを消《け》そうと強く一押《ひとお》しする。

「極悪非道な若頭《わかがしら》のために梨絵ちゃんを残して刑務所へ入ったら、それこそ一生、後悔《こうかい》するわよ」

彼女はすぐさま手応《てごた》えを感じた。口ひげ男が見せる表情は粗野《そや》なヤクザ面《づら》から幼《おさな》い娘を慈《いつく》しむ父親の顔へと変わっていた。

「あなたの結論は？」岩崎が選択を迫《せま》る。

「降参《こうさん》だ」工藤は抵抗を止《や》めた。極道社会のしがらみから逃《のが》れるように黒ネクタイを外《はず》してポケットに押し込む。

「娘はもちろんだが、これ以上、女房に苦労をかけたくない」

「正しい判断ね」女性検事は安堵《あんど》した。

「あなたがヤクザの義理《ぎり》より家族を選んで良かったわ」

「義理立《ぎりだ》てについちゃ俺にも言《い》い分《ぶん》がある」工藤は鼻の下をなぞってひげを整《ととの》えた。

「俺が盃《さかずき》をもらったのは組長《オヤジ》だ。若頭《かしら》と兄弟分の契《ちぎ》りはない」

「そんな自己合理化はいいから、知っている事実をありのまま話して」岩崎は椅子をずらし、じっくり聞く姿勢《しせい》をとった。

若い事務官が工藤の口許《くちもと》を見つめながら改行キーをたたく。

「発端《ほったん》は検事さんが組長《オヤジ》に吹《ふ》き込《こ》んだ若頭《かしら》のシャブ商《あきな》いだった」工藤は額《ひたい》に太い皺《しわ》を寄《よ》せた。

「公園で検事さんと別れてから、組長《オヤジ》は大阪の親分たちへ電話をかけまくって、とうとう若頭《かしら》の裏切りが発覚《はっかく》した。若頭《かしら》は大量のシャブを関西方面に卸《おろ》していたんだ」

「やっぱり、塚沼は覚せい剤商売に手を染《そ》めていたのね」女性検事が怒りを抑《おさ》える。彼女は肝心《かんじん》な点を訊《たず》ねた。

「塚沼が関西系暴力団に流していた覚せい剤はたつみ丸で密輸した北朝鮮産?」

「さあ、そこまでは分からん」工藤は肩をすくめて続けた。

「だが、北朝鮮産でもミャンマー産でも、どっちにしろ組長《オヤジ》の腸《ハラワタ》は煮《に》えくり返ったはずだ」

「それで?」岩崎が先を促《うなが》す。

「昨夜、組長《オヤジ》は若頭《かしら》が夢中《むちゅう》だったシャブ密売《シノギ》にケリをつけようと組事務所へ出向《でむ》いた。日本刀を仕込《しこ》んだ杖《つえ》を持ってな」工藤が張《は》りつめた顔になる。

「日本刀?」女性検事は思わず眉《まゆ》をひそめた。

「万が一を考えて、覚悟《かくご》を決めていたんだろう。実際、若頭《かしら》との面談は最悪だった」工藤の目が暗《くら》く沈《しず》む。

岩崎は両手を執務デスクに乗せて身構《みがま》えた。修羅場《しゅらば》が近づいている。

「俺たちが組へ着いたのは午後八時ごろで、事務所には若頭《かしら》と用心棒の乾克也《いぬいかつや》がいた。組長《オヤジ》は直接、若頭《かしら》へ追い込みをかけて、きっちり型《カタ》にハメようとしたんだ。つまり、シャブとの絶縁《ぜつえん》さ。ところが……」工藤はいまいまし気《げ》に鼻の汗を拭《ぬぐ》う。

「本来なら小指《エンコ》でも詰《つ》めて詫《わ》びを入れる立場なのに、若頭《かしら》は平然と開き直った。組長《オヤジ》に逆の追い込みをかけてきやがった」

「逆の?」

「浜龍会からの引退だ」口ひげ男が若頭《わかがしら》への敵意《てきい》も露《あらわ》に答える。

「若頭《かしら》は組長《オヤジ》に身を引けと迫《せま》った。心臓を気遣《きづか》っての親思いじゃねえぜ。三ヵ条が邪魔《じゃま》なだけだ。若頭《かしら》はシャブ嫌悪《アレルギー》の組長《オヤジ》へ図々《ずうずう》しくぬかしたよ。東京進出でシャブ販路《ルート》をでかく拡大するとな」

「東京を覚せい剤の拠点に？」それが塚沼の狙いだったのか……。岩崎は貪欲《どんよく》なウサギ顔を思い出す。

「組長《オヤジ》はその場で若頭《かしら》を破門《はもん》した。当然だ。しかし、シャブ金《がね》に狂った若頭《かしら》は聞く耳を持たない。それどころか、女やガキにも手当《てあ》たり次第《しだい》シャブを売りつけてやる、死に損《ぞこ》ないのジジイはすっ込《こ》んでろと嘲《あざけ》った」工藤の肩がブルッと揺《ゆ》らぐ。

「ついに、組長《オヤジ》がブチ切れて最後の手段へ出た」彼は激しい感情を映《うつ》す目つきで直後に起きた惨《さん》劇《げき》を語った――

「親をコケにしおって！　きさまみたいな外道《げどう》はワシが地獄へ送ってやる！」老組長は手にした仕込杖《しこみづえ》の鞘《さや》からギラリと光る日本刀を抜《ぬ》いた。

塚沼は逃げようとするが恐怖に竦《すく》んで動けない。彼は用心棒の巨体を仰《あお》ぎ、叫んだ。

「克也、ジジイをなんとかしろ！」

若い用心棒は上着の裾《すそ》をはね上げ、ズボンに挟《はさ》んだロシア製軍用拳銃《トカレフ》をつかみ出すと安全装置《セーフティレバー》を下げて何のためらいもなく引き金を絞《しぼ》った。轟音《ごうおん》が鳴《な》り、脚《あし》を撃《う》たれた老人は苦悶《くもん》に顔を歪《ゆが》めてソファーへ頽《くずお》れる。日本刀がカランと床に転がった。

工藤は両手を固く握ったが、銃を前にしてなにもできない。

「そいつを寄《よ》こせ」ウサギ顔のヤクザは手下からトカレフをひったくり、激痛に呻《うめ》く組長の胸へ銃口を向けた。

「くたばりやがれ！」塚沼は無慈悲《むじひ》に引き金を引いた。

室内の空気を震《ふる》わす発射音と同時に強力なトカレフ弾が楠元の胸部《きょうぶ》を深く抉《えぐ》り、反動で跳《は》ね上がった老体へ更《さら》に一発、着弾《ちゃくだん》する。組事務所は防音内装が施《ほどこ》され、銃声は外に漏《も》れなかった。楠元龍央は鮮血《せんけつ》に染《そ》まったソファーで両手足を広げ、ピクリとも動かない。

塚沼は組長の死体から世話係へ視線を移《うつ》した。口ひげ男は蒼《あお》ざめた顔で呆然《ぼうぜん》としている。

「工藤、おまえはどっちを選ぶんだ？」若頭《わかがしら》が冷酷《れいこく》に訊《き》いた。

「くそジジイといっしょに三途《さんず》の川を渡るか、それとも俺のケツを担《かつ》ぐか、性根《しょうね》を据《す》えて答えろ！」彼はトカレフの照門《リアサイト》から照星《フロントサイト》へと結ぶ直線で口ひげ男に照準《しょうじゅん》を定めた――

工藤は言葉を切って息を継《つ》ぎ、検事室の緊張がわずかに緩《ゆる》む。

「銃《チャカ》を突きつけられては、若頭《かしら》に従うしかないだろ」自分を狙《ねら》う銃口が目前《もくぜん》に浮かんだのか、工藤は逃げ場を失《うしな》った野生猿のように歯を剝《む》いた。

「若頭《かしら》は忠義《ちゅうぎ》の証《あかし》に死体を始末《しまつ》しろと命じやがった。俺は乾《いぬい》に手伝わせて組長《オヤジ》の亡骸《なきがら》を多摩川まで運んだ。とにかく、焦《あせ》っていたからな。線香の一本も上げず、遺体《いたい》はそのまま河原《かわら》に捨てたよ。これが昨夜のあらましだ」彼は正直に洗《あら》いざらい語ることで心理的な重荷《おもに》を下《お》ろせたらしく、どこかサバサバした表情で告白を終えた。

「よく話してくれました。あとは調書の確認だけよ」女性検事は若い事務官へ顔を向ける。

吉永がプリンターで調書を印刷するときれいに綴《と》じて上司に渡す。事務官は朱肉《しゅにく》と箱ティッシュも検事デスクに置いた。岩崎は調書の内容を読み聞かせて署名指印《しいん》を求めた。口ひげ男は素直《すなお》に応じる。彼は指についた朱肉をティッシュで拭《ふ》きながら訊《たず》ねた。

「組長《オヤジ》を撃《ハジ》いた行為《こうい》は正当防衛かい？　若頭《かしら》がそんなことをいってた」

「いいえ、銃刀法《じゅうとうほう》を別にすれば」女性検事の目は厳《きび》しさを増《ま》す。

「正当防衛が論点になるのは脚を撃《う》ったところまでね。塚沼には第一級殺人が成立する。銃を渡した乾克也はその共犯」

「俺はどうなるんだ？」工藤の声は緊張していた。

「あなたは死体遺棄《したいいき》の罪に問われます」岩崎は心持《こころも》ち声色《トーン》を変えた。

「何日かは警察へ泊《と》まってもらう」

「えっ、逮捕……？」口ひげ男は意気消沈《いきしょうちん》し、恨《うら》めしい顔で言葉を失《うしな》う。

「少しの辛抱《しんぼう》じゃない？　地検では銃で脅《おど》された事情を斟酌《しんしゃく》して起訴猶予《きそゆうよ》になるはずよ。わたしが上申書を出しておくから」女性検事は元気づけに肩でもたたくような口調《くちょう》でいった。

「そうしてもらえるとありがたい」工藤が頭を下げる。

「数日で家族の元《もと》へ帰れるわ」岩崎は微笑《ほほえ》みを浮かべ、すぐ消した。

「いい機会よ。この際《さい》、足を洗いなさい。奥さんや梨絵ちゃんと本当の幸せを築《きず》き上げたいなら反社会的集団とはスッパリ縁《えん》を切ることね」

「ああ、たしかに極道稼業《かぎょう》は潮時《しおどき》かもな」工藤が神妙《しんみょう》な口ぶりで相槌《あいづち》を打《う》った。

「二十年間、命を奉《ささ》げた組長《オヤジ》が殺されて、もう浜龍会に未練《みれん》はない。このゴタゴタが終わったら一度、女房と娘を連れて信州の実家へ帰るよ。将来のことも話して来る」

「ご両親はきっと喜ぶでしょう。お孫さんにも会えて」岩崎は笑顔で励《はげ》ました。

「四十の手習《てなら》いに精進《しょうじん》して美味《おい》しいお蕎麦《そば》を作ってね」

女性検事は工藤健吾の聴《き》き取りを終了させ、彼の身柄《みがら》を待機《たいき》していた刑事たちに引き渡すと三人が検事室を退出してから捜査一課長へ電話をかけた。

「野郎はゲロったか？」いきなり、耳元《みみもと》で郡司のダミ声が響く。

「全部しゃべった」女性検事は静かに答えた。

「楠元組長を射殺したのは塚沼栄治でまちがいない。用心棒の乾克也が共犯よ」

「やはり親殺しか？　勘《かん》が当《あ》たったな」郡司はねぎらいの言葉を省《はぶ》いて皮肉《ひにく》っぽく褒《ほ》める。

「あんたにしては悪くない仕事だ」

「工藤の調書は藤島刑事が持ち帰ったわ」

「よし！」刑事課長は電話口で気合を入れた。

「早速《さっそく》、横浜地裁に逮捕とガサの札《ふだ》を請求するぜ。黒幕の若頭《かしら》を押さえればシャブの流れも分かるだろう。一気に決着をつけてやる」

「浜龍会にはわたしも同行させて」岩崎が成果に見合った待遇《たいぐう》を望む。

「かまわんよ。それくらいの働きはしたからな。準備が済《す》み次第《しだい》、連絡する。おれたちのうしろについて来い」たたき上げ一課長は余計《よけい》なおしゃべり抜《ぬ》きで電話を切った。

横浜の街は早い夕暮れに包《つつ》まれかけている。空には弱々《よわよわ》しい日差《ひざ》しがかろうじて残っていた。

神奈川県警本部ビルの地下駐車場から覆面《ふくめん》パトカー八台と大型バンがあわただしく出発する。岩崎紀美子は先頭車両の後部座席に事務官と乗り込んでいた。藤島淳一がハンドルを握《にぎ》りながら助手席に声をかける。

「四課を置《お》き去《ざ》りにしていいんですか？」

「こいつはれっきとした殺人だぞ」郡司耕造は肩をそびやかせた。

「組織犯罪対策課《ボウタイ》には遠慮してもらう」

「でも、覚せい剤絡《がら》みだから一悶着《ひともんちゃく》ありそうですね」藤島が四課との軋轢《あつれき》を懸念《けねん》して曇《くも》った表情になる。

「気に病《や》むな」上司は無造作《むぞうさ》にシートベルトを引っ張った。

「連中にはシャブルートの残りカスでもくれてやればいい。文句はいわせせん」

若い刑事は口を閉《と》じて運転に集中した。車列は制限速度ギリギリで海岸通りをイセザキ・モール方向へ走る。女性検事は車窓《まど》を流れる灰色の横浜港に目をやった。

「工藤の調書を読んだが」捜査課長は半身《はんみ》になって後部座席を振り返る。

「シャブの入手経路《にゅうしゅけいろ》は不明か？」

「彼は知らなかった」岩崎が視線を車内に戻す。

「工藤は楠元組長の付き人よ。覚せい剤の密輸や密売から外《はず》されていたのでしょう。塚沼栄治の口を割《わ》らせないと」彼女は難《むずか》しい顔でいった。

「ものは考えようだぜ」郡司がニヤリとする。

「あの薄汚《うすぎたな》いウジ虫を捕《とら》えれば組長殺しと闇シャブは一挙《いっきょ》に解決だ」

「もうひとつあるわ」岩崎は硬《かた》い表情を崩《くず》さない。

「ん？」無骨《ぶこつ》な男の目に疑問符《ぎもんふ》が浮かんだ。

「ハロウィン虐殺《ぎゃくさつ》を引き起こした犯人よ。ゴム仮面《マスク》の三人組」女性検事は脳裏《のうり》に棲《す》みついた犯人像を開陳《かいちん》する。

「塚沼栄治かも知れない」

「おい、ゾンビ野郎は若頭《かしら》だといってるのか？」郡司が目玉を見開《みひら》く。

若い刑事も驚いてバックミラーを覗《のぞ》いた。

「だとしたら」岩崎は独自の推論《すいろん》をつづける。

「二人目のゴム仮面《マスク》は乾克也ね。塚沼に忠実な下僕《げぼく》」

「たしかに、やつらは親殺しの極悪人だ。マシンガンをぶっ放《ぱな》すくらい平気でやるだろう。しかしな」刑事課長が太いゲジゲジ眉《まゆ》毛《げ》の間に縦皺《たてじわ》を刻《きざ》む。

「ハロウィン事件の場合、浜龍会とイースト・シップライン社はシャブを強奪《ごうだつ》された被害者じゃないか？」

「いっそ被害届が出ればありがたいですね。捜査の手間《てま》を省《はぶ》ける」藤島は自分の冗談に失笑《しっしょう》した。

「でも、ハロウィンの夜、覚せい剤で損害を受けたのはだれかしら？」女性検事が半《なか》ば自問《じもん》する。

刑事たちと事務官は興味津々《きょうみしんしん》に答えを待った。

緊張を孕《はら》んだ車内へ岩崎の声が通る。

「イースト社がたつみ丸を朝鮮半島へ就航《しゅうこう》させたのは戸村勇作《とむらゆうさく》に北朝鮮とパイプがあるから」

「イースト社の社長だな？」郡司は額《ひたい》の脂汗《あぶらあせ》を擦《こす》った。

「ええ。そして、戸村のツテで覚せい剤密輸が始まったとすれば、密売利益をどう分配するかも社長の言いなりでしょう」女性検事の瞳《ひとみ》が思案気《しあんげ》に光った。

「専務の桃田はそれが気に食《く》わなかった。不満のマグマを溜《た》め込《こ》んでいたら何が起きると思う？」

「マグマ爆発だ……それがハロウィンの虐殺《ぎゃくさつ》」隣《となり》で、吉永が寒気《さむけ》に襲《おそ》われた声を上げる。

「わたしは専務と会って分かったの。桃田清は危険な男よ。しかも、金欲《きんよく》には底がない。彼が戸村の覚せい剤を奪うために大量殺人を犯《おか》しても驚かないわ」女性検事は問いかけるような視線を巡《めぐ》らせた。

車内の空気が凝縮《ぎょうしゅく》する。

「つまり」捜査課長は唸《うな》った。

「専務がクーデターを企《たくら》んで浜龍会の若頭《かしら》はそれに相乗りしたってわけか」

「三人目のゴム仮面《マスク》！」藤島は息を呑《の》むとバックミラーを見ながら訊《たず》ねた。

「そいつ、貿易会社の専務とやらがハロウィン事件を操《あやつ》った黒幕《ラスボス》ですか？」

「たぶんね」岩崎がミラーに映《うつ》る若い刑事へうなずいた。

「首謀者《しゅぼうしゃ》がだれか、真相はくそったれヤクザに聞けばいい。二、三発ぶちかませば全《すべ》てゲロするさ」郡司は断固とした口調で後部座席に宣言する。

「若頭《かしら》の調べは渡せない。おれたちがやるぜ」

女性検事は黙っていた。捜査課長は沈黙を同意の印《しるし》と受け取って向き直り、肩をすくめた。

「しかし、女だてらに好《す》き好《この》んでヤクザの事務所へ乗り込むとは、あんたも根っからの現場検事だな。特捜エリートは肌に合わんだろ？」

郡司の揶揄《やゆ》で車内の空気が軽くなる。

「ご心配なく」岩崎はすまして答えた。

「これでも訟務《しょうむ》検事を拝命《はいめい》した経験《キャリア》だってあるのよ。国の民事代理人」

「また、横浜地検へ戻ってください。一課を挙《あ》げて歓迎しますから」藤島は冗談っぽく好意を仄《ほの》めかした。

「おまえの弱点は美人に甘いところだ」郡司が横目《よこめ》で部下を睨《にら》む。

「この検事さんは県警本部を自分の兵站基地《へいたんきち》くらいにしか思ってないぞ」

「伊勢佐木町です。着きました」若い刑事は減速してハザードランプを点灯《てんとう》させた。

郡司が再び背後《はいご》を振り返る。

「あんたらはオブザーバーだ。隅《すみ》っこで見物《けんぶつ》しててくれ」そう命じると彼は返事も聞かずシートベルトを外《はず》した。

雑居《ざっきょ》ビルの並《なら》んだ裏通りを塞《ふさ》ぐ形で覆面パトカー八台、大型バンが次々と停車する。ドアが開き、神奈川県警強行犯《きょうこうはん》係の刑事たちは狭《せま》い道路へ飛び出した。三名が車列に残り、闘志《とうし》を燃やした十八人の男は古いビルへ走る。しんがりに女性検事と検察事務官がつづいた。

ビル入口には派手な服装の暴力団員五人がたむろしている。これ見《み》よがしに木刀《ぼくとう》を握《にぎ》った二人は多摩川連合の殴《なぐ》り込《こ》みに応戦するつもりらしい。ヤクザたちは近づくスーツ部隊に殺気立《さっきだ》った。

「なんだ、てめえら！」黄色い厚手《あつで》ジャージ姿の若い組員が眉《まゆ》を剃《そ》り落とした顔面《がんめん》ですごむ。

「若頭《かしら》の塚沼と乾克也に札《ふだ》が出ている。道を開《あ》けろ」捜査一課長は先頭に立った。

藤島淳一がすばやくヤクザたちの鼻面《はなづら》へ令状を掲《かか》げる。

「ふざけるな！」眉毛の無い男はいっそう強《つよ》がった。

「おい、ポリ公《こう》、来る場所がちがうぞ。多摩川連合の外道《げどう》をとっ捕《つか》まえろ。こっちは組長《オヤジ》のタマを取られたばかりだ」彼は若い刑事の胸を小突《こづ》いた。

「公妨《こうぼう》の現行犯だな。手錠《ワッパ》！」郡司は短く命じる。

たちまち数人の刑事が黄色いジャージ男を引き倒し、ねじり上げた右腕にカシャリと手錠《てじょう》をかける。仲間があっけなく爆沈《ばくちん》して四人の組員は顔を見合わせ、スゴスゴと左右に分かれた。刑事の一団が暗いビル通路へ突進する。

浜龍会の事務所ではスーツに黒い腕章《わんしょう》をつけた中年ヤクザが二人ソファーへ座り、すぐ傍《そば》でチンピラ風の若者が茶坊主《ちゃぼうず》よろしく控《ひか》えていた。上座《かみざ》のソファーから兄貴分《あにきぶん》と思われる中年男がなだれ込んできた刑事たちにうろんな視線を向ける。

「警察《サツ》のダンナ方《がた》かい？」

「おまえは？」捜査課長は眉ひとつ動かさずに誰何《すいか》した。

「若頭補佐《かしらほさ》の室井《むろい》だよ」中年ヤクザは肩で息をつく。

「うちはいま喪《も》に服《ふく》している。少しは遠慮《えんりょ》してほしいね」彼は黒い腕章を指さした。

「おまえのところは喪の最中《さいちゅう》に木刀を持ち歩くのか？」郡司が皮肉《ひにく》で返す。

「俺たちの稼業《かぎょう》は敵が多いからな。常に用心《ようじん》が必要だ」室井は気苦労《きぐろう》を滲《にじ》ませた渋《しぶ》い顔で腕組みする。

「若頭《かしら》と乾克也はどこだ？」郡司がヤクザたちに近づいた。

「若頭なら昼過ぎに克也を連れて出かけた。行き先は知らない」室井はそっけなく答える。

「ここを調《しら》べさせてもらうぞ」捜査課長が事務所に隠された悪事を詮索《せんさく》する眼差《まなざ》しでいった。

「ガサの札《ふだ》を見せてくれ」室井は苦々《にがにが》しく催促《さいそく》する。

郡司が藤島にあごをしゃくった。若い刑事は若頭補佐の眼前《がんぜん》へ捜索差押許可状を突きつけた。暴力団幹部は簡明《かんめい》な令状のチェックにたっぷり時間をかけると刑事たちが苛立《いらだ》つほどノロノロした動きで携帯を取り出す。

「立会人に弁護士を呼ぶから少し待てや」

「寝言《ねごと》をいうな！」刑事課長の野太《のぶと》い声が一喝《いっかつ》する。

「立会人はおまえで十分だ。おとなしく指をくわえてろ」

「警察《サツ》の横暴《おうぼう》に泣かされるのは御免《ごめん》だよ。極道にも権利はあるぜ。弁護士を頼んで何が悪い？」

室井はソファーでふんぞり返った。

岩崎紀美子は刑事たちの間をすり抜《ぬ》けた。鋭い視線はソファーに釘付《くぎづ》けとなっている。数日前、ここを訪れたときソファーは古い革製だった。いまは真新《まあたら》しい紫色の布カバーで覆《おお》われ、布地《ぬのじ》の下部はギャザー状にしてゴムバンドで留《と》められている。彼女は確信に充《み》ちた表情を浮かべ、ツカツカと上座《かみざ》のソファーへ歩《あゆ》み寄った。

「ちょっと、そこをどいて」

室井は場違《ばちが》いな細身《ほそみ》の女をひょっこり現《あらわ》れた珍獣《ちんじゅう》でも観察《かんさつ》する目つきでしげしげ見つめた。

「だれだい、このねーちゃんは？」

若い刑事がすかさず前に出る。

「バッジが見えないのか？　検事さんの命令だ。さっさとどけ」藤島は逞《たくま》しい腕でヤクザを羽交《はが》い絞《じ》めにすると、そのままソファーから引きずり下《お》ろした。

女性検事がゴムバンドをつかんで紫色の布カバーを一気に剥《は》がす。三人の暴力団員はその場へ死体が転がり出たかのごとく狼狽《うろた》えて、一斉《いっせい》に顔をそむけた。革張りのソファーにはなにかを拭《ふ》き取った跡《あと》が黒ずんだシミとなって残っている。岩崎はハンカチでゴシゴシ擦《こす》った。ハンカチが赤く染《そ》まる。

「血よ」彼女は刑事たちに汚《よご》れたハンカチを見せた。

「疑いなく楠元龍央の血痕《けっこん》だわ」

「こいつら証憑湮滅《しょうひょういんめつ》と犯人隠避《はんにんいんぴ》で手錠《ワッパ》だ！　外の連中も全員確保《かくほ》。鑑識を呼べ」郡司が矢継《やつ》ぎ早《ばや》に命じる。

刑事たちは解《と》き放《はな》たれた猟犬《りょうけん》の勢《いきお》いでヤクザへ飛びかかった。藤島が若頭補佐の顔を床に押しつける。室井は口許《くちもと》を歪《ゆが》めて苦しそうに喚《わめ》いた。

「ソファーは若頭《かしら》にいわれたんだ。俺は殺しと関係ねえ。弁護士に電話させてくれ」

一方的な捕《と》り物《もの》を見ながら捜査課長が女性検事の脇《わき》に立つ。

「あとで組織犯罪対策課《ボウタイ》に連絡する」彼は事務所内部へ視線を巡回《じゅんかい》させた。

「麻薬犬は四課のペットだからな。ハロウィン事件で奪われたシャブを嗅《か》ぎつければワン公の大《おお》手柄《てがら》だよ」

「肝心《かんじん》の塚沼栄治がいない」岩崎が形のいい眉《まゆ》をひそめる。

「いずれ防犯カメラの網《あみ》にかかるさ。最近の顔認証システムは優秀なんだぜ」郡司は早期逮捕への自信を覗《のぞ》かせた。

「やつの携帯から位置情報も割り出せる」

「そうだといいけど……」女性検事の瞳に楽観めいた色はない。彼女は、余裕《よゆう》たっぷりで部下たちの家探《やさが》しを眺《なが》めている捜査責任者へ懐疑的《かいぎてき》な目を向けた。


桃田清《ももたきよし》は無人の会社で缶ビールを片手にたつみ丸の運航《うんこう》スケジュールを検討していた。たつみ丸を使った北朝鮮との交易《こうえき》はあと三回が限度か……。頬傷《ほおきず》の男は缶ビールをグイと飲んだ。例の女検事が脅《おど》しに屈《くっ》した様子はない。相変わらず危険で煩《うるさ》いスズメバチのようにブンブン飛びまわっている。しぶとい女狐《メギツネ》だ。彼女はかならず県警をせっついて、再びたつみ丸へ踏《ふ》み込《こ》んで来るだろう。貿易会社の専務は傷痕《きずあと》を掻《か》きながらニヤリとする。もちろん、一計《いっけい》は案《あん》じていた。まずは輸入書類どおり香辛料《こうしんりょう》だけ運び、たつみ丸を横浜港へ帰還《きかん》させる。サツどもが香辛料をいくら掘《ほ》っても、残念無念《ざんねんむねん》、お宝のシャブは出てこない。前回同様、今度もガサ入れが失敗すれば、さすがに次の捜索《そうさく》はあるまい。そこで、二回目、三回目の航海へ向かう古びた貨物船が高価な黄金卵《ゴールドエッグ》を産む魔法のニワトリとなる。真空パックしたシャブ二十キロを船倉《せんそう》に積《つ》めば合わせて四十キロ、末端《まったん》価格は二十四億円を超える。闇市場《ブラック・マーケット》へ流す場合、卸値《おろしね》は小売価格の半額ほどだから卸元《おろしもと》のイースト・シップライン社が手にする裏金は概算《がいさん》で十二億円、北朝鮮の密輸担当部署と韓国側の仲介《ちゅうかい》グループへ大金を払っても四億の純益《じゅんえき》は固い。しかし、桃田の顔はいまいましげに歪《ゆが》む。社長から内示《ないじ》された彼の分け前は五千万円に満《み》たなかった。あのブタ野郎は桃田が稼《かせ》いだ利益を丸ごと喰《く》い尽《つ》くすつもりらしい。頬傷男の目がギラギラ光った。こうなれば、また怪物仮面《マスク》を被《かぶ》るまでだ。たつみ丸が最後に運ぶ白い粉《こな》と戸村勇作の用意した現金《ゲンナマ》をそっくりかっさらってやる。今回、ハロウィンの夜とちがって麻薬取締官《マトリ》を殺す特別注文《オプション》がないから仕事は楽だろう。それを最後にたつみ丸やイースト・シップライン社は用済《ようず》みとなる。スーツの襟《えり》から埃《ホコリ》を払う癖《くせ》があるキザな男に頼んで新しい密輸ルートを開拓《かいたく》すればいい。彼はビールを飲み干《ほ》すとアルミ缶をにぎりつぶした。

携帯が鳴る。表示は公衆電話だ。

「もしもし」

「おう、兄弟、ヤバイことになった。俺はどんづまりだよ」塚沼栄治の情《なさ》けない声が聞こえる。

「組長《オヤジ》殺しで指名手配《テハイ》されちまった。足がつくから携帯も使えない」

「おまえ、どこに潜《ひそ》んでる？」

「とりあえず、金をかき集めて若い手下《てか》といっしょに愛人《オンナ》のところへ来たが、そう長居《ながい》はできん」

「よし、俺に任《まか》せろ」桃田は頭の中で急ぎ善後策《ぜんごさく》を立てた。

「二時間後にまた電話をくれ。使い捨ての携帯と部屋《ヤサ》を用意する。しばらくは安全だろう」

「すまんな、恩に着るぜ」ヤクザの口ぶりが神妙《しんみょう》になる。

「他人行儀《たにんぎょうぎ》はよせやい」桃田はくだけた調子でいってから声を改《あらた》めた。「俺たちは五分と五分の盃《さかずき》を交《か》わした兄弟分じゃないか。こんなときこそ役に立たせてもらうよ」むろん、逃亡を手助けする礼金はたんまりせしめるつもりだった。彼は内心《ないしん》でほくそ笑《え》む。まあ、それはあとでいい。とにかく、塚沼を追い払う算段《さんだん》が先だ。こいつが捕《つか》まったらわが身も危ない。桃田は窮地《きゅうち》に立つヤクザへ自己保身の焦《あせ》りを伏《ふ》せたまま海外逃亡《たかとび》しろと提案した。

「兄弟、逮捕される前に日本を離れろ」

「離れる？　どこへ？」若頭が戸惑《とまど》って訊《たず》ねる。

「北朝鮮さ。あの国とは犯人引渡し条約を結《むす》んでいない。日本へ強制送還される心配は無用だ」

「しかし、北朝鮮かよ。えらく退屈しそうだな。自由がないだろ」塚沼は二の足を踏んだ。

「心配するな」桃田が含《ふく》み笑いをする。

「金さえあれば、あそこは天国らしいぞ。おまえの変態趣味《へんたいしゅみ》を満足させてくれる女もゴロゴロいるだろう。毎日、酒池肉林《しゅちにくりん》を楽しめや」

「へえ、女とヤリ放題《ほうだい》か」ウサギ顔のヤクザは下卑《げび》た興味を示す。下腹部《かふくぶ》と直結した性衝動《リビドー》を刺激されて目の前がピンク色に靄《もや》り、待ち受ける独裁社会の暗黒面は見えていない。

「で、兄弟、俺はどうやって北朝鮮へ渡る？」

「たつみ丸を使え！」桃田はここぞとばかりに力を込めた。

「実は、いま北朝鮮のシャブ担当者が日本に密入国してる」

「ん、北朝鮮から？」塚沼は兄弟分が吐露《とろ》した秘密に驚く。

「名前はパク・イムソン、けっこう大物だぜ」桃田は知られざるシャブ産出国に顔が利《き》くことを匂《にお》わせた。

「その担当者がたつみ丸で朝鮮半島へ戻る。兄弟、おまえは一緒に密航するんだ。若いやつも連れて行け」

「船は大丈夫《だいじょうぶ》だろうな？」ヤクザが不安を口にする。

「安心しろ」頬傷の男は自信満々でいった。

「船員はこっちの息がかかったいわば身内《みうち》だ。金を握らせてある。韓国から北へ抜けるルートも万全だよ。向こうに着《つ》いたら同行のパクが頼りになるだろう」

「兄弟、なにからなにまで大助かりだ。いつか恩返しさせてくれ……」ヤクザは言葉を詰《つ》まらせて感激した。

「いいってことよ」桃田が右頬の肉塊《にくかい》を小指でなぞる。

「日本なんかおさらばしちまえ。おまえの望みを叶《かな》えてくれる新天地に旅立て」彼は唇を湿《しめ》らせた。まったく、嘘《ウソ》も方便《ほうべん》とは実に重宝《ちょうほう》な諺《ことわざ》だ。元々《もともと》、これは塚沼が自《みずか》ら招《まね》いた災難に過ぎず、北朝鮮へ送り込んで厄介払《やっかいばら》いすれば頓馬《トンマ》な極道の運命に関心はない。

「じゃ、俺は携帯と隠れ家の準備をする。あとでゆっくり話そう」

　桃田は肩をすくめながら電話を切った。


　霞が関にそびえる検察法務合同ビルは多くの窓から光があふれている。政府主導の働き方改革も法執行機関には無縁《むえん》だ。

静かな検事オフィスで、岩崎紀美子はノートパソコンに対面《たいめん》していた。事務官の姿はない。女性検事は両手をキーボード上で空中停止《ホバリング》させることなく軽《かろ》やかに文章を打ち続ける。やがて、指の動きが止まり、彼女は顔を上げた。工藤健吾に関する上申書が完成した。横浜地検の担当検事が決まったらすぐに送ろう。あとは工藤本人から浜龍会へ脱退届の内容証明通知を出せば一件落《いっけんらく》着《ちゃく》する。事実上の司法取引はうまく運び、捜査協力者に対する責任も果たした。岩崎はささやかな満足感を胸に帰り支度《じたく》を始めた。遅くなってしまった。あしたは娘といっしょに鍋《なべ》でもしよう。美沙は小さく切った餅《もち》入り鍋が好きで、白菜や肉の下へ沈《しず》んだ餅がドロドロに溶《と》けないように見張る餅奉行《もちぶぎょう》を気《き》どっていた。頭の買い物リストに餅を追加して立ち上がった直後、外線電話がかかってきた。

「東京地検、岩崎です」

「まだ仕事かい。ご苦労様」かつての指導教官が深みのある声でいった。

「少しだけ、いいかな。すぐ終わる」

「はい、どうぞ」女性検事は快《こころよ》く応じた。

「神奈川県警が暴力団事務所を強制捜査したらしいが……？」稲垣史郎《いながきしろう》は言葉尻《ことばじり》を濁《にご》して問いかける。

「稲垣さん、耳が早い」教え子は恩師の情報収集スピードに感心した。

「うちの横浜支部から連絡があってね。ただし、詳細《しょうさい》はつかんでいない」公安調査庁の部長は伝達ルートを打ち明けて質問へ戻る。

「当然、きみも立ち会った？」

「ええ、県警に同行しています」

「それで、北朝鮮の覚せい剤は押収《おうしゅう》できたのか？」公安部長が意気込《いきご》んだ。

「残念ながら覚せい剤は出ませんでした」岩崎は受話器に向かって否定する。麻薬犬の投入も無駄に終わった。浜龍会の事務所で覚せい剤は発見できていない。

「見つからなかった？　……ガサは失敗だな」稲垣が失望したようにつぶやく。

「いいえ、今日の捜索《そうさく》はあくまで殺人捜査に基《もと》づいています」女性検事は恩師の性急《せいきゅう》な結論を訂正した。

「浜龍会の若頭《わかがしら》が組長を射殺したのです。覚せい剤はその動機にすぎません」

「なんだ、ヤクザ同士の殺し合いか」稲垣は興味を失った言葉遣《づか》いでつっけんどんに答える。公安調査庁は北朝鮮の密輸ネットワークを探《さぐ》っており、暴力団内部で発生した殺人事件には関心がないらしい。

岩崎は恩師のそっけなさに口をつぐむ。

「いや、すまない」稲垣は教え子の不自然な沈黙を汲《く》み取って、すぐ釈明《しゃくめい》した。

「私の言い方が悪かった。一刻《いっこく》も早く横浜の覚せい剤基地《アジト》を潰《つぶ》したくてね。このところ、覚せい剤密輸の件数はうなぎ昇《のぼ》りだ。押収量《おうしゅうりょう》だけで年間千キロを超える。それだって氷山の一角《いっかく》さ。とくに、日本海が大騒ぎになってる」

「日本海？」岩崎は怪訝《けげん》な顔で訊《き》いた。

「ああ、不審船《ふしんせん》の出没《しゅつぼつ》だ」稲垣が苦《にが》り切《き》った声になる。

「やつらは洋上で日本側の犯罪組織へ密輸品を引き渡す」

「瀬取《せど》りですか?」脳裏《のうり》にテレビニュースで見た北朝鮮の船舶《せんぱく》が浮かぶ。瀬取りは密輸犯の常套《じょうとう》手段だ。

「相手が北朝鮮では海上保安庁だけでなく、自衛隊も座視《ざし》できないだろう。このままだとキナ臭い国際紛争になる」公安部長の口ぶりに強い危機感《ききかん》が紛《まぎ》れた。

「国際紛争?」岩崎の懸念《けねん》も増《ま》す。

「軍事衝突の勃発《ぼっぱつ》だよ」恩師は真剣そのものだった。

10

低くたれ込めた雲の切れ間から太陽の光がななめに差《さ》している。日本海の冷たい水面はハレーションをおこしたように金属色の輝《かがや》きを放《はな》った。

海上保安庁の大型巡視船PL05「まつかぜ」は船首の喫水線《きっすいせん》に白い波を立てながら北北西をめざしていた。二等海上保安監《ほあんかん》、和泉卓《いずみすぐる》は艦橋《ブリッジ》へ陣取《じんど》り、海に焼けた精悍《せいかん》な顔で自分が指揮する船のフロントデッキを見おろした。「まつかぜ」は海上保安庁が保有する六十七隻の一千トン級巡視船の最新型だ。ブリッジの下には丸い砲塔《ほうとう》から突き出た三十五ミリ機関砲が空をにらんでいる。和泉の頭上、巡視船のほぼ中央では高性能レーダーが広範囲な海面を探《さぐ》っていた。先ほどからレーダー・モニターに映《うつ》し出されているのは小型の船影《せんえい》だ。

「目視《もくし》できました」若い監視員がデジタル望遠鏡《スコープ》から顔を上げて船長に譲《ゆず》った。

和泉はファインダーに目を押しつけた。方位距離測定レンジが緑色に発光するスーパーズーム・レンズの向こう側で、ちっぽけな漁船が揺《ゆ》れていた。

「あれはニシン漁《りょう》の船ですよ」観測員が口添《くちぞ》えする。

「ハグレ漁船か」和泉は拍子《ひょうし》抜《ぬ》けした。

ことの発端《ほったん》は不審電波だった。けさ早く航空自衛隊の美保基地電波受信施設が日本海から発信された微弱《びじゃく》な電波を捕捉《ほそく》する。ほんのかすかな信号だが、自衛隊の早期警戒センターは色めき立つ。通信はデジタル暗号化され、しかも、暗号パターンの圧縮《あっしゅく》は自衛隊のＪＰＲＣ－Ｆ10や米軍のＡＮ／ＰＲＣ－１１９といった軍事無線と同じだった。つまり、発信源は軍用船の可能性が高い。自衛隊からの要請で、近海を巡視していた「まつかぜ」はただちに現場へ急行する。が、出会ったのは船団から迷走《めいそう》し、魚群《ぎょぐん》にも見放《みはな》された一艘《いっそう》のニシン船か……。

「遭難《そうなん》してるわけじゃなさそうだ」船長は思案気《しあんげ》にいった。

「念のため、臨検《りんけん》しよう。停船信号を送れ」

巡視船のデッキから赤い照明弾《しょうめいだん》が打ち上げられ、同時に無線と信号灯《しんごうとう》で停止命令がだされた。しばらく待っても相手から反応はない。小型漁船は停船命令を無視して日本海の波間《なみま》をのんびりと北へすすんでいる。

和泉はひどくバカにされた気分になった。海上保安庁に対する許しがたい侮辱《ぶじょく》だ。

「むこうの速度は？」

「十ノット程度です」観測員がすぐ答える。

「よし、全速で追尾《ついび》しろ」船長は航海士《こうかいし》に命じた。

「先まわりして、あいつの針路を断《た》ち切るんだ。おどかしてやれ」

巡視船の機関室に積《つ》まれた強力なエンジンがうなり、海中で回転する二基のスクリューは水の抵抗を押しのけて一千トンの巨体を力強く前進させた。「まつかぜ」は船尾《せんび》に白い航跡《こうせき》を残し、北へ向かって突きすすむ。ブリッジから眺めると和泉の肉眼でも、はるか前方にポツンと漁船の姿が見える。あの鈍亀《どんがめ》は本気で逃《に》げ切れると思っているのか？　だとしたら、日本海の冷たい潮風《しおかぜ》で脳ミソが凍《こお》りついてしまったにちがいない。船体規模五十トン未満のボロ漁船と最新型のPL型巡視船では初めから勝負がついている。

しかし、追跡《ついせき》開始の二十分後、和泉は奇妙なことに気づいた。いくら追いかけても漁船との距離は縮《ちぢ》まらない。それどころか、彼の巡視船は少しずつ離《はな》されていく。

「現在の速度は？」

「本船ですか？　三十ノット、最高速度です」航海士が答える。

「相手スピードを報告しろ」

観測員は刻々《こっこく》と変わるモニターの数字を読み取った。いまや、巡視船のあらゆるセンサーと指《し》向性《こうせい》レーダーが漁船に向けられている。観測員はコンピューターがはじきだす数値を見て信じがたい表情を浮かべた。

「三十二ノット、いや、三十三、三十四……三十五ノットを超えて、なお加速しています」

「三十五ノット！　まさか」和泉は愕然《がくぜん》とした。

彼はファインダースコープをのぞく。チカチカ光る方位距離測定レンジの中央に、典型的なニシン漁の漁船が映《うつ》っていた。だが、こうして観察すると、どこかしっくりこない。漁船にしては微妙《びみょう》な違和感《いわかん》があった。この神経を苛立《いらだ》たせるモヤモヤは一体なにが原因か？

「網《あみ》だ！　漁網《ぎょもう》がない」和泉は思わず口走《くちばし》った。

オンボロ漁船の甲板《かんぱん》はまっさらなのだ。船首と船尾に集魚灯《しゅうぎょとう》らしきものを吊《つ》り下げているが、漁網や漁具はどこにも見当《みあ》たらない。あれではニシンどころか雑魚《ざこ》一匹とれないだろう、こんな漁船はありえなかった。ズームレンズを調整すると別のものが目に入った。ブリッジ周辺に細いアンテナが林立《りんりつ》している。和泉はスコープの倍率を最大限にした。白いペンキで描《えが》かれた船名と記号がハッキリ読み取れる。

「第二豊栄丸《ほうえいまる》、登録番号はKW2－8704。船の持ち主と所属する漁協《ぎょきょう》を確認しろ」

通信担当がキーボードをたたき、海上保安庁のデータベースに照合《アクセス》する。結果はすぐさまモニター上へあらわれた。

「該当船《がいとうせん》なし！」

艦橋内の空気が一気に張りつめる。和泉は緊張したときの癖《クセ》で舌をぎゅっと嚙《か》みしめた。こいつがニシン漁船という体裁《ていさい》を偽装《ぎそう》しているのは明らかだ。うそっぱち船名を掲《かか》げた国籍不明の不審船、通信アンテナをハリネズミのようにおっ立てた超高速艇。それに、不審船が一目散《いちもくさん》で逃げて行く先にあるのは……？

「朝鮮半島か」和泉は呻《うめ》いた。やはり、自衛隊の情報は正しかった。あれは北朝鮮の特殊船《とくしゅせん》にちがいない。しかし、それが分かったところで、和泉に出来ることは指を咥《くわ》えて、どんどん遠ざかっていく船をながめるだけだ。相手の速度は四十ノット近い。両船の立場は完全に逆転していた。あんなパワーボートを巡視船で追いかけるより、農耕用の駄馬《だば》にムチ打って競走馬《サラブレッド》へ直線レースを挑《いど》む方がまだ勝ち目はある。

「司令部から連絡が入っています」ヘッドホンをつけた通信員が報告する。「舞鶴《まいづる》の海上自衛隊では護衛艦二隻を派遣《はけん》したそうです」

船長は顔をしかめた。

「護衛艦が来るころ、やつは地球の果《は》てまで逃げちまう」

通信員がまた船長を仰《あお》ぐ。

「海自のP－3Cがこちらに向かっています」

和泉は思案顔《しあんがお》になった。P－3C対潜哨戒機《たいせんしょうかいき》なら速力もあるし、航続距離も長い。現在、自衛隊の哨戒機はターボファン・エンジン四発を搭載《とうさい》したジェット型P－1が順次《じゅんじ》導入されている。とはいえ、プロペラ型のP－3Cもまだまだ現役で飛行していた。

「空からなら間に合うかもしれん。あとは航空機にまかせよう」

「船長、司令部が威嚇射撃《いかくしゃげき》の命令を出しています」通信担当が戸惑《とまど》った声を上げる。

「威嚇射撃？　空砲《くうほう》か」

「いえ、空砲使用の付帯《ふたい》命令はありません」

「実包！」和泉はごくりと喉《のど》を鳴《な》らした。

もちろん、彼の船に対艦五インチ砲や高速魚雷はない。装備されているのはブリッジ前方の三十五ミリ機関砲と後部の二十ミリ多銃身《たじゅうしん》機関砲だけだ。しかし、海上保安庁のささやかな武器であっても、実弾射撃となれば相手の小船を木っ端微塵《こばみじん》に吹き飛ばす危険がある。

「どうします？　射程外《しゃていがい》へ出たら手遅れに……」観測員が急《せ》かすように判断を求めた。

「三十五ミリ機関砲、発射用意」和泉は乾《かわ》いた声で命じた。

「不審船の後方百メートルの海面、一連射《いちれんしゃ》！」

コンピューター制御された砲塔《ほうとう》が回転し、砲身が上下する。射撃角度がきまると同時に、三十五ミリ砲は火を噴《ふ》いた。眩《まばゆ》い曳光弾《えいこうだん》が一直線に空を切り、高波で荒れる日本海へ吸い込まれていく。さらに連射。巡視船のデッキに白い硝煙《しょうえん》が流れ、火薬の刺激臭《しげきしゅう》を漂《ただよ》わせた。

巡視船「まつかぜ」の船長、和泉卓《いずみすぐる》はブリッジの計器盤《けいきばん》に両手を乗せ、無力感を苦《にが》く味わっていた。

すでに一時間が経過《けいか》している。威嚇射撃のなか、不審船は漁船の偽装をかなぐり捨て、全速力で逃げていた。水中翼船なみの猛スピードを出しながら海上をジグザグに動きまわっている。ふつうの船だったら、まちがいなく横転《おうてん》だ。ところが、あの船は二メートル近い高波をものともせず、高速蛇行《だこう》をくりかえしていた。

「あいつを止めるにはエンジンをぶっつぶさなければダメだ。砲手、三十五ミリで機関部を狙えるか？」

「機関部を！」驚いた声が返って来る。

「しかし、直接攻撃は威嚇射撃の命令に反します。司令部から許可を……」

「そんなこと百も承知だ」和泉は強い口調で部下を遮《さえぎ》った。

「まず、できるかどうかを教えろ。できなきゃ許可もへったくれもあるまい」

砲手はわずかな沈黙後、答えた。

「この距離と揺れでは着弾《ちゃくだん》ポイントを機関部に絞《しぼ》るのはむずかしいと思います。レーザー照準《しょうじゅん》でも無理でしょう」

「ようするに打つ手がないわけか」和泉はむっつり押し黙った。海面に向かって弾丸をばらまくだけでは毎分数百万円の単位で大切な血税を海へ投げ捨てるようなものだ。納税者がこの事実を知ったら、さぞ嘆《なげ》くだろう。和泉は眉《まゆ》をひそめる。断続的な威嚇射撃で三十五ミリ砲の銃身は急激に過熱していた。耐熱チタニウムの銃身が焼き切れるか、弾薬が底をつくか、どちらにせよ結末《けつまつ》は見えている。もはや、敗北は明らかだろう。当初の緊迫感は消え去り、ブリッジには陰鬱《いんうつ》な空気が垂《た》れ込めた。

そのとき、レーダー監視員が叫んだ。

「P－3Cです！　やってきました」

和泉はブリッジの窓から上空をながめた。いつの間にか厚い雲は風に吹き飛ばされ、冷たい日本海の大気はどこまでも透明度をたもっている。

最初はなにも見えなかった。

やがて、すみきった空の一角《いっかく》がキラリと光る。天空《てんくう》に浮かんだ小さな光の粒《つぶ》はぐんぐん降下して来て、たちまち全長三十五メートルを超す大型プロペラ機の機影《シルエット》になった。

海上自衛隊第二航空群《こうくうぐん》の対潜哨戒機P－3Cは四基のターボプロップ・エンジンが立てる轟音《ごうおん》を響《ひび》かせ、巡視船「まつかぜ」の左舷《さげん》前方を通過していく。機体に描かれた日の丸がななめから照《て》りつける陽光にかがやき、巡視船のデッキではいっせいに喝采《かっさい》がおきた。海上保安官たちは転落防止柵へ駆け寄り、急上昇する自衛隊機に向かって盛大な声援《エール》を送った。

Ｐ－３Ｃは高度数百メートルで主翼《しゅよく》を左右に傾斜《バンク》させて挨拶《あいさつ》すると大きく反転し、旋回《せんかい》飛行へ移った。和泉が双眼鏡であとを追う。無彩色《むさいしょく》の機体は獲物《えもの》を狙う鷲《ワシ》さながらに不審船の上空で円を描いた。やがて、Ｐ－３Ｃは丸みをおびた機首を相手の針路へ合わせる。

和泉は双眼鏡ごしに、自衛隊機の下部ハッチがパックリと開くのを目撃した。

直後、ニセ漁船の前方に巨大な水柱《みずばしら》が上がり、耳をつんざく爆発音が海面を揺《ゆ》るがせた。

和泉は一瞬、わが目を疑った。

「爆撃している！」

これは前代未聞《ぜんだいみもん》の大事件だ。日本の近海で空から爆弾が降《ふ》ったのは、敗色濃《はいしょくこ》い太平洋戦争の末期、わずかに残った帝国海軍の九九式艦上爆撃機がアメリカ大艦隊のかたすみに命がけで二百五十キロ爆弾を投下して以来、およそ八十年ぶりの出来事である。

巡視船「まつかぜ」では、全員がポカンと口をあけ、洋上で起きているシュールな光景に目を奪《うば》われていた。彼らは日本の自衛隊が初めて敵船へ爆撃をくわえた場面に遭遇《そうぐう》しているのだ。

船長の和泉は次々と噴《ふ》きあがる爆水《ばくすい》に双眼鏡を向けつつ、自衛隊が爆撃までして逃走を食い止めようとする偽装船はどんな目的で日本の領海を侵犯《しんぱん》したのか、強く訝《いぶか》しんだ。

海上保安庁の船員が仰天《ぎょうてん》しながら眺《なが》めている光景を、四十キロ離れた上空では、航空自衛隊の早期警戒機《そうきけいかいき》が高性能レーダーでリアルタイムに捉《とら》えていた。

三沢基地を飛び立った第二〇一警戒航空隊第一飛行班のE－767は毎時七百キロの巡航《じゅんこう》速度で西に飛行している。E－767は大きな円盤を背負《せお》ったキメラ型の電子警戒機だ。機体上部から突き出た直径九メートルの円盤状ロートドームには捜索《そうさく》レーダーや電波探知《でんぱたんち》アンテナなどハイテク監視装置がぎっしりつまっている。この円盤は三六〇度全周囲の探知索敵《たんちさくてき》をおこなうことができた。E－767を日本海へ一機飛ばせば、朝鮮半島の空域《くういき》が手に取るように分かる。

いま、ドームに内蔵されたAPS－125長距離捜索レーダーが捕捉《ほそく》しているのは、はるか海上での追跡劇《ついせきげき》だった。コンソールボックスに、高速で逃げる不審船、それを追うP－3C、後方で置いてきぼりをくらった巡視船が小さな三つの発光体で表示されている。不審船の前後ではときおりグリーンの光が輝いては、消えた。対潜哨戒機が落とす百五十キロ爆弾の爆発エコーだ。本来は水中にひそむ潜水艦攻撃用の爆雷《ばくらい》だが、爆発深度を自由に設定できる。着水と同時に起爆《きばく》させ、その炸裂《さくれつ》がレーダーに反映していた。

「海自のやつら、派手にバラまいてるな」監視員は驚きまじりの口笛《くちぶえ》を吹《ふ》いた。

「万が一、手もとが狂って撃沈《げきちん》すれば戦争だ。どこかの国からまっしぐらにテポドンが飛来《ひらい》するぞ」

「我々は見て、報告するだけさ」副機長が振り返った。

「あとは上が決める」

「統幕《とうばく》のお偉方《えらがた》、爆撃を知ったら卒倒《そっとう》しちまう」機長は乾《かわ》いた笑い声を漏《も》らす。

ドーム型レーダーは半径六百キロに及ぶ空域の監視をつづけた。電子の眼は海上の追跡劇だけでなく、朝鮮半島へ届いている。ほどなく、北方の空であらたな異状が探知《たんち》された。乗務員の一人が報告する。

「機長、北方に別の動きあり。四個の飛行物体が不審船の海域へ向かっています」

「そいつらはどこからやってきた？」機長が訊《たず》ねる。

監視員はコンソールパネルにライトペンを押しあて、相手の飛行経路から発信地をたどっていった。

「……ここだ。羅津《ラジン》です」朝鮮半島のつけ根がマークされた。

「嫌な予感がしますね。羅津《ラジン》にはでかい軍用飛行場がある」副機長は表情を曇《くも》らせた。

「相手の機種《きしゅ》を特定しろ」機長の声も危惧感《きぐかん》を帯《お》びる。

搭乗員はコンソールキーをたたく。敵味方識別装置《てきみかたしきべつ》が働き、ＡＬＲ－５９ＰＤＳ電波探知器は飛行物体の電波特徴を判別し、その情報をコンピューターに送り込む。表示スクリーンには、瞬時に一連の数字と記号が浮かんだ。

「ミグ21！」搭乗員は小さく叫ぶ。

「四機やってきます」

「北朝鮮の戦闘機か。くそ、こいつは厄介《やっかい》な事態になるぞ」機長は前方の虚空《こくう》をにらみつけた。

ミグ21の四機編隊は猛スピードで日本の領空へ近づいてくる。Ｅ－７６７の通信バッファーは地上の自動警戒管制組織《バッジ・システム》にリンクしていた。ミグ戦闘機の出現情報が転送されると、要撃《ようげき》警報が作動し、航空自衛隊小松基地に待機するパイロットたちは緊急発進《スクランブル》を命じられた。

コックピット周囲には明るいスカイブルーが広がっている。尾翼《びよく》にコヨーテの影絵《マーク》を描いたF－35AライトニングⅡ二機は、文字どおり大気を貫《つらぬ》いて飛んでいた。F－35は、相手がなんであれ見境《みさかい》なく襲《おそ》いかかる海の殺し屋ホオジロザメに主翼《しゅよく》と尾翼を取り付けたような猛々《たけだけ》しい姿の最新鋭ステルス戦闘機だ。

　航空自衛隊小松基地に所属する一等空尉《いっとうくうい》、青柳正義《あおやぎまさよし》は機体のわずかな揺れを自動制御装置が修正して安定させるのを感じとった。青柳はタッチパネル式の大型カラーディスプレイを確認しながら、右側にある操縦桿《サイド・スティック》を握《にぎ》り直《なお》した。F－35は世界最強の多目的攻撃ステルス戦闘機で、青柳が操縦するAタイプと海自のBタイプがあった。F－35Bはエンジンの向きを九〇度回転させて滑走路なしに飛び立てる垂直離着陸機《VTOL》だから、いずも型護衛艦にF－35Bを五機も積《つ》み込《こ》めば多用途母艦《たようとぼかん》という名前の空母が誕生する。海上自衛隊が長年、熱望していた空母保有国への仲間《サロン》入りはVTOL機によってめでたく実現された。

　アメリカが開発を主導したF－35は欧州共同開発のユーロファイターを押しのけ、わが国で主力戦闘機の座を射止《いと》めたが、値段はバカ高い。なにしろ一機あたり百億円かかるのだ。アメリカの対日貿易赤字を減らすため、日本政府は大奮発《だいふんぱつ》してAタイプ百機、Bタイプ四十機、合計百四十機の調達を決めた。総購入費は天文学的な金額に達する。青柳たちパイロットはフライトシミュレータで操縦訓練しているときからF－35がいかに大金を注《そそ》いだ買い物かを叩《たた》き込まれてきた。緊急脱出で機体を放棄《ほうき》する破目《ハメ》へと陥《おちい》ったら、大いに後《うし》ろめたさを感じるだろう。

　青柳は脱出レバーの位置をチラッと目視《もくし》する。緊急脱出……、こんな不吉《ふきつ》きわまりない考えが頭をかすめたのも、北空《きたぞら》に現《あらわ》れたいまいましいミグのせいだ。

ミグ21、通称フィッシュヘッド、大きなデルタ翼《よく》をもつソ連時代の汎用《はんよう》戦闘機。機体が軽く、敏捷《びんしょう》で操縦し易《やす》い。旧世代の老体《おいぼれ》だが、いまでも東ヨーロッパ、アフリカ、アジアの空軍で第一線に配備されている。北朝鮮空軍はもっと新しいミグ23やミグ29を欲しがっていたが、国家財政上、新型機の導入はごくわずかで、主力は古いミグ21だ。その四機が朝鮮半島を飛び立ち、不審船の海域へ向かっている。不審船を追うP－3Cは対潜爆弾を除けば丸腰《まるごし》だった。ミグに攻撃されたらひとたまりもあるまい。

「コヨーテリーダーからブラザーコヨーテへ、聞こえるか?」青柳は僚機《りょうき》に呼びかけた。

「はい、感度良好。どうぞ」二等空尉の高津信弘《たかつのぶひろ》が答える。

「ちょっと急ぐぞ。ついて来い」青柳はスロットルグリップに手をやった。

強烈な加速圧は耐《たい》Gスーツがすみやかに吸収する。F－35搭載《とうさい》エンジンは大出力があり、音速の壁突破にたった十秒しか要さない。そして、超音速《マッハ》一・二で二百四十キロ飛行できるスーパー・クルーズ機能も備《そな》えていた。

コックピットを通した視界はクリアで、青空にミグ21の姿は見えなかった。が、すでに電子戦が始まっている。その点では北朝鮮の貧乏空軍より、青柳たちがずっと優位に立っていた。F－35ライトニングⅡは最先端の科学技術が生みだした高度な戦術電子システムを内蔵し、更に、いまは早期警戒機の強力なレーダーサポートがあった。E－767の円盤型レーダーはミグの編隊をがっちりつかまえている。

青柳はバイクで使うフルフェイス・ヘルメットのようなHMD《ヘッドマウントディスプレイ》を被《かぶ》り、分析システムがバイザーへ表示する最新情報を読み取っていく。ミグ21はくさび形《がた》にならんだフィンガーチップの編隊で飛んでいた。典型的な戦闘フォーメーションだ。

突然、ミグの編隊がわかれて、二機は新たなコースをとった。

「コヨーテチームへ、こちらベース1」ヘッドホンから入間《いるま》基地航空指揮所オペレーターの緊迫《きんぱく》した声が聞こえる。

「二機がそっちへいくぞ。やつら本気だ」

青柳は即座《そくざ》に操縦桿の武器モードをチェックした。二十五ミリ機関砲と対空ミサイルの切《き》り替《か》えになっている。

「リーダーからブラザーコヨーテへ、使用兵器をミサイルにセレクトせよ」彼は二番機に命じた。

「ブラザーコヨーテ、了解。ミサイル発射モードで待機」高津が復唱《ふくしょう》する。

地球の空に初めて戦闘機が飛んだとき、空中戦での撃墜《げきつい》距離はせいぜい百メートルにすぎなかった。第一次世界大戦当時、ドイツ軍とフランス軍のパイロットは大空の騎士《ナイト》を自負《じふ》して、正々堂々、一騎討《いっきうち》の銃撃戦に臨《のぞ》み、お互い相手の顔を見ながらたたかった。そんな大時代は過去へ去り、いまや、数十キロ先の彼方《かなた》から空対空ミサイルがマッハの絶叫を上げて飛んでくる。

F－35はステルス性を保持するため胴体内部へ格納《かくのう》したロケットランチャーに射程百キロのアクティブ・レーダー・ホーミング誘導ミサイル、AAM－4を積んでいた。自動追尾《ロックオン》するレーダーを敵機に照射《しょうしゃ》すれば、あとは発射ボタンを押すだけだ。AAM－4はマッハ四～五で相手を猛追《もうつい》し、巨大な火だるまへと変える。ミグはもう射程内に入っていた。

一方、ミグ21に搭載された対空ミサイルは旧ソ連のお粗末《そまつ》な技術力を反映して二十キロほどの有効射程しかない。先手必勝という現代空中戦のセオリーからいえば、二機のミグはすでに撃墜されたも同然だった。

しかし、青柳の指はミサイル発射スイッチから離れて動かない。彼は戦術教官に「生き残りたいなら、いち早く敵を発見してミサイルをぶっぱなせ」と叩《たた》き込《こ》まれ、日々、きびしい訓練を受けてきた。が、実際には先制攻撃など許されない。憲法九条だかなんだか知らないが、頭のふやけた学者や政治家が編《あ》み出した「専守防衛」のドグマで自衛隊の行動は束縛《そくばく》されている。先手禁止の奇怪《きかい》な論理は空中戦の常識をくつがえしてしまった。空自パイロットはみずからの命を危険にさらして敵の第一撃を待たなければならない。現に、青柳は百億円ものステルス戦闘機を操《あやつ》り、早々とミグを発見しているのに、コックピットで鎮座《ちんざ》したまま、ミグ21の旧式ミサイル射程内へ向かって、ただひたすら飛びつづけていた。銃殺隊が待ち構《かま》える処刑場に自分からイソイソと出向くようなものだ。バカバカしいほど滑稽《こっけい》だが、笑える状況ではなかった。

いきなり、耳もとで電子警報が鳴《な》りひびく。

「くそ、ロックオンしやがった！」二等空尉の高津は叫びに近い声を上げる。

青柳たちはミグの誘導レーダーを浴《あ》びたのだ。手をこまねいているうちに相手ミサイルの射程内に入ってしまった。青柳のヘルメットバイザーには刻々《こっこく》と情報が送られてくる。敵の誘導ミサイルはいつ発射されてもおかしくない。そうなったら、死への臨界点《りんかいてん》を超える。口の中がカラカラに渇《かわ》いた。

「リーダー、指示を。やられる前にミグを落としますか？」二番機ブラザーコヨーテは切羽詰《せっぱつ》まった口調で訊《たず》ねる。

「先に手出しはできん」青柳は操縦桿の発射スイッチをぐっと押し込みたい衝動と葛藤《かっとう》して命じた。

「このまま待機。早まるなよ」

相手との距離はどんどん狭《せば》まっている。もうすぐ、ミグ21の三角翼《デルタよく》を目視《もくし》できるだろう。それが、目に映《うつ》る最後の光景か……。一等空尉は俄然《がぜん》、開き直った顔で不敵《ふてき》に笑う。彼は誘導レーダー妨害装置《ジャミング》に指を置いた。腹は決まった。敵ミサイルの自動追尾を無力化して回避《かいひ》したら、青柳たちの得意な接近戦《ドッグファイト》に持ち込み、二十五ミリ機関砲を撃《う》ちまくってやる。

「ブラザーコヨーテへ、火器モードは二十五ミリ。レーダージャミング用意、ミサイル攻撃に備《そな》えろ」

アドレナリンが急激に高まる。ミグ撃墜《げきつい》で自衛隊の歴史はガラリと変わるだろう。

そのとき、ヘッドホンへ緊急指令が飛び込んだ。

「要撃中止《アラート》！　コヨーテチームは現在空域を離脱《りだつ》して帰還《きかん》せよ」

スクランブル解除！　二機のＦ－35ＡライトニングⅡは急上昇すると東に旋回《せんかい》した。

「不審船が領海を出た。Ｐ－３Ｃは追跡を終了。ミグも引き返していく」

青柳は航空指揮所の報告を聴《き》きながら、耐Ｇスーツの内部が冷や汗でぐっしょりぬれていることに気づいた。

11

防衛省ビルを守るように広がった陸上自衛隊の市谷駐屯地《いちがやちゅうとんち》は首都防衛を担《にな》う最終陣地《ラストライン》だ。ニホンカモシカを図案化した部隊旗《フラッグ》が強風にひるがえる第十九特科連隊の隊舎《たいしゃ》では、早朝にもかかわらず二人の男が額《ひたい》を突き合わせて話し込《こ》んでいた。

「ミグにロックオンされて、やり返さないとは全くけしからん」連隊長の一等陸佐が木製テーブルにこぶしを打ちつけた。

「相手は年代物《ロートル》のミグ21ですぞ。ふらふら飛ぶカトンボを叩《たた》き落とすようにあっさり撃墜《げきつい》できたはずだ」

「そんなことしたら戦争になりますよ」高級スーツを着た防衛官僚が苦笑する。

「構《かま》うものか。戦《いくさ》が恐くて国は守れません」武部徹《たけべとおる》は真顔《まがお》で答えた。

ドアがノックされる。

「入れ」連隊長は入室を許可した。

「失礼します」若い肉体《カラダ》を内勤用《ないきんよう》制服に包《つつ》んだ女子隊員がコーヒーを運んで来る。彼女はきびきびした動作でコーヒーカップをテーブルへ置くと一礼して立ち去った。

「あんな小娘《こむすめ》でもいざとなれば命をかけてたたかう覚悟ができている」武部は女子隊員が消え

たドアへ誇《ほこ》らしげな視線を送った。

「自衛隊《ここ》はそういうところです。少なくとも、私の部隊には敵をまえにして怖気《おじけ》づく臆病者はいません」

「わかります。隊員は上に立つ連隊長をお手本にしているのでしょう。私たち背広組《せびろぐみ》にもみなさんの気概《きがい》はヒシヒシと伝わってきますよ」川原寛保は頷《うなず》き、コーヒーをすすった。

「気概なら、きのう、海自のＰ－３Ｃが見せた心意気《こころいき》こそ本物だ」一等陸佐は称賛《しょうさん》の言葉を口にする。

「いや正直、あれにはぶったまげました。命中はさせなかったが、まさか、爆弾を落とすとは……」防衛役人がコーヒーカップを戻して、両腕を広げた。

不審船の領海侵犯と国籍不明機に対する空自の緊急発進《スクランブル》は報道されていたが、Ｐ－３Ｃの敢行《かんこう》した爆撃はまだマスコミへ流れていない。自衛隊と海上保安庁には厳重な緘口令《かんこうれい》が敷《し》かれている。

「日本海をうろついた不審船は北の密輸船かスパイ船でしょう。撃沈したところで文句を言われる筋合《すじあ》いはない」武部はコーヒーをゆっくり飲み、おもむろにつづけた。

「実は、爆撃したＰ－３Ｃ、機長が我々の同志でしてね。稲葉《いなば》一等海尉《かいい》です」

「えっ、お仲間？　なるほど。それで強気の爆撃も合点《がてん》がいきますよ」防衛官僚は事情を呑《の》み込《こ》んだように首肯《しゅこう》する。

「昨夜、稲葉が爆撃についてネチネチ査問《さもん》を受けたと聞きました」武部は眉間《みけん》を歪《ゆが》めた。

「なにか処分でも？」川原の眼《め》が患《うれ》いを湛《たた》える。

「処分？」一等陸佐は肩をすくめた。

「やれるものなら、やってみるがいい」彼はニヤッと笑う。

「稲葉はタフな男です。信念がある。昨夜も、不審船の逃亡阻止という威嚇《いかく》爆撃の正当性を堂々と主張して、最後は査問官が音《ね》を上げたらしい」

「気骨《きこつ》ある尉官《いかん》ですね。まさしく自衛官の、いえ軍人の鑑《かがみ》だ」防衛官僚は訳知《わけし》り顔で追従《ついしょう》した。

「軍人か……。実に重々《おもおも》しい響《ひび》きですな。小官《しょうかん》は入隊以来、自衛隊が正式な軍隊となる日を夢見てきた」武部はデスクに置かれた精巧な金属製模型の戦車を指さす。

「この一〇式《ヒトマル》はロシア軍の最新戦車T－14を撃破《げきは》できます。核兵器を除《のぞ》けば、我々は世界でも指《ゆび》折《お》りの軍事力を所持している。ところが」彼は苦々《にがにが》しい口調《くちょう》でいった。

「軟弱《なんじゃく》な政府のやつらめ、自衛隊は軍隊と別物で、日本は戦力を保持していないと念仏《ねんぶつ》みたいに唱《とな》えてきた。ならば、訊《き》く。我々はいったい何者だ？　隊員が担《かつ》いでいる二〇式突撃銃《アサルトライフル》は災害救助の道具じゃないぞ」連隊長はやりきれない思いを込めて天井《てんじょう》を仰《あお》いだ。

自衛隊は憲法九条違反を避《さ》けるために軍隊でありながら政治的には軍隊性を否定された日陰者《ひかげもの》の立場へ押し込められている。

「そんな屈辱《くつじょく》、もうすぐ終わりますよ！」川原が熱《ねっ》っぽく身を乗り出す。

「来年一月の通常国会には議員有志で国防法案を提出します。いよいよ、そのときがやって来たのです」防衛官僚は興奮を抑《おさ》えきれず小鼻《こばな》をふくらませた。

「法案が成立すれば自衛隊は国防軍に生まれ変わる。武部さんは名実ともに軍人だ。私も晴れて国防省の役人となり、国防担当者の国際会議へ出席しても肩身《かたみ》の狭《せま》い思いをしないですむ。

米国防総省《ペンタゴン》の連中と互角《ごかく》に渡《わた》り合《あ》えます」官僚は傲慢《ごうまん》な笑《え》みを浮かべた。

「法案の賛同者は必要人数に足りますか?」一等陸佐が気難《きむずか》しい顔で訊《たず》ねる。

「もちろん、勝算はあります」川原は指でVサインをつくった。当然、新聞記者に嗅《か》ぎつけられるヘマはしません。すべて秘密裡《ひみつり》に多数派工作を進めています」

「いま、与党内部の中間派を切り崩《くず》しているところです。当然、新聞記者に嗅《か》ぎつけられるヘマ
はしません。すべて秘密裡《ひみつり》に多数派工作を進めています」

「無事に成立すればいいが……」一等陸佐は眉根《まゆね》を絞《しぼ》って太い皺《しわ》を刻《きざ》んだ。

「そこで、武部さんたちの出番じゃないですか!」川原はギラギラする目で自衛官を鼓舞《こぶ》した。

「法案が国会へ提出されたら、武部さんは同志の佐官や尉官を結集して国防法支持の声明を発表してください。各部隊の第一線で指揮を執《と》るみなさんが動けば必ず隊員はついてきます。それが自衛隊の声となるのです。自衛隊の総意《そうい》は議員たちも無視できない。なにより、世論を牽《ひ》きつけるでしょう。うまい具合にハロウィン虐殺や不審船出没で社会状況は追い風が吹いている。我々は勝利しますよ」防衛官僚は一気にまくしたてると恭《うやうや》しく敬礼《けいれい》した。

「以上です。大佐殿」

「大佐?」武部の肩がピクリと動く。

「自衛隊が国防軍へ変われば……」官僚は意味ありげに自衛官を見た。

「武部さんは日本だけで通用する一等陸佐から万国の軍隊に共通な上級官位、陸軍大佐と呼ばれるのです」

「小官が大佐になるのか。夢の実現だな」連隊長は感銘《かんめい》を受けた顔で武者震《むしゃぶる》いする。

「まるで、クーデター前夜の気分だ」

「ああ、クーデターで思い出しました。武部さんにはお伝えしないと」川原は固い木のイスに座り直した。

「この際《さい》ですから、国防法には非常事態宣言の施行《せこう》手続も条文化する予定でしてね。つまり、戒厳令《かいげんれい》です」

「おお、やはり、マーシャル・ローを織《お》り込《こ》みますか？　期待にたがわぬ豪胆《ごうたん》な議員さんたちですな」武部はコーヒーカップを持ち上げた。

「国防軍に戒厳令、これで、やっと日本は普通の国になれる。かのチャーチルも言ってますよ。軍隊が尊敬されない国は三等国だとね。ん、ヒトラーだったかな？」川原は上気《じょうき》した顔で首をひねった。

「しかし、護憲派が大騒ぎするでしょう。いまいましい輩《やから》だ」連隊長は苦《にが》いコーヒーを飲み干《ほ》す。

「私は微塵《みじん》も心配していません」防衛官僚は相手の懸念《けねん》を打ち消すように手を振った。

「議会も国民も左翼の罵詈雑言《ばりぞうごん》より自衛隊から発信される力強いメッセージに耳を傾《かたむ》けるはずです」

「だが、護憲派の連中はゴキブリなみにしぶといですぞ」武部は敵意を剝《む》きだした。

「法案が可決されたら、今度は憲法学者や弁護士たちが全国の高裁へ国防法は憲法違反だと訴訟提起するにちがいない」

「そんな憲法裁判は統治行為論《とうちこういろん》で押し切ってしまえばいいのです」川原はあくまで強気だった。

統治行為論は、国防など高度に政治上の問題は選挙民や議会が決めるべきで裁判所の憲法判断になじまないという司法消極主義である。防衛官僚は楽観的にいった。

「法務省は有能な訟務《しょうむ》検事を揃《そろ》えています。彼らが愚《おろ》かな違憲訴訟を潰《つぶ》してくれるでしょう」

「検事といえば……」一等陸佐の目つきが急に険《けわ》しくなる。

「特捜部から極秘の問い合わせがあったらしい」

「東京地検特捜部が自衛隊に？　問い合わせの中身《なかみ》はなんです？」川原は上体を引いた。勇《いさ》ましい表情が一抹《いちまつ》の不安で陰《かげ》る。

「わからん」武部は陰気《いんき》に首を振った。

「警務隊《けいむたい》が扱《あつか》っている。あそこには手が出せん。こっちの同調者もいない」

警務隊は自衛隊の規律と秩序《ちつじょ》を維持する内部警察だ。

「我々の行動計画に支障《ししょう》はないと思いますが、私もちょっと探《さぐ》ってみましょう」防衛省の情報本部で第一補佐官を務《つと》める川原は戸惑《とまど》いながら返答した。

「特捜部にはあのライオン女がいる」一等陸佐はいかめしく肩を上げた。

「ライオンね。まるで無敵の女みたいですな」川原が薄《うす》く笑う。

「ライオンでなければ、ハブだ。どっちにしても狙《ねら》った獲物《えもの》へガブリと嚙《か》みつく。特捜検事を甘く見ると大ケガしますぞ。致命傷《ちめいしょう》になりかねん」一等陸佐は喉元《のどもと》へあてた指先で真一文字《まいちもんじ》に切り裂《さ》く真似《まね》をした。

「武部さん、心配しすぎじゃないですか？」防衛官僚が訝《いぶか》しげな目で見る。

「あんな下《した》っ端《ぱ》女に特捜部を動かす力はありませんよ。だいいち、彼女は我々の行動計画を摑《つか》んでいない。所詮《しょせん》は大事《だいじ》の前の小事《しょうじ》でしょう。自衛隊が国防軍を産み出すか、その成否は、中堅幹部の結束《けっそく》にかかっているのです。お転婆《てんば》ヒラ検事など気に病《や》まず、佐官や尉官の同志をひとりでも多く増やしてください」

「先刻《せんこく》、承知している」武部は不機嫌《ふきげん》に答えた。

「大作戦を目前にして警戒を怠《おこた》るなということです。兵法《へいほう》の基本だ」

「きっと、うまくいきますよ」川原が一転、あけっぴろげな笑顔《えがお》を見せる。

「首尾《しゅび》は上々、前途《ぜんと》は洋々《ようよう》です。武部さんは国防軍創設の功績《こうせき》で陸軍大佐から少将へ特進を果《は》たし、参謀本部に抜擢《ばってき》されるでしょう」

「小官の参謀本部入りはともかく、国防軍計画はなんとしても実現させねば。邪魔な連中は断固、排除する。とりわけ、女だてらに盾《たて》つく男殺《アバズレ》は許せん。ちがいますかな?」武部は爛々《らんらん》と燃える目で官僚を見やった。

「日本海は大荒れだ」検察事務官の吉永泰平《たいへい》が朝刊を閉じて肉づきのよい顔をしかめた。

「高速不審船に戦闘機のスクランブル、きのうは一触即発《いっしょくそくはつ》でしたね。なにが起きるか分からない」

寒い朝の司法街《エリア》を眺《なが》めていた女性検事は窓から室内へ視線を戻す。

「両方とも北がらみじゃないかしら? 日本海は朝鮮半島から目と鼻の先だし」

「北朝鮮? お得意の政治的挑発かな」若い事務官がため息をついた。

「それも考えられるけど、北朝鮮の台所事情が大きいと思う」岩崎はなにかを見通すようにいった。

「台所？」吉永はあごの肉を摘《つ》まんだ。

「経済制裁で財政は火の車よ。外貨を手に入れようと必死なの。取引相手が日本の暴力団だっておかまいなしにね」女性検事は怒りを含《ふく》んだ声で指摘《してき》する。

「覚せい剤の密輸ですか？」

「ええ、白い粉ならミサイルとちがって簡単に運べるでしょう。すばしっこい小型艇で十分……」岩崎は事務官の反応を待った。

「きのう現《あらわ》れた不審船か！」吉永が一拍《いっぱく》置いて膝《ひざ》を叩《たた》く。

「そう、日本には覚せい剤の巨大市場《メガマーケット》がある。公安調査庁も瀬取《せど》りを疑っているわ」

「お隣《となり》さんが？」事務官は法務省区画の方を指さした。

「新人時代、お世話になった指導教官が公安調査庁にいるの」

外線の着信音で会話は中断した。

電話に出た事務官が通話口を覆《おお》いながら上司へ伝える。

「その公安調査庁です。稲垣さん」

「はい、おはようございます」女性検事は受話器を耳にあてた。

「おはよう」恩師の深い声が聞こえる。

「きのうはすごい騒動《そうどう》だった」

「稲垣さんが心配したとおりですね」岩崎は恩師との会話を思い出して告《つ》げた。

「うん、それで不審船の追跡劇だけど……」稲垣がつかの間、言いよどむ。

「はい?」

「電話で話すのは気が引けてね。しかし、お互い多忙《たぼう》な身だ。会う時間がもったいない」公安調査庁の部長は自分を納得させると本題に入った。

「自衛隊は爆撃したらしい」

「爆撃?」教え子はオウム返しで訊《き》く。何が起きたのかさっぱり理解できない。

「自衛隊機が不審船の針路を妨害するために爆弾を落としたんだ」恩師はいくぶん声を潜《ひそ》めた。

「まさか……」岩崎が絶句《ぜっく》する。

「爆弾があたらなくて幸《さいわ》いだったよ」稲垣から安堵《あんど》のため息が漏《も》れた。

「信じられません。それ、明らかな戦闘行為でしょう?」女性検事は釈然《しゃくぜん》としない顔でいった。

「たぶん」恩師の口調が変わる。

「爆撃の背後には自衛隊内部の強硬派が蠢《うごめ》いているはずだ」

「強硬派ですか?」教え子は眉間《みけん》を狭《せば》めた。

「以前、話した連中さ」公安調査庁の部長は苦々《にがにが》しくいった。

「非常大権《ひじょうたいけん》を手に入れたがってる一味《いちみ》だ。自衛隊機のパイロットが爆撃に踏み切ったのも組織的な後《うし》ろ盾《だて》があるからこそだよ」

「そうですね」岩崎は頭に武部《たけべ》徹《とおる》のいかめしい制服姿を思い浮かべた。

「当然、防衛省にも協力者がいるにちがいない。情報本部の川原など強硬グループを動かす筆頭《ひっとう》株《かぶ》だろう。彼らは要監視《ようかんし》だな」稲垣が辛《から》い口調で警告する。

「自衛隊については、わたしからも報告があります」今度は教え子が切り出した。

「ハロウィン虐殺で使われたサブマシンガンですが……」

「うん？」

「自衛隊にサブマシンガンの調達数《ちょうたつすう》と在庫調査を依頼しました。入庫と在庫の数が合うか確認したくて」岩崎は手短に伝えた。

「そういえば、きみは自衛隊からの流出を疑っていたね。で、どうだった？」公安部長が興味を示《しめ》す。

「まだ回答はありません。このまま黙殺《もくさつ》かな」女性検事に楽観はない。

「そうか。返事が来たら教えてくれ」

「はい」

「朝早くから邪魔をした」公安部長は電話を切ろうとする。

「稲垣さん、お忙《いそが》しそうですね」岩崎が声をかけた。

「ああ、ありがたいことに忙しくなったな。麻薬取締官《マトリ》のおかげだよ」恩師は苦笑する。

「うちは役所そのものがリストラ対象だった。しかし、ハロウィンに横浜の麻薬取締官《マトリ》がほぼ全滅《ぜんめつ》して流れは大きく変わった」

「流れ？」

「不謹慎《ふきんしん》な言い方ですまない。が、実のところ、麻薬Gメンの殺戮《さつりく》はうちを窮地《きゅうち》から救ってくれた。政府内部で公安部門への関心が高まったからね。そんなわけで、私も会議や各種レクチャーに追われている」恩師は会話を締《し》め括《くく》った。

「じゃ、今度ゆっくり食事でもしよう」

女性検事が受話器を置いてすぐ、再び着信ランプが明滅《めいめつ》する。

「はい、岩崎です」

「橋本忠雄《はしもとただお》とイースト・シップライン社のつながりがわかったぜ」鼓膜《こまく》に野太《のぶと》い声が響《ひび》く。

「殺された防衛省の元職員？」女性検事は頭を切り替《か》えた。

「その小役人《こやくにん》だ。接点は川崎のディスカウントショップだった」郡司耕造《ぐんじこうぞう》が結論を口にする。

「詳《くわ》しく話して」

「橋本は自衛隊の野戦食《レーション》を大量にくすねていたよな」郡司は自分で確認すると先をつづけた。

「そいつを持ち込んだ店が川崎の安売りショップ倉庫市場《そうこいちば》だ。一方、イースト・シップライン社は北朝鮮の民芸品を同じ倉庫市場に卸《おろ》していた。つまり、店を接点に両者の面識《めんしき》が出来てもおかしくない。だろ？」彼は同意を求めた。

「そうね」岩崎が受話器を握ったままでうなずく。

「物資の横流しが発覚して防衛省をクビになった橋本はイースト社の裏商売に加担《かたん》した。十分あり得《う》る話だわ。その店、よく突き止めたわね」

「靴底《くつぞこ》をすり減《へ》らした地道《じみち》な捜査のささやかな勝利だよ」刑事課長は満足そうに謙遜《けんそん》したが、すぐさま厳《きび》しい語調《トーン》へ戻った。

「とはいえ、確証がない限り貿易会社のガサ入れはできん」

「店側は橋本とイースト社の接触を認めてないの？」岩崎が忙《せわ》しげに質問する。

「いま、店長を任意で事情聴取している。のらりくらり惚《とぼ》けやがって、食えない野郎でな」捜査課長は苛立《いらだ》ちまじりのため息をつく。

「どうせ叩《たた》けばホコリの出る店でしょう。そのあたりを脅せばいいじゃない？」岩崎はきわどい取り調べをさらりと提案した。

「おいおい、そんなこと言っていいのか？　あんたら法律専門家が金科玉条《きんかぎょくじょう》にしてる適正手続《デュープロセス》違反だぞ」郡司がわざとらしく苦言《くげん》を呈《てい》する。

「わたしは学者とちがって捜査官だからいいの」岩崎はすまして応じた。

「つくづく、危《あぶ》ない検事さんだな」捜査課長は愉快《ゆかい》そうに笑った。

「どう、お気に召《め》した？」女性検事も微笑《ほほえ》む。

「まあな」郡司は肩をすくめるように曖昧《あいまい》な言葉を返すと刑事《デカ》の意地《いじ》を覗《のぞ》かせた。

「口を割《わ》らせるやり方であんたに教えを乞《こ》うつもりはない。こっちは脅しのプロだぜ。二、三日の間には店長から確証をつかむさ」

「期待してるわ」岩崎は激励《げきれい》したが、次には刑事課長の避《さ》けている案件《あんけん》を持ち出す。

「塚沼栄治《つかぬまえいじ》と乾克也《いぬいかつや》の足どりは捉《とら》えた？」

「クソッタレ若頭《かしら》に用心棒の若造《わかぞう》か……」郡司がその件は訊《き》くなといわんばかりに渋《しぶ》い口調で答える。

「一課だけでなく四課も駆《か》り出してローラー作戦をつづけているが、まだ見つからない」

「東京あたりに逃げたのかしら」女性検事は眉をひそめた。

「そうでないことを祈る。東京に頭を下げるのは気が重い」刑事課長は神奈川県警に染《し》みついた警視庁との確執《かくしつ》を滲《にじ》ませた。

「ヤクザたちが身を潜《ひそ》めたのはなんか不気味《ぶきみ》ね」岩崎の瞳《ひとみ》が近づく暗雲《あんうん》を察知《さっち》したように光っ

た。

「きっと新たな悪事《あくじ》を企《たくら》んでいるのよ」

　コンクリート打ちっぱなしの部屋で、茶色い革ジャンパー男は右頬の傷痕《きずあと》を歪《ゆが》めて毒づいた。

「くそっ、商売敵《しょうばいがたき》が現《あらわ》れやがった！」

「なにを興奮してる？」高級スーツ男は冷《ひ》ややかに訊《たず》ねた。

「日本海を逃げ回った不審船ですよ」桃田清の唇がめくれる。

「あれは北朝鮮の船で積み荷はシャブでしょう？　北陸のヤクザがシャブ密輸を始めたにちがいない。田舎《いなか》ヤクザごときに負けてたまるか。北朝鮮ルートはこっちが先だ」

「そう喚《わめ》くな」高級スーツ男は軽くたしなめた。

「心配しなくても北陸ヤクザに北朝鮮と取引するだけの資金力はないだろう。だいいち、船倉は空っぽで、シャブは積んでいない」

「へ？」桃田の口から空気が漏《も》れる。

「あの船は陽動《ようどう》作戦だよ」スーツ男は襟《えり》から見えない埃《ホコリ》を払《はら》い落とした。

「一体、何の作戦です？」貿易会社の専務はますます戸惑《とまど》った顔になる。

「日本海の不審船に注目を集めるためだ。パク・イムソンに頼んで、わざと高速艇を領海侵犯《しんぱん》させた。私の差《さ》し金《がね》さ」スーツ男が気どってあごを上げた。

「日本に密入国しているパクが本国へ指示を送ったのですか？」桃田は目を丸くする。

「こういうときこそ、あの男を利用しないとな」

「でも、なんのために？」革ジャンパー男の表情から疑問符は消えない。

「まだわからないのか。見かけどおり鈍《にぶ》いやつだな」相手は冷笑《れいしょう》を浮かべた。

「警察や海保の目が不審船へ向けば、当然、正規の航路《ルート》を通った貨物船への警戒は薄れる」

「なるほど！」桃田が派手に両膝《りょうひざ》を打ち鳴《な》らす。

「たつみ丸の通関検査もおざなりで済《す》むってわけか」

「たつみ丸だけじゃないぞ」高級スーツ男は丹念《たんねん》に襟元を払った。

「いずれ投入予定の新しい貨物船を使った密輸もやり易《やす》くなるはずだ。今回、北朝鮮空軍の勇《いさ》み足でミグが飛んで来たのは想定外だったが、陽動作戦そのものは大成功だよ。これからも効果的に不審船を演出してやる。おまえのシャブ密輸から捜査を逸《そ》らす目くらましになるだろう」

「そりゃ、ありがたい」桃田が音を立てずに拍手する。

「さっそく浜龍会に代《か》わるヤクザを物色《ぶっしょく》しますよ。思い切って、広域暴力団と組むかな。全国へシャブを流してガッツリ儲《もう》けますぜ」

「どんどん稼《かせ》いでくれ。こちらにも都合《つごう》があるからな」相手は意味深《いみしん》な顔でいった。

「都合って？」茶色い革ジャンパー男が怪訝《けげん》そうに訊《たず》ねる。

「おまえは知らなくていい」スーツ男は冷酷《れいこく》な視線を浴《あ》びせた。

「それより、女検事をどうするつもりだ？　年増《としま》女の扱《あつか》いは得意じゃなかったのか？」

「あの売女《ビッチ》め！」桃田が口汚《くちぎたな》く罵《ののし》った。

「俺の警告をコケにしやがって。こっぴどく痛めつけてやる。手配されたヤクザどもだって黙っちゃいない」

「ほう、エリート女への復讐に集団レイプでもさせるのか？」高級スーツ男は無慈悲《むじひ》に凌 辱《りょうじょく》を打診《だしん》する。

「輪姦《まわし》ですか……」革ジャンパー男は右頬へ指をあて、肉の隆起《りゅうき》をなぞった。

「刺 青《クリカラモンモン》の男たちにぶち込まれてヒーヒー泣き叫ぶ姿をとっくり楽しむのもオツですがね」彼は肉塊《にくかい》を指で挟《はさ》む。

「あの女は母親だ。私としては、女の涙より母親が流す血の涙を見たいですな」

「おまえ、なにを考えてる？」相手は試《ため》すような目を向けた。

「任《まか》せてもらいましょう。死ぬほど後悔《こうかい》させてやりますよ。いや、絶望のあまり、本当に自《みずか》ら命を絶《た》つかもしれませんぜ。こりゃ面白《おもしろ》くなりそうだ」桃田の顔にどす黒い悦《よろこ》びが広がった。


東京都世田谷区、瀟洒《しょうしゃ》な一戸建てが並《なら》ぶ住宅街に入って、白の小型ボックス車はスピードを落とした。

ボックス車には浜龍会の若い残党《ざんとう》がふたり乗っている。松木和夫《まつきかずお》は助手席で禁煙ガムを噛《か》みながら自分の不運にすっかりしょげていた。組はボロボロだ。オヤジが殺され、かしらは姿を消した。かしらが親殺しという噂《うわさ》は本当だろうか？　工藤《くどう》のアニキが警察《サツ》にチクったらしい。事務所のガサ入れでは幹部やアニキたちがゴソッと捕《つか》まり、その後、組を見限《みかぎ》った脱退者も相次《あいつ》いだ。

松木はグズグズ迷っている間に浜龍会から抜け出すタイミングを逃《のが》し、おかげで物騒《ぶっそう》な無理難題《むりなんだい》を押しつけられてしまった。彼は横目で運転席を見た。口調が刺々《とげとげ》しくなる。

「おい、克也《かつや》、誘拐《ゆうかい》なんかして大丈夫かよ？」

「別に殺すわけじゃない」乾《いぬい》克也は巨体をすぼめ、盛大《せいだい》にタバコの煙を吐《は》き出した。

「車へ連れ込んで二、三発殴《なぐ》り、あとはどこかの雑木林か河原に放り出せばいい。身代金《みのしろきん》も要求しないし、楽《らく》な仕事だ」

「楽な仕事……」小柄《こがら》な松木が相方《あいかた》を睨《にら》む。こいつのデカい図体《ずうたい》に乗っているのはハリボテの頭か？　脳ミソは入っていないだろう。

「現職検事の娘だぞ。そのへんのガキをさらって来るのとは全然ちがう」

「だから、おまえには三百万円も払ってやるんだ。つべこべ言わず、若頭《かしら》に従《したが》え」乾は禁煙中の同輩《どうはい》へ紫煙《しえん》を吹きかけた。

「かしらはどこにいる？」煙にむせた松木がしかめっ面《つら》で訊《き》く。

「それは聞かない方がいいぜ。おまえは命令を実行し、金を受け取って横浜から離れろ」乾は窓ガラスを下げ、火のついたタバコを投げ捨てた。

若頭《わかがしら》の用心棒は周囲に目を配《くば》り、両手でハンドルを握った。腑抜《ふぬ》けの松木には話してないが、若頭《かしら》から女検事の娘、岩崎美沙は殺せと密命《みつめい》をうけていた。乾はタバコ臭い息を吐《は》きだす。娘が死ぬのは母親の因果《いんが》だ。車へ押し込み、細い首を捩《ね》じ曲《ま》げてやる。巨漢《きょかん》のヤクザは幼女を絞《し》め殺す妄想《もうそう》で異様《いよう》に興奮した。ポキリと首の骨が折《お》れる小気味《こきみ》よい音まで聞こえそうだ。それだけじゃない。憎《に》っくき女検事に対する若頭《かしら》の仕返《しかえ》しはもっと入念《にゅうねん》で残酷だった。殺害後、娘の首と両手足を切り落とし、ちっこいバラバラ死体は汚水《おすい》処理場へ撒《ま》き散《ち》らしておく。車には切断用の大型カッターが積《つ》んである。女検事は変わり果《は》てた愛娘《まなむすめ》の残骸《ざんがい》を拾《ひろ》い集めて錯乱《さくらん》し、発狂。一方、世間は筋者《スジモン》の恐ろしさに震《ふる》えあがるだろう。もちろん、警視庁や神奈川県警は総動員で大捜査網を敷《し》くはずだ。しかし、警察《サツ》の捕縄《とりなわ》が届く前に、乾と若頭《かしら》はたつみ丸へ乗り込み、日本を脱出《トンズラ》する手筈《てはず》になっていた。幼女の猟奇《りょうき》殺人で訴追《そつい》をうけたら死刑判決は免《まぬが》れない。弁護士がよほどうまくやってもヨボヨボの爺《ジジイ》になるまで刑務所《ムショ》暮らしだ。組長《オヤジ》殺しに関《かか》わったせいで後戻《あともど》りの道は閉《と》ざされた。が、北朝鮮へ逃げてしまえば、向こうでは若頭《かしら》がなんとかしてくれる。現地のシャブ組織へ渡《わた》りをつけ、日本との取引に食い込んで、そこからおこぼれにありつくのもいいか……。

そのとき、ヤクザの巨体を緊張が貫《つらぬ》いた。約百メートル先に、幼稚園の制服を着た女の子が中年女性と並んで歩いているのが見えた。どうやって情報を仕入《しい》れたのか、若頭《かしら》から聞いたとおりの二人連《ふたりづ》れだ。

「いたぞ！」乾がのんびり歩く後ろ姿を血走《ちばし》った目で凝視《ぎょうし》する。

「あのチビが岩崎美沙だと確認したら、保母《ほぼ》のババアを殴《なぐ》り倒《たお》してひっさらってこい」

松木は無言《むごん》で禁煙ガムを銀紙に吐《は》き出した。

「西岡《にしおか》先生、きょうもおかあさん遅いかな」美沙が保育士の西岡充子《みつこ》を見上げる。

「そうねえ」自由が丘キッズルームの保育士は温《あたた》かい視線を向けた。

「みっちゃんのお母さんは大変なお仕事をしているから。どうしても帰りは夜になっちゃう」

四歳の園児は目を伏《ふ》せた。西岡充子は、つまらなそうに地面を見ている美沙へ優《やさ》しく呼びかけた。

「ねえ、みっちゃん、お迎えが来るまでいっしょに遊ぼ。先生、夜勤なの。とことん付き合っちゃうぞ」

「ありがと。ＤＶＤも見たいな」園児の表情が笑顔に変わる。

「いいよ。恐竜のやつでしょ？　ええと、みっちゃんのお気に入りは……」

「トリケラトプス！」美沙は跳《と》びはねた。

「大きな角《つの》が強そうだよね」西岡は微笑《ほほえ》んだ。

「でも、ラプトルには負けちゃう」悔《くや》しさが園児の瞳《ひとみ》に浮かぶ。

「ラプトルって？」

「肉食のハンター恐竜だよ。頭がいいから仲間をつくって草食のトリケラトプスやステゴサウルスに襲《おそ》いかかる。おかあさんはラプトルが好きなの」美沙は捕《ほ》食《しょく》恐竜になりきって口をパクパクさせた。

「へえ、ハンター恐竜か。みっちゃんのお母さん、すごい。さすがだわ」中年の保育士は真顔《まがお》で感嘆《かんたん》した。

白い箱型の車が美沙たちを追い越し、前方で急停車する。

「よし、行け」乾は邪悪《じゃあく》な眼《まなこ》をギラギラさせて命じた。

助手席側のドアが開き、厚手セーター姿の小柄《こがら》な若い男が降《お》りると、小走《こばし》りに近づいて来た。

「ちょっと、すんません。岩崎美沙ちゃんですか？」松木は猫なで声で訊《たず》ねた。

隙《すき》あらば拳《パンチ》をお見舞《みま》いしようと右手を握《にぎ》りしめる。

西岡充子は携帯を若い男にかざした。シャッターを切る電子音が響《ひび》く。ついで、白いボックス車へ携帯を向けた。再び、シャッター音が鳴《な》る。彼女は画面を指でタッチしながらすばやく操作した。

「あの、なにをやってるんで？」松木は出鼻《でばな》をくじかれ、相手の携帯をのぞき込《こ》んだ。

「あなたの写真を送ったわ」西岡が携帯をコートのポケットへ戻す。

「俺の写真を……だれに？」松木は胡散臭《うさんくさ》げに半開《はんびら》きの目を濁《にご》らせた。

「この子の母親よ」保育士は幼《おさな》い園児を自分の背中で隠《かく》した。

「なんだと！　こいつの母親って検事じゃねえか！」松木は仰天《ぎょうてん》して両目を全開《ぜんかい》にする。

「ええ、知らない人が声をかけてきたら写真を撮《と》って、すぐ送るように頼まれていたの。車も撮りました。ナンバーがハッキリ写《うつ》っているでしょうね」保育士は道路で停《と》まっている白い車を指さした。

「女狐《めぎつね》が！　よくもハメやがったな」松木は右手の拳《こぶし》を小刻《こきざ》みに震《ふる》わせた。

突然、大音響が空気を切り裂《さ》く。若いヤクザはたじろいで後《あと》ずさりした。西岡充子の背後《はいご》から、美沙が小さな手に握った防犯ブザーを見知らぬ男へ突き出している。

向かいの家で動きがあった。二階窓から妊婦らしい女性が路上の騒ぎを見て、小さな女の子を守るように立つ同性へ声をかけた。

「どうしました？　警察を呼びましょうか」

「なんでもない。ただの人違《ひとちが》いだ」小柄なヤクザは二階を仰《あお》いで怒鳴《どな》ると脱兎《だっと》のごとく逃げ出した。

松木は車へ駆《か》け戻り、ドアを開ける。

「きさま、手ぶらで帰ってくるな。さっさとチビを引っぱってこい」運転席の巨漢《きょかん》からすさまじい怒りが迸《ほとばし》った。

「ガキなんかほっとけ。あの音が聞こえないのか？　すぐ、人が集まるぞ」松木は半《なか》ばパニック状態で助手席に倒れる。

「クソババア写真をとりやがった。これは女検事のワナだ。早く車を出せ」

白いボックス車は誘拐相手をその場に残して急発進する。

千葉県船橋市、ＪＲ駅近くに連《つら》なるマンション棟《とう》の一室を険悪《けんあく》な雰囲気が覆《おお》っていた。ここは頬傷《ほおきず》の男が指名手配ヤクザたちに用意した隠れ家だ。

「てめえ、失敗しましたで済《す》むと思うなよ」ウサギ顔の男は目尻《めじり》を吊《つ》り上げてじりっと巨漢に詰《つ》め寄る。

「幼稚園のガキ一匹バラせず、それでも極道か？」

「だけんど、若頭《かしら》」用心棒はあからさまに不満顔《ふまんがお》を向けた。

「女検事はこっちの出方《でかた》を見抜《みぬ》いてやがった。松木はいきなり写真を撮られちまうし、ガキは防犯ブザーを鳴らして大騒ぎだ。近所の住人が警察《サツ》へ通報する前にズラかるしかありませんや」乾は逃げるのが精一杯《せいいっぱい》だったと弁解して、相手の顔色《かおいろ》を見ながらつけ加えた。

「車も写《うつ》されたので第三京浜の三ツ沢に乗り捨てました。うまく隠《かく》したから当分は発見されませんよ」

「松木はどうした？」塚沼が険《けわ》しい表情を崩《くず》さずに訊《き》く。

「とりあえず、六十万円を渡してカプセルホテルか木賃宿《きちんやど》へ引《ひ》っ込《こ》んでるように言い含《ふく》めました」乾は自分で大きく頷《うなず》いた。

「やつはもう使い物にならんな」ウサギ顔のヤクザは唾棄《だき》するようにいった。

「今度は松木抜《ぬ》きでやるぞ」

「やるってなにを？」用心棒が不安な目つきで警戒する。

「こうなったら母娘《おやこ》まとめて面倒《めんどう》みてやる」塚沼は腕をグルグル振った。

「えっ、娘《むすめ》っ子だけでなく、女検事も殺《や》るんですかい？」若い手下はいかにも気乗りがしない口ぶりで訊《たず》ねた。

「任侠《にんきょう》たる者、お返しと仕返《しかえ》しは忘れちゃいかん」ウサギ顔が不気味《ぶきみ》に笑う。

「はあ？」乾は戸惑《とまど》いの声を発《はっ》した。

「考えてもみろ」塚沼が前歯を思いきり剝《む》きだす。

「俺たちが日本を追われる羽目《ハメ》になったのは、牝《メス》検事が組長《オヤジ》を焚《た》きつけたせいだぞ。この落とし前はきっちり払わせる」

「ちょっと待って下さい。たつみ丸の出航は間近《まぢか》に迫《せま》ってますぜ」乾は必死にあらがった。

「いまさら危ない橋を渡ってどうするんで……？　ここは身の安全を優先しましょうや。女検事を始末《しまつ》するにはあとでヒットマンを雇《やと》えばいい。金さえ積めば命《いのち》知らずはいくらでも見つかるでしょう」

塚沼は眉間《みけん》をくっつけて思案顔《しあんがお》になった。若い用心棒が緊張した面持《おもも》ちでウサギ男の返事を待つ。

「いんや、ダメだ」塚沼は厚《あつ》い唇をブルッと揺《ゆ》らす。

「極道が面子《メンツ》を潰《つぶ》されて泣《な》き寝入《ねい》りしたら御終《おしま》いよ。ガキはともかく、牝検事だけはこの目で死にざまを拝《おが》まなきゃ気が済《す》まねえ」ウサギ顔のヤクザは指で拳銃の形をつくり、眼前《がんぜん》に浮かんだ女体へピタッと狙《ねら》いをつけた。

横浜を柔《やわ》らかく照《て》らす夕陽は西に沈みかけていた。ピエロの一人芝居《パントマイム》など大道芸で有名な野毛《のげ》商店街は赤提灯や電光看板が通路を彩《いろど》り、帰宅前の一杯を求める酒好きたちをこっち、こっちと誘《さそ》っている。

県警捜査一課の藤島淳一は組織犯罪対策部《ボウタイ》に所属する二人の刑事と組んで、なじみの店へ急ぐ常連客を装《よそお》い、松木和夫の確保に向かっていた。岩崎検事から娘に声をかけた男の写真が送られて来ると課長《ボス》は驚くほど迅速《じんそく》な対応を見せた。写真をすぐ四課へ回し、若い男が浜龍会組員の松木和夫二十三歳だと突き止める。この時点で、岩崎美沙と接触した松木の意図《いと》は不明だから本来であれば警察に手出しはできない。しかし、課長《ボス》は松木の行方《ゆくえ》を探すべく強引に四課の協力をとりつけた。そして、四課のSネットワークは期待どおりの威力《いりょく》を発揮《はっき》する。組織犯罪対策課《ボウタイ》の刑事たちは配下《はいか》の情報屋《エス》に松木の写真を配信して仕掛《しか》け網《あみ》に魚がかかるのを待った。タレ込みがあったのはいまから四十分前だ。松木は野毛商店街の雑居ビルへ一人で入るところを情報屋《エス》に目撃された。こうして、課長《ボス》の直命《ちょくめい》をうけた藤島が四課と合同で現場へ急行する。

「あとで一席、設《もう》けろよ。捜査協力のお礼だ」四課ベテラン刑事、山岸三郎《やまぎしさぶろう》が酒焼《さけや》けの赤ら顔で振り返った。

「山岸さん、自分が下戸《げこ》なのを知ってるじゃないですか?」藤島は苦笑した。

「別におまえが飲む必要はないさ。酒代《おあし》を出せばいいんだ。頼りになる先輩をねぎらってくれ」

山岸は軽口《かるくち》をたたいたが、顔は昂《たかぶ》っている。

先頭を歩く四課の若手刑事が立ち止まった。

「松木がシケ込んだのはここですよ」小栗俊司《おぐりしゅんじ》は古びた雑居ビルの階段を見上げる。

一階は店舗《てんぽ》がならび、三階は事務所、飲食フロアは二階にある。

「小栗、残って階段を固めろ」ベテラン刑事は後輩に命じると身振《みぶ》りで藤島を促《うなが》した。

藤島は二階へ駆け上がる。ベテランがつづいた。飲食フロアは狭《せま》い通路に四軒の飲み屋が身を寄せ合っている。いちばん手前はスナック千秋だ。藤島はドアを押す。紫色《パープル》の店内でボックス席から髪をアップにした和服の女性が立ち上がり、若い新参客《しんざんきゃく》へ艶《つや》っぽく微笑《ほほえ》んだ。隣席《りんせき》では、太った中年男が美人ママのうなじに下心《したごころ》丸出しで見惚《みほ》れている。他に客はいない。

「また来ます」若い刑事はドアを閉めた。

次は居酒屋ぎん平だ。藤島は縄暖簾《なわのれん》をくぐる。そのとたん、小柄なヤクザが目に飛び込んで来た。松木和夫は四人用テーブル席を一人で占領している。客の入りは半分ほどだ。威勢《いせい》のいい「らっしゃい」という声に軽く手を上げて、若い屈強《タフガイ》刑事は大股《おおまた》でテーブルへ進む。山岸が油断《ゆだん》なく出口までの動線《どうせん》をカバーした。ヤクザはテーブルに焼き鳥、もつ煮《に》だけでなく、大皿の刺身盛り合わせやノドグロの焼き魚をならべ、ふてくされた態度でコップ酒をグビグビ飲んでいる。

「よお、ずいぶん景気いいな」藤島は肘《ひじ》を小柄な男の肩へぶつけた。

「てめえ、だれだ?」ヤクザが虚勢《きょせい》を張ってケンカ腰になる。

「神奈川県警だよ」若い刑事は身分証も見せず告げた。

「マッポ!」松木は立ち上がろうとして丸イスに足を取られ、ひっくり返る。その拍子《ひょうし》にコップ酒を頭から浴《あ》びた。

「おまえ、変態ロリコンか?」藤島は床でジタバタしているヤクザを厳《きび》しく見据《みす》えた。

「検事さんの娘をどうするつもりだった?　ちょっと付き合ってもらうぞ」


岩崎紀美子はダイニングキッチンのテーブルに、二人分のカレーライスとサラダ、ウーロン茶を揃《そろ》えた。

「いただきます」娘と声を合わせる。

「あたし、おかあさんにいわれたとおり、ちゃんと防犯ブザーを使えたよ」美沙がどこか誇《ほこ》らしげな顔で夕飯のパイナップル入りカレーを口に運んだ。

「よく出来たね。えらいわ」母親は娘を褒《ほ》めて、ウーロン茶に手を伸《の》ばした。とてもビールを楽しむ気分じゃない。彼女は自由が丘キッズルームの西岡充子《にしおかみつこ》から電話で詳《くわ》しい経緯《いきさつ》を訊《き》くと、神奈川県警の郡司へ写真転送後、電話をかけた。あらゆる事件に精通《せいつう》した捜査課長はすぐ事情を呑《の》み込《こ》み、「あとはおれに任《まか》せろ。早く娘さんの顔を見て来い」とぶっきらぼうに電話を切った。

いまは郡司の連絡待ちだ。

「西岡先生にも感謝しなくちゃね」母親は缶詰のパイナップルで辛《から》さを中和《ちゅうわ》したカレーを食べた。自由が丘キッズルームのスタッフに不審者の写真撮影を頼んでおいて正解だった。西岡充子は機転《きてん》を利《き》かせ、車のナンバーも写《うつ》している。今日は慌《あわ》ただしかった。あす手土産《てみやげ》を持ってきちんとお礼しよう。

テーブルに置いた携帯が振動する。画面には郡司耕造と表示された。女性検事は携帯をつかんで腰を上げる。

「先に食べていてね」娘に声をかけ、彼女は寝室へ入ってドアを閉めた。

「はい、岩崎です」暗い室内で携帯を耳にあてる。

「娘さんに声がけしたやつを見つけたぜ。あの写真が役立った」無骨《ぶこつ》な男の重低音が鼓膜《こまく》に響く。

「松木和夫、あんたが睨《にら》んだとおり浜龍会のチンピラだ。任意同行をかけたらペラペラしゃべったよ」

「それで、目的は？」岩崎は単刀直入に訊《き》いた。

「やはり、娘さんの誘拐を狙ったらしい」郡司は深刻な口調《くちょう》でいった。

「誘拐……」岩崎の背すじを冷たいものが走る。

「共犯は用心棒の乾克也で、二人に誘拐を命じたのは若頭《かしら》のクソッタレ野郎だ」捜査課長は怒りを露《あらわ》にした。

「きっと、わたしへの報復《ほうふく》ね」岩崎は唇を噛《か》んだ。

「あんたは目障《めざわ》りな女だからな」郡司が独特の言い回しでタフな女性検事の仕事ぶりを評価する。

「塚沼栄治と乾克也の行方《ゆくえ》は?」岩崎は逆説的《パラドックス》な称賛《しょうさん》を聞き流して訊《たず》ねた。

「まだ摑《つか》めない」捜査課長がむっつり答える。

「松木は若頭《かしら》たちの潜伏先《ヤサ》を知らないようだ。車は盗難車だよ。Nシステムで第三京浜の三ツ沢に降《お》りたことは捕捉《ほそく》した。いま、人手を出している」

岩崎は口を真一文字《まいちもんじ》に結《むす》ぶ。娘を狙うヤクザたちが野放《のばな》しでは安心できない。

「心配は当然だ」郡司が沈黙の意味を読み取った。

「誘拐について、松木はちょっと脅してから解放するつもりだったと話しているが、むろん信用できない。誘拐を命じた若頭《かしら》は自分の組長《オヤジ》でさえ平然《へいぜん》と殺す冷血漢《れいけつかん》だからな」彼は咳払《せきばら》いすると、さりげなくつづけた。

「あんたのところは等々力署が所轄《しょかつ》だ。さっき地域課へ電話をかけて、自宅周辺と幼稚園の通園路を特別パトロールするように頼んでおいた。制服警官が巡回《じゅんかい》するだけでヤクザは本能的にスタコラ逃げ出す。少しはやつらの悪《わる》だくみを抑止《よくし》できるだろう」

「東京に頭を下げてくれたのね」岩崎の声には強い感銘《かんめい》がにじんだ。昔から神奈川県警と警視庁の間では近親憎悪的《きんしんぞうおてき》な軋轢《あつれき》がミシミシ音を立てている。県警本部の捜査課長が警視庁所轄署へ直《ダイレクト》に特別パトロールを要請するなどひとつまちがえば越権《えっけん》行為との誹《そし》りをうけかねない。郡司はずいぶん思い切った計《はか》らいをしてくれた。

「娘さんを守るためだ。東京に頭を下げてへこむのはおれのちっぽけなプライドぐらいさ。もう切るぜ。組織犯罪対策課《ボウタイ》と合同の捜査会議がある」

「ありがとう！」岩崎は通話が遮断《しゃだん》される寸前《すんぜん》に急《いそ》ぎ感謝の気持ちを伝えた。

女性検事は電気の消えた寝室でベッドに腰かける。胸の奥から安堵《あんど》と怒りが同時に湧《わ》き上がった。等々力署へのパトロール依頼で美沙の安全は一応、保障された。しかし、幼い娘まで襲《おそ》う卑劣《ひれつ》な連中は絶対に許せない。瞼《まぶた》の裏へウサギ顔が浮かぶ。そこに頬傷の男が重《かさ》なった。もともと、娘へ危害を加えると脅したのはイースト社専務だ。桃田清がヤクザたちを唆《そそのか》したにちがいない。そして、彼らをつなぐのは覚せい剤密輸とハロウィン虐殺だ。全員まとめて捕《と》り押さえてやる。岩崎は心で吼《ほ》えた。最終決戦が近づく予感に瞳は鋭い狩猟《ハンティング》モードへと変わる。

12

「ごめん。途中、用事があって」岩崎紀美子は検事オフィスへ駆け込んだ。自由が丘キッズルームの西岡充子にお礼をしたので、すっかり遅くなってしまった。

「美沙ちゃん、大変でしたね。大丈夫ですか？」若い事務官が心配そうに声をかける。

「吉永君、なんで知ってるの？」女性検事は訝《いぶか》しむ目を向けた。

事務官が電話を指さす。

「今朝、横浜地検の事務官から一報《いっぽう》がありました。いまごろ全国の検察《P》で話題になってますよ」

「マスコミには流れた？」岩崎が気ぜわしく訊《たず》ねる。

「さきほどネットニュースを確認しましたが、まだ出ていません。でも、時間の問題でしょう。大騒ぎになりますよ。誘拐未遂事件で、被害者が特捜検事の子どもなんて前代未聞《ぜんだいみもん》です」吉永はふっくらした顔に渋面《じゅうめん》をつくった。

「副部長と会って来るわ」岩崎は辛子色《マスタードカラー》のハーフコートを脱《ぬ》いだ。マスコミから問い合わせが殺到《さっとう》する前に報告を入れておかないと特捜部広報は混乱《パニック》に陥《おちい》ってしまう。

電話が鳴った。

「岩崎検事係。あ、課長さん、ご苦労様です」事務官が受話器を握ったまま、ペコリとおじぎする。

「県警の郡司課長ですよ」彼は保留ボタンを押した。

「はい、代わりました」岩崎が受話器を取る。

「等々力署はしっかり巡回を始めたか？」県警課長は東京の働きぶりを懸念《けねん》する口調《くちょう》で訊《き》いた。

「ええ、早速《さっそく》、パトロール警官を見かけたわ。安心しました。本当にありがとう」岩崎は無骨《ぶこつ》な男の手厚《てあつ》い気配《きくば》りに感謝を述べた。

「じゃ本題だ」郡司がさっさと話を切り換《か》える。

「店長が認めたぜ」

「店長？」

「倉庫市場《そうこいちば》の店長だよ」

「あ、橋本忠雄が自衛隊の物資を持ち込んだディスカウントショップね」岩崎は記憶を蘇《よみがえ》らせた。

「そうだ。一方で、怪《あや》しげな貿易会社は倉庫市場へ北朝鮮の民芸品を卸《おろ》している。つまり、倉庫市場は橋本とイースト・シップライン社の接点だな。そこを抉《えぐ》り出した」郡司が自慢《じまん》げにいう。

「哀《あわ》れな店長の全身をバキボキさせて見事、供述を取ったわけ？」女性検事は苦笑する。

「ちいと締《し》め上げただけさ」刑事課長は肩をすくめるように答えた。

「おれたちが熱意を見せて、正直者の店長は分かってくれたよ。両者の関係を認めた。橋本忠雄はイースト社の連中とかなり親しくつるんでいたらしい」

「ズバリ、つながったわね」岩崎の検事本能が活気《かっき》づく。

「これなら、令状裁判官も文句をつけないでしょう」

「お、そう思うかい？」郡司は我が意を得たとばかりに機嫌《きげん》よくしゃべった。

「なにしろ、橋本忠雄はハロウィンの夜、シャブまみれで殺されていた。やつがシャブ取引に絡《から》んでいたのはまちがいない。当然、橋本がべったり癒着《ゆちゃく》していたイースト社はシャブの巣窟《そうくつ》だ。それくらい、想像力に乏《とぼ》しいガチガチ石頭の裁判官でも理解できるだろう。あす川崎の貿易会社をガサ入れする」

「わたしも同行させて」岩崎はすかさず申し入れた。

「わかった。時間が決まったら知らせよう」郡司は力感《りきかん》を込める。

「いよいよ正念場《しょうねんば》だぞ。下っ腹に気合を入れろ。たつみ丸ガサで空振《からぶ》りした轍《てつ》は踏《ふ》めんからな」いつもなら、ここで一方的に電話が切れるところだが、郡司はためらいがちに言葉をつなぐ。

「……実は、誘拐に使われた盗難車が三ツ沢で発見された」犯行車両を見つけ出した割には声が重い。

「車内から、塚沼たちが潜《ひそ》んでいる居場所《いばしょ》の手がかりは出てきた？」女性検事は期待を口にする。

「いや、見つからない。ただ、車には奇妙な物が積《つ》んであった。大型カッターだ」捜査課長の声はどこか歯切れが悪い。

「カッター？」

「車の持ち主はカッターなど知らないといってる」

「だったら、誘拐に際してヤクザが運び込んだのね。でも、なんのために？」女性検事は嫌《いや》な予感がした。

「大型カッターは工業用のごついやつでな」郡司が苦虫《にがむし》をかみつぶした口調でいった。

「鉄板を切れる。人間なんかひとたまりもない。簡単に切断されちまう」

「まさか、美沙を……！」岩崎は背すじが寒くなった。脳裏《のうり》へ浮かんだおぞましい想像で脇の下に冷や汗が噴《ふ》き出す。

「落ち着け。娘さんは無事なんだぜ」刑事課長は岩崎の感情にブレーキをかけた。

「カッターの件は松木を問い詰《つ》めたが、寝耳《ねみみ》に水の顔で驚いていたよ。車へ積んだのは乾だろう。詳細《しょうさい》は逃げてるでくの棒《ぼう》をとっ捕《つか》まえてからだ。娘さんの安全確保は等々力署に任《まか》せろ」

「ごめん、少し取り乱したわ」女性検事の声から動揺《どうよう》が消える。

「もう平気よ。卑劣《ひれつ》なヤクザたちは法廷へ突き出し、きちっとケリをつけてやる」

「そうこなくちゃ、あんたらしくない。ここでメソメソされてはこっちがたまらんからな」郡司はお馴染《なじ》みの毒舌《どくぜつ》口調へ戻った。

「ゴキブリ用心棒とクソムシ若頭《かしら》は必ず見つけるさ。ともかく、いまは貿易会社のガサに懸《か》けよう。今夜は徹夜で準備だ」電話がブツリと切れた。

女性検事は胸を上下させて深呼吸する。まだ怒りが収《おさ》まらない。娘を襲おうとした連中は絶対、法の報《むく》いをうけさせる。そして、郡司の指摘どおり、局面は大詰《おおづ》めを迎《むか》えた。逆に言えば、ここで捜査が進展しないとハロウィン虐殺はカチンカチンに凍《こお》りついた迷宮事件《コールドケース》となりかねまい。北朝鮮の覚せい剤ルートも闇《やみ》へ消えるだろう……。彼女は辛子色のコートをハンガーにかけた。まず、娘の件を報告しなければ。目下《もっか》の最優先だ。

そのとき、ドアを開けて、報告相手の本人が入って来る。

「とりあえず、お茶をもらおうか」新堂幸治《しんどうこうじ》はおもむろに単座イスへ座った。

微妙《びみょう》に緊張した空気の中、若い事務官が湯飲みを運ぶ。

「いろいろ噂が飛び交《か》っている。本当のところはどうなんだ？」副部長はテカテカ光るオールバックの髪を両手で整《ととの》えた。

「娘ですね？」女性検事は立ったまま、身じろぎひとつしない。

新堂は無言で熱いお茶を啜《すす》った。

「娘の美沙は昨日、暴力団員に誘拐されかけました」岩崎は美沙に降《ふ》りかかった危機の顚末《てんまつ》を語り、誘拐未遂は浜龍会組員、乾克也と松木和夫が実行し、二人を動かした主犯は若頭《わかがしら》の塚沼栄治だと告げた。

「松木は神奈川県警に逮捕されましたが、若頭と乾はいまも逃亡中です」

「しかし、誘拐とは解《げ》せんな」オールバックの頭が一度、二度と揺《ゆ》らぐ。

「きみが払える身代金など八桁《ケタ》には遠く及《およ》ぶまい。検事の安月給くらいヤクザも知ってるだろう」

「身代金じゃありません。彼らの目的はわたしに対する復讐と捜査妨害です」女性検事の瞳《ひとみ》に激しい闘志《とうし》がメラメラ燃えた。

「誘拐犯は車に大型カッターを積んでいました。おそらく、美沙の身体を切断するためでしょう。最初から娘を殺すつもりだったのです」

「えっ、カッターの刃を子どもに？　残酷《ざんこく》なやつらだ」事務官の吉永が蒼《あお》ざめた顔で驚く。

新堂幸治は複雑な目つきを女性検事へ向け、幼《おさな》い娘を危《あや》うく失《うしな》いかけた母親にかける言葉が定《さだ》まらない表情で沈黙した。

岩崎はハロウィン事件からさっさと手を引けという冷淡《れいたん》な叱責《しっせき》を覚悟《かくご》する。自己保身に汲々《きゅうきゅう》とするオールバックの上司はすごい剣幕《けんまく》で誘拐未遂も命令に背《そむ》いた自業自得だと怒鳴《どな》り出しかねない。

副部長はお茶をぐいっと飲む。

「今度は、きみがやり返せ」彼は親指を突き立てた。

「犯人どもへ正義の鉄槌《ハンマー》をお見舞《みま》いしろ。覚せい剤の北朝鮮ルートもたたきつぶすんだ」

「はっ？」女性検事は思わず耳を疑った。副部長が口にした指示は彼女の望みを完璧に充《み》たしている。

「きみのご期待に沿《そ》うのは少々、癪《しゃく》だが……」新堂は入念《にゅうねん》に髭剃《ヒゲそ》りしたツルツルのあごをなでた。

「娘さんの誘拐未遂は一検事の災難でなく、検察捜査に対する不届《ふとど》き千万《せんばん》な挑戦だ。こんな暴挙《ぼうきょ》は検察庁の威信《いしん》にかけて絶対、許せん」彼は岩崎の懸念《けねん》を先どりして払拭《ふっしょく》する。

「身内が被害者の事件では担当を外《はず》れる慣例《かんれい》など気にせずとも構《かま》わん。遠慮するな。誘拐犯罪に連座《れんざ》する輩《やから》を一網打尽《いちもうだじん》で訴追《そつい》したまえ」

「ご配慮、感謝します」女性検事は目礼《もくれい》して報告を続行する。

「塚沼栄治と乾克也は組長殺しでも手配されています。近いうちに捕まるでしょう」彼女は背後のデスクに腰を預《あず》けた。

「覚せい剤捜査はこの二日間で前進しました。あす、神奈川県警と協力して、北朝鮮ルートの覚せい剤密輸を潰《つぶ》すために川崎の貿易会社イースト・シップラインへ強制捜査をかけます」

「よろしい。吉報《きっぽう》を待ってる。ところで、娘さんの安全は？」新堂がここぞとばかり善意の表情を見せた。

「県警が所轄へ要請してくれました。等々力署が自宅周辺と通園路の見回り中です」

「等々力署だな。では、私からも署長に連絡しておく」副部長は指をパチンと鳴《な》らす。

「東京地検特捜が直々《じきじき》に依頼すれば所轄署のパトロールは万全だろう。ウンカのごとくブンブン群《むら》がるマスコミ対応もこちらに任《まか》せておけ」

「はい。ご厚意《こうい》、助かります」岩崎は肩の荷がすっと下《お》りる。テレビカメラとマイクの砲列《ほうれつ》に立ち向かうのは気が重かった。

「私は部下思いの上司でね」新堂は気どった口ぶりで微笑《ほほえ》む。

「特捜部でうまくやりたいなら、もっと素直《すなお》になることだ。私はいつでも胸襟《きょうきん》を開いてるよ」

彼は女性検事のくびれた腰と胸のふくらみへ濃密《のうみつ》な視線を送った。

岩崎は相手の目つきに不純な底意《そこい》を感じて沈黙する。彼女の周囲に見えないバリアーが張られた。

オールバック男は釣りかけた旨《うま》そうな魚にスルリと逃げられた太公望《たいこうぼう》のごとく鼻白《はなじろ》み、内ポケットへ手を突っ込んだ。

「プレゼントを持ってきたぞ」彼は二つ折りの書類をテーブルに置いた。

「お待ちかねの自衛隊からだ」

「照会書の回答ですか！」岩崎の瞳がパッと活気づく。

「きみは自衛隊のサブマシンガン流出を疑っていたな。それがハロウィン事件で凶器に使われたと寝言をつぶやいて……」上司は口許《くちもと》に苦《にが》い笑《え》みを貼《は》りつけた。

「寝言？」女性検事は片眉《かたまゆ》を上げる。

「でなければ妄想《もうそう》か」副部長はテーブルに置いた書類を指で押しやった。

岩崎が二つ折りの書類を手に取って広げる。いかにも軍隊調の簡潔《かんけつ》な文面だ。

東京地方検察庁特捜部　検事岩崎紀美子殿
貴職の照会請求について回答する。
M9（九ミリ機関けん銃）の調達数及び在庫数

イ　調達数　計一千八百五十七丁
ロ　在庫数　計一千八百五十七丁
①完全可動　一千八百二丁
②一部不良（要補修）　四十一丁
③全破損　十四丁
以上

「壊《こわ》れた銃も廃棄《はいき》処分にせず、きっちり在庫管理している。さすが！　自衛隊だな」新堂は大げさに感嘆《かんたん》の声を上げると自分になびかない部下を語気《ごき》強くやり込めた。

「自動小銃やバズーカ砲を平気で犯罪組織《シンジケート》へ売り飛ばすアフリカあたりのお粗末《そまつ》軍隊とは全然ちがう。きみは自衛隊を見くびっていたんじゃないか？　規律正《ただ》しい二十万自衛官に失礼だぞ」

岩崎は返す言葉を失い、そのまま佇《たたず》む。

「さてと、午後はマスコミ対応に忙殺《ぼうさつ》されるな」オールバック男は仰々《ぎょうぎょう》しく立ち上がり、いかにも抱き心地《ごこち》の良さそうな部下を名残惜《なごりお》し気《げ》に見つめた。

「わたしはお言葉どおり捜査に専念《せんねん》します」女性検事が言外《げんがい》にやんわりと退室を促《うなが》す。

新堂幸治はドアを開け、無言で廊下へ消えた。

「なんですか、ありゃ？」若い事務官が呆《あき》れた顔をドアに向ける。

「副部長、検事に色目を使ってましたよ」

「わたしの魅力《フェロモン》は中性子星《パルサー》なみに強力だから」岩崎は前髪を無造作《むぞうさ》にかき上げた。

「どんな男も瞬殺《イチコロ》よ」彼女は自明《じめい》の摂理《せつり》を語る口調でいう。

「やっぱり、美人は危険だな」吉永がなだらかな額《ひたい》に手をやる。

「さしずめ、私は毎日なんとかに睨《にら》まれたカエル状態ですか」

「ヘビ女?」女性検事は小首《こくび》をかしげて笑った。

「そういえば、昔、ライオン女とかいわれたけど……」

「へえ、だれに?」事務官の柔和《にゅうわ》な目に興味が湧《わ》く。

「別れた夫よ」岩崎は回答書を持って検事席のリクライニングチェアに落ち着いた。

真剣なまなざしを自衛隊の書類へ注《そそ》ぐ。記載された数字は彼女が抱《いだ》く疑惑の熱《ヒート》を急速に冷却《クールダウン》した。ハロウィン虐殺でゾンビ仮面《マスク》が撃《う》ちまくったSMGは自衛隊と無関係なのか。岩崎は自分のスジ読みを再度、検証した。……思えば、NSS国家安全保障局の会議で会った高圧的な防衛官僚と感情をいきなり爆発させる一等陸佐が彼女の疑いに火をつけた。流出疑惑に対する彼らの過剰反応、あれは異様《いよう》だった。しかし、それが全《すべ》てではない。実は、岩崎の注意を自衛隊に向けた人物がいる。渋《しぶ》いグレーの髪と彫《ほ》りの深い顔、裁判所と検察庁の間に設けられた災害避難広場で冷たい風に打たれて話した恩師の姿がまざまざと蘇《よみがえ》った。「ハロウィンの虐殺は厚生局麻薬取締部《マトリ》にはおぞましい悪夢《あくむ》だったが、自衛隊にしてみれば好機《こうき》といえる。それこそ千載一遇《せんざいいちぐう》のチャンスだろう。これには自衛隊と警察の長いわだかまりが関係している。もともと警察予備隊から生まれた自衛隊は警察に屈折《くっせつ》した対抗意識を持っているんだ。いまは警察に比《くら》べて存在感が薄《うす》いからね。災害救助や海外PKOといった人道面の実績《じっせき》だけでなく、国内治安の場でガッチリと居場所を確保したい。現行法のテロ等準備罪ひとつ取り上げても主体になるのはあくまで警察だろ。自衛隊に出る幕《まく》はない。日陰者《ひかげもの》どころか、このままでは治安維持に関して無用《むよう》の長物《ちょうぶつ》となってしまう。とりわけ、陸自幹部の危機感は深刻らしい。彼らはテロの時代にふさわしい地位を望《のぞ》んでいる。もし、自衛隊から武器が流れたとすれば当然、上層部の関与を疑うべきだな。橋本のような下《した》っ端《ぱ》が武器をどうにかできるとは思えないからね」

岩崎はこめかみを指で揉《も》んだ。……ＳＭＧに関する自衛隊陰謀論は稲垣史郎《いながきしろう》の誤導《ミスリード》だったのか。いったい、なぜ？　女性検事の瞳に微妙《びみょう》な影《かげ》が差《さ》した。心をざわつかせるさざ波が立つ。

息苦しい静寂《せいじゃく》は電話で破《やぶ》られた。

「検事、自衛隊からです」吉永は無関心を装《よそお》う声で呼びかける。

女性検事は少し緊張しながら受話器を取った。

「岩崎です」

「陸自一尉《いちい》、石井昌宏《いしいまさひろ》と申します。回答書は届きましたか？」硬い声が聞こえる。

「いただきました。ありがとうございます。お手数《てすう》をおかけして……」

「いえ、協力は当然の務《つと》めです」そこで声は途切《とぎ》れた。

「あの、ご用件は？」岩崎が口を開く。

「自分は警務隊に所属しています」石井は身分を明かした。

「それって、米軍のＭＰ《ミリタリーポリス》みたいなものかしら？」横浜地検に在任中、横須賀では時々パトロールするＭＰの姿を見かけた。

「ええ、よく、ご存じですね。私たち警務隊は内部の規律維持が任務です」

「隊でなにか問題でも？」女性検事は相手の危惧《きぐ》を敏感《びんかん》に読みとった。

「実は」自衛官が意を決したようにつづける。

「内密で武部《たけべ》徹《とおる》一等陸佐のことをお訊《き》きしたい」

「武部陸佐！」女性検事の眉間《みけん》はきゅっと引き締《し》まった。

「彼はいわくありの人物でして。検事さんともNSSの場で激しくやり合ったそうじゃないですか」

「………」岩崎は無言のまま、警務隊の調査能力に感心した。

「これ以上、電話では話せません。直接お会いしたいのですが」

「いまから？」

「一時間でそちらに着きます。よろしく」石井が、拒否などあり得ないといった口ぶりで要請《ようせい》する。

「わかりました。お待ちしています」女性検事は受話器を置くと回転椅子で脚《あし》を組んだ。目元《めもと》が意識の活性《かっせい》を表して強く集中する。警務隊は武部陸佐をマークしていたのか。石井の慌《あわ》ただしい動きは自衛隊内部をガリガリ蝕《むしば》む深刻な規律違反を暗示している。彼女は脚を組み直した。だが、回答書ではSMGの流出はない。自衛隊でなければ、ハロウィン襲撃《しゅうげき》グループはどこから軍用の短機関銃《サブマシンガン》を入手したのだろう。謎は白濁《はくだく》する実験用ビーカーにべったり付着した澱《おり》のごとく糸を引いて残った。

電話の着信ランプが再び赤く光り、事務官は呼び出し音が鳴る前に応答する。

「はい。え？　……検事に確認します」吉永が問いかける表情になった。

「外線です。若い女性、鈴木なおみと名乗っています」

「つないで」鈴木直美といえば川崎のイースト・シップライン社に潜《もぐ》った女性麻薬Gメンが使っている偽名《ぎめい》だ。

「検事さん、あたしよ。びっくりした？」佐々木由佳《ゆか》の声はどこか華《はな》やいでいる。

「あら、電話をくれるなんて、とびきりの情報《ネタ》でも仕入《しい》れたの？」岩崎は相手の調子に合わせた。

「まあね、ふふ」女性麻取《マトリ》が思わせぶりに含《ふく》み笑いする。

「ぜひ、教えて」岩崎の期待は高まった。

「あす、たつみ丸が出港する。向かう先はもちろん朝鮮半島よ」佐々木由佳が興奮気味《こうふんぎみ》に言う。

「たつみ丸が……」

「あたしたちはこの日を待っていた」潜入取締官《アンダーカバー》は拳《こぶし》を振り上げるように意気込《いきご》んだ。

「今夜、船を急襲《きゅうしゅう》するわ」

「今夜……!?」女性検事はびっくりして喉《のど》を詰《つ》まらせた。彼女は呆《あき》れ顔で指摘《してき》する。

「出港前じゃ、船倉は空《から》っぽでしょう。せいぜい北朝鮮へ運ぶ紙オムツや生理用品くらいね。麻薬取締部《マトリ》はなに考えてるの？　覚せい剤を押さえるなら、朝鮮半島から戻ったところを踏《ふ》み込《こ》まないと」

「検事さん、あたしの大事《だいじ》な話を邪魔《じゃま》しないでよ。年増女《おばさん》は図々《ずうずう》しいわね」佐々木由佳が辛辣《しんらつ》な文句《もんく》とは裏腹《うらはら》に気分を害した様子もなくつづける。

「たしかにブツはないけど、人が乗るはず」

「人ってだれ？」

「きっと飛び上がるほど驚くから。覚悟《かくご》はいい？」若い女性Gメンの気負《きお》った声がとっておきの情報を開陳《かいちん》する。

「北朝鮮の麻薬幹部よ」

「北朝鮮幹部！」岩崎は息を呑《の》んだ。

「そんなやつが横浜へ密航《みっこう》してたの？」

「いま、川崎あたりに隠れているらしい」

「川崎……」イースト・シップライン社の根城《ねじろ》で、しかも、神戸を抜いた人口密集都市で、外国人などふつうに見かける。密入国者ひとり匿《かくま》うくらい造作《ぞうさ》ないだろう。

「そいつは日本向けシャブ取引の責任者よ。今夜、逮捕できれば、汚《けが》らわしい睾丸《タマ》を握《にぎ》りつぶしてでも北朝鮮ルートの全容《ぜんよう》を吐《は》かせてやる」佐々木由佳が荒《あら》っぽく宣言した。

「かわいい顔をして、なかなか勇《いさ》ましいわね」岩崎は思わず微笑《ほほえ》んだ。頭に男の股間《こかん》をむんずとわし摑《づか》みにする女性Gメンが浮かぶ。

「少しは見直してくれた？」佐々木由佳は得意がる。

「ともかく、北朝鮮幹部の情報はあなたのお手柄《てがら》でしょう」女性検事は年下の同性へ褒《ほ》め言葉を送った。

「そうよ、あたしは四課《ボウタイ》のボンクラ刑事よりずっと優秀なんだ」佐々木由佳は謙遜《けんそん》と無縁《むえん》に自画自賛した後、親《した》しみを込めていった。

「で、検事さんはどうする？」

「ええっ、なに?」

「見かけによらず、案外《あんがい》、鈍《にぶ》いわねえ」女性麻薬Gメンが笑う。

「いっしょに来ないかと聞いてるのよ」

「たつみ丸の捜索《そうさく》に、わたしが!」女性検事は意外感《いがいかん》をそのまま発《はっ》する。

「女同士の契《ちぎ》りを忘れた?」若い捜査官は年上の検事に夜の密会を思い起こさせた。

「あのとき、ホテルで約束したじゃない。なにか動きがあったら教えると。あたしはこれでも義《ぎ》理堅《りがた》いの」

「そうだった! 同行させて」

「ただし、ひとつだけ条件がある」佐々木由佳の口調《くちょう》がいきなり厳《きび》しくなった。

「神奈川県警には内密よ。尻軽女《しりがるおんな》みたいに県警へ媚《こび》を売ってペラペラしゃべらないで」

「でも……」岩崎はさすがに躊躇《ちゅうちょ》した。

「県警に応援を頼まなくて大丈夫? 相手はサブマシンガンで武装してるかもしれない」

「心配ご無用」若い麻薬取締官が女性検事の不吉《ふきつ》な胸騒ぎをきっぱり打ち消す。「ハロウィンの轍《てつ》は踏《ふ》まないわ。今回は東京の本局から応援が来る。令状も本局が取った。警察には指一本、触れさせない。班長と仲間の敵《かたき》は自分たちでとるつもり」

岩崎は麻薬Gメンの気迫《きはく》に押されて、それ以上なにも言えなかった。麻薬取締部《マトリ》と警察の間でバチバチ火花を散《ち》らす長い対立も知っている。佐々木由佳は女性検事の沈黙を承諾と受け止め、すぐ機嫌《きげん》を直《なお》して快活《かいかつ》に告《つ》げた。

「集合は今夜十一時、ジャックの塔《とう》で」

「開港記念会館ね。わかった」

電話を置くと吉永泰平《よしながたいへい》が熱いコーヒーを運んでくる。

「ありがとう」女性検事は両手でそっとマグカップを包《つつ》む。いつも気の利《き》く事務官だ。岩崎の脳細胞へ濃《こ》いカフェインをたっぷり注入すべきタイミングをちゃんと心得《こころえ》ている。彼女はコーヒーに口をつけながら潜入捜査官《ダイバー》の話を吟味《ぎんみ》した。佐々木由佳の興奮がジワジワと伝わってくる。たしかに、北朝鮮の麻薬幹部を捕獲すれば腐《くさ》ったスイカをザクッと割《わ》るように朝鮮半島と横浜を結ぶ赤黒い血で染《そ》まった覚せい剤密輸ルートの中身《なかみ》を暴《あば》けるだろう。そして、明日は郡司たち県警がイースト・シップライン社の本丸《ほんまる》をたたく。

「いよいよ最終決戦《クライマックス》ね」女性検事はモカブレンドの苦い刺激を感じながら心でつぶやいた。気持ちは昂《たかぶ》って首すじがピリピリする。


夜、岩崎紀美子は辛子色のハーフコートを着て地下鉄日比谷線に乗り、横浜へ向かう。退庁時刻はとっくに過ぎているが、働き方改革など別世界、中央官庁キャリア役人の労働時間は古代ローマ帝国で虐《しいた》げられた奴隷なみに無制限だから、この時間でも車内はそれほど空《す》いていない。美沙は自由が丘キッズルームにお泊《と》まりだ。神奈川県警では、いまごろイースト・シップライン社に対する大がかりな強制捜査に向けて準備の真っただ中だろう。郡司は「きょうは徹夜だ」と言っていた。地下鉄車両は乗客たちから漂《ただよ》うけだるい疲労感が充満《じゅうまん》し、女性検事はドア近くの金属バーに身を寄せる。たつみ丸が停泊《ていはく》した桟橋《さんばし》へ出向くのは二回目か。あの埠頭《ふとう》で発生した惨劇から一ヵ月も経《た》っていない。彼女は不快感に眉《まゆ》をひそめた。あれほど酷《ひど》い現場写真は初めてだ。県警本部で若手刑事の藤島淳一が手にしたタブレットの画像はいまでも目に焼き付いている。酸化して黒ずんだ血の海、床に横たわる穴だらけとなった死体の山。おぞましい光景だった。頭蓋骨が割れて噴出《ふんしゅつ》するピンク色の脳漿《のうしょう》、ゼラチン状細胞に包《つつ》まれてだらりと垂《た》れ下がった血まみれの眼球、砕《くだ》け散った前歯……どの遺体も執拗《しつよう》に銃弾を撃ち込まれている。ふと、違和感を覚《おぼ》えた。疑問の種《タネ》はたちまちゴム風船のように大きく膨《ふく》らむ。女性検事は違和感の正体を見極《みきわ》めようと窓ごしに流れる暗闇へじっと目を凝《こ》らした。ほどなく、振り絞《しぼ》った頭で脳神経《シナプス》が閃《ひらめ》き、奇想天外《きそうてんがい》な結論へ辿《たど》りつく。同時に、女性検事の背中を冷たい戦慄《せんりつ》が走り、唇は震えた。なんということだ！　彼女が追い求める真相は最初から目の前にあったのか。だが、それはあまりにも恐ろしく、俄《にわ》かには信じ難《がた》い……。ショックの波に心が溺《おぼ》れかけながら、女性検事はすばやく己《おのれ》を奮《ふる》い立たせて、新たな闘志を燃やした。

陸自特科連隊の連隊長は一〇《ヒトマル》式戦車の金属モデルを手に取り、ずっしりした重さを味わいながら惚《ほ》れ惚《ぼ》れと黒い砲塔《ほうとう》を見つめた。起伏《きふく》が激しい路面を時速七十キロで走行しても敵戦車へ照準固定《ロックオン》された主砲は常に水平を保《たも》ち、一撃で相手を破壊する。一〇式は、あのイラク戦争でT型ロシア戦車をいとも簡単に殲滅《せんめつ》した米軍M１エイブラムズさえ凌《しの》ぐ世界最強レベルだろう。まもなく、自分たちはこの戦車にふさわしい一流の軍隊へと生まれ変わる。ついに来年だ。武部《たけべ》徹《とおる》は上気《じょうき》した顔で金属模型をデスクへ戻す。仲間の役人連中や同志議員たちが与党内の多数派工作に成功すれば来年早々に召集《しょうしゅう》される通常国会で自衛隊法は国防法に昇華《しょうか》して、武部も堂々と国防軍大佐を名乗れる。まことに、喜ばしい。彼は携帯で防衛官僚を呼び出した。

「チッ」一等陸佐が舌打ちする。川原の携帯は電源が入っていない。先ほどから切れたままだ。神経質なほど几帳面《きちょうめん》な男にしてはめずらしい。まさか不慮《ふりょ》の事故に巻き込まれたわけでもあるまい。だとしたら……。

　乱暴にドアが開いて、ズカズカと足を踏み入れた三人の制服姿は室内で扇形《おうぎがた》に広がった。中心にいるのは将官だ。一等陸佐は慌《あわ》てて立ち上がる。直立不動で敬礼しながら、顔色をさっと変えた。三人の左胸には警務隊の徽章《きしょう》が光っている。

「武部陸佐、おまえは自衛隊法を読んだことがあるか？」陸将《りくしょう》は詰問《きつもん》するように言った。

「防大で一通り学びましたが……」武部は姿勢を崩さずに答えた。

「きっと、授業中に惰眠《だみん》を貪《むさぼ》っていたのだろう」上官がじろりと睨《にら》む。

「あの、自衛隊法がなにか？」武部はモゴモゴ訊《たず》ねた。

「おまえ、特捜部の女検事をどやしつけたな？　その上、うちの広報を通して検察庁に抗議《クレーム》までぶつけた。自衛隊が検察に盾突《たてつ》くなど空前絶後の醜聞《しゅうぶん》だ。しかも、一介《いっかい》の佐官《さかん》ごときが独断で……。おい、なにか申し開きが出来るか？」陸将は声高《こわだか》に部下を追いつめた。

「…………」武部が下唇《したくちびる》をぎゅっと嚙《か》む。ぐうの音《ね》も出ない。

「おまえがＮＳＳ会議で岩崎という女検事相手に口角泡《こうかくあわ》を飛ばして丁々発止《ちょうちょうはっし》やり合った騒動は霞が関の恰好《かっこう》の話題になってるぞ。我々の耳にも噂が入ってきたよ。丁度、その女検事から九ミリ機関けん銃の在庫を調べてくれと照会請求があってな」将官は思わせぶりに眉《まゆ》を上下させる。

「そんな照会が？」

「ああ、件《くだん》の女検事はハロウィン事件のサブマシンガンがうちから流出したんじゃないかと疑っていたらしい」陸将はしかめっ面《つら》になった。

「むろん、事実無根の濡《ぬ》れ衣《ぎぬ》だが、おまえとの一悶着《ひともんちゃく》が気になって回答書だけでなく直接、人を送った」彼は右側の尉官《いかん》へ目を投じた。

「石井です」警務隊員が一歩、前に出る。

「岩崎検事と面談してきました」

「あの女と会ったのか？」陸佐は苦々《にがにが》しくつぶやいた。

「有意義な会合でしたよ。なによりも、こうして、あなたにたどりついた」

「どういう意味だ？」武部が唸《うな》るように言った。

「岩崎検事はあなたの態度に大きな違和感《いわかん》をもったそうです。民主憲法を遵守《じゅんしゅ》する自衛隊員にはとても思えず、まるで帝国陸軍の横柄《おうへい》な軍人みたいだったと……」

「検察官は犯罪者を見抜《みぬ》くプロだ」陸将が言葉を引き継《つ》ぐ。

「その検事がおまえの言動に違和感を抱いた。これは一種の警鐘《けいしょう》だろう。検事が鳴らす警鐘を無視するほど我々は甘くないぞ。きょう一日かけて、おまえの周囲を徹底的に調査した」彼はいったん口をつぐんだ。

重々《おもおも》しい沈黙に武部は緊張のあまり尿意を催《もよお》した。

「武部一等陸佐、おまえは造反集団《ぞうはんクラスター》の中心人物《リーダー》だな」陸将が謀反《むほん》を起こした逆賊《ぎゃくぞく》を焼き尽《つ》くす火炎放射の視線で見やった。

「おまえは仲間の佐官や尉官と旧軍隊の復活を目論《もくろ》み、結託《けったく》する一部官僚を通じて議会へ水面下で働きかけ、自衛隊法の改定を策動《さくどう》していた。これは隊員の政治活動を禁止した自衛隊法六十一条に背《そむ》く重大な違法行為だ。不名誉除隊《ふめいよじょたい》は免《まぬが》れまい」

「不名誉除隊……！」武部の顔面《がんめん》がひしゃげた。

「防衛省の友人に助けを求めても無駄だぞ」将官は冷笑《れいしょう》する。

「川原寛保《ひろやす》は明日付けで沖縄防衛局へ異動となる。もう、彼が東京に戻ることはない。定年まで地方をドサ廻《まわ》りだよ。川原は省内の事情聴取に泣きながら言い訳したそうだ。全部、おまえに唆《そそのか》されたと」

「そんな、デタラメだ！」陸佐はブルブル首を振った。

「嘘か真《まこと》か、洗いざらいしゃべってもらうからな」

「弁護士の同席を要求します」窮地《きゅうち》に立たされた連隊長は必死で抗《あらが》う。

「おまえが何かを要求できる立場にあるとは思えん」陸将は高圧的に要請を却下すると二人の部下へ命じた。

「こいつを拘束《こうそく》しろ」

石井が背後から陸佐を押さえつけ、もう一人の警務隊員は冷たい手錠をすばやく手首にかける。

武部徹は屈辱《くつじょく》と絶望感に蒼《あお》ざめながら虚《うつ》ろな目で手錠を見下《みお》ろした。

横浜市関内《かんない》にはキング、クイーン、ジャックという三つの歴史的建造物がある。開港記念会館《ジャック》は高い時計塔と最上部にあらゆる装飾が施《ほどこ》された建物本体がライトアップで輝いていた。近くの路上には電気を消した丸っこい小型車が停まっている。女性検事はゆっくり足を運んだ。長い髪を風になびかせて細身《ほそみ》の女が車から降《お》りる。ジーンズに厚地セーター、麻薬取締部《NCD》のロゴが描かれたウインドブレーカー姿だ。

「みんな先に行ったわ」佐々木由佳は笑いかけた。

「あたしは検事さんの御守《おもり》ってわけ。あまり世話を焼かせないでね」女性Ｇメンは女検事の全身を見やって思わずのけぞった。

「ちょっと、その恰好《かっこう》はマジ？」

年増女はくるぶしまで届く黒いダウンコートをスッポリ着込んでいる。

「お気楽な夜の散歩と違って密輸船へ突入よ。なにかあってもそれじゃ身動きとれないでしょう」

「わたしはあなたとちがって若くないの」岩崎は寒そうに首をすくめた。

「まあ、いいわ。現場に着いたら、あたしのお尻にピタッと貼《は》りついてね」麻薬捜査官は運転席へ滑《すべ》り込む。女性検事は助手席に座る。

「最新のＥＶよ。つまらない乗り物」佐々木由佳がスイッチを入れた。デジタルメーターや時計が緑色に光る。

「やっぱり、ガソリンで走るエンジン車じゃないと」電動車は静かに発進した。

「もちろん、シフトはマニュアルよ。自動式《オートマ》がいいのは拳銃だけ」

「あなた、銃に興味があるの？」岩崎は本牧《ほんもく》へ続く道路を見ながら訊《き》いた。

「ていうか大好き」佐々木由佳が食べ物の好みでも口にするように答えた。

「いまの仕事に就《つ》いたのも銃が持てるから」

「だったら、警官でもよかったんじゃない？」

「警察銃《サクラ》はダメよ」若い麻薬捜査官が鼻すじに皺《しわ》を寄せる。

「新しいＭ37エアウエイトもイマイチだし、ニューナンブなんてダサダサの骨董品《こっとうひん》」

「麻薬取締部《マトリ》はちがうの？」

「あたしが支給されたのはベレッタＭ85Ｆ、イタリアブランドよ。すごいでしょう？」

「イタリアブランドって、なんか靴やバッグみたい」

「あのさ、チャラいファッションと一緒にしないでくれる」若い捜査官がムッとする。

「大体、検事さん、銃を撃ったことあるの？」彼女は挑《いど》むように横目で見た。

「アメリカで少し」

「オヤジたちの射撃ツアーに同行したとか」

「いいえ、ＦＢＩの研修を受けて一通り」

「すげえ！」佐々木由佳は大声を上げ、打って変わった表情になる。

「ああ、うらやましい。できれば、あたしもＤＥＡの実地訓練に参加したいわ。英語は得意なんだ」

「連邦麻薬取締局ね。大丈夫、きっと行けるわよ」

「今度、アメリカ研修を申請しようっと。で、検事さん、射撃の腕前《うでまえ》は?」佐々木由佳は上機嫌《じょうきげん》で訊《たず》ねた。

「回転式拳銃《リボルバー》の連射《れんしゃ》が好きだったかな」

「レンコンの早撃ち!」麻薬捜査官は再び感嘆《かんたん》の声を上げる。

「西部開拓時代《ウエスタン》の女ガンマンみたい」彼女はハンドルを握った指で楽し気にリズムをとった。

「ねえ、麻取《ウチ》の試射場《レンジ》で実射を見せてくれない? 特別に発砲の許可をもらうから」

「遠慮しておくわ」岩崎が苦笑する。

「もう、昔のことよ」

車は広大な本牧地域に入った。麻薬取締官は無言になり、ライトを消してH突堤《とってい》へ向かう。彼女は五号バースで停車した。栈橋《さんばし》にはたつみ丸の影が黒々と浮かんでいる。二人の女性捜査官は車を降りた。遠くから喧《やかま》しい機械音が響く。A突堤では眩《まばゆ》い光の中、ガントリークレーンが林立して突貫工事が行われていた。

「チームはどこ?」女性検事は、バースに新しく設置された非常灯が照らす周囲の薄明かりへ目を凝《こ》らした。

「あんたはここで死ぬんだ、バカ女」長い髪の麻薬捜査官が腰のスライドホルスターから小ぶりな回転式拳銃《リボルバー》を抜き出す。彼女は銃口を女検事へ向けた。目が黒々《くろぐろ》と興奮している。

「S&Wの二十二口径よ。ほんとは、あたしの銃《ベレッタ》で殺したいけど、さすがに無理ね。これなら薬莢《やっきょう》が飛び散らない」

「ハロウィンの夜」岩崎は銀色《シルバー》の拳銃から視線を離せなかった。

「ここで、襲撃犯を手引きしたのはあなたね」

「いとも簡単だったよ」若い女はウインドブレーカーの肩をすくめる。

「あのとき、班長が女のあたしを後方支援《バックアップ》に回すことは分かっていた。あとは高みの見物さ。ウージーの射撃音が小気味《こきみ》よかったな」

「なぜ、大切な仲間を裏切って皆殺しに……?」女性検事は強い疑問を口にする。瞳《ひとみ》は怒りの炎で縁取《ふちど》られていた。

「なぜ?」麻薬取締官が意外な顔をする。

「バカね。お金にきまってるじゃない。すべての動機はマネーよ。ハロウィンのシャブ強奪を手伝って、あたしは千五百万円もらった。二十五歳の小娘《こむすめ》にしてはけっこうな大金でしょ? 頭のケガを演出した痛みくらいどうってことないわ。あんたを始末《しまつ》すれば更に二千万の報酬が手に入る」

「そんな血まみれの金、悪銭《あくせん》身につかずよ」女性検事は相手の反応を注視《ちゅうし》した。

「うるさい!」佐々木由佳の癇癪玉《かんしゃくだま》が炸裂《さくれつ》する。

「余計なお世話だ。あたしはウジ虫みたいなホストに貢《みつ》いだあげく借金地獄で溺《おぼ》れる欲求不満のババアとちがう。財テクってやつに励《はげ》んで手ごろなマンションを買うつもり」

「うまくいくかしら? 投資用マンションは値崩《ねくず》れして……」

「時間稼《かせ》ぎは無駄だ」麻薬取締官が冷たい石のような目で見やった。

「もうタイムアップ。仕事をさっさと終えようか」彼女は回転式拳銃の撃鉄《ハンマー》をカチッと起こした。銃口から強烈な殺意が女性検事へ伝わる。

「顔は撃《う》たないで」岩崎は後《あと》ずさりした。

「娘がいるの。無残《むざん》な姿を見せたくない」

「安心しな」佐々木由佳は鬼の形相《ぎょうそう》で嗤《わら》った。

「心臓を射《う》ち抜《ぬ》いてやる」

火花が散り、小型リボルバー特有の銃撃音が響く。女性検事は至近距離《しきんきょり》で直撃弾《ちょくげきだん》を受け、その場に頽《くずお》れた。若い麻薬捜査官は恍惚《こうこつ》の表情を浮かべながら銃に残った硝煙《しょうえん》の匂《にお》いを嗅《か》いだ。年増女は白目を剝《む》いてピクリとも動かない。

「無様《ぶざま》な死に顔ね。油断してるからさ」本物の人間を撃った体験は初めてだ。佐々木由佳は無《む》性《しょう》にタバコが吸いたくなった。車のダッシュボードに愛用のクールミントタバコが入れてある。ＤＮＡさえ残さなければ一本だけ吸ってもいいだろう。彼女は車へ戻りかけた。そのとたん、足首を強く摑まれて佐々木由佳はバランスを失い、うつ伏せに倒れる。女性検事はすばやく身を起こし、若い女の背中を膝《ひざ》でぐいぐい押さえつけると右腕をねじ上げてシルバーの拳銃を奪い取った。

「油断したのはあなたね。わたしがどうしてこんなダブダブのコートを着ていると思うの？」岩崎は立ち上がり、ダウンコートのジッパーを下げた。中には防弾ベストを二枚重ねで着用している。

苦しそうに呻《うめ》いていた佐々木由佳の視線が凍《こお》りつく。彼女は両手で上半身を支《ささ》えて四つん這《ば》いとなり、乱れた長い髪を透《す》かして憎々《にくにく》しげに仰《あお》ぎ見た。

「な、なんで分かった？」

「気づいたのよ。ハロウィン事件で、あなたが生き残った不自然さに」岩崎は冷静に答える。

「あのとき、犠牲者たちは何発も何発も執拗《しつよう》に銃弾を撃ち込まれて死んでいた。こんな大虐殺《ジェノサイド》を実行した襲撃グループがあなたひとりだけ見逃《みのが》すはずはない。女だって容赦《ようしゃ》しないでしょう。ところが、あなたはほとんど無傷《むきず》だった。ここから導《みちび》かれる結論はなにかしら？　犯人たちにはあなたを殺さないでおく理由があった。つまり、あなたと連中は共犯《グル》だということ」

憎悪《ぞうお》で唸《うな》った若い女は跳《と》びかかるタイミングを計《はか》るように中腰となった。

「ゆっくり立ちなさい」女性検事が麻薬取締官から少し距離を取る。彼女は撃鉄《ハンマー》を引き起こした。

「即射状態《コック&ロック》固定くらい知ってるのよ。甘く見ないで」

「相変わらず威勢《いせい》のいい検事さんだ」ヤクザがふたり荷上げ作業車の背後からぬっと姿をあらわした。前歯が突き出たウサギ顔の若頭に巨体の若い用心棒だ。塚沼栄治《つかぬまえいじ》と乾克也《いぬいかつや》は黒い長方形の短機関銃《サブマシンガン》を手にしている。米国製イングラムMAC10《マックテン》、装弾数三十二発で連射《フルオート》は秒速三百六十メートルを超える。

「こいつを撃ちまくれば、いくら防弾チョッキを着ていても頭と手足はズタズタだぜ」ウサギ顔がサブマシンガンを振って見せつける。

その瞬間、岩崎は気づいた。上部外装《アッパーハンドガード》の溝《レーン》に差し込まれた槓桿《チャージングハンドル》が前方で停止している。用心棒の銃も同様だった。イングラムはハンドルつまみを後方へ引かないと弾丸が薬室《チャンバー》に装塡《そうてん》されず、射撃できない。女性検事は佐々木由佳の気配《けはい》を押さえながらヤクザたちと対峙《たいじ》する。

「肝心《かんじん》のハンドル引きを忘れた？　それじゃ一発も撃《う》てない」

ふたりのヤクザは思わず顔を見合わせた。若頭はおまえがなんとかしろと若い用心棒に目で合《あい》図《ず》する。乾克也はためらいがちに槓　桿《チャージングハンドル》へ手を伸ばしかけた。間髪《かんはつ》を入れず、岩崎が警告を発する。

「やめなさい！　そっちが撃つまえにふたりとも倒す。わたしは速いわよ」彼女は右手で握った回転式拳銃の撃鉄《ハンマー》に左手をかざす。

若いヤクザの動きが凍《こお》りつく。女性検事が放射する迫力《オーラ》に若頭と用心棒はたじろぎ、窮地《きゅうち》に陥《おちい》った。

「おい、三人ならどうだ？」横からダミ声が飛んだ。

「言っとくがハンドルは引いてあるぞ」貿易会社の専務はサブマシンガンを水平に構えて前へ出た。頰《ほお》に筋状《すじじょう》の傷痕《きずあと》が盛り上がっている。

「その目障《めざわ》りなチビ拳銃を捨てろ。俺のガンは射精《だ》したくてウズウズしてやがる。もっとも、先っぽから噴《ふ》き出すのは白い精液《ネバネバ》でなく硬《かた》い鋼鉄弾《メタルブリット》だ。さっさと捨てろ！」桃田清《ももたきよし》が怒鳴《どな》った。

女性検事はS&Wを手から放《はな》す。佐々木由佳が野ネズミのようにすばしっこい動きでリボルバーを回収し、スライドホルスターへ突っ込む。彼女は岩崎の前に立つと左頰《ほお》を平手打ちした。更に、右頰へも強打。口の中が切れて血の味がする。女性検事は顔色《かおいろ》ひとつ変えない。ヤクザたちは槓　桿《チャージングハンドル》を引いたMAC10を携《たずさ》えながら女同士の修羅場《しゅらば》をながめてニヤニヤする。

「これで役者が揃《そろ》ったな」桃田が一同を見渡した。

「いいえ、まだ首謀者《マスターマインド》が足りない」岩崎は首を振って、暗闇《くらやみ》に呼びかけた。

「そうですよね、稲垣《いながき》さん？」

人影が近づき、彫《ほ》りの深い顔が薄明かりに照らされる。稲垣史郎《しろう》はコートの襟《えり》からついてもいない埃《ホコリ》を払い落とした。

「よく分かったね。なぜ、私が黒幕《ウラボス》だと気づいた？」公安調査庁の部長が銃口に囲まれた教え子を見やる。

「糸口はハロウィン襲撃で使われた短機関銃《サブマシンガン》でした」女性検事は慎重《しんちょう》に言葉を選んだ。

「あのＳＭＧ、稲垣さんは自衛隊幹部が流出させたという疑惑をわたしに植《う》えつけました。どうして、そんな誤導をしたのか？　考えられる理由はひとつでしょう。本当の入手経路《ルート》を隠蔽《いんぺい》するためです。じゃなぜ、わざわざ自衛隊に濡《ぬ》れ衣《ぎぬ》を着せてまで稲垣さんはＳＭＧの出処《でどころ》を隠す必要があったのか？　それは、つまり、銃の手配に関与したのが稲垣さん自身だったからです。ちがいますか？」

岩崎はかつての恩師へ挑戦的な視線を送る。

「ご名答。サブマシンガンはアメリカから米軍貨物機で横田基地へ空輸した。公安の仕事をしていると米軍関係者にも内密の裏パイプができてね」稲垣はまたコートの襟から見えない埃《ホコリ》を払った。

「それにしても、うっそうと生い茂《おしげ》る森の中から、よく私を暴《あば》き出した。見事な検察捜査の三段論法だ」彼は感心した素振《そぶ》りで指を三本立てた。

「若い頃、新人検事の研修で稲垣さんに鍛《きた》えられましたから。わたしの原点です」女性検事が心に痛みを感じながら瞳には過去の絆《きずな》を滲《にじ》ませる。

「さすが、私の愛弟子《まなでし》だけはある。NSSで再会したときから、いつかはこうやって決着をつける日が来ると予感していたよ。きみは無鉄砲《むてっぽう》だが、優秀だし、なによりもしつこいからね」恩師は彫りの深い顔に苦笑を浮かべた。

「わたしが尊敬していた稲垣さんは一体どこへ行ってしまったのです?」岩崎が厳しい表情になる。

「検察組織の古い殻《から》を破《やぶ》って、犯罪被害者に寄り添《そ》っていた当時の情熱は残っていないのですか?　いまの姿はとても信じられません」

「情熱か……」稲垣は遠くを見やったが、すぐ、冷徹《れいてつ》な目つきへ変わる。

「忘れてもらっては困るよ。そんな私を検察上層部はお払い箱にした。私のような一匹狼タイプは検察ピラミッドから締《し》め出されるってわけさ。形式上は公安調査庁へ出向だが、実際のところ追放されたも同然だ。検察庁に私が戻る席《ポスト》はない」端正《たんせい》な顔が苦々《にがにが》しく歪《ゆが》む。

「私は被害者とともに泣くという検察のスローガンを胸に全力で職責《しょくせき》を果《は》たしてきた。まさに、検事の仕事こそ天命と思っていたんだ。が、それでどうなった?　ある日、突然、出て行けと言い渡されて終わりだよ。長年、疑うことなく信じてきた検察の正義にまさか、こんな形で裏切られるとはね。私はつくづくバカみたいじゃないか」稲垣はコートからなにかを払う仕草《しぐさ》をすると自嘲《じちょう》気味《ぎみ》に肩をすくめた。

「いくら理不尽《りふじん》な扱《あつか》いを受けても、それで犯罪の自己合理化は決して許されません」岩崎は毅然《きぜん》と言った。

「黙りな」痩《や》せた女が女性検事を乱暴に押しのける。佐々木由佳は稲垣史郎へ駆け寄るとコートの胸にしがみついた。この男女がどんな関係にあるかは一目瞭然《いちもくりょうぜん》だ。

「驚くことはない」公安調査庁部長は若い女の肩を抱きながらこちらを凝視《ぎょうし》している教え子に話しかけた。

「由佳はもともと公安調査庁《コウチョウ》のエージェントだった。私が麻薬取締部《マトリ》へ送り込んだ」

「あの糞女《ビッチ》を早く始末して」長い髪の女が熱く囁《ささや》いた。

「北朝鮮の友人が到着するまで、もう少し時間があるよ」稲垣は愛人をやんわり引き離すと岩崎の疑問に答えるような口ぶりで己《おのれ》の野心を語った。

「私は将来、公安調査庁の長官《トップ》になるつもりだ。検察の奴らを見下してやる。ところが、いまウチは存亡の危機でね」

稲垣史郎の独白はつづく……。


横浜港の岸壁にそって一艇の黒いボートが水面を音もなくすべっていく。全長約五メートルの戦闘ラバーボートには六人が乗り込んでいた。頭からすっぽりとフードを被り、顔の中で外気に触れているのは鋭い目だけだ。全員、黒っぽい耐熱性アサルトユニフォームの上に防弾ベストを着用し、催涙弾や発光弾などテロ制圧個人装備を身につけている。両手のグローブはスペクトラ繊維でナイフの刃先を握っても破れず、頭部の強化ヘルメットは45ACP弾が直撃しても貫通しなかった。顔面を保護する透明なフェイスガードは視界とりわけ照準器の邪魔をしない。

部隊の指揮官は喉元《のどもと》にスロートマイクを押し当て短い指示を発する。声帯の音はデジタル信号に変換され、各自が首に回したワイヤーの振動装置によって頭蓋骨へ直接、命令は伝えられた。

ボートの六人は武器の最終チェックを行う。長身の男が手にしたのはレミントンM700だ。米軍の狙撃銃M40A1のベースになった高性能ライフルである。銃口には円筒形の減音器《サプレッサー》がねじ込んであった。狙撃手は固定ストックを肩づけして暗視望遠照準器《スターライトスコープ》をのぞく。スコープ内部は緑色の世界が明るく光り、夜の水面に浮かぶ小さなブイまでくっきり見える。残り五人が肩からタクティカル・スリングで吊るしているのはドイツ銃器メーカーH&K社のMP5SD6サブマシンガンだった。弾倉は三十連マガジンが装着され、銃身下部レールには強力なマグライトが取り付けられている。彼らは慣れた手つきで作動を確認していった。

黒いボートがゆっくり減速する。

まもなく目標地点だ。男たちの目に緊張が走る。彼らは上陸用のロープとフックを取り出した。

稲垣史郎は公安調査庁の危機的状況を赤裸々《せきらら》に語った。

……公安調査庁は東西冷戦時代の落とし子だ。ソ連が世界地図から消滅して、冷戦構造が崩れた九〇年代以降、この役所の存在基盤も消えている。長年、税金の無駄食い官庁として行革リストラの矢面《やおもて》に立たされてきた。いまでは、オウム・ウォッチャー（旧オウム真理教残党の監視役）として細々と生きながらえている。が、オウム残党の監視であれば公安警察で十分だ。このところ、イスラム過激派に着目して、国際テロ動向の分析などを行っているが、所詮《しょせん》は海外文献の焼き直しで見えすいた延命策にすぎない。

「私は警察官僚からこんな話を聞いた。公安調査庁はお荷物役所で、公安調査庁がなくなっても、日本の公安セクションに痛手は皆無だという。単なる陰口《かげぐち》とは思えない」稲垣がうんざりと黒い空を見上げる。

しかも公安調査庁は大失態をやらかした。北朝鮮系の在日団体の本部ビルがあやしげな取引で売却されたとき、買い手となった投資顧問会社の代表者は公安調査庁の元長官であった。このスキャンダルは政府を巻き込んだ騒動となり、首相が苦言《くげん》を呈《てい》する。公安調査庁に対する風当たりはますます強くなった。

「公安調査庁は風前《ふうぜん》の灯火《ともしび》で、まさに消滅の瀬戸際《せとぎわ》だった」公安部長はしかめっ面《つら》となる。「私は長官をめざしているのに、役所そのものが滅《ほろ》んでは元も子もないだろう？　そこで花火を打ち上げることにした。一発逆転、起死回生《きしかいせい》の大きな花火だ」

「花火？」女性検事が訊《き》き返す。

「ああ、それがハロウィン事件さ」稲垣は頷《うなず》いた。

「私は由佳を通じてイースト・シップライン社がハロウィンの夜に大量の覚せい剤取引を予定していると知った。そこで、かねてから社長に対して不満を抱く専務の桃田へ働きかけ、シャブ横取り計画をもちかけた。強欲なこいつらは喜んでやってのけたよ。見事にね」彼はイングラムを構える三人へあごをしゃくった。

「覚せい剤が目的なら人命を奪わなくても銃で脅せばいい。まして、麻薬取締官を手にかけるとは……」岩崎がかつての恩師をにらむ。

「だから起死回生の花火と言ったじゃないか」公安部長は苛立《いらだ》ちの口調で遮《さえぎ》った。

「シャブ強奪だけでは単なる刑事事件にすぎない。これを公安事件へと変貌《へんぼう》させるには法執行機関の人間を殺す必要があった」

「公安事件？　そのために、あんな殺戮《さつりく》を！」女性検事は愕然《がくぜん》とした。

「派手に花火を打ち上げた分、大きな見返りがあったよ」彫りの深い顔が残酷に笑う。

「永田町を支配するお偉方《えらがた》の間でも公安問題へ関心が集まり、来年度、うちの予算は増額されそうだ。これで公安調査庁はしばらく安泰《あんたい》だろう。私も心《こころ》置《お》きなく長官の椅子を狙えるってわけさ」

「とても正気の沙汰《さた》とは思えない」岩崎が悪寒《おかん》するようにつぶやく。

そのとき、電動自転車に乗った人影がバースへ入ってきた。自転車は稲垣たちに近づき、一重《ひとえ》瞼《まぶた》の中年男がコンクリート面へ降り立った。

「パク・イムソン氏のご到着だ」公安部長は軽く手を上げた。

「彼はたつみ丸に乗って朝鮮半島へ戻る」

「もう、十分に待ったわ。タイムトゥキルよ」佐々木由佳がスタスタと専務へ歩み寄る。

「ねえ、あたしにやらせて」彼女は手を差し出した。

「こういう正義漢《せいぎかん》ぶった女は大嫌いなんだ。顔を穴だらけにしてやる。娘はさぞ仰天《ぎょうてん》するでしょう」

頬傷の男はＭＡＣ10を渡す代わりに引き金に指をかけた。銃口から閃光《せんこう》と同時に九ミリ弾が射出される。佐々木由佳は驚愕《きょうがく》の表情を貼《は》りつかせてドサリと倒れた。

「おまえは用済《ようず》みだ。悪く思うなよ」桃田清が若い女を見下《みお》ろす。

「なぜ、彼女を……？」岩崎は元恩師に問いかけた。

「由佳はいろいろと知りすぎた。口封《くちふう》じもやむを得ない」

「チッ、まだ生きてやがる」専務が舌打ちした。

佐々木由佳の胸はかすかに上下している。とどめを刺《さ》そうと銃口が動く。

「やめなさい！」女性検事が咄嗟《とっさ》に桃田を遮《さえぎ》った。

「わたしの前で理不尽《りふじん》な殺しは許さない」

「だったら、あんたが先に死ね」頬傷の男は女性検事の眉間《みけん》に銃口を突きつけた。

岩崎は顔面が硬直《こうちょく》して目を閉じることもできない。男の指は引き金にかかっている。ほんのわずか力を込めれば……。死への恐怖で岩崎の心臓は激しく鼓動《こどう》し、体中の血が逆流する。

短い銃身の向こうで殺意の眼《め》が光った。

次の瞬間、高速ライフル弾が桃田清の右太腿を貫《つらぬ》き、彼はもんどりうって転倒した。動脈から血しぶきが噴水のように上がっている。


狙撃手《スナイパー》は暗視スコープをのぞきながらコッキングレバーを引いて空薬莢《カートリッジ》を飛ばし、次弾を装塡《そうてん》した。周囲で展開するサブマシンガン部隊が銃身下部レールのマグライトを一斉に点灯させた。

強烈なビームライトに照らされて、女性検事は光の方へ顔を向ける。それから先は、なにかの映像を見ているようだった。どこからともなく黒ずくめの一団があらわれ、こちらに駆け寄って来る。彼らは身をかがめ、太い銃身のサブマシンガンを手にたちまちあたり一帯を制圧した。

「神奈川県警だ」指揮官の声が通る。

「武器を置いて降伏しろ。抵抗した場合、射殺許可が出ている」

隊員たちはMP5SD6の固定ストックを肩づけしてMAC10の二人へ狙いをつけた。ウサギ顔のヤクザはギシギシ奥歯を食いしばったが、激痛でのたうち回るイースト社専務を見て戦意喪《そう》失《しつ》し、イングラムを捨てた。巨体の用心棒も若頭に従う。北朝鮮の麻薬幹部は状況が分からずオロオロする一方、公安部長は諦念《ていねん》の表情を浮かべた。二名の隊員がイングラムを取り上げ、倒れている若い女性と頬傷の男に血止めを行う。

「岩崎検事ですね？」指揮官がバイザーをヘルメットへ押し上げ、話しかけてきた。

「県警の銃器対策課チームです。郡司課長の要請で出動しました」

「郡司課長が？」

「刑事課長《デカチョウ》は心配してましたよ。もうすぐ、やってきます。ほら、あのサイレン」

パトカーのサイレン音はぐんぐん近づき、警察車両が赤色灯をギラギラさせながら次々とバースへ進入してくる。救急車がつづいた。サイレンは止《や》み、制服警官や私服刑事たち三十人ほどが車外に出た。警察集団の先頭を歩くのはずんぐりした体形のいかつい男だ。

「おい、おれたちはどいつを逮捕すればいい？」郡司耕造がぶっきらぼうに訊《たず》ねる。

「全員よ」女性検事はパク・イムソンを指さした。

「あそこでビクビクしてるのは北朝鮮からの密入国者。たたけば、すごいホコリが出るでしょう」

「あとのやつらは？」

「残り五人は銃刀法違反と殺人未遂の現行犯。首謀者は公安調査庁の稲垣史郎」岩崎は元恩師へ目をやった。

「公安だと……、だから言っただろう。あの連中は腐《くさ》った生ゴミ野郎だ」郡司は毒づき、そのあと、怪訝《けげん》な顔で訊《き》いた。

「手当てを受けている女も共犯か？」

「わたしは彼女に撃たれたの。佐々木由佳、麻薬取締部《マトリ》の裏切者よ」

「よし、まとめて逮捕しろ！」捜査課長は部下に命じると再び、女性検事へ向き直った。

「で、あんたは大丈夫かい？」

「防弾ベストが役に立ったわ。ありがとう」

「まったく無茶するぜ」郡司は呆《あき》れたように両腕を広げた。

「いきなりやって来て、理由も告げずに防弾ベストを貸してくれ、だからな」

「まだ確証がなくて話せなかった。ごめんなさい」

「謝《あやま》らなくていい。おれたちだって、あんたの無鉄砲はお見通しさ。だから、防弾ベストにGPS発信器を仕込んでおいた」捜査課長は仏頂面《ぶっちょうづら》で言った。

「発信器を？」女性検事が驚く。

「ああ、そしたら夜中に、あんたはたつみ丸が停泊している本牧埠頭へ向かった。どうみても尋《じん》常《じょう》じゃない。万が一を考え、おれの判断で銃器対策部隊を出した。間に合ってよかったぜ」郡司がきわどい救出劇の舞台裏を打ち明けた。

「そうだったの」女性検事は無骨《ぶこつ》な刑事課長をじっと見つめる。彼女が仕掛けられた罠《わな》に落ちた際、小さな電子装置は絶《た》え間なく働き、郡司たちがずっと見守っていたのか。そして、特殊部隊を救援に派遣《はけん》してくれた。岩崎は張りつめていた緊張が解け、思わず足元をふらつかせた。

屈強な若い刑事が優しく抱きとめる。

「あなたに借りたコート、銃弾で穴が……。弁償するわ」女性検事はコートの弾痕に指を通す。

「気にしないでください」藤島淳一が笑いかける。

「経費で落ちますから。新しいやつを買ってもらいますよ。公費でね」

「こんなところでニヤつくな」郡司は部下を叱《しか》り飛ばす。

「たとえ防弾ベストを着ていても至近距離から直撃弾をくらったんだ。検事さんを病院へ連れて行け」

「了解です」若手刑事は生真面目《きまじめ》に答えた。

そのとき、両脇を刑事に挟《はさ》まれて公安部長が通りかかった。

「稲垣さん」岩崎は手錠姿の背中に呼びかけた。

「今度、お会いするのは取調室ですね。残念です」

元恩師はわずかに立ち止まったが、振り返らず、そのまま無言でパトカーへ乗せられた。

エピローグ　クリスマスイブの朝

岩崎から報告をうけると東京地検特捜部の副部長は喜色満面《きしょくまんめん》で記者会見を開いた。

新堂幸治は集まったテレビカメラや記者たちにオールバックの髪を撫《な》でつけながら得々《とくとく》と語った。ハロウィンの惨劇が起きたとき、自分は長年の検察官経験で培《つちか》われた直感が働いて、背後に大がかりな覚せい剤密輸ルートがあることを見抜いた。そこで、きわめて異例ではあるが特捜部から検事を横浜へ派遣した。担当は横浜地検の勤務経験を有し、神奈川県警とつながりをもつ女性検事だ。こうして県警本部との合同捜査が始まった。自分の思惑《おもわく》は的中《てきちゅう》する。部下は県警捜査一課の応援を得てハロウィン虐殺犯人グループを捕え、覚せい剤密輸の北朝鮮ルートを暴《あば》きだした。それだけではない。この事件には公安調査庁幹部が関与している陰謀もつきとめた。全《すべ》ては捜査着手を決めた自分の英断が突破口となった成果である。特捜部としては今後も神奈川県警と協力して恐るべき事件の全容解明に努《つと》めて行く。新堂幸治は自画自賛の捜査状況をぶち上げると質問を受け付けず記者会見を終了させた。

公安調査庁の稲垣史郎は完全黙秘を通している。法廷に立つまでは頑《がん》として口を割るつもりはないらしい。

反対に、ヤクザたちとイースト社専務は先を競《きそ》ってペラペラしゃべっていた。用心棒の乾克也はハロウィン虐殺と組長殺害をあっさり自白して、岩崎美沙に対する誘拐未遂及び殺人予備、岩崎紀美子への殺人未遂も自供した。若いヤクザは巨体を丸め、全部、若頭の命令だから渡世《とせい》の掟《おきて》で絶対に逆《さか》らえなかったと弁解している。若頭の塚沼栄治はたつみ丸に乗り込んで酒池肉林を期待した桃源郷《とうげんきょう》へ高飛びする目論見《もくろみ》が水泡《すいほう》に帰《き》し、すっかりふてくされていた。いまは死刑を免《まぬが》れるためしぶしぶ反省のポーズを見せながら調書作成に応じている。ただし、佐々木由佳の殺人未遂に関しては二人とも共謀の事実を強く否認している。イースト・シップライン社専務の桃田清は撃たれた太腿の痛みを堪《こら》え、恨みがましく「あの女検事さえ出しゃばってこなければ」と岩崎紀美子を呪った。彼は覚せい剤密輸の詳細を話す代わりに司法取引で殺人罪の求刑に手心《てごころ》を加えてもらえないか打診したが岩崎から一蹴《いっしゅう》され、その後は稲垣史郎の指示どおり動いただけだと責任転嫁《てんか》に忙《いそが》しい。

麻薬取締部の佐々木由佳は一命をとりとめた。まだ、集中治療室で人工心肺のチューブにつながれている。

パク・イムスンは不法入国だけを認め、目的は日本で働くためだと言い張った。しかし、隠れ家からは覚せい剤のサンプルと軍用無線機や乱数表が押収されている。

弁護士の江波房子は懲戒申し立てをうけた。暴力団との不適切な付き合いが非難を浴びたのだ。が、弁護士会の懲戒委員会へ出席したヘビ頭の女弁護士は相変わらず横柄《おうへい》な態度で独り相撲《ひとずもう》を取っている。懲戒事由など気にする様子もなく、司法試験の低レベル化を嘆《なげ》き、トコロテン方式で増え続けるボンクラ弁護士によって地盤沈下した法曹界を再生するには一級弁護士《バリスター》の資格が必要だと自論を捲《まく》し立てた。懲戒委員会の審議は一時停止している。

一方、自衛隊では国防軍創設の計画は鎮圧され、武部徹一等陸佐を筆頭に二十人以上の佐官と尉官が除隊している。ところが、いずれも自己都合による円満退職だった。彼らは沈黙と引き換えに自衛隊の取引業者へ再就職先をあてがわれた。こうして、自衛隊内部で起きた前代未聞の不祥事は秘密裡に厳重封印となった。政治家たちも固く口をつぐんでいる。

岩崎はオールバックの上司の意向で県警捜査本部に常駐していた。女性検事は年明け早々の起訴を目指し、刑事たちと手分けして供述調書や捜査報告書と捜査データの山、それもエベレスト級山脈と格闘中だ。予定される公訴事実には娘の美沙への殺人予備と誘拐未遂、岩崎紀美子自身に対する殺人未遂が含まれるから起訴状に署名するのは別の検察官だが、そのお膳立ては万全に仕上げておきたかった。毎日、仮眠をとるだけの徹夜作業が繰り返されていた。

女性検事は伸びをして疲れた目を擦《こす》る。熱気があった捜査本部もさすがに夜明け前を迎えて多くの刑事は道場に敷かれた薄《うす》っぺらな布団へもぐり込み、残っているのは五、六人だけだ。

「藤島君」岩崎がデスクトップの前で目薬を差している若い刑事に呼びかけた。

「ＭＡＣ10の線条痕《せんじょうこん》、結果どう？」

「ちょっと待ってください」藤島淳一はマウスを握って画面をスクロールする。

「お、届いてます。科捜研がやっと送ってきた」

「ハロウィンとは？」女性検事は身を乗り出した。

「不一致」刑事は画面を指でたたく。

「一致しないか」岩崎は残念そうに腰を落とす。

「じゃ、ハロウィン虐殺で使われた凶器はやっぱりウージー短機関銃……」

「となると少々、面倒ですね」若手刑事が首を振った。

「乾克也のやつ、ウージーは三丁とも川崎港へ捨てたと供述してます。凶器を発見するにはダイバーを動員しないと無理でしょう」

「とっくに日付は変わっているぞ」郡司耕造が二人に近づいて来る。

「うわっ、もうクリスマスイブか」藤島は腕時計を見てのけぞった。

「おまえに予定があるとは思えん」捜査課長は若い部下を一瞥《いちべつ》すると脂《あぶら》ぎった顔を女性検事に向ける。

「あんたは帰るんだ。イブの日くらい朝から子どもと一緒にいてやれ」

「そうね、今日は休みを取るわ」女性検事は分厚《ぶあつ》いファイルを閉じた。

「私が送っていきますよ。第三京浜を飛ばせばすぐだ」若い刑事が立ち上がる。

「プレゼントは用意してあるんだろうな？」郡司は女性検事に疑わし気な声で訊《たず》ねた。

「ええ、もちろん」岩崎はニッコリする。

「近頃のチビは何を欲しがる？　最新のゲームソフトかい」

「うちはお人形さんよ」

「人形……。ずいぶん、古風な娘っ子だな」郡司は鼻を掻《か》いた。

「人形といっても恐竜だけど。トリケラトプス」

「トリケラ……」

「それ知ってます。モーターで動く恐竜シリーズですよね」若い刑事が口をはさんだ。

「そう、首を振りながらノシノシ歩くの」

「女の子が恐竜のオモチャか。ユニークでけっこう」郡司は手で追い払う仕草《しぐさ》をする。

「さあ、早く行け。お天道様が昇《のぼ》っちまう」

女性検事は藤島の運転する車で神奈川県警本部を出発した。横浜公園入口から高速道路へ入る。岩崎は後部座席で目を閉じ、イブ親子大作戦の計画を練《ね》った。幼稚園が終わったら娘とケーキを作ろう。生クリームたっぷりのイチゴケーキを完成させたい。夕食はサフランライスを食べながら二人で鳥のもも肉にかぶりつく。シャンパンとラムネは冷蔵庫で冷やしておいた。食事のあとはお楽しみが待っている。手作りケーキと紅茶のお供に鑑賞するＤＶＤは「ジュラシック・パーク」最新作！　恐竜の大群に美沙は大興奮まちがいなし。イエス様は呆れても岩崎家にとっては完璧なイブの過ごし方だ。

周囲が明るくなった。岩崎は瞼《まぶた》を開ける。第三京浜へ入って、東の空には朝陽があらわれていた。美沙はまだ眠っているはずだ。目覚めたとき、母親を見て驚く娘の顔が浮かぶ。その顔はすぐ喜びに変わるだろう。太陽の日差しで気温が少し上昇するように母親の心もほんのり温かくなった。

（了）

子どもたちの幼い頃の思い出に、まだ幼稚園まえの娘へ「大きくなったら何になりたい？」とたずねたことがある。娘は真顔で「あたしね、大きくなったらウサギさんになりたいの」と答えた。

今回はウサギが登場する。ただし、凶暴なウサギだ。

本作品はフィクションです。登場人物はもちろん実在の組織等についてもすべて作者の脚色がなされておりフィクションです。

お世話になったエアボス、看護師（小沢 手塚 他）、リハビリのみなさんに感謝します。講談社の小林龍之さんと山内繁樹さんにも感謝します。サポート助かりました。

本書は書き下ろしです。

中嶋博行（なかじま・ひろゆき）

1955年茨城県生まれ。早稲田大学法学部卒業。ジョン・グリシャムの作品に影響を受けて小説執筆を始め、横浜弁護士会に所属しながら'94年『検察捜査』で第40回江戸川乱歩賞を受賞。現役弁護士ならではの法曹界のリアリティと、国家権力の影を作品に取り込むスケールの大きいエンターテインメントで人気を博す。著書に『違法弁護』『司法戦争』『第一級殺人弁護』などがあり、本書は『検察捜査』『新検察捜査』に続き女性検事の岩崎紀美子が活躍する最新作である。

検察特捜《けんさつとくそう》 レディライオン

第一刷発行 二〇二三年四月三日

著　者 中嶋博行《なかじまひろゆき》

発行者 鈴木章一

発行所 株式会社 講談社

〒一一二-八〇〇一 東京都文京区音羽二-一二-二一

電話 出版 〇三-五三九五-三五〇五

販売 〇三-五三九五-五八一七

業務 〇三-五三九五-三六一五

本文データ制作 講談社デジタル製作

印刷所 株式会社ＫＰＳプロダクツ

製本所 株式会社若林製本工場

N.D.C. 913　342p　20cm　ISBN978-4-06-530636-9